二見文庫

夢の中で愛して

シャノン・マッケナ／幡　美紀子=訳

Fatal Strike
by
Shannon McKenna

Published by arrangement with Kensington Books,
an imprint of Kensington Publishing Corp., New York
through Tuttle-Mori Agency, Inc., Tokyo

夢の中で愛して

登　場　人　物　紹　介

ララ・カーク	彫刻家。ヘルガの娘
マイルズ・ダヴェンポート	コンピュータ・セキュリティの専門家
サディアス・グリーヴズ	実業家
デイビー・マクラウド	マクラウド兄弟の長男
コナー・マクラウド	マクラウド兄弟の次男
ショーン・マクラウド	マクラウド兄弟の三男
ケヴ・マクラウド	マクラウド兄弟の四男。ショーンの双子の弟
エディ・マクラウド	ケヴの妻
アレックス・アーロ	マイルズの友人
アナベル	グリーヴズの部下
ジェイソン・フー	グリーヴズの部下
シルヴァ	グリーヴズの部下
ミランダ	グリーヴズの部下
ヘルガ・カシャノフ	科学者。ララの母親
ニーナ・クリスティ	ソーシャルワーカー
ヘレン・ダヴェンポート	マイルズの母親
ジョセフ・カーク	ララの父親
マチルダ・ベネット	ジョセフと一緒に働いていた女性
エイミー・スタッフォード	マチルダの孫
スティーヴ・スタッフォード	エイミーの夫
ケイ・ヤマダ	ララの元ボーイフレンド

プロローグ

「先週と比べて三キロ体重が減っています」ジェイソン・フーが言った。サディアス・グリーヴズはビデオカメラのモニターに映った、小部屋のなかにいる若い女を見つめた。ララ・カークがこちらに背中を向けて立っている。綿ジャージーのタンクトップ越しに、肩甲骨がくっきり浮かびあがっているのがわかる。ズボンがずり落ちるほど痩せていてもなお、美しい体つきだ。ほっそりした背中に強い反抗心が感じ取れる。こちらが見えなくても、自分が見られていることに気づいているのだ。強化される前から、すでに優れた超能力を備えている。その気配が煙のごとく漂っていた。

ジェフと同じだ。そう思うと、不穏な記憶が呼び覚まされた。

ララが体をそらして手を床につき、見事な後屈のポーズを取った。長い黒髪が垂れさがり、タンクトップがずりあがる。裾が胸のふくらみに引っかかった。グリーヴズは息を凝らして乳首があらわになるのを待ったが、無駄だった。

「ほかに変化は？」

「叫んだり、ひとり言を言ったり、歌ったりするのをやめました。一カ月ほど前からです。その代わり、瞑想《めいそう》したり、体操――」

「ヨガだよ」グリーヴズは口を挟んだ。「彼女はヨガをしているんだ、フー」

「ああ、そうですね。血液検査の結果、鉄分が不足していることがわかりました。食事で補給しましたが、一日に平均で六百から七百キロカロリーしか摂取していません」

「いつまでも持たないだろう」

「栄養チューブを使うこともできますが」フーが提案した。

グリーヴズは顔をしかめて無視した。「あたらしいpsi-max《サイマックス》の調合に進展はあったか？　最後に試したのは誰だ？」

フーが少しためらったあとで答えた。「今日シルヴァが試しました。昨日はわたしが、おととい はミランダが。現時点での最高持続時間は十時間足らずです。A剤がないので手探りの状態です」

ララが逆立ちをした。ズボンの裾がさがって太腿のまわりでたるむ。タンクトップもずり落ちて乳首が見えた。細い腕が震えている。あの腕で体重を支えられるのが不思議でならない。目は大きく開かれ、こちらを見据えて、明確なメッセージを放っていた。〝わたしはあなたたちには屈しない〟

グリーヴズは興奮した。彼女の頑固で勝ち気なところに惹《ひ》きつけられる。脚をおろして立ちあがる彼女を、食い入るように見つめた。

「超能力を使ったか？」

「一度も投薬していません」フーが弁解を始める。「これまで許可を与えられていな――」

「生まれつきの能力を示したかときいてるんだ」グリーヴズはぴしゃりとさえぎった。

フーが表情を曇らせる。「いいえ。能力を持っていることを否定はできませんが」

グリーヴズは彼女の自制心の強さに感銘を受けた。気高く超然としている。ジェフも芸術家肌で夢見がちだった。ララ・カークは非常に才能ある彫刻家だ。グリーヴズは彼女の作品を何点か買い集めていた。心に響くものがあった。

グリーヴズは決断した。「投薬しろ」

フーが驚いて目をしばたたかせる。「しかし、薬はまだ完成していません。ヘルガがいないので、彼女が初回の投与に耐えられるかどうかも確信が持てませんし。本当に――」

「やれ」片足を踏みだして腰を落としたあと、両腕をあげてぴんとそらすララを見て、グリーヴズは唇をなめた。「いますぐだ。見てみたい」

1

〝彼女のことは考えるな。頭から追いだせ〟

マイルズは明け方の薄明かりのなか、頭上にそびえたつ火山岩の壁を見あげて、手掛かりと足掛かりを探した。心の防御壁に新たなエネルギーを注ぎこむ。ララ・カークのことを考えてもためにならないが、マイルズはこんな最悪の状態に陥る前から、無駄なことを考えてしまうたちだった。

それに、あの夢はなんなんだ？　毎晩、ひどくエロティックな夢に彼女が出てくる。自分が助けられなかった女性をものにする夢を夜な夜な見るとは、浅ましいやつだ。助けた相手なら、いやらしい夢想をする権利が少しはあるだろうが。助けられなかったのだから、言語道断だ。

マイルズは毎晩寝る前に、自分に言い聞かせた。今夜こそ、夢のなかで自制心を発揮するのだと。それは可能だと本に書いてあった。だが効果はなかった。夢のなかの自分は、彼女を見ると、起きているときの自分が言ったことなど忘れてしまった。夢のなかの自分は、彼女を強く、激しく、心の底から、がむしゃらに求めていた。彼女が現れるなり夢中で飛びつくのだ。

興奮するが、悩ましくもあった。

起きたあとも細かい点まで鮮やかに思いだせる。ぼんやりと消えていく夢ではなかった。ララの甘じょっぱい味。指に絡めた豊かでなめらかな髪。ほっそりしていても力強い、ほてった体の感触をいまでも覚えている。指についた彼女の愛液の匂いも。

ああ、まただ。

マイルズは硬くなった股間を見おろして動揺した。こんなにしょっちゅう勃起するようでは、医者に診てもらったほうがいいかもしれない。

〝おまえは助けようとした。だが失敗した。崖をのぼれ。ララ・カークのことは考えるな。忘れろ〟

ふたたび岩壁を見あげて、最大斜度を見積もった。目測のデータを脳内で高速処理し、今後の動きを決定する。心の防御壁を堅固に築いている限り、マイルズは冷淡でいられる。無駄な考えも、防御壁のなかまでは入りこんでこない。つけっ放しのテレビのように、頭の片隅でちらちらしているだけだ。

だが防御壁が崩れると、集中攻撃を浴びせられる。スプルース・リッジでラッドに襲われたときのことが何度も鮮明にフラッシュバックするのだ。

山のなかにいると、防御壁をうまく維持できるようになった。何週間にも及ぶ過酷な練習の成果だ。二週目にロッククライミングが役に立つことを発見した。精神を集中させると、気持ちを落ち着けることができた。登山用の道具は持ってこなかったので、フリークライミングをするしかないが、かえって好都合だった。困難なほうが彼の目的にかなう。

マイルズはブーツを脱いだ。この巨壁をのぼるには猿の足指が必要だけれど、神から与えられたものでなんとかしよう。ひさしのように張りだした部分を観察した。まるで巨大な獣が乱暴に引っかいたかのように、玄武岩の溶岩が長い溝を形成している。割れ目に指先を引っかけられるかもしれない。割れ目をすべて数えあげた。スプルース・リッジの事件を境に、視力も記憶力も向上した。何もかも鋭くなった。割れたガラスのように。

だがその不可解な利点を打ち消すほどの、激しい頭痛に悩まされてもいた。スプルース・リッジの事件の後遺症が長引いているのと、睡眠不足のせいだ。幻の女と夢のなかで密会するようになってから、眠るのを躊躇《ちゅうちょ》していた。

毎晩、夢はララが機械の巨壁を通り抜けるところから始まる。スチームパンク風の代物で、いくつもの巨大な歯車が回転し、斧《おの》の形をした振り子が揺れ、部品が絶えず移動して混乱しているのだが、彼女は自分の形をした隠された穴をどうにか見つけて、するりと通り抜けるのだ。セクシーなポールダンサーのごとくしなやかな動きで。振り付けを体で覚えこんでいるかのように。

マイルズは夢の記憶を抑えこんで、明け方の空にそびえたつ〝フォーク〟を目を細めて見た。ララは危険な幻だ。彼女のせいで正気を失って防御壁が崩れたら、愚の骨頂だ。

死ぬことを恐れているわけではない。スプルース・リッジの事件以来、死ぬのが怖くなくなった。ラッドに死の淵《ふち》まで連れていかれたから、二度と恐れることはないだろう。とはいえ、死を追い求めているわけではない。自殺を計画するのも手間がかかる。気力がいるのだ。

何度か深呼吸をすると、防御壁が堅固になった。よし、準備はできた。両手の指を曲げてほぐす。素足で踏みつけた松葉は霜に覆われているが、マイルズはまったく冷たさを感じなかった。以前よりも体温調節がうまくできるようになった気がする。葉の鋭い先端に意識を集中して……。

突然、新たな情報が脳内に送りこまれた。クーガーだ。

どこにいる？　マイルズは首筋がちくちくするのを感じながら、周囲を見まわした。頭をからっぽにして、おびただしい感覚情報を受け取る。これもまた、スプルース・リッジの事件の後遺症だ。数カ月前、ハロルド・ラッドに超能力で操られたマイルズは、昏睡《こんすい》状態に陥った。かろうじて生き延びたものの、目を覚ましたとき、脳の回路はめちゃくちゃになっていた。それ以来、常に感覚過負荷の状態で生きている。情報が取捨選択されることなく、あらゆる方向から絶えずなだれこんできて、ひと息つく間もない。

それで、打ちのめされて、どうにかまともに生活できるようにするため、こんな辺ぴな場所にやってきたのだ。せめて、普通のふりをする方法を身につけたかった。かつてはしごく普通だったなどと言うつもりはない。相対的に見ての話だ。

奇妙なことに、彼の心の要塞にララが現れるようになってから、感覚過敏はいくらかやわらいだ。いやはや、男はセックスをすると人生が改善する。たとえそれが夢のなかの出来事でも。

クーガーは木立のなかからマイルズをじっと見ている。なぜか雌だとわかった。匂いでわかったのだろうか？　これまでクーガーの匂いを嗅いで雌雄の鑑別をしたことなどないが。ひとつひとつは小さすぎて知覚できない情報のかけらが寄り集まり、ピクセル化された雲のごとく頭のなかで渦巻いて、雌のクーガーの像を結ぶのだ。

木立に隠れていてほとんど見えないが、ネコ科の動物特有の神秘的な雰囲気を漂わせながら、冷静に目を光らせている。マイルズに見られていることに気づくと、尻尾をひと振りした。

マイルズは畏怖の念に打たれ、クーガーを見つめた。動物を見るのが好きだった。この瞬間を探し求めている。この一瞬だけは、感覚過敏が悩みの種であるばかりでなく、特別な能力だと思えた。

どちらも相手より先に動こうとはしなかったが、とうとうマイルズが折れて両手をあげた。「おれを朝食にするなよ」

クーガーが尻尾をさっと振った。視線は揺るがない。

マイルズは水をひと口飲んでからフラスコ瓶をしまうと、クーガーに向かって敬意を込めてうなずいた。「じゃあ、また」そう言ったあと、崖をのぼり始めた。

長い時間をかけてゆっくりとのぼる。至難の業だ。静寂と孤独が集中力を高めるのに役立つ。筋肉を隆起させ、汗を流し、目玉が飛びだすほど努力する。何時間ものあいだ死と隣り合わせでいると、深い安らぎを得られた。防御壁をしっかりと築いている限りは。

妙な話だ。もともと防御壁を築いたのは、ラッドと彼の手飼のテレパス、アナベルから身を守るためだった。ふたりはマイルズの心を読むことができなかった。それでもラッドにずたずたにされたが。攻撃者を締めだすために築いた壁が、最終的には自分自身を閉じこめるシェルターに変化した。

そうするしかなかった。昏睡状態から目を覚ましたあと、マイルズはふたつの生き方のうちどちらかを選ばなければならなかった。その一――ラッドの仕打ちを思いだし、フラッシュバックに悩まされながら泣き暮らす。冗談じゃない。その二――つらい気持ちを封じる。そうすればフラッシュバックも起こらないが、感情も殺してしまう。

どんな代償があろうと、ふたつ目の生き方を選んだ。要塞に引きこもるのは効果があった。頭を使わずにすんだ。

だが性格も変わり、家族や友人は失望を隠さなかった。感情のない冷淡なマイルズを好きになれなくなった。マイルズは彼らにつれない態度をとった。一緒にいて楽しい相手ではなくなったからって、なんだというのだ？　子犬みたいに転げまわって、みんなの称賛を求めるのはやめたのだ。この生き方に文句があるやつは、くたばればいい。

マイルズは何にも心を動かされなかった。母の文句にも友人たちの小言にも。友人のアーロやショーン、大勢いるマクラウド一族は、まさに独善的な集団だ。みんながみんなマイルズを自らの創造物か何かであり、所有物だと思っている。マイルズは脳に重い損傷を負ってようやく、彼らから解放されたのだ。

マクラウド兄弟――特にデイビー、コナー、ケヴが、黙々と厳しいルーティンをこなせるのはどうしてだろうと、ずっと不思議に思っていた。だがいまならわかる。彼らもマイルズのように、頭のなかに防御壁を築いているのだ。

防御壁が過剰な感覚情報をも遮断してくれないのは残念だ。おびただしい情報の山は違う経路を通る。感覚過負荷の状態で日常生活を送るのは地獄だった。香水にも、煙草《たばこ》にも、車の排気ガスにも耐えられない。ホルモンや心の動きに応じて発する人それぞれの匂いを感知すると、ばつが悪かった。耳をつんざくような車の騒音や電気の光に辟易《へきえき》する。なかでも最悪なのが、Ｗｉ‐Ｆｉの電磁スモッグだ。頭のなかでいらだたしい雑音を生みだし、慢性頭痛が吐き気がするほどの痛みに悪化する。それなのに、マイルズはコンピュータを扱う仕事をしている。これは職業を変えざるをえないようなハンディキャップだ。薬を使うこともできたが、こんなに症状がひどいと大量にのまなければならず、腑抜《ふぬ》けのようになってしまう。

それが、夢のなかでララがセクシーな治療をしてくれるようになってから状況が少し変化した。脳内セックスがマイルズの処理能力を高めたらしく、情報の山にまあまあ耐えられるようになった。だがＷｉ‐Ｆｉの電磁スモッグに耐えられるかどうかはわからない。ここに来てからノートパソコンを使っていなかった。ビニール袋でしっかりとくるんで、森のなかに止めたトラックの下に隠してある。

セックスの夢を見るせいで状況が改善したことがよい兆しなのか、精神に障害をきたす一歩手前なのかもわからなかった。はっきりしないことだらけだ。少なくとも、防御壁によって頭痛に耐えやすくなるのはたしかだ。痛みが消えたわけではないが、うろたえるほどのものではない。ただの痛みだ。のみこんでしまえばいい。森のなかなら比較的簡単だった。感覚情報はあいかわらずなだれこんでくるとはいえ、調和の取れたきれいな情報ばかりだ。頭を爆発させるようなものはひとつもない。ここに来る前は、山にある自分の小屋に引きこもっていたのだが、友人たちが絶えず訪ねてきてうるさかった。彼らを避けるために、さらに人里離れた場所に引っこまなければならなかったのだ。

ここへ来るに当たって、荒野でのキャンプに関する本を何冊か読み、この数年のあいだにマクラウド兄弟に持たせられたマッチョな道具——銃、弾薬、万能ベルトナイフなど——を全部荷物に入れた。マクラウド兄弟は、コンピュータオタクのマイルズを自分たちのようなタフな特殊部隊の兵士に変身させる計画を進めている。ここ数年でいくらか進歩したのだが、マイルズが自分の銃創をデンタルフロスで縫合できるようになるまで、彼らは満足しないだろう。ありえない。

〝考えすぎだ。雑念は捨てて集中しろ〟

ふたたび岩肌がはっきり見えるようになった。かすかに光るエネルギー場で振動する、近くにいる全生物の息吹を感じた。指先の下で地衣類がすれている。脳内の３Ｄグリッドで、すべての鳥や昆虫が輝点となって光っていた。クーガーの波動エネルギーがひときわ輝いている。マイルズに何かを——彼が与えられないものを求めているかのように。

それで、ララのことを思いだした。よくない考えが頭の片隅に引っかかっている。ただ思いだしただけではなかった。彼女が見える。岩肌と両手に目を据えているにもかかわらず、彼女の姿が脳裏に浮かんだ。彼女が夢と同じように、回転する歯車のあいだをすり抜けた。生きているクーガーと同じくらい明るく輝いている。彼の神聖な場所で周囲を見まわした。好奇心と期待にあふれている。うっとりした黒い大きな目がはっきり見えた。

恐怖が高まり、防御壁を突き抜けて全身に広がった。マイルズはララの姿を思い浮かべたわけではなかった。勝手に頭に入りこんできたのだ。夢を見ているわけでもないのに。もちろん白昼夢でもない。崖にしがみついていて、これ以上ないくらい目が冴《さ》えているのだから。

なんてこった。

防御壁が揺らめき、むきだしの恐怖に襲われ、目がくらんで――。

あっという間に崖を滑り落ちていき、間一髪で狭い岩棚にどすんと着地した。必死で手探りする――。

〝集中しろ。下を見るな〟

片足が宙にぶらさがって揺れていた。

数秒間、パニックに陥ったものの、すぐさま防御壁を建て直した。氷のごとく硬い壁。冷たくて、からっぽで、何もない。

数百メートル下のぎざぎざした岩を見おろした。つま先を小刻みに動かして足掛かりを探す。岩に血がついている。指先の皮膚がすりむけていた。

張りつめた長い時間が過ぎたあとでようやく、突きでた岩に足をかけた。体を起こすと、頭も働くようになり、あたらしいルートを考え始めた。

どうにか頂上にたどりついたときには、手足に力が入らなくなっていた。マイルズは今日の目的地だったこの岩層を〝フォーク〟と名づけた。もっとも高く、もっとも鋭い頂上だ。そこに立って、高くそびえる針葉樹の森や、雪を頂いたカスケード山脈、空に棚引く雲を眺めた。おびただしい感覚情報がすべて調和していて、いまならそれを楽しんでいるとさえ言える。調和していないのは彼自身だけだ。指先から血を流し、さっきの夢に似た何かのせいで、股間が硬くなっている。

マイルズはララのことを頭から追いだして、デイビーがくれたヘラジカのジャーキーをしゃぶった。去年、みんなで狩りに行ったときの土産だ。マイルズにライフルの正しい撃ち方を教えこむのが目的なのは見え見えだった。欠くことのできない通過儀礼だとデイビーは言った。デイビーは凄腕《すごうで》のスナイパーだ。感情を押し殺せるからだろう。マイルズは射撃が苦手だった。緊張しすぎてそわそわしてしまう。思考や呼吸の狭間《はざま》の、静止する一瞬をとらえることができなかった。

だが、いまならとらえられる。生まれ変わった冷淡なマイルズは、優れたスナイパーになれるだろう。技術や角度、風向きといったことはただの数学で、数学なら得意だ。二キロメートル離れたところにいる誰かを殺さなければならないのなら、いますぐだって殺せる。長い下り道をおりるあいだ、ミスは犯さなかったものの、キャンプ場に帰りついた頃には疲れ果てていた。防水シートで上空を覆った下に、寝袋とリュックサック、炉、小型のガスバーナーがあるだけの粗末なキャンプ場だ。料理をする気力もなかった。火をおこし、プロテインバーをもそもそと食べた。この調子だとビタミンC欠乏症になってしまうが、食べられる植物を探しまわっても、ロッククライミングのときのように頭を存分に働かせることにはならない。それに、噛《か》むのが大変で顎が痛くなる。

火にゆっくりと木をくべながら、疲労のあまりぼんやりしていると、突然、体がぞくぞくした。マイルズは立ちあがって、空き地を囲む木立を見まわした。暗闇で光る猫の目が、火明かりを受けて不気味にきらめいていた。知覚が増幅され、夜の音が大きく聞こえる。マイルズが感じているのは脅威ではなく、静かな畏敬の念だったが、それでもリュックサックからグロック23を取りだした。クーガーを撃つには口径が小さすぎるとはいえ、丸腰よりはましだ。襲ってきたら、額か目を撃ち抜かなければならない。

どうか襲ってきませんように。あんな美しい動物を撃ちたくなかった。

マイルズはクーガーと向きあいながらゆっくりと腰をおろし、火に小枝をくべた。

風がこずえを揺さぶり、無数の星が輝く空に棚引く雲を吹き流す。まぶたが重くてしかたがなかったが、クーガーの存在によってアドレナリンが持続し、どうにか目を開けたままでいられた。

クーガーはマイルズに魅了されていた。彼を解き明かし、理解したがっている。

〝まあ頑張れよ〟

脳を損傷したあとに鬱状態に陥るのは普通のことだと言われた。ＰＴＳＤのフラッシュバックのせいで、頭がおかしくなるのだ。自分の身に起きていることに対する正当な理由があった。だがセックスの夢に関しては正当化できない。そのうえ起きているあいだにもララが現れるようになったとしたら……とんでもないことだ。

一段階上の狂気に到達したことになる。

スプルース・リッジの事件後、動けるようになるや、マイルズはララを救出する仕事に取りかかった。ララもまた、マイルズを襲った頭のおかしな超能力者集団の犠牲者だ。ララの母親、ヘルガ・カシャノフは、超能力強化剤、ｐｓｉ‐ｍａｘを開発した。潜在的な超能力を引きだすその薬のせいで、この大騒動が始まったのだ。ヘルガはラッドの手下に殺された。マイルズはララの父親、ジョセフ・カークの惨殺死体を発見した。自宅の地下室で鎖につながれていた。

ララは両親を殺され、誘拐された。そう思うとマイルズは怒りと悲しみに襲われ、心をかき乱されて、姫を救いたいという無謀な衝動を抑えきれなかった。まるでテレビゲームみたいに。

一生懸命、彼女を探しだそうとした。人生でこれほど頑張ったときはほかにない。だが何も見つけられなかった。ララは行方不明のままだ。手掛かりはひとつもない。完全に行きづまった。

マイルズはいらだっていた。ララがどんな目に遭っているか、どんな苦しみを味わされているか、彼が一番よくわかっている。それなのに、よくものんびりと静養していられるものだ。〝ごめん、よだれを垂らした怪物どもからきみを救いだす前に、脳の腫れを引かせたいから休暇をもらうよ〟

それにしても、防御壁を築いているのに、どうしてまだ彼女のことが気になるんだ？　誰にも、何に対しても興味を持てないはずなのに。

〝それは、ララ以外の人や物は全部、防御壁の外側にあるからだ、ばかたれ。彼女は防御壁の内側に入りこんだ。そしておまえはやりまくっている。なんて王子だ〟

統合失調症の妄想に似ている。マイルズは考えないようにした。

頭を手で押さえつけられるかのように、眠気がのしかかってきた。マイルズはそれと闘っているうちに、衝動に逆らう力を失って、上着のポケットからビニールの封筒を取りだした。なかに写真が入っている。ララのホームページの顔写真をコピーしたものだ。彼女は彫刻家だ——彫刻家だった。オンラインのカタログに載っている作品を、マイルズはすべて知っていた。それらをじっくり眺めて、夢中になった。

　印象的な黒い瞳を見つめたあと、悪態をついた。止まらなかった。かっとなって写真を火に投げこむ。だがもちろん、気が引けて、写真は火の手前の燃えさしの上に落ちた。ビニールの封筒が溶けだしてよじれる。

　マイルズは急いで写真を拾いあげると、打ちひしがれた。封筒を振って冷やす。上着に写真をしまって、ふたたび打ちひしがれた。癇癪《かんしやく》を起こすのはもうやめよう。くだらないことをした。

　意志の力を振り絞って目を開けていると、崖をのぼっていたときと同様に、映像が頭に浮かんだ。夢に似ているが、眠っているわけではない。映像を止めることはできなかった。マイルズが閉じこもっている巨大な機械の内部をすり抜ける彼女を、ただ見守った。また実用的でない薄っぺらな白い服を着ている。おとぎ話のお姫様が着ているような派手なドレスだ。おろした長い髪は乱れている。スカートをひらひらさせながら、きしみをあげる歯車のあいだに長い脚をそっと踏み入れ、身をかがめて……

なかに入ってきた。

マイルズのなかに。彼はすっかり目が覚めた。なんてこった。筋肉が収縮する。こんなの絶対におかしい。非常にまずい事態だ。正気の沙汰ではない。

夢のなかで——映像のなかで、それがなんであろうと、ララは未来の宇宙船の操縦室のような制御室にいた。マイルズが深夜にSF専門チャンネルで見ていたものが影響しているに違いない。彼女は部屋のなかをさまよい歩きながら、つまみをまわしたり、ボタンを押したりしていた。それから、宇宙船の船長席にやけに似ている大きな回転椅子に腰かけると、マイルズの脳裏に突然現れた端末装置に入力し始めた。

マイルズの体から汗が噴きだした。ララが夢のなかでしゃべったことは一度もない。マイルズがしゃべる隙も与えなかったのだが。彼が獣のように抱くだけなので、彼女はうめいたりあえいだりするくらいしかできなかった。

マイルズは一度だけ、似たような脳内コンピュータにメッセージを残したことがある。あの運命の夜、スプルース・リッジでニーナに送ったのだ。伝わるかどうか試してみただけで、実際、うまくいったときは内心驚いた。

曲がりなりにもテレパシーを利用したのはあのときだけで、二度と経験したくなかった。すでに充分問題を抱えている。これ以上深みにはまりたくなかった。勘弁してくれ。

だが、ララのメッセージがスクリーンで光を放ち、マイルズに呼びかけている。

〝どこにいるの？〟

答えるべきではない。負傷した前頭前野の分離した部分に、自分自身に話しかけろとそそのかす気か？　フィクションの世界でなければ、それが自意識から分離した存在であるはずがない。マイルズ・ダヴェンポートは複雑な障害を背負っている。それだけのことだ。そう考えたにもかかわらず、脳のスクリーンに彼の返事がカタカタと表示された。

〝失《う》せろ。つきあってられない〟

ララがショックを受けて目を見開いた。ふたたびキーボードで入力する。〝こっちこそ〟そして消えた。怒って去ってしまった。

マイルズは同時に三つのことに気づいた。ひとつ目。またしてもカチカチに勃起している。ふたつ目。彼女に失礼な態度をとったことで落ちこんでいる。よくない兆候だ。三つ目。クーガーが移動していた。彼のすぐ近くに。

マイルズは拳銃を振りあげると、叫びながら空に向かって発砲した。クーガーは高々とジャンプしたあと、夜の闇のなかに姿を消した。

銃声が頭骨にガンガン響いた。マイルズはうずくまった。震える指から拳銃が滑り落ちる。ほてった顔を両手にうずめた。やはり医者に診てもらうべきだ。これではどうしようもない。

いまいましい夢を銃で吹き飛ばそうとしたのだ。

2

胃が締めつけられるのを感じながら、ララはまぶしい光に目をしばたたいた。また地獄に戻ってきた。城塞へ、空想の恋人のところへ行きたかった。彼のことを考えただけでうれしくてたまらない気持ちになる。めちゃくちゃにされた、ゆがんだ人生のなかで、唯一の希望が彼だった。なのに、その彼に突き放された。

息ができないほど苦しくなる。これまで、夢のなかの恋人は気分にむらがなかった。いつも、どこまでもセクシーで、やけどしそうなくらい熱かった。

ララはすすり泣いた。現実逃避の空想の恋人に侮辱されるなんてみじめすぎる。

〝そんなことで悩んでいる場合じゃないでしょう〟目を開けて現実と向きあった。ストレッチャーに枷《かせ》で手首と足首を拘束され、胸部と大腿部もストラップで固定されている。ララは以前、抵抗してフーの親指の腹に歯形をつけた。その結果、こうされるようになったのだ。

彼らはララに覆いかぶさるようにしてのぞきこんでいた。おぞましい眺めだ。涙がこぼれ、汗まみれの髪に流れ落ちる。憎んでいる相手の前で泣きたくはなかった。彼らが気にするわけではない。彼らにとってララは何者でもなく、利用する物体にすぎない。それでもやはり、自制心を失いたくはなかった。熱い涙のしずくがこめかみをくすぐった。

〝感情なんてちっぽけなものはのみこんでしまえばいい〟

ララは意志の力でじっとしていた。朦朧《もうろう》とした状態でベッドに縛りつけられたまま、しかも泣きながら威厳を保つのは難しかった。

今日の担当はフーと、ブロンドのあばずれ、アナベルだ。彼女はテレパスで、毎回ララを苦しめた。彼らが変な薬を注射して、ララのさまよう心を追跡するときは常にそこにいる。フーも超能力を強化されているが、彼が関心を向けているのはララではなく、薬の作用だった。

彼らはララをモルモットにして、あたらしい薬の処方を開発しようとしている。その目的は彼女には知る由もないし、想像する気にもなれない。現在の薬ですでに、恐ろしいほどの効果があるのだ。現実の世界から、幻が次から次へと現れるぼんやりした悪夢のような世界に放りこまれる。だいたいがわけのわからない幻覚だ。アナベルかほかのテレパスが必ず一緒にいて、ララにマダニのごとくしがみついていた――たいていアナベルだった。

繰り返し現れる幻影もある。たとえば、彼女の物言わぬ名もなき友人。古くさいパジャマを着たブロンドの少年だ。孤独な幽霊のように見えるから、心あたたまる幻ではないにもかかわらず、ララはその少年を好きになった。大事に思える相手が必要だったし、ぼんやりした世界に放りこまれるたびに遭遇した。そして、手招きしたり指を差したりする少年についていくと、霧のなかから城塞がぬっと現れたのだ。

そこで彼に出会った。セクシーな城主に。

最初に城塞を訪れたとき、アナベルたちがついてこられないのに気づいて驚いた。そこにいればララは安全だった。それに、彼がいた。夢のなかの恋人が。一緒にいて心が安らぐような相手ではない。その城主に安らぎという言葉は似合わなかった。超豪華ど派手なめくるめく性的ファンタジーという感じだ。彼のセックスアピールと、セックス自体の激しさに、最初は圧倒されて怖くなった。けれども、すぐに夢中になった。驚いたことに慣れてしまったのだ。

最初はわけがわからなくてとまどったけれど、もう理解しようとするのはやめた。これは贈り物で、ただ受け取って楽しめばいいのだと思うようにした。

というよりも、それが命綱であるかのようにしがみついていた。

今日もいつものように城塞を訪れたのに、どういうわけかセクシーな城主に会えなかった。部屋はからっぽだった。それで彼女は、愚かにも不幸のメッセージを送ってしまったのだ。

そして、辛辣な返事を受け取った。いまでも胸が痛む。

今日、アナベルは二度も締めだされて、激怒していた。

ララの目の焦点が合うと、アナベルはララをひっぱたいた。往復ビンタだ。「いったいどこへ行ってたの、ビッチ！　ブロックするやり方なんて誰に教わったの？　ヘルガ？」

額もストラップで押さえつけられていたけれど、ララはかろうじてかぶりを振った。

「いいえ」かすれた声で言う。「やり方なんて知らないわ」

それは本当だ。あのすばらしい夢の城塞の作り方など見当もつかない。薬が効いているあいだに自分が何をしているのか、さっぱりわからなかった。

いいえ、城塞に侵入しているのはわかっている。とはいえ、最高にセクシーなセックスの神様が、ララの訪問を迷惑がっていたわけではない。それどころか、控えめに言っても、いつも喜んで迎えてくれた。

「しばらくは一緒にいたの」アナベルがフーに向かって言う。「いくらか進展があったのよ。いつものように夢遊病者の不気味な悪夢と、東京の爆破事件を見たあと、ララがわたしを振り払ったの」ララに顔を近づける。「どこへ行ってたの？」唾が飛んでララの頬にかかった。「いったいどうやったのよ？」

「覚えていないわ」ララは嘘《うそ》をついた。アナベルに乱暴に頭のなかを探られ、記憶を引っかきまわされて、痛みにあえいだ。

「何かわかったか？」フーが尋ねる。「彼女はどこにいたんだ？」

アナベルは目を閉じて眉間に皺《しわ》を寄せた。それから、首を横に振った。「いつも勝手にいなくなったあと、誰かとやってるような気がするのよ、この売女《ばいた》は」ふたたび平手でララを打つ。「でも今日は違った。セフレはどうしたの、あばずれ？　ふられたちゃった？」ララの思考の糸を引っ張りだして解き明かした。「あら！　図星だったみたい！　心を傷つけられたのね。ご愁傷さま！」

ララは涙をこらえ、頭をぼんやりさせようと努めた。感情を切り離して、思考に影響させなければ、アナベルはたぐるべき糸を見分けることができない。この方法がうまくいくときもあった。禅の境地に達せられれば。

この代物——超能力を強化する薬を開発したのはララの母親だと、彼らは言った。

母のやりそうなことだ。母は優秀な薬理学者で、超心理学に強い関心を抱いていた。一方、わけのわからないことも言っている。母が死んだのはほんの数カ月前のことだとか。三年前の研究所の火災で死んだというのはでっちあげで、ララが母の死を悼んでいるあいだずっと生きていたと言うのだ。

そして、父も殺されたという。拷問を受け、切り刻まれて。

反証があがるまで、すべて悪意のある嘘だと信じるしかない。とにかく、信じようとした。

それについて考えたくなかった。どうしても。

自分が狙われた理由については想像もつかなかった。自分はただのアーティストだ。木や粘土や金属を使って彫像を作っていて、他人には干渉しない。これまで誰かに迷惑をかけたことなどなかった。

超能力を持っていると言われた。初めて恐ろしい幻覚を起こしたあと、正気を取り戻したときに、そうでなければ死んでいたと彼らに言われたのだ。それが薬の作用なのだと。超能力を強化するか、死に至らしめるかのどちらかなのだと。

何カ月もネズミの巣のような狭くて汚い部屋に閉じこめられたあとでは、死んでいたほうがましだったと思う。壁に二百以上引っかき傷をつけた。日を数えたつもりだが、時計もないし、自然光もないので正確なところはわからない。最初は十二時間ごとに明かりがついたり消えたりするような気がした。そして、明かりがついているあいだに、粗末な食事が三度、運ばれてきた。だが薬を注射されるようになってからは、そのサイクルがめちゃくちゃになり、数日とも感じるほど長いあいだ明かりを消されたり、胃がねじれるほど空腹になるまで食物を与えられなかったりすることもある。ついでに言えば、生理が止まった。監禁されてから数週間後には、身体の働きを維持できるほどの食物を飲みこめなくなっていた。けれども、城塞を、謎めいたセックスの神様を発見したあとは、食欲が少しだけ戻った。

あいかわらずおいしくはないが。

「ボスが喜ばないぞ」フーが叱責する。「次の報告までに、きみはララを支配すると言っただろ。それなのに、彼女のブロックする力は強まる一方だ。わたしもきみもゴキブリみたいに踏みつぶされるぞ」

「言われなくてもわかってるわ」アナベルが怒った声で言い返した。

ふたりはまるでララが人形であるかのようにふるまう。痛めつけたり、脅したりするとき以外は、直接話しかけない。残りの時間、ララはずっと狭い部屋でひとりきりでいて、頭がおかしくなりそうだった。そしてときおり、角の形をした丘が見える鉄条網で覆われた窓のある部屋で、少しのあいだ過ごす。それが彼女の生活だった。ネズミの巣で過ごすか、ｐｓｉ‐ｍａｘでトリップするか。

城塞が――彼が現れるまでは。ララは彼を城塞《シタデル》の王と呼んでいた。空想の男性にはそれらしい名前が必要だと思ったから。

シタデル王国を訪れる夢のおかげで、今日まで生き延びることができたのだ。

極限状態に追いこまれたときに、セックスに執着するとは思いもしなかった。これ以前にセックスを重視したことはない。ベッドのなかで自分を解放するのが苦手だし、人をなかなか信用できないし、とにかく、セックスに夢中になったことは一度もなかった。複雑で面倒だ。するかしないかなら、たいていしないほうを選んだ。

それなのに、夢のなかでは奔放にふるまうことができた。シタデルの王は、彼女の行きすぎた空想のセクシーな産物だ。その夢のなかでなら、お姫様にも、海の精《セイレーン》にも、女神にもなれた。恐れも不安も感じないし、悩むこともまったくない。気楽なものだ。初めてオーガズムを経験した。これまでそうだと思っていたのが、勘違いだとわかった。

このすばらしい性的ファンタジーは、薬の現在のバージョンの副作用だろうかと考えた。もしフーが薬の配合を変えて、副作用も変化したらと思うと耐えられない。改良しなくても、彼らはこの薬で大儲《おおもう》けできる。発売されたら自分も迷わず買うだろう。けれどもいまのところ、この副作用のことはララしか知らないすてきな秘密だ。だから、食べ物を飲みこもうと思えた。体を洗おうと。眠って、運動して、瞑想しようと。生き続けようと。

それなのに彼は、ララがもう来ないことを望んでいる。〝失せろ。つきあってられない〟

思いやりのない、いやな男だ。すでに薬の配合が変えられていて、そのせいで彼も変わってしまったのかもしれない。

ララは愚かな考えを頭から追いだした。シタデルの王は空想の産物にすぎない。精神的な苦悩に対処するために生みだしただけの存在だ。自分で自分の心を傷つけたのだ。

それをいつまでも気に病むなんて、ばかげている。

突然、アナベルに顎をつかまれ、痛みにあえいだ。アナベルはララの顔を自分のほうへ向かせて言った。「わたしに見せない気なら、ビッチ、何を見たか話しなさい」

ララはかぶりを振った。「あまり覚えていないの。それほど長くいなかったから」

フーとアナベルが視線を交わした。「次はもっとうまくやってよ」アナベルが言う。

「ボスが見に来るの。結果を出さないと」

ララは肩をすくめた。「無理よ」つぶやくように言う。「残念だけど」

「後悔するはめになるわよ、ばか女、心からね」

笑いが込みあげたけれど、また叩かれたくないので我慢した。これ以上悪い状況などあるだろうか。ずっと前から死んだほうがましだと思っていた。

ララの能力を利用する方法について、彼らはいくつもの理論を持っている。現在は、まずララに催眠薬を注射して、なんであれ幻覚の中心にしたい話題に関する映像――戦争や部隊の作戦行動、兵器開発といった世界の出来事――を見せてから、ｐｓｉ‐ｍａｘを使ってトリップさせる、という方法を取っている。だがララがシタデル王国を発見する前から、予測のつかない幻覚ばかりで、彼らはいらだっていた。現在と過去と未来が入りまじっていて、ほぼ毎回、東京の電車にのせられた爆弾の詰まったダッフルバッグが見える。その爆弾で四百人以上が死亡するのだ。ララは日本の警察に知らせてほしいと懇願したのだが、聞き入れてもらえなかった。それ以来、考えないようにしている。

もうひとつ、頭がおかしくなりそうなくらい頻繁に登場するのが、ひっそりとした都会の街をのろのろとさまよう、うつろな目をした人々だ。陰気だが危険な感じはしないにもかかわらず、ぞっとする。

フーとアナベルの過去や未来も見えた。憎んでいる相手の個人的なことを知るのは気まずかった。理解したくも、同情したくもない。まっぴらだ。

アナベルが拘束を解き、台から落ちそうになったララをフーが支えた。ふたりがかりでよろめくララを引きずるようにしてドアへと連れていく。ネズミの巣につながるドアだ。ララはフーのほうを向いた。「リアの調子はどう？」

フーの顔が引きつった。「黙れ」

「わたしが勧めた検診は受けたの？」ララはしつこくきいた。

フーの表情を見れば、答えは聞かなくてもわかった。

「わたしの言ったとおりだったでしょう？　彼女はただの胃炎だと思っていたけど、実は食道がんだった」

「黙れと言っただろ。おまえには関係ない」

だがララは薬でふらふらしていて、後先を考えられなかった。いったん始めると、取り返しがつかなくなるまでやめられない。「あなたがここで何をしているか、彼女は知らないんでしょう。あなたをただの研究者だと信じているのよね。信じているふりをしているだけかもしれないけど。あなたの本性に、心のどこかで気づいているはずよ。不安になっても、その気持ちを抑えこんでいるの。なぜなら、彼女はいい人だから。あなたのことを心から大事に思っているのね。あなたみたいな嘘つきのサディストにはもったいない――」

「黙れ！」ピシャリ。フーはアナベルほど強くは叩かなかった。けれども、唇が歯にぶつかって、口のなかに血の味が広がると、ララは歯止めが利かなくなった。

「あなたが彼女をだめにしているのよ、フー。このままあなたと一緒にいれば、彼女は死ぬわ。いずれにせよ、もう長くはないけど。正確な残り時間を教えてあげましょうか？」

突然、アナベルにドアに叩きつけられ、息ができなくなった。アナベルの本来なら――これほど引きつっていて、やつれていなければ美しいはずの顔が近づいてくる。

「わたしたちをあまり怒らせないほうがいいわよ」アナベルがうわずった声を出した。

「あんたはいつ殺されてもおかしくないんだから」

〝それなら、早く殺してよ。わたしを自由にして〟ララはそう言いたかったけれど、声が出なかった。

フーが巨大なドアにつけられたたくさんの錠を開けた。アナベルが力ずくでララを部屋のなかに押しこむ。ララはよろめいて膝をついた。

咳《せき》をして、血をなめ取ってから言った。「あなたのことも見えたわ」

アナベルが目をぐるりとまわす。「さっき言ったことが聞こえなかったの？」

「いつ殺されてもおかしくないってこと？　聞こえたわよ。そう言って何度も脅したわよね。それでも生きてるってことは殺せないいんでしょう？」

顔をあげると、アナベルの目に好奇心と恐怖が見て取れた。ララは頭をぼんやりさせながら、鋭く探られるのを感じた。アナベルがララの記憶を読み取ろうとしているのだ。だが、正しい糸をたぐることはできない。ララが思考を停止している限りは。

「嘘だったのね」アナベルが怒鳴る。「薬漬けの卑怯者《ひきょう》！」

「わたしが嘘をついたら、あなたはわかるはずよ」ララは穏やかに言った。

「あんたの思考を読んだけど、わたしに関することは見当たらなかった」

「ブロックしている最中に見たのよ」

アナベルがいらだたしげにうなった。「そう、じゃあ教えてよ、おばかさん。まだ朝食もとっていないんだから、早くして」

「男が出てきたわ」ララは膝をついたままアナベルに近づいた。

アナベルがとげとげしい笑い声をたてる。「あら、びっくり！　それはめずらしいわね！　わたしは次に誰とセックスするの？」

「あなたの過去にかかわる人よ。でもわたしは、その人の現在を見たの。彼の目を通して」

「男なんてたくさんいたわ」アナベルが言う。「ほとんどがつまらない男だった。残念でした」

「格子縞《こうしじま》のゴルフ用ズボンをはいていた」まるで既知の事柄のように、ララの脳裏に映像が次々と浮かんだ。「場所は南部のどこか。彼はジントニックを飲んでいた。ずいぶん前から飲んでいたみたい」

アナベルの表情がこわばった。フーはそわそわとふたりを交互に見ていた。

「あそこはカントリークラブね」ララは言葉を継いだ。「湿地に多い、しだれた木が生えていた。ルイジアナかフロリダかしら。彼はプールにいる子どもたちを見ていた。特に注目している子がいたの。黄色の水着を着たブロンドの女の子。たぶん九歳か十歳――」

「もういいわ」アナベルが警告する。

「足首が毛深かった」ララはおかまいなしに続けた。「ズボンの裾がずりあがっていたから見えたのよ。脚を組んで、ふくらんだ股間を隠していたの」

「もういいって言ったでしょ！」アナベルの声が鋭くなった。

「その子を見ながら、あなたのことを思いだしていたのよ。地下室にあなたを閉じこめていたときがすごく楽しかったみたいね。どれくらい閉じこめられていたの？　数年間？　彼は好きなときに衝動を満たすことができて、満足していた。そのためにわざわざ東南アジアへ行く必要もなかったし。またお気に入りの子を手に入れることを夢見ていたわ。でも地元の有力者だから——地方検事よね？　そんな危険は冒せない。失うものが大きすぎる。でもそれを言うなら、バンコクへ行くのだって危険だわ。どっちもどっちね」

「やめて！」アナベルが甲高い声で叫ぶ。「もうやめて！」

「あれを見たとき、あなたに同情しそうになったわ」ララはふたたび血にまみれた唇に触れた。「もう少しで」

肋骨《ろっこつ》に蹴りを食らった。一度ではおさまらなかった。ララは体を丸めて急所をかばったが、太腿やお尻を蹴られて、目の前で火花が散った。

ようやく蹴るのをやめた頃には、アナベルは息を切らしていた。「一時間明かりをつける予定だったけど、やめにするわ。いい子だけの特権だから。悪い子はずっと暗いところにいなさい」

「あなたがそうだったから？」ララはかすれた声で言った。

ドアがバタンと閉められた。光が遮断される。アナベルを怒らせてしまったから、今日は食事を与えられないだろう。激しい腹痛を感じた。

この状況であとどれくらい持ちこたえられるだろうか。カロリーも睡眠も不足していて、光も浴びていない。薬がなんらかの損傷をもたらす可能性もある。あとどれくらいこれに耐えなければならないの？　数週間？　長くてそれくらいだろう。

ベッドの上で胎児のように丸くなると、当然、真っ先に彼のことを考えた。情熱的だった頃の彼を思いだした。最後の逢引《あいび》きのとき、彼は上半身裸で、大きな椅子にゆったりともたれてララを待っていた。部屋の様子はあまり覚えていない。彼のことしか目に入らなかったから。でも、美しい部屋だったのはたしかだ。シタデル王国にあるものは何もかもが美しかった。

ララを見ると、彼の目は燃えるように輝き、飢えた表情が浮かんだ。彼は立ちあがって、ヒョウのごとく優雅に近づいてきた。ララは息が詰まり、脚をぎゅっと閉じた。切望のまなざしでうっとりと彼を見つめることしかできなかった。されるがままに壁に押しつけられた。

キスをされ、舌が入ってきてうごめいた。彼のあたたかい大きな両手が、ララを巧みに愛撫《あいぶ》した。彼に身をまかせたときのことを思いだすと、ララは歓《よろこ》びに震えた。体がとろけて骨抜きになった。

　彼はひざまずくと、ララが着ていた、ウェディングドレスにやけに似ている白い服の裾を持ちあげた。ララはシタデル王国を訪れるときはいつも、下着をつけていない。彼はいきなり茂みに顔をうずめ、指と舌でまさぐった。愛液を味わいながら、舌を深く差し入れたり、突起のまわりにぐるりと這《は》わせたり、ああ……ララは膝の力が抜けるような甘い歓びを延々と与えられ、うめき声をもらした。それが前戯にすぎないのだ。本番が始まると……もうたまらなかった。

　薬の効果が切れて、現実に引き戻されると、体が震え、脚のあいだが濡れていた。永遠にあそこにいたかった。突然、ストレッチャーに拘束された体に戻り、激しく動揺しながら、アナベルの叫び声を聞いた。〝どこへ行ってたの？　まだ初回の投与なのよ、ばか女！　ブロックの仕方なんて誰に習ったの？〟

　彼らは我慢の限界が来たら、ララを殺すかもしれない。

　かびくさいウールの毛布を涙で湿らせながら、暗闇のなかでじっと横たわった。彼女のシタデルの王に会いたかった。いいえ、彼はララのものではない。それに、もうララを求めていない。

　メッセージを入力したのは大きな間違いだった。けれども、さびしくてしかたがなかったのだ。人との交わりに飢えていた。たとえ彼が空想の産物にすぎなくても、話してみたかった。

でも、〝心を開かなければ拒絶されることもない〟というのが、ララの人生の方針だ。ここにいるあいだもそれを貫けばいい。自分を拒む空想の友人を作るなんて、たいしたものね。

ララは笑った瞬間に後悔した。肋骨に響いて痛かった。ボーイフレンドと喧嘩《けんか》した少女みたいに、ベッドの上で声をあげて泣いた。

実のところ、彼に求められているかどうかは問題ではなかった。失礼な態度をとられてもかまわない。締めだせるものならやってみればいい。ララは薬を投与された瞬間に、誘導ミサイルのごとく王国へ戻るつもりだった。追い返したければ、彼はセキュリティを強化しなければならない。いますぐ行きたいけれど、自分の力だけではどうしようもなかった。トリップするには、あのいまいましい薬が必要なのだ。

ララは自己嫌悪に陥った。たとえ自由を手に入れるためであろうと、薬にのめりこんでいる自分がいやだった。自由を手に入れて何をするのか。結局、薬から生みだされる性的ファンタジーを求めているのだ。

寿命が尽きて、シタデル王国で死ぬことになるかもしれない。ネズミの巣やストレッチャーの上で旅立つよりずっといい。
とっくの昔に希望は捨てた。ほしいのは慰めだけだ。
自分はｐｓｉ'ｍａｘ依存症のあばずれだ。

3

凍《い》てつくような夜明けに、マイルズは数週間ぶりに調子を崩した。日中も悪化する一方だった。

あの出来事が、彼の脆《もろ》い精神バランスをめちゃくちゃにした。防御壁はもとのままだが、感覚過敏がこれまでになくひどい。風が甲高い音をたてながら崖を吹き抜ける。腐植土や腐敗した葉、松葉がまじりあった、発酵した有機化合物の強烈な爆風を受けて、マイルズは身動きできなくなった。保温袋にくるまり、両手に顔をうずめて吐き気をこらえながら、何時間もじっと座っていた。

冷えこむようになり、降雪線がじわじわとさがってきている。マイルズは震えながら、持ってきたなかで一番あたたかい服を身につけた。かわいそうなマイルズ。繊細な花のようだ。気付け薬を持ち歩いたほうがいいかもしれない。今日はロッククライミングはやめておこう。崖から落ちてしまいかねない。何が起こったのだろうとつい考えて――。

いや、何も起こっていない。あれはただの夢だ。誰にも話しかけられていない。マイルズは崖の頂上にいて、二十キロ以内に人っ子ひとりいなかった。彼はテレパスではないのだ。ばかげたことはもう考えるな。

マイルズは水を入れたプラスチックのマグカップに豆スープの袋を空けると、指でかきまぜた。できあがった灰色のどろりとしたものを一気に飲む。だんだん手抜きになってきた。しばらく新鮮なものを食べていない。この時期に森に食べられるものが生えているだろうか。

何か栄養のあるものを見つけようと決意して森に入った。数時間探しまわり、キノコを何本か発見した。強烈な味がするかびくさいしわしわのキノコを、やっとのことで飲み下す。しなびたネギを口にしたら、胃が焼けるように熱くなった。本当に空腹でないと、これは食べられない。喉が詰まり、小枝や土を吐きだした。やれやれ。自分には開拓者精神が備わっていないようだ。

ネギのせいで咳が止まらなくなり、地面にうずくまって頭痛がやわらぐのをじっと待った。

食糧採集などくそくらえだ。身を切るような冷たい風が耳に吹きつける。マイルズはキャンプ場に戻ると、木を集めて薪《まき》を作り、たき火のそばで眠れない寒い夜を過ごした。近いうちに必需品を補充しなければならないだろう。これから雪中キャンプになる。いつ降りだしてもおかしくない。

地面を這う虫が目にとまった。マイルズのブーツのつま先にぶつかると、くるりと向きを変えて前進し続けた。それに見入っていると、あの感覚がじわじわと生じてきた。

ララ。生き生きとした明るい感覚。映像に目を向ければ、白の薄いドレスを着て、セクシーなポールダンスを踊りながら壁をすり抜ける彼女が見えるだろう。

〝見るな〟マイルズは炎を見つめて、脳内のカメラのスイッチを切った。このゲームを続ける気はなかった。この回路には近づかない。損傷した前頭前野につきあっていられない。だまされないぞ。

音にぎくりとした。メールを受信したときに鳴る音だが、スマートフォンは置いてきた。何キロも離れた車の下に固定した箱のなかに、ビニール袋にくるんで入れてある。

〝頭のなかで鳴っているだけだ。音の記憶だ。深呼吸をして、放っておけ〟

だが脳内のスクリーンが光を放つのを止めることはできなかった。マイルズはそこに表示された文字を読んだ。

〝ねえ、そこにいるの？〟

マイルズは自分に言い聞かせた。〝やめておけ。二度と彼女に話しかけるな。精神病が悪化して、戻れなくなるぞ〟

脳内で起きていることを、マイルズは正確に理解している。徹底的に調べたのだ。脳の言語や抽象的思考をつかさどる部位がラッドのテレパシー攻撃によって損なわれ、生化学的変化を引き起こし、脳内回路が変わった。このため、前頭前野と側頭葉の言語領域間の伝達不良が生じ、その結果として幻聴が起こるのだ。声が聞こえる。厳密に言うと違うのだが、だいたいそんなところだ。

統合失調症の症状だ。

メッセージに耳を傾けるつもりはない。声が命令し始めたらなおさらだ。だがそんな思いとは裏腹に、マイルズの返事が、大きな太字のフォントでスクリーンにカタカタと表示された。

〝なんなんだ？　おれのめちゃくちゃな脳について、何かおれの知らないことを教えてくれるっていうのか？　きみは存在しない！　ここにいるのはおれだけだ！　あきらめて消え失せろ。分身などいらない。頼むからもうおれを苦しめるな！〟

マイルズは息を凝らした。長い間が空いた。

〝うわっ、びっくり。あなたは夢だと思っていたのに〟

〝違う。それはきみだ。だから、おれにちょっかいを出さないでくれ〟

〝違うわ！　わたしはあなたじゃない！　夢でもない！　わたしはわたしよ。わかった？〟

マイルズはばかみたいに刺激された。〝勝手におれの頭のなかに侵入してきて、いじくりまわしておいて、よくもそんな態度がとれるな〟

この奇妙なやり取りの最中に、マイルズは降参してララを見た。そして当然、目をそらせなくなった。彼女は椅子に腰かけていて、ふわふわしたスカートが広がっていた。両手を膝の上に置き、無表情でスクリーンを見つめている。それから、両手を持ちあげてゆっくりと文字を入力した。

〝ほかに行くところがないの〟

とてもさびしそうで、マイルズは悲しい気持ちになった。一方、狂気の度合いが強まったと思うと腹が立ち、皮肉を言いたくなった。

〝かわいそうなわたし、ってわけか〟

彼女がむっとしたのがわかった。だが言い返しも席を立ちもせず、顎をつんとあげてスクリーンを見つめている。

〝おいおい、さっきのは冗談なんだろ〟

ララが首を横に振った。腕組みをする。

〝おれの頭のなかだから、おれを侮辱できなくて残念だな〟マイルズは立て続けに入力した。

この挑発を彼女は無視できなかった。キーボードに両手をのせた。

〝もちろんできるわよ〟一文字ずつ、ゆっくりとスクリーンに表示された。

マイルズは笑いだした。こらえきれず、両手で口を覆い、涙をこぼしながら大声で笑った。はたから見れば、頭がおかしくなったように見えるだろう――実際、頭がおかしいのだ。これが動かぬ証拠だ。そもそも、だからここに来たのだ。ラッドに心を操られて壊れてしまった自分を誰にも見られたくなかった。声が聞こえるいかれたやつ。いや、文字が見えるいかれたやつだ。マイルズはオタクだから、頭がおかしくなる通常の過程に、コンピュータにまつわるひねりを加えたのだ。

わかった。これで納得した。やはり処方箋の薬を出してもらおう。

精神科病院に通い、社会復帰訓練施設に入る。それがマイルズの未来だ。よくて食料品を袋に詰める仕事くらいしかできないだろう。よだれを垂らさずにすめばの話だが。薬を飲んだら機能が低下する。

そうしようと意識的に決断する前に、キャンプをたたみ始めていた。病院へ行くと決めたのだから、これ以上ここにいる理由はない。ララの姿はもう見えなくなっていたものの、まだそこにいることが感じ取れた。明るく輝いている。その光を確かめずにはいられなかった。最後に誰かと話をしてからずいぶん経《た》つ。

やはりどうかしている。

少なくとも、心は決まった。風に雪の気配が感じられ、マイルズは調子がよくなるどころか悪化した。手遅れになる前に助けを求めたほうがいい。危険人物になる前に。

森は真っ暗だが、変化した脳がもたらした数少ない利点のひとつが暗視能力だ。午前二時でも、昼間と同じくらい楽々と道なき森を歩ける。マイルズはリュックサックを背負った。

数時間歩き続けた頃に、ふたたび着信音のような音が鳴った。マイルズはもはや抵抗しようとさえしなかった。無駄な努力だ。

〝そこにいる？〟

これ以上失うものはない。正気さえとっくに失っていたのだから、もうどうにでもなれだ。マイルズは頭のなかで文字を入力した。〝ララ？〟

驚きに満ちた長い間が空いた。〝どうしてわたしの名前を知ってるの？〟

〝おれはきみの正体を知っている。夢のなかできみと会った。ここで何をしてるんだ？〟

〝隠れているの〟簡潔な答えが返ってきた。

〝なんだって？〟

〝ここにいれば、あいつらに見つからないから〟

〝意味がわからない〟

〝わかってもらおうなんて思っていない。ただ隠れる場所が必要なだけ〟

〝いやなことがあったのか？〟マイルズはきいた。

〝あなたには想像もつかないでしょうね〟ララはそう入力したあと、またこつ然と姿を消した。今度は完全にいなくなった。

マイルズの五感が彼女を探し求めた。

マイルズはふたつのことに気づいて動揺し、思わず走りだした。ひとつ目。短い会話をしただけで勃起していた。ふたつ目。永遠とも思えるほど長いあいだ続いていた頭痛が消えた。それが不満だというわけではない。飛びあがりそうなほどうれしかった。おそらく、血流が関係しているのだろう。勃起すると頭痛がやわらぐ。血管拡張神経が働くのだ。一方、あいかわらずおびただしい感覚情報がなだれこんでくるが、それらをすべて取りこんで処理することができた。まるで夜中の二時に暗闇で目が見えるのが、鳥の心音が聞こえるのが普通のことであるかのように。処理能力が大幅に向上した。

ララと話すことに治療効果があったのだ。

幻の女に執着するなどとんでもない。手の届かない女にはまる傾向があるのは認めるが、自らの想像の産物に夢中になるとは。出会う前にこの世を去った女性に。やれやれ。目を覚ませ。

車に向かって山をおりていくあいだ、ララ・センサーのビープ音は鳴らなかった。好都合だ。マイルズは投薬治療で彼女を消すことを考えていた。だがなんとなく気まずい気持ちになる。彼女に話しかけることができる脳の部位に薬のハンマーを打ちおろすなど、彼女を裏切ることになるような気がした。

〝ほかに行くところがないの。ここにいれば、あいつらに見つからないから〟彼女のメッセージが脳内で再生された。悲しげで切実だった。

薬を飲んでメッセージが消えたらどうなるのだろう？　それでも彼女は隠れられるのか？　こんな疑問を抱く時点で、精神状態が危ぶまれる。

〝なんてこった。もう考えるな。走り続けて、振りきってしまえ〞

ショーンから買い取ったダッジ・ラムは、森林迷彩柄の防水シートに覆われたまま、止めたときと同じ場所にあった。車の下にもぐりこんで、車台に取りつけていた電子機器の入った箱を取りだした。

何週間も放っておいたにもかかわらず、エンジンはすぐにかかった。スマートフォンの電源を入れ、曲がりくねった伐採道路を走り始める。町へ向かって一キロメートルほど進んだところで通信エリアに入ったので、車を止めてスマートフォンをチェックした。

着信が十八件。メールが四十二通。そのうち十二通が母から。ショーンから六通。アーロから九通。ブルーノから四通。顔も忘れかけている浮気した元彼女、シンディから七通。シンディがメールを送ってきたということはおそらく、浮気相手のろくでなしのロックミュージシャンに捨てられて、いつものようにばかな男のもとへ戻ろうとしているのだろう。

お断りだ。ラッドにこてんぱんにされてひとつだけよかったことがあるとすれば、自分の恋愛を客観的に見られるようになったことだ。シンディのことはどうでもよくなった。遠い昔の出来事に思える。シンディからのメールは読まずに削除した。

母からのメールも、最新のものだけ残してあとは全部削除した。一番最近届いたのは、お決まりの、息子を心配する感情的なメールだった。財布に入れてある処方箋の薬を出してもらったら、すぐに母に電話しよう。薬の力を借りない限り、母と落ち着いて向きあえない。

アーロのメールは不平たらたらだった。マイルズを年中無休で働かせて楽をしていたため、早く戻ってきてほしいのだ。当然だ。アーロは熱愛中で人生を謳歌《おうか》している。美人の恋人と抱きあったり、毎日長い昼休みを取ったり、長めの週末休暇を大型温水浴槽《ホットタブ》のなかで過ごして、激しいセックスの合間にシャンパンを飲んだり、牡蠣《かき》を食べたりしたいのだ。これまで仕事に費やしていた退屈な時間を三分の一に減らして、マイルズにその穴を埋めてもらいたがっている。

ご愁傷さま。もうそんなことはしない。アーロのことは大事だが、防御壁越しだとその思いを実感できなかった。スプルース・リッジで、アーロとニーナのために死にかけたのだ。ヒーローになろうとして高い代償を払った。アーロの残りのメッセージも読まずに削除した。罪悪感や後悔の念に苛《さいな》まれることはなかった。それらの感情は機能しなくなった。

一瞬ためらったあとで、ショーンの最新のメールを開いた。

〝結婚式には来いよ。来なかったら大変なことになるぞ〟

結婚式？　ちくしょう、そうだった。スプルース・リッジの事件のせいでブルーノとリリーの結婚式が延期され、そのあとリリーが息子を早産で出産して、ふたたび延期になって……今日は何日だ？　マイルズはスマートフォンで確認した。くそっ。結婚式は今日だ。

マイルズは意気消沈して長いため息をついた。防御壁越しでも、心から落ちこんだ。結婚式に出席する必要はない。必需品を補充し、車を走らせて、また別の山へ行けばいい。もっと遠くの山へ。

そして、母親にも連絡しないのか？　難しいことを考えるのは大変だった。自殺行為だ。精神病の瀬戸際にいることを考えれば。

留守番電話にメッセージが残されていた。発信元は知らない番号だった。

〝もしもし、マイルズ〟女性の震えたしわがれ声が話し始めた。〝マチルダ・ベネットです。あなたが全力を尽くしてララを探してくれたことはわかっています。よくやってくださいました。でもわたしも少し調べてみたら、別の糸口が見つかって、それで、あなたに手伝ってもらえたらと思ったんです。わたしにできることはもうないけど、あなたならもっと先へ進めるかもしれない。少しでも興味があるなら、この番号に電話してください〟

一週間前にかかってきた電話だ。

驚いた。予想外の展開だ。マイルズはスプルース・リッジへ行く直前に、マチルダと会った。ウェントワース大学でララの父親、ジョセフ・カーク教授と働いていた女性だ。彼女が最初に、ララを探すようマイルズをけしかけたのだ。

マイルズを行動に駆りたてるはずのメッセージも、防御壁がブロックした。マイルズはみぞおちがむずむずするような奇妙な感覚に襲われただけだった。運命のいたずらだ。何か肝心なことを見落としている。

答えは明らかだ。誰でもわかる。

〝ララは死んだんだ。もうあきらめろ。これ以上狂気の世界に突っ走るな。そこの住人になるな〟

だが、マイルズはマチルダの電話番号を選択して発信をタップした。まだ寝ているだろうが、マチルダは折り返しの電話をずっと待っていただろう。発信音を十二回数えてあきらめかけたとき、電話がつながった。一瞬の間のあと、声が聞こえた。「もしもし？」

若い女性の声だ。マチルダではない。

「こんな時間にすみません。マチルダと話せますか？」

女性の甲高い声が聞こえてくるだけで、わけがわからなかった。

「もしもし？」マイルズは呼びかけた。声を大きくする。「もしもし？」

電話の相手が男の声に代わった。「もしもし、どちらさまですか？」

「マイルズ・ダヴェンポートです。マチルダと話したいのですが」

「ああ」男が悲しみに沈んだ声で言った。「マチルダは、その……亡くなりました」

マイルズの心が一瞬にして凍りついた。「えっ？」

「亡くなったんです。一週間前に」

「一週間前……」マチルダが電話をかけてきた日だ。マイルズはやっとのことで頭のなかを整理した。「あなたは？」

「ぼくはスティーヴ・スタッフォード。マチルダの孫娘の夫です」

「そうですか……ご愁傷さまです。どうして亡くなられたんですか？」

スティーヴが少しためらってから言った。「ニュースをご覧になっていないんですか？」

「はい」マイルズは答えた。「しばらく町を離れていたもので」

「殺されたんです。押しこみ強盗です。どこかの麻薬中毒のろくでなしが押し入って、階段から突き落としたんです」

マイルズは打ちのめされた。胸にのしかかる重しがさらに重くなった。

「それは……残念です」つかえながら言う。「捜査を担当した刑事の名前を教えてもらえますか？」

「何か心当たりがあるんですか？」スティーヴの声が鋭くなった。

「いいえ。しかし、マチルダは亡くなった日に、わたしに電話をかけてきてメッセージを残していたんです。電話には出られませんでしたが、警察に知らせたほうがいいと思って」

「落ち着いて、エイミー」スティーヴが小声で妻にそう言ってから、マイルズに答えた。「わかりました。別に問題ないでしょう。担当したのはバーロウという名の刑事です」すらすらと口にした電話番号を、マイルズは暗記した。

「葬儀は本日行われます」スティーヴが言葉を継ぐ。「午後六時に、メリウェザー長老派教会で。ご都合がよろしければ」

「はい。ありがとうございます」マイルズは言葉を探した。「奥様にどうぞお気を落とされませんようにとお伝えください。驚かせてしまってすみませんでした」

「いいえ、お気になさらないでください。大丈夫です――たぶん」

マイルズは精一杯、礼儀正しく会話を締めくくったあと、身動きもできず目をぎゅっと閉じた。

なんてこった。マチルダ・ベネットが殺された。全身が緊張でこわばっていた。マイルズは冷酷な人間になったと思っていた。最悪な方法で、衛星のように孤独で自由になったのだと。

だがそうではなかった。胃が締めつけられてむかむかする。結婚式。殺人。葬式。彼の頭のなかに閉じこめられ、必死で助けを求めている幽霊。殺された女性が残した謎めいたメッセージ。

現実にしがみつこうと躍起になっても無駄だった。

現実はどこからどう見てもめちゃくちゃだ。

マイルズは泥や石を吹き飛ばしながら車を急発進させ、法定速度を超えるスピードで走らせた。

あのマチルダが殺されるなんて。彼女は人畜無害の老婦人で、猫背で体格がよく、杖《つえ》を突いてドシドシと歩いた。マイルズは感情に突き動かされなくとも憤慨した。どう考えても、冷徹な論理からいっても憤慨に値する行為だ。思いやりのある老婦人を殺害する人間のクズなど、ポリオウイルスのように地上から抹殺するべきだ。

マイルズはマチルダに好感を持っていた。彼女を失望させたくなかった。大言壮語も、善意も、美女を救う勇猛果敢な王子になるという途方もない空想も、そのためだった。

現実は常に残酷だ。マイルズがさじを投げても、マチルダは優しかった。理解してくれた。彼女のために結果を出したいと思わせるような女性だ。頭を撫《な》でてもらい、クッキーをもらうために。褒めるに値する分だけきっちり褒めてもらうために。厳格だが優しいお祖母ちゃんタイプだ。

マイルズは激しい怒りに襲われた。

通り道にある給油所で、息を止めて匂いを遮断しながらガソリンを入れた。周囲の盗み見る視線に気づかないふりをした。数週間も野宿し、ときどき冷たい小川に飛びこむくらいで衛生面にあまり気を遣わなかったから、奇妙に見えるのだろう。いまいましい結婚式のために、体を洗ってきちんとした服を手に入れたいなら、急がなければならない。

スマートフォンで三つの目的地を同時に見つけた――薬局とホテル、大きいサイズの衣料品店が全部、同じショッピングセンターにある。アーロの隠れ家に置いてある自分の服を取りに行く時間はなかった。

州間高速道路5号線に入っても、スピード違反をするドライバーを神様が守ってくれた。ポートランドに到着すると、まず薬局に立ち寄って洗面用具と櫛《くし》とかみそりを購入した。サングラスをかけていても、蛍光灯の光に目がひりひりした。

ホテルの部屋に入ったとたんに、煙草の煙と消臭剤の匂いが鼻についたが、口で息をしてこらえ、すぐにシャワーを浴びに行った。

原始人のようにもつれた髪をとかしたあと、険しい顔で鏡を見つめた。シャツを脱いで崖をのぼったせいで、上半身が革のような褐色に日焼けしている。いまもなお筋肉の塊だが、引きしまって筋張っていた。筋肉や血管や腱《けん》がすべてくっきりしている。まるで砂漠にひとり取り残され、飢えて目に狂気を漂わせたアフガニスタンのヤギ飼いのようだ。

ひげを剃《そ》り落とすといくらかましになったものの、今度は伸びたぼさぼさの髪が目についた。だが、少なくとも清潔だ。あいかわらず大きなわし鼻がなければ、自分だとわからないかもしれない。やれやれ。ずいぶん年を取ったように見えた。口元に新たな皺が刻まれている。目は……。

マイルズはあわてて鏡から目をそらした。

〝立ちどまるな。息を吸って〟マイルズは口で呼吸した。それから、手持ちのなかで比較的きれいな服を身につけた。

大きいサイズの衣料品店にマイルズが入っていくと、店員の冷やかな視線が染みのついたTシャツと薄汚いジーンズに向けられた。

「スーツを探している」マイルズは声をかけた。「色はダークグレー。結婚式に出席するんだ。あと……」スマートフォンで時間を確認する。「くそっ。三十五分しかない」運がよければ、花嫁が遅刻するかもしれない。四十分くらい。望みはある。

カウンターにいる若い女性店員が両肘をついて身を乗りだし、マイルズの上半身を汚れた服もひっくるめて楽しそうに眺めていた。

「シャツもほしい」マイルズは店員たちに言った。「白か、そうだな、薄いグレー。それから、ネクタイとベルトも。礼装用の靴と下着もいるな」

男性店員が小鼻をふくらました。「ご予算は？」

マイルズは肩をすくめた。「似合っていて、すぐに用意できるのであればこだわらないが、できれば二千ドル以内におさめてくれ」

店員が目を細め、苦い顔をした。「お支払方法は？」

マイルズはサングラスを取って、無言で店員を見つめた。店員の喉仏がひくひく動いた。

どうでもいい。スプルース・リッジの事件の前なら、マイルズはこの店員の態度に腹を立てていただろう。だがいまは違う。外見で判断することを責められなかった。普通の人なら誰でもすることだ。マイルズもかつてはそうしていた。いまの自分がひどい様子なのは認めざるをえない。

それでも、嫌味な男におろおろする時間をたっぷり与えたあとで、ようやくジーンズのポケットからビニールで包装された封筒を取りだした。緊急時に備えて、現金を用意しておいたのだ。マイルズはビニールを切り開くと、百ドル紙幣を十五枚抜き取った。「前金だ」

店員が紙幣を受け取った。「少々お待ちください」そう言うと、店の奥に姿を消した。

カウンターの女の子がマスカラをたっぷり塗ったまつげをはためかせた。「スーツを着るタイプには見えないけど」マイルズをじろじろ見る。

マイルズはうめくように言った。「おれもそんな気分じゃない」

「レザーとか鎖とかのほうが似合うわよ」女の子が青い大きな目を無邪気にぱちぱちさせる。「ねえ、ハーレーに乗るの？」

やれやれ。レザーに鎖にハーレーか。ユーモアを解する心が少しでもあれば、笑い転げるところだが。「シャツから選んでもらえるか?」マイルズは尋ねた。

女の子が冷めた表情になった。男性店員が戻ってくる。少しは礼儀正しい態度に変化していたものの、さっさと用を承ってお引き取り願いたいと思っているのがありありとわかった。マイルズのほうも異存はない。

しばらく経って、マイルズはスプルース・リッジの事件前よりも一サイズ小さいスーツを着て店から出た。永遠に変わらないのは巨大な手足と鼻だけだ。バックミラーを見たとき、バリカンを買って髪を刈ればよかったと後悔した。もつれをとかした結果、数カ月前、情緒危機に陥っているときに自分で切った不ぞろいな髪が伸びた状態になった。肩と顎のあいだでぼさぼさの巻き毛がぶらぶらしている。スーツと合っていない。だが床屋へ行く時間はなかった。

とはいえ、結婚式に大遅刻して教会へ入っていき、程度の差こそあれ皆マイルズに腹を立てている連中と顔を合わせることを考えれば、髪形など些細《ささい》な問題だ。

サングラスをかけて、耳栓をした。電磁スモッグや排気ガス、粒子状物質といった都会の濁りに胸がむかむかするが、これらに対する防御壁や治療法はない。耳が痛くなるほど歯を食いしばると、結婚式場へ向けて出発した。

4

サム・ピートリーはブルーノと、ラニエリ家の手ごわい女家長、ローザおばさんに挨拶したあと、ぎゅう詰めの小さな教会の外に出た。義務は果たしたから、こっそり煙草を吸いに来たのだ。

やれやれ、このグループは結婚ラッシュだ。ピートリーは不愉快な既視感《デジャヴュ》に襲われた。そう言えば、ケヴとエディの結婚式のときも、こんなふうにこっそり抜けだした。みんなの気分を害したくはないが、結婚式の浮かれた光景を見ていると息苦しくて、なんとなく憂鬱になるのだ。

今度彼らに結婚式に招待されたときは、欠席の詫《わ》び状と塩コショウ入れを送って、かかわらないようにしよう。今日のところは隠れて乗りきるしかなかった。それで、マイルズ・ダヴェンポートの到着を目撃することになったのだ。

最初はマイルズだとわからなかった。ピートリーは習慣的に、近づいてくる人ひとりひとりにざっと目を走らせていた。そして、教会へ向かって一直線に歩いていく背の高い男に注意を引きつけられると、この男は要注意人物だとただちに判断した。暗く険しい目。褐色に日焼けした肌。セットされていないぼさぼさの髪。高級スーツを着ているのに、野宿をしていたように見える。冷酷なまなざし。引き結ばれた口。歩く爆弾といった感じだ。友人の結婚式場に入っていくのを見逃せる相手ではない。ピートリーは友人として、また警察官としての義務を果たすために足を踏みだし、目的地を間違えているのではないかときこうとしたところで、ようやくその男が誰だか気づいた。

おいおい、あの鼻は……なんてこった。ピートリーはじろじろ見ながら声をかけた。

「マイルズ？」

「よう」マイルズが顔にかかったぼさぼさの髪を振り払った。その顔に笑みは浮かんでいなかった。

ピートリーは手を差しだして握手をしようとした。だが第六感が働いて、思いとどまった。「また会えてうれしいよ」

マイルズがうなずいた。「ああ」

マイルズは、〝おれも会えてうれしいよ〟とも、そのほかの社交辞令も言わなかった。マイルズ・ダヴェンポートのそういう面は、見たところ、体重の二十五パーセントとともに消え去ったようだ。褐色の大きな手が、スーツの袖口からのぞくシャツの白いカフスと鮮やかな対照をなしている。かさぶただらけで爪はぼろぼろだ。砂漠の太陽の下で、岩やとげのあいだを這っていたかのようだ。

〝いったいどこへ行っていたんだ? みんな死ぬほど心配していたんだぞ〟ピートリーはそうききこうとしてやめた。この不幸な男は、午後じゅうずっとその質問を浴びせられるだろう。あえて自分がする必要はない。

何か言うことを思いつく前に、リムジンがやってきた。アンテナにバラ飾りと吹き流しが飾られている。花嫁の到着だ。

ドアが開いて、ガーターとストッキングをつけた脚と、ふわふわしたスカートがあふれでた。リリーが立ちあがってドレスを直す。ギリシア神話の女神のような、ひだのある優美なドレスで、ものすごくきれいだ。リリーの髪を整えているニーナも負けていない。体にぴったりした、ぱっと目を引く夕焼け色のドレスを着ている。風が吹いて、ベールが旗のごとくひるがえった。

そして、彼女もいる。もちろん。まるで灰色がかった青色の液体に浸《つ》かったかのように、体に張りついたサテンのシースドレスを着たスヴェティを見たとたんに、ピートリーは口のなかがからからに乾くのを感じた。彼女は座席でわめいている子ども――マクラウドの仲間に一番最近加わった、マルコ・ラニエリに気を取られていて、お尻から降りてきた。スヴェティの見事なヒップを気づかれずに眺めるまたとないチャンスに、ピートリーはマイルズのことをすっかり忘れてしまった。スヴェティが白い肩にかかるつややかな髪を揺らしながら降り立った。マルコを抱きかかえているため、深く開いた胸元が隠れている。残念だが、日の出と同じくらい予測できることだった。

前の座席からアーロとケヴ・マクラウドが現れた。マイルズは身をすくめたものの、それで隠れられるはずもなかった。

最初にアーロがマイルズに気づき、しばしぼう然とした。リリーに腕を差しだしたケヴに何やらささやく。ケヴの明るい目がさっとマイルズに向けられたが、マイルズは彼らの通り道から離れた位置にいた。花嫁は裾を踏まずに階段をのぼることに気を取られていて、気づいていない。

ニーナがちらりとこちらを見て困惑の表情を浮かべたものの、介添え人の仕事に集中するようアーロがうながした。

スヴェティはむずかるマルコを揺すってあやしながら、一番後ろを歩いていた。その動きでスヴェティの胸も揺れている。長い褐色の髪が、肩をいっそう白く見せる。ピートリーはぐいと目をそらした。やめておけ。高貴な女神の完璧な胸をじろじろ眺めるなど図々しい。だが彼女の非難の目は、もっぱらマイルズに向けられているため、心配なかった。

スヴェティはマイルズたちがいるところのひとつ下の階段で立ちどまると、しかめっ面で見あげた。「マイルズ？」信じられないというような口調だ。

「ああ、おれだ」

「いったいどこへ行ってたの？　どんなに心配――」

「やめろ」マイルズがしわがれた声を出す。「言わないでくれ」

スヴェティが唇を引き結んだ。いまにも泣きだしそうに見える。「まあ少なくとも、結婚式には来たのね。努力したのね。思いやりがあるわ。なんて誠実な友人なんでしょう」

マイルズはほっとした様子だった。涙より皮肉のほうが対処しやすい。

「間に合わないかと思った」マイルズが言う。「リリーが遅刻してくれてよかった」

「マルコが疝痛《せんつう》を起こしたのよ」スヴェティが説明した。「リリーはいったんドレスを脱がなければならなかったの。看病で――」

「細かいことはぞっとするから話さなくていいよ」ピートリーはさえぎった。

スヴェティがちらりと彼を見た。「あなたに話しているんじゃないの」

マイルズがスヴェティの胸元でもがいている赤ん坊をのぞきこんだ。「マルコか。驚いたな。その……」言葉に詰まっている。「大きくなったな」

「そうよ」スヴェティがもがく赤ん坊を持ちあげてよく見た。まるで自分の子であるかのように誇らしげだ。「二カ月で一・五キロも体重が増えたの。身長も体重も満期産児の五十パーセンタイルに届きそうなのよ。でも、疝痛がひどくて。抱っこしてみる？」

マイルズが目に見えてひるんだ。「いや、いい」あわてて言う。「きみにまかせるよ」

スヴェティはふたたびマルコを胸に抱くと、大きな目でマイルズをしげしげと観察した。そのエキゾチックな斜視気味の目は、夢にまでしばしば現れてピートリーを悩ませた。

「ここに来たのは、シンディと関係がある？」スヴェティがそっと尋ねた。

マイルズがかぶりを振る。「全然関係ない」

「ああ、よかった。だって、ほら……彼女はもうあの人と別れたんでしょう？　あの

「見当違いだ」「よかった。一緒に逃げた人と。知ってた？」

「どうでもいい」マイルズが感情のこもっていない声で答えた。

スヴェティはマイルズを探るように見たあと、満足げにうなずいた。「よかった。じゃあ、彼女は隠れるための単なる言い訳だったのね。誰も彼女を気に入っていなかったのよ。あなたにふさわしくない」

マイルズが首を横に振る。「その話はしたくないんだ、スヴェティ。今日は」

「言い訳ならきみのほうが得意だろ」ピートリーは思わず口走った。そして、すぐに後悔した。いったい何を考えてるんだ？　死にたいのか？　校庭で注意を引こうとする子どもか？　彼女がマイルズにばかり話しかけるから、嫉妬したのか？　スヴェティが吸いこまれそうな琥珀《こはく》色の瞳をピートリーに向けた。その目は見開かれ、怒りと屈辱に燃えている。もう引き返せない。

「なんですって？」スヴェティが冷やかにきき返した。

ピートリーは身ぶりでマルコを示した。「言い訳。それだよ。きみはいつも赤ん坊を抱いている。鎧《よろい》みたいに。おむつをした子のいる女に近づく男はいないから、きみは安全だ。そうだろ？　お人よしのスヴェティ。いつも率先して子守をしている」そこでフラスコ瓶に口をつけてあおったが、蓋を閉めたときもまだ彼女は黙って彼をにらんでいた。

「あなたってむかつく人《アスホール》ね」ようやくスヴェティが言った。「マルコの前でそんな汚い言葉は使うな」

「それは何度も聞いたよ」ピートリーは舌を鳴らした。

「うるさいわね。わたしの鎧はあなたの鎧よりも上等よ」スヴェティが彼の手から酒の入ったフラスコ瓶を払い落とした。瓶は跳ね返り、階段を転げ落ちていった。

「バーボンよりも赤ちゃんのうんちの匂いのほうがずっといいわ」

マルコがよだれにまみれた、えくぼのある赤い手でスヴェティの襟ぐりを引っ張ったあと、胸の谷間にむさぼるように顔を押しつけた。ピートリーは顎で赤ん坊を示した。「飲みたいんじゃないか?」

スヴェティは顔を真っ赤にしながらハンドバッグから哺乳瓶を取りだしてマルコの口に突っこむと、怒った足取りで去っていった。ピートリーとマイルズは教会の扉がバタンと閉められるのを待ってから、同時に息を吐きだした。

「すごいな、ピートリー」マイルズが言う。「女性をあんなふうに言い負かすとは」

ピートリーは返事をせずにフラスコ瓶を取りに行った。

「だけど、ばかだな《アスホール》」マイルズが言葉を継ぐ。「彼女の言うとおり」

ピートリーはかっとなった。「仲間に何も言わずに逃げだして心配させるやつに、そんなことを言われたくない」

マイルズが首を横に振る。「気づいていないんだな。見え見えなのに」

「なんだ？」ピートリーは声がうわずった。「なんの話だ？」

「彼女はきみのことが好きなんだ」

ピートリーはぽかんとマイルズを見つめた。「違う」ようやく言った。「それは絶対にない。いったいどこからそんな考えが出てきたんだ？　彼女はおれを心底嫌っているんだ」

マイルズがぶつぶつ言う。「彼女がきみに近づいたときに、心拍数が百四十まで跳ねあがったんだ。瞳孔が開いていた。それに、あのフェロモンは……」ピートリーの股間をちらりと見た。「ああ。彼女も赤くなった。乳首が立ったからわかったんだが、それだけじゃなくて、すべての毛細血管がきみだけのために拡張したんだ、この幸せ者」

「でたらめだ」ピートリーはつぶやいた。股間がむずむずし、胸がかき乱される。体に力を入れて抑えこんだ。「彼女の胸を見るなんて、どういうつもりだ？」

マイルズの険しい口元に陰気な笑みが浮かんだ。「おれは頭がおかしくなったかもしれないが、死んではいない。気をつけろよ。スヴェティは触れてはならない処女のプリンセスだ。邪悪な怪物から救いだされた。彼女をおかしな目で見ただけでずたずたにされる。手を出したりしたら、言わずもがなだ」

そのとおりだ。不幸にも親を亡くした、か弱く傷つきやすい華奢《きゃしゃ》な美女、スヴェティに下心を抱いてはならないという暗黙の了解がある。彼らの考えでは、スヴェティは永遠に男とつきあうのはまだ早いのだ。手を出そうとする男がいれば、マクラウドとその仲間たち八人と、彼らを束にしたよりも強力なタム・スティールにぼこぼこにされるだろう。

「じゃあ、本当なんだな？」ピートリーは言った。「みんなが言っていたことは。ものすごい力を手に入れたんだって？　全部見えたのか？　それとも、おれをからかっただけか？」

マイルズは笑い声をあげたあと、突然片手を頭に当てて顔をしかめた。「そんなにいいものではない。おれは彼女の心拍を聞いた。フェロモンを嗅いだ。散大した瞳孔を見た。感覚過敏の問題を抱えてるんだ。情報が消防ホースの水みたいに降りかかってくる。遮断することはできない」

「遮断する必要なんてあるのか？」ピートリーは言った。「役に立ちそうだが」

マイルズに無言で見つめられた。厳しい視線に罪悪感をかきたてられる。どうやらマイルズは、あたらしく得た強大な力を楽しんでいないようだ。「すまない」つぶやくように言った。「きみの……障害を軽んじるつもりはなかった」

「いいんだ。おれは前から普通じゃなかった。変わり者だった。いまは脳に損傷のある変わり者だ。ちょっと違うカテゴリーに移っただけだ」

「じゃあ、痛みがあるんだな？」ピートリーは好奇心を抑えられなかった。

マイルズがこめかみをさする。「きみの息は煙草とバーボンの匂いがする。シャンプーはパート。アフターシェーブローションはオールド・スパイス、制汗消臭剤はアリッド・エクストラ・ドライだな。スーツのドライクリーニングに使われた化学薬品。それを包んでいたビニール袋。ちくしょう、あと一歩でも近づいたら、有毒ガスで気絶しちまう」

ピートリーは瓶の蓋を開けて酒をあおった。「じゃあ、離れているといい」

「そうするよ」マイルズが請けあった。「スヴェティはきみよりずっといい匂いがした。フェロモンがあふれでていて、最高だった」

「彼女のフェロモンのことなんて考えるな」ピートリーはきつい口調で言った。

ふたたびマイルズの口元に陰気な笑みが浮かんだ。見抜かれている。ピートリーは思春期の少年に戻った気がした。とんでもない間抜けだ。無言でフラスコ瓶を差しだした。

「それも試してみたが」マイルズが言う。「効果はなかった」

ピートリーは瓶に蓋をしてからジャケットのポケットにしまった。「残念だな。同情するよ。さあ、行くか」

ふたりは教会に突入した。オルガンの音が鳴り響き、レースがふわりと揺れ、オレンジの花の香りがする結婚式の狂騒が彼らを迎えた。

障害になんとか対処することを綱渡りにたとえるとすれば、結婚式でそれをするのは、金切り声をあげる頭のおかしな人たちの集団が揺らしている綱を渡るようなものだ。子どもたちだけでも大問題だ。マクラウド一族の子どもたちはキャッキャと叫びながら、いっせいにマイルズに突進してきた。マイルズは大人相手ならまだ冷たくあしらうこともできたが、子どもたちは別だった。子どもが大好きで、防御壁越しでもそれは変わらなかった。

マイルズは自制心を失うことなく式を切り抜けた。ローザおばさんはうまく避けたものの、全員を避けることはできない。そしてみんな、〝じっくりと考える〟ために山へ行ったという彼の下手な言い訳に納得しなかった。

　そんなふうにして数時間が経った頃、マイルズは気づくと受付のまわりを落ち着きなくぐるぐるまわっていた。泳ぎ続けなければ死んでしまうサメのように。急いで行かなければならない場所があるから、人と目を合わせている暇などないのだというふりをして。

「マイルズ！　ここに来れば会えると思っていたわ！」

　マイルズは神経を逆撫でされ、さっと周囲を見まわした。なんてこった。シンディだ。はっとするほどきれいだった。体にぴったりした赤のカクテルドレスを着ていて、往年のハリウッドスターみたいだ。唇も赤く塗っている。ここで彼女に会うとは思っていなかった。全然。驚きすぎて、防御壁をしっかり保つのに苦労した。

「何しに来たんだ？」マイルズは問いつめた。「招待されたのか？」

　シンディが目をぐるりとまわした。「押しかけたのよ。エリンとコナーは怒っているけど、ほかの人たちは礼儀正しいから何も言わなかったわ」グラスに残っていたシャンパンを飲み干すと、通りかかったウェイターのトレイからあたらしいグラスを取った。「でも、わたしが来たからって別に害はないでしょう？」

　マイルズはその問題について話しあう気はなかった。彼女が触れようとしてこないことを念じながら、じわじわとあとずさりする。防御壁。防御壁。防御壁さえあれば大丈夫だ。

「驚いたわ、すっかり変わっちゃって」シンディは不思議そうに彼を眺めまわした。「こんなに日焼けしたあなたを初めて見たわ。夏でさえここまで黒くなったことはなかったのに。それに、すごく痩せたのね。その顔。なんと言ったらいいかわからないけど、野性的だわ」

マイルズは笑いをこらえた。「しつけが足りないみたいだ」

「あら、心配しないで」シンディが目をぱちぱちさせる。「それって楽しそう。ねえ、あまり食べていないの？　わたしが恋しかったとか？」

そんな話はしたくない。マイルズは首を横に振り、さらにあとずさりした。

「待って！」シンディが前に飛びだして、マイルズの手をつかもうとした。マイルズが払いのけると、彼女は傷ついた表情をした。「まだ頭がおかしいの？」

マイルズは思わず笑いそうになった。哀れだ。シンディは自己中心的で、まわりが見えていない。そんな彼女に長年耐えてきたのだ。

「おれは頭がおかしいわけじゃない」マイルズは言った。「脳を損傷したんだ。それとこれとは違う」

シンディの茶色の瞳が涙で光った。「アンガスと別れたの。二カ月前に。アイルランドに恋人がいたのよ。七歳になる子どもまで。わたしはただの浮気相手だった」

「そうか」マイルズはしばらく経ってから言葉を継いだ。「そのこととおれにどんな関係があるんだ？」

シンディが怒って、からのグラスを近くのテーブルに叩きつけるように置いた。そして、通り過ぎるウェイターに合図をするあいだに、ちょうどトレイを持ったウェイトレスが通りかかった。「意地悪しないで」鋭い口調で言ったあと、またひと口シャンパンを飲む。「これから謝って、説明しようとしているのに。そんな態度をとられたらやりにくくなるわ」

「話しても無駄だ、シン」マイルズは言った。「興味がない」

「いい加減にして」シンディが得意の流し目で彼を見る。「あなたは怒っていて、怒る正当な権利もある。わたしは償いをしたいのよ。ここに来たときに調べておいたの。奥に鍵のかかっていない管理事務所があったわ。誰もいないの。内側から鍵をかけられるから、なんでも好きなことをしてあげる。ねえ……あなたのしたいことは正確にわかるわよ。あなたのことをよく理解しているから」

なんてこった。彼女が見当違いをしていることをわからせる方法が見つからない。

もしマイルズが良心の呵責《かしやく》を感じない男だったら、脳が損傷していなければ、彼女の誘いに応じたかもしれない。彼女はゴージャスで、セックスもうまい。楽しんで、償ってもらってから別れればいい。

だがあいにく、自分はそういう男ではない。

マイルズのためらいを乗り気ととらえたシンディが近づいてきて、彼の危険領域に侵入した。マイルズは後ろによろめかないように気をつけた。恥をさらしたくなかった。みんなが注目しているに違いない。

「おれに触るな、シン」マイルズは穏やかに言った。

シンディがクックッと笑う。「触ってほしいくせに」

違う。本当に触ってほしくなかった。おそらく、防御壁のせいで変化したのだろう。あるいは、ようやく必要な脳細胞が成長したのかもしれない。呪縛は完全に解けた。

シンディにはもう、マイルズの扱い方がわからない。唯一の武器は女の魅力だから、それを見せつけているが、いまの状況では効果のない武器だ。マイルズの熱がついに冷めたあとで初めて、心から求められるとは皮肉なものだ。この苦しかった長い過程を逆行させることはできない。シンディが三杯目のグラスを一気に飲み干した。車で来たのだろうかとふと考えたあとで、マイルズはそんな心配をするのはもう彼の役目ではないと自分に言い聞かせた。

もう彼女を守る必要も、理解する必要もない。彼の人生のパートナーとして、信頼できる女性に成長する手助けをしなくていいのだ。この興奮している女は、とろんとした目つきをして、胸の谷間をあらわにし、歯に口紅がついている……最悪だ。

「どうする？」シンディが身を乗りだして、胸を彼の体に軽くぶつけた。

「遠慮しておくよ」マイルズは言った。

シンディが目を細めてにらむ。「なんなの。すねちゃって」

マイルズはしっかりした足取りでシンディの前から歩み去った。そして、前菜が並んだテーブルに行き当たったが、そこは彼のいたい場所ではなかった。食べ物の匂いが鼻につく。

「大丈夫か？」

背後に、しかめっ面をしたショーンがいた。まだよちよち歩きの、丸々と太ったエイモンを腕に抱いてあやしている。

「ああ、問題ない」マイルズは答えた。

「何週間も岩山に逃避しなきゃならなかったのに？」ショーンがエビの串焼きをむしゃむしゃ食べながら、マイルズをにらんだ。「いったいどういうつもりだ？　お母さんにもずっと連絡しないで。おまえは最低だ！　家庭内暴力の一種だぞ！」

「ショーン、この話は――」

「うるさい、黙れ。かわいそうに、お母さんはおまえを探すために、はるばるセーフガードの本社まで行って、デイビーとセスとコナーを雇おうとしたんだぞ！　まだ電話していないのか？」

マイルズはエビの匂いに息を詰めながら、首を横に振った。彼の嗅覚の許容範囲をはるかに超えている。「ああ、まだだ」

「電話しろよ」ショーンが厳しい口調で言葉を継ぐ。「いますぐ。お母さんは傷ついている。見ていられない。まったく、とんでもないことをしてくれたな」

「ちょっと待て、叩きのめす前におれにもひと言言わせろ」

アーロだ。マイルズは腹に力を入れて鋳鉄のごとく硬くしてから振り返った。アーロはニーナを連れていた。まだ婚姻届けを出していないのに、彼女は妻だと言い張っている。もちろん、みんな調子を合わせていた。アーロには逆らわないほうがいい。その後ろにケヴ・マクラウドとその妻のエディ、タム・スティール、コナー、デイビーもいた。全員、非難のまなざしでマイルズを見ている。

なんてこった。シンディに対処するだけでも大変だったのに。マイルズは防御壁にさらなるエネルギーを注入して、感情の錨《いかり》にしているイメージにしがみついた。上半身裸で裸足のマイルズが、フォークのもっとも高い頂上にいて、風に洗われるレーニア山の雪冠を眺めている。風に髪をかき乱され、耳を凍えさせながら、雲を見おろしている。束縛と解放のあいだでうまくバランスを保っている。完璧で、からっぽ。

その穏やかなイメージが揺らぎ、おぼろになって、崩壊した。「やめてくれ」マイルズは言った。「山に戻るよ。みんながそんなに怒っているのなら」

「おれたちを脅す気か」アーロが怒鳴った。

「黙って、アーロ！」ニーナが怒った声で言う。「それじゃあなんにもならないわ」

マイルズは頭がむずむずした。ニーナがテレパシーを使おうとしているのだ。マイルズが考えないようにしている数カ月前の奇妙な冒険の最中に、彼女はその能力を得た。窮地を脱するとニーナはテレパスになっていて、アーロは人の心を操る能力を発掘した。マイルズはそれをおもしろがっていた。自分と同類だと思った。

アーロとニーナはその途中で出会い、本物の愛を手に入れた。恐ろしい体験をしたことを考慮に入れても、悪くない取引だ。マイルズの場合はそんなうまい話にはならなかったのが残念だ。彼は目から血を流した状態で置き去りにされた。すっかりめちゃくちゃにされた。

その辺にしておけ。自己憐憫《れんびん》に浸るのはやめろ。

ニーナはマイルズの防御壁を通り抜けられない。爆薬に相当するテレパシー能力を持っていたラッドでさえ突破できなかった。ラッドの右腕だったあばずれ、アナベルの強力な性的魅力をもってしても無理だった。自分で言うのもなんだが、しっかりした立派な防御壁だ。マイルズが人生で完全に会得したものがひとつあるとしたら、それはコンピュータのセキュリティで、脳内の類似のものでもうまくいった。

マイルズはニーナを見つめた。「やめておけ」

ニーナは何食わぬ顔で言った。「ちょっと防御壁をさげてくれない？　頭のなかで起きていることをわたしが見れば、役に立つかもしれないわよ。あなたが体験していることがもっとわかれば、わたしたち――」

「やめておけ」さっきよりも強い口調になった。

ニーナはうなずいたが、マイルズの試練はまだ続いた。それはかすかな感情から始まった。不安。ラッドに脳をずたずたにされるような苦痛を与えられたときも、最初はそうだった。アーロが心を操ろうとしているのだ。

不快なことを思いだして、マイルズは気分が悪くなった。アーロを見て言った。

「今度同じことをしたら、手足をもぎ取ってやるからな」

アーロは小鼻をふくらましたものの、すぐさまあきらめた。

マイルズは深呼吸をして、ふたたび山頂を思い浮かべた。ポケットをまさぐってサングラスを取りだす。室内でかけるとキザに見えるが、誰にどう思われようとかまわなかった。

「そろそろみんな気はすんだか？」

「まだまだだ」ショーンが言う。「覚悟しろよ」

マイルズは悲痛なため息をついた。「いつもしてるよ」

「テラスに出ない？」ニーナが提案する。「そこで話をしましょう」そう言うと、マイルズの腕に触れた。マイルズは不意をつかれてぱっと飛びのいた。それを見た一同は体をこわばらせ、視線を交わした。

「なんてこった、マイルズ」ケヴがつぶやいた。「そんなにひどいのか？」

「大丈夫だ」マイルズは言った。「だけど、頼むからおれに触らないでくれ。悪く取らないでほしい。ただ……だめなんだ」

「ダブルのスコッチを持ってこようか？」デイビーが自分の解決策を勧めた。

マイルズはかぶりを振った。そんなに簡単ならいいのだが。

その後、デザートに耽溺《たんでき》するための場が設けられた。一同は白いクロスがかけられたテーブルに着いた。椅子の脚が詰め物でふくれたブロケードの覆いで飾りたてられている。テーブルの上に置いてあるテント状に折られた厚紙を、エディがつかんだ。デザートのメニューだ。マイルズは目の前にあるメニューに目をやった。ババ（ラム酒のシロップに浸したスポンジケーキ）、ボッコノッティ（ジャム入りの焼き菓子）、ティラミス。ラズベリーとホイップクリームが詰まったフラウティもある。ケーキも。例によって過剰だ。ローザおばさんの仕業に違いない。使われている砂糖の量を思い浮かべただけで歯が痛くなった。

エディがハンドバッグからちびた鉛筆を取りだし、メニューをひっくり返すと、問いかけるようなまなざしでマイルズを見た。マイルズは肩をすくめた。エディも独自の超能力を持っている。ときどき予言的な絵を描くのだ。前にも、スプルース・リッジの事件後も描いてもらったことがあるが、さっぱり理解できなかった。

「どうぞ」マイルズはぶつぶつ言った。「せいぜい頑張って」

「やる気が出るわ」エディは彼の許しを得てさっそく手を動かし始めた。夢中になって描いている。

鉛筆が紙にこすれる音が、マイルズの神経をいらだたせた。

「それで」ケヴが言う。「山は役に立ったのか？」

「そこにいるあいだは」マイルズは答えた。「いまはもとに戻ったけど」

「なんの解決にもならないな」アーロが口を挟む。「穴のなかのウサギみたいに隠れてたって」

マイルズはメニューにじっと視線を据えたままでいた。

「じゃあ、そのー、感覚過敏の問題は」ケヴがきく。「まだ続いているのか？」

「ひどいもんだ」

ニーナがふたたびマイルズの手に触れようとして思いとどまった。「それなのに、どうして今日は来たの？」

「ブルーノとリリーを怒らせたくなかったからだ」

ショーンが不満げに言う。「ここのところ、おれたちが怒ろうと気にしてなかったじゃないか」

マイルズは黙りこみ、彼らを言い負かす言葉を探したが、そんなものは存在しないか、頭が働かなくて見つからなかった。それに、みんな親友だ。たとえつながりを感じられなくなったにしても。マイルズは何光年もの距離があるトンネル越しに彼らを見ていた。

全身に激しい震えが走った。降参だ。口を開くと、みじめな重苦しい真実がこぼれ落ちた。

「やっぱり薬を飲んでみようと思う」

みんなはっとした。沈黙が流れた。

「薬を飲むとぐったりするんだろ」ショーンが言う。「家族のこともほとんどわからなくなったじゃないか。頭がおかしくなったと思うのか？ そうなのか？ そんなに悪いのか？ 悪化したのか？」

ニーナが椅子を引きずってマイルズの真向かいに移動すると、無理やり視線を合わせた。「話してみて、マイルズ」

「わたしは抗精神病薬を飲むのはやめたの」エディが言う。「あれはお勧めできない。あなたが飲む必要があるとは思えないわ、マイルズ。みんな同じ意見よ」

「だけど声が」マイルズは思わず口を滑らせた。「その……正確に言うと彼女の声が聞こえるわけじゃないんだが」

「彼女？ 誰のことだ？」アーロが怒鳴る。「くそっ、わかるように説明しろよ！」

「彼女って」ニーナが目を見開いた。「ララ？ そうなんでしょう？ 彼女の声が聞こえるの？」

「いや、正確に言うとそうじゃない」マイルズは繰り返した。「ええと、メールだ。彼女が……メールを送ってくるんだよ」

一同が途方に暮れた様子で顔を見あわせた。

「つまり、携帯電話にか？」デイビーがおずおずと尋ねた。

「いや」マイルズは吐きだすように言った。「頭のなかにだ」

その言葉を一同がのみこむまでに、長い時間がかかった。マイルズは歯を食いしばって待ち、身がまえた。

「妙な話だな」コナーがようやく意見を述べた。

「ああ」マイルズは同意した。「あの子に会ったことすらないのに。彼女は死んだと思っているんだ。それに、たとえ生きていたとしても、どうしておれのパスワードを知っているんだ？」

「はあ？」アーロが怒った声を出した。「パスワードって？ 声ならなんとか理解できた。だがメールだと？ おまえは電子回路が内蔵された機械になったのか？」

「そうだ、だから受け入れろ」マイルズはうなるように言った。

アーロが冷酷なマフィアの目つきでマイルズを見た。「偉そうに言うな」

「偉そうなのはそっちだろ。自分が威張り散らせない相手とはつきあえないんだ」マイルズは言い返した。

「ふたりともやめて」ニーナが叱る。「論点がずれているわよ」

「英雄症候群だな」アーロが言った。「とらわれの姫君を救いたいんだろ。シンディと別れたから、あたらしい女を生みだしたんだ」

マイルズは鼻を鳴らした。「とらわれの姫君が脳に直接メールしてくるようになったから、いまいましい薬を飲むべきだな」

「彼女が精神病の妄想だと思うの？」ニーナがきいた。

「マチルダならそうは思わなかっただろう」マイルズは答えたあとで、マチルダについて説明しなければならないことに気づいた。彼女が留守番電話に不可解なメッセージを残したあと、殺されたと話すと、エディでさえ絵を描く手を止めた。

「ぞっとするな」アーロがつぶやいた。

「ララにこだわっているのはあなただけじゃないわ」ニーナが言う。「わたしにとっては妹のような存在だったの。アーロとわたしは命懸けで探したのよ」

「おれもだ」マイルズは暗い声を出した。「手掛かりはすべて追ったんだ。ロイ・レスターもディミトリ・アルバトフも死んだ。アナベルは行方不明だ。ラッドは飛びおりてばらばらになった。カーストウのような場所は、おれが調べた限りではほかにない。サディアス・グリーヴズは調べても何も出てこない」

マイルズが役に立たなかった手掛かりを並べたてると、深い沈黙が訪れた。ニーナとアーロの冒険が終わったあと、ララ・カークの所在を知る可能性のある人物のなかで生き残ったのは、ラッドの億万長者のボス、グリーヴズだけだった。グリーヴズは完全なる無罪を主張した。残念なことに、彼の部下が命令にそむいたのだと。ひどく驚き、当惑していると。

「グリーヴズに近づいたとき、心を読めなかった」ニーナが考えながら言う。「彼の防御壁はまるで力場のようで、触れるものを全部のみこんでしまうの。あなたのもそんな感じがするわ。あなたがコンピュータの暗号を防御壁にすることを思いついたときのことを覚えてる？　わたしがあなたにパスワードを書きとめさせたのよね。大文字のＬＡＲＡ、ハッシュタグ――」

「やめろ、ニーナ」マイルズは警告したが、手遅れだった。ニーナがパスワードの続きをそらんじると、マイルズは頭のなかを探られる感覚が急速に強まるのを感じた。

「アスタリスク、エクスクラメーションマーク、カリフォルニアに住んでるおばさんの郵便番号――９２６１９、ハッシュタグ、大文字のＫＩＲＫ、クエスチョンマーク二個！」

ピシッ。ニーナが壁を破った。マイルズの世界が内側に崩壊した。

〝ラッドがのしかかってくる。悪魔のような紫の顔。絶叫。耳をつんざく騒音。神経が悲鳴をあげる。焼けつくような熱……閃光《せんこう》……〟

無だ。

マイルズはまばたきしながら目を開けた。敷石に当たった頬がひんやりと冷たい。テーブルの鉄の脚が見えた。ストッキングやハイヒール、礼装用の靴を履いた人間の脚も。

マイルズは上を向いた。白い空に木の葉。心配そうな顔がぐるぐるまわって見える。彼らの名前を必死で思いだそうとした。自分の名前も。

列車の車両の連結器のごとく、突然、顔と名前が一致した。すぐそばにぼんやり見えるさび色のシフォンは、ニーナのだ。血まみれのナプキンを鼻に押し当て、泣きながら震えている。マイルズも鼻血を出していた。エディがナプキンを渡してくれる。マイルズは話さなくていい口実ができたことを喜びながら、鼻を押さえた。

なんてこった。頭がものすごく痛かった。

「いったい何がどうなっているのか、誰か教えてくれ！」アーロが怒鳴る。ケヴとデイビーがマイルズを抱き起こした。

「どうしよう」ニーナがかすれた声でささやいた。「知らなかったの」

「大丈夫だ」マイルズは言った。もちろん、大丈夫ではなかったが。

「どういう意味だ？」アーロがわめくようにきく。

「しぃっ」ニーナがアーロの頬を軽く叩いてなだめた。「これほどひどいとは知らなかったってことよ」マイルズに言う。「悪いことをしたわ。頭のなかであんなことが起きているのに、よく歩きまわっていられるわね」

「やっぱりクッション壁の病室に入るべきかな？」

マイルズは冗談のつもりで言ったのだが、驚いたことに、誰も笑わなかった。

ニーナが肩をすくめた。「わたしが入るべきかも」

「おまえは発作を起こしたんだ」ケヴがマイルズに説明する。「叫び声をあげていた。すさまじかった」

「ストレス障害のフラッシュバックだ」ショーンが言った。「ラッドか？」

「防御壁をさげるとこうなるんだ。防御壁が抑えこんでくれている」マイルズは当てつけがましくニーナを見た。「誰かにちょっかいを出されない限り」

「ごめんなさい」ニーナが謝った。「本当に。あなたを助けようとしただけなの」

マイルズは首を横に振ろうとして、痛みのあまり思いとどまった。「もう助けられる状態じゃない。脳内で死んだ女の子からメールをもらうようになったら、白衣を着てバンでやってくる連中を呼んだほうがいい」

「だめよ」ニーナが言う。「あなたは正気を失ってなんかいないわ、マイルズ」

ざわめきがやんだ。マイルズはあんぐりと開いた口を急いで閉じた。「それは……どうしてそう思うんだ？」

「あなたが発作を起こす前に、少しだけ見えたの」ニーナが言う。「あなたの記憶が。あなたはララに会ったことがないけど、わたしはある。彼女のオーラを知っている。それを感じたのよ。彼女を感じた。ララは生きてるわ」

マイルズはドラムロールの音が響き渡るのを感じた。心のなかで恐怖と強い衝動がせめぎあった。「ニーナ。頼むからやめてくれ」

「わたしがしたように、彼女も防御壁を通り抜けたのね」ニーナがなおも言う。

「きみが通り抜けられたのは、おれがパスワードを教えたからだ！」マイルズは叫んだ。「彼女にできるはずがない。パスワードを知らないんだから。会ったことすらないんだ！」

「パスワードを教えてもらう必要なんてないのよ。彼女自身がパスワードなんだから」

マイルズは彼らの手を振り払い、やっとのことで立ちあがった。この狂気じみた考えを、頭のなかから追い払おうとした。耳の奥で血管がどくどく脈打っている。心臓が早鐘を打つと同時に、その考えがすとんと胸に落ちる音がした。

それで多くのことに説明がつく。脳が完全にだめになる寸前で、マイルズは両手で頭を抱えながら処理しようとした。

〝彼女自身がパスワード〟なんてこった。彼女は本当に……？

「じゃあ、彼女は生きていると思うんだな？」マイルズの口から言葉がほとばしった。

「実際に地下牢《ろう》に閉じこめられていて、唯一話ができる相手がおれだと言うのか？ろくでもないパスワードに彼女の名前を入れたからってだけで？」

ニーナがマイルズをじっと見た。「あなたは心の防御壁にララ・カークの形をした穴を開けたのよ、マイルズ。彼女だからこそ入り口を見つけられたの」

「これじゃあ逆効果だ」ケヴがいましめた。「きみはマイルズをけしかけている。救急車を呼ぶべきときに、また捜索に行かせる気か」

「ただの幻覚かもしれない」デイビーが言う。

「わたしのこの感覚は、あなたたちにはわからないわ」ニーナは譲らない。

「それはありがたいわ。一緒に鼻血も出るんでしょう」タムが不快そうに言う。「服に血がつくのはいやだから」

マイルズは両手で顔を覆った。負荷がかかりすぎている。脳内の機械の歯車が、ギシギシ回転していた。扉が開いて、風が吹きこんでくる。新たな可能性が彼に電力を供給した。

「彼女が生きてるなら、おれが見つける」マイルズは言った。

「冗談じゃない」ショーンがつぶやく。「振り出しに戻っただけだ」

マイルズはすでに彼らの言葉が耳に入らなかった。スーツについた埃《ほこり》を払い落とす。倒れたときに肘と膝をどこかにぶつけたようだ。痛みのカクテルに新たな風味が加わった。

だがこれほど混乱していても、こうなってほっとしていた。有害だとわかっていてもずっとほしかったものを手に入れて、興奮しているかのようだった。「じゃあまた、みんな」マイルズは言った。「そろそろ行くよ」

「だめだ！」ケヴが怒った声を出す。「行かせない！」

「こうするしかないだろ」マイルズは一同を見まわして尋ねた。「真面目な話、この状態でほかに何ができる？」

誰も答えられない。そもそもマイルズは答えを期待していなかった。

タムが指にはめていた指輪を外して言った。「これを持っていって。今朝はイリーナに手がかかって、きちんと身支度できなかったの。そうでなきゃ、もっと渡せたんだけど」

　マイルズはその優美な指輪を恐る恐る受け取った。タムがデザインした宝石には、危険な秘密が隠されている可能性が高い。「毒が仕込んであるのか？」

　タムが謎めいた笑みを浮かべた。「子どもといるときは、毒を扱ったものは身につけないの。それは爆弾よ」

　マイルズはそのすばらしいデザインを観察した。白とイエローゴールドのらせんが切子の黒玉に巻きついている。「どんな仕掛けだ？」

「左まわりにひねって外すの。それが鋲《びょう》で、なかに大量の火薬が入っているのよ。輪についているボタンが起爆装置。車のタイヤに鋲を打ちこんで、ボタンで爆発させるの。近くにいるようにしてね。五百メートル以上離れると、うまくいかないかもしれない」

「そうか」マイルズは疑わしげに言った。

「あなたならきっと、わたしには想像もつかないような使い方を考えつくでしょう」

　マイルズはタムよりも卑劣なやり方を考えつけるとは思えなかったが、そう言われて悪い気はしなかった。指輪を小指にはめようとしたら、関節で引っかかった。代わりにジャケットのポケットにしまった。「ありがとう」

エディが近づいてきて、絵を描いたメニューを差しだした。「どうぞ」

それを見たマイルズはぞっとした。「なんだこれは?」

「わたしには見当もつかない。あなたが教えて」

それは山頂で、いびつな二本の角のように見えた。そのあいだに大きな鼻の鼻梁《びりょう》のような下り坂が続いている——つい鼻にたとえてしまう。地層は金網のような斜《はす》かいの平行線模様だ。三本の背の高い針葉樹のこずえに囲まれている。

マイルズはエディを見あげた。そして、無言で首を横に振った。

エディがため息をついた。「まあいいわ。試してみる価値はあった」

「とにかくありがとう」マイルズはそれもジャケットのポケットに突っこんだ。「もう行くよ」

「おれも一緒に行く」ショーンが言う。

「おれも」と、ケヴ。

「おれも」アーロが加わった。

「冗談じゃない」マイルズは言った。「ブルーノとリリーの結婚式のメインゲストがこぞって抜けだすのか? だめだ。おまえたちは残れ。あとで連絡する」

「嘘だ」アーロが言った。

アーロのつらそうな声を聞いて、マイルズはためらったが、それも一瞬のことだった。友人たちの傷ついた感情に対処できない。いまの彼にはその能力がなかった。

5

グリーヴズはカップの縁越しに部下を見つめて、彼らを不安な気持ちにさせていた。彼は慈悲深く、部下たちのために最善を尽くす。だが愚か者には容赦なかった。からになったカップをソーサーに戻すと、部下の誰かがすぐさまそれを片づけた。

グリーヴズはアナベルとジェイソン・フーのほうを向いた。「まずはきみたちからだ。薬の配合に進展はあったか？」

「あまりありません」アナベルがしぶしぶ答えた。

「わたしが指示したとおり、ララに一日二回投薬したか？　毎日三マイクログラムずつ投与量を増やして？」

「七十マイクログラムから七十三マイクログラムに増やしたときに、血圧が低下したんです」フーが説明する。「それでいったん戻しました。〇・五マイクログラムずつ増やしています。睡眠周期が乱れていますから、夜か、ときどき早朝に投薬しています。なぜなら、それがもっとも――」

「次はわたしが言ったとおりにしろ」グリーヴズは口を挟んだ。「指示に厳密に従うように。わたしの先を読むような真似は二度とするな」

フーは感情をぐっとこらえ、テーブルに視線を落とした。「承知いたしました」

グリーヴズはアナベルを見た。「ララがさまようあいだ、まだ見失うのか？」

「彼女の防御力は強まっているように思えます」アナベルが答えた。「しばらくはしがみついていられるのですが、いつも途中で見失うのです」

「妙だな」グリーヴズは思案しながら言った。「初めて投与した日、わたしは問題なく監視できた。きみのテレパスとしての能力が低下しているんじゃないか。どうやらそのほかの能力も使い果たされたようだ」

性的魅力が衰えていることを指摘されて、アナベルの顔がまだらに赤くなった。

「わたしの能力は少しも低下していません。けれども、先ほども申しあげたとおり、ララの防御壁が頑強なのです。彼女がその後ろに隠れてしまえば、わたしにできることは何もありません。ほかのテレパスもです。理解できません。どうやって彼女が――」

「きみが理解していないことは山ほどある、アナベル」

「わたしは――」

「黙りなさい。差し当たって、きみにききたいことはもうない。レヴィン、ハフマン、クリスホルム、メヘーリス。その容易ならざる防御壁に侵入できた者はいるか？」

残りの四人のテレパスたちは緊張した面持ちで視線を交わしたあと、首を横に振った。グリーヴズは歯嚙みした。どいつもこいつも臆病な大ばか者だ。力不足ではあるが、このなかではアナベルがもっとも能力が高い。グリーヴズは部下に懇切に指導し、細かい点に至るまで管理しなければならないことにうんざりしていた。

「わかった」グリーヴズは歯を食いしばって言った。「それでは、テレパシー監視プロジェクトの話に移ろう。進捗状況は？」

「良好です」レヴィンが答える。「ご指示のとおり、六時間交代にしました。目標をこちらで設定したテスト以外では、誰も検知できていません」

「ボス」シルヴァが甲高い声で言う。「その件について意見を言わせてください。テレパスたちの能力を考慮すれば、このプロジェクトは無意味に思えるのです。四十メートル以上離れてしまうと、特定の人物を検知することは無理なのですから――」

「これは訓練なんだよ、シルヴァ」グリーヴズは辛抱強く説明した。「人は必死に努力することを強いられない限り、能力を伸ばそうとしない。努力という言葉を知っているかね？　知らないのではないかと思いたくなる」

「もちろん、知っています。しかし、赤外線動作感知器を使えば、スタッフは施設のことに専念――」

「この件についてはわたしにまかせてくれ、シルヴァ」グリーヴズは優しく言った。シルヴァは引きさがった。賢明な判断だ。

「そのローテーションで続けてくれ」グリーヴズは指示した。「範囲の増加に気づいた者は？」

机を指先で叩きながら部下の顔を見まわした。誰も目を合わせようとしない。失望させられるが、少なくとも、嘘をつかないだけの分別はある。「よし」きっぱりとした口調で言った。「次に進もう」研究チームの最新結果と予測が述べられた概要をぱらぱらめくった。

「ルイス」研究主任に声をかける。「きみは半年前、ユタ州チカーラの男子刑務所のエアダクトに揮発性毒素を放出した。その後の観察結果を報告してくれ」

ルイスが資料を確かめた。「手短に言うと、最初の二カ月は変化は見られませんでしたが、三カ月目に暴力行為の発生率が十四パーセント減少しました。四カ月目には三十三パーセント、五カ月目には五十七パーセント、六カ月目には六十八パーセント減少しています。この一カ月で診療所を訪れる受刑者は六十パーセント減少、全般的な健康状態も改善したようです。風邪や発熱や感染症は大幅に減少しました。刑務所の職員の健康も向上しています。常習的欠勤は減少し、仕事に関する苦情や闘争も減りました。受刑者の自殺企図は、この四カ月連続でほぼゼロです」

グリーヴズはほほえんだ。「ようやくいい報告が聞けたな。ありがとう」

ルイスはそれに勇気づけられ、言葉を継いだ。「これは最近のほかの二カ所の刑務所の実験で得られた結果とほぼ同じです。この種の毒素は内分泌系に対する鎮静作用を持つようです。ストレスホルモンの生成を減少させ、鬱状態を緩和するどころか、逆行させます。ちなみに薬物の使用も減少したようです。検査対象が囚人なので、どこまで信用できる結果なのかはわからないですが。喫煙率も減少したようです」

「すばらしい」グリーヴズはつぶやいた。「それから?」

ルイスが資料をめくった。「性的暴力行為の発生率も約六十五パーセント減少しました」

グリーヴズは眉をひそめた。「それだけか?」

ルイスがまごついた。「ええと……実に好ましい数値だと思われます。つまり——」

「残りの三十五パーセントの前でそう言ってみろ。より高い水準に保たねばならない。

われわれの子孫のためにもな、ルイス」

「もちろん承知しております」ルイスがあわてて言う。「わたしたちは努力——」

「ああ、きみは間違いなく努力し続けるだろう。何が自分のためになるかわかっているのなら。今回の結果には満足している、来週第三段階に進むぞ。何か質問は？」

全員沈黙で応えた。目が泳いでいる。グリーヴズはもう少しで笑いそうになった。部下たちは怖気《おじけ》づいている。すでに実験生物の予防接種を受けているというのに、おかしな話だ。いずれにせよ、その毒素はまったくの無害で、健康増進作用さえあることが、長年の実験によって明確に示されている。それにまだ、大気中に放出してはいないのだ。それは第三段階の結果を見てから、来年に行う予定だ。

グリーヴズは慎重な性格だ。几帳面《きちようめん》で責任感がある。やるからには一から十まで完璧にやらなければならない。

「次」グリーヴズはシルヴァとクリスホルムを見た。「きみたちだ。キャリアの絶頂期にある専門家ふたりが、マチルダ・ベネットの件でへまをした経緯を説明してくれ」

クリスホルムの喉仏がひくひく動いた。首についた引っかき傷に、まるで隠そうとするかのように触れた。「彼女は催涙スプレー——」

「言い訳はいらない。説明を求めたんだ。秘書養成学校で教育を受けただけの七十三歳の女性が、われわれを探し当てた。クリスホルム、きみを追ったんだ。ブレインの美術館から。きみが買ったララ・カークの彫刻を追跡し、ここの戸口までたどりついた。死ぬ前にこの施設のことを誰にも話さなかったのは運がよかったと言うほかない。とにかく、望みはある。きみのおかげではないが」

「お願いです」シルヴァが言う。「わたしたちは——」

「今度よけいな口出しをしたら、きみを見せしめにする。きみは喜ばないだろうが、わたしは楽しませてもらうよ」

シルヴァはしどろもどろになった。「その……わたしは……」そして、口をつぐんだ。

グリーヴズはクリスホルムを見た。「ベネットは不幸な家庭内の事故で死亡するはずだった。健康問題をいくつも抱えた独居老人だからな。ところが、蓋を開けてみれば、殺人事件として大々的に報道され、州全域にわたって犯人の追跡が行われている。彼女の爪の下からきみの皮膚が発見されたからだ」

クリスホルムが身を乗りだした。「誓って言います、わたしたち——」

ふいに体が浮きあがり、クリスホルムは椅子を蹴り倒しながら悲鳴をあげた。つややかなマホガニーの大きな会議用テーブルの上に浮かび、喉を鳴らしながらもがく。喉をかきむしった。

ふたりの過失なのにひとりだけ見せしめにするのは不公平だが、現実的に言えば、いまは高度な訓練を受けた部下をふたりも失うわけにはいかなかった。それに、シルヴァの人の心を操る能力は、クリスホルムのどちらかと言えば平凡なテレパシー能力より役に立つ。だから、失うとしたらクリスホルムだ。

「いまさら誓っても遅い」グリーヴズは言った。「シルヴァ、ガラス扉を開けてくれ」

シルヴァは宙に浮いている同僚をあっけに取られて見つめていた。クリスホルムの顔は紫色に変化し、目玉が飛びだしそうになっている。汗や唾液がしたたり、太陽に照らされたなめらかなテーブルに飛び散った。

シルヴァは立ちあがると、バルコニーにつながるガラス扉に向かってぎこちない足取りで歩いた。そこから深い峡谷が見晴らせる。九十メートル下方でごつごつした岩や木が待ち受けている。シルヴァがその扉を開けた。「お願いです。わたしたちはただ――」

「クリスホルムと交代するか？」グリーヴズは好奇心をにじませた声で言った。「別にかまわないぞ。きみがそうしたいなら」

「その……わたしは……」シルヴァが喉元をつかんで、せわしなくまばたきした。

「だろうな」グリーヴズはつぶやいた。

クリスホルムの痙攣《けいれん》した体が部屋の奥へと浮遊したあと、まるでパチンコで打ちだされたかのように前へ飛びだした。開いた扉を通過して、手すりを飛び越える。必死に脚をばたつかせていた。

冷たい風が吹きこみ、ルイスの資料が舞いあがった。ルイスがそれを拾い集め、静まり返った部屋に紙のたてる音が響き渡った。

グリーヴズは開いた扉をじっと見た。悲しい気持ちだった。だが上に立つ者は、気の進まない仕事をしなければならないときも躊躇してはいけない。

扉を身ぶりで示した。「片づけておくように」そう言うと、アナベルとフーに視線を戻した。「ララを連れてこい。期待しているぞ」

ララは暗闇のなか、簡易ベッドの上であぐらをかき、深く集中していた。今日は頭のなかでフィレンツェのウフィツィ美術館の部屋から部屋へと歩きまわり、イタリアの巨匠たちの作品を鑑賞している。ボッティチェッリの『ヴィーナスの誕生』の前で立ちどまり、思いだせる限り細かく再現していると、明かりがぱっとついた。

アナベルとフーが弾丸のごとく部屋に飛びこんできた。ララは廊下に引きずりだされ、あわてて立ちあがった。

何か変だ。いつもと違う。彼らは急ぎ足で拷問部屋を通り過ぎると、小さなエレベーターに乗った。ララは金属の壁に映った自分の姿からすばやく目をそらした。あの髪がもつれ、うつろな目をした女が自分だとは思えなかった。

エレベーターが二階分上昇して扉が開くと、そこは別世界だった。ララが閉じこめられている場所はじめじめしていてみすぼらしい。床はコンクリートで染みがついていて、軽量コンクリートブロックの壁は断熱材がむきだしになっている。一方、この階は豪華だ。贅沢《ぜいたく》なホテルのように淡い中間色を使っている。フーが部屋のドアを開けると、ララは目がくらんだ。

前回の投薬でトリップして以来ずっと、真っ暗な部屋でかびくさい空気を吸っていた。ここはひんやりとした空気が流れていて、木や土、空、太陽の匂いがする。ガラス扉が開け放たれ、鉄条網で覆われた窓から見えたのと同じ景色が広がっていた。角の形をした丘をむさぼるように見つめながら、芳しい空気を胸いっぱい吸いこんだとき、背後に人の気配を感じた。

ララは振り返った。男が太陽の光を浴びて立っていた。真っ白な髪が光輪のごとく輝いている。白いシャツと皺ひとつないグレーのズボンを身につけている。歯がまぶしすぎて、ララは目が痛くなった。

トレイを持った給仕がさっと現れた。濃厚なバターの香りが鼻孔をくすぐる。アナベルとフーが引っ張り続けていたものの、ララは足に根が生えたように動けなくなった。さらにぐいと引かれると、崩れるようにひざまずいた。

「アナベル」男が低くてやわらかい声でたしなめた。「手荒な真似をする必要はない」

ララは震える脚でどうにか立ちあがった。「あなた、いったい何者なの？」

バシッ。アナベルに後頭部を叩かれ、ララはふたたび膝をついた。アナベルが言う。

「話しかけられるまで黙ってな、高慢ちきなビッチ」

「アナベル、もういいから、ドアのところに立っていなさい」

「ボス、気をつけてくださいね」アナベルが男に注意した。「何をしでかすかわからない女です。二週間前も、フーの手に嚙みついた――」

「わたしに保護が必要だと本気で思っているのかね？」男の口調は穏やかだったにもかかわらず、アナベルははっと息をのむと、喉をつかみながらあわててあとずさりした。

男がララを見た。「ララ。会えてうれしいよ。きみの経過をずっと見守っていたんだ。どうぞ座って。コーヒーでいいかな？　スコーンもある」

経過って？　スコーン？　ララは口をぽかんと開けて、天使のような笑顔で手招きする男を見つめた。「あんなネズミの巣にずっと閉じこめておいて、いまさら優しくするの？　いい警官と悪い警官を演じても、わたしには通用しないわよ」

「望むところだ」男が落ち着いた口調で言った。

ララは開いた窓の向こうの峡谷を眺めた。目の前に広がる美しい空間に魅了された。

「おっと」男が首を横に振る。「そんなことを考えても無駄だ。一歩も進めないぞ」

おそらくそうだろう。ララはばかげた衝動を抑えこんだ。

「とにかく座ってくれ」男がうながした。

このむかつく男が何者だろうと、ララはパーティーごっこをする気になれなかった。この男の出すコーヒーもスコーンもくそくらえだ。「じゃあ、あなたがボスなの？　この数カ月間、わたしがこんな生活を送るはめになったのはあなたのおかげ？」

「正確に言うとそうではない」男が答えた。「わたしがきみを引き継いだとも言える。わたしだったらきみを拉致することはなかっただろうが、実際、きみは拉致された。われわれは結果を甘受しなければならない。きみを拉致したのはハロルド・ラッドだ。きみの母親を支配するためにしたことだ」

「そう聞かされたわ。三年前に母の死を偽装した。母が死んだのは数カ月前のことだと」ララはアナベルとフーをちらりと見てから、白髪の男に視線を戻した。「でもそんなの信じない。母が三年ものあいだわたしに連絡してこないなんてありえないもの」

「連絡したくてもできなかったんだろう」男が舌を鳴らした。「実に悲しいことだ」

ララは耳鳴りがした。「じゃあ、あなたはわたしにしたのと同じことを母にしたのね？」

「いや、だからわたしではない」男がなだめるような口調で言った。「落ち着きなさい、ララ」

「ハン！」ララはせわしく呼吸した。顔がほてり、手がじっとりと汗ばんでいる。「ばかみたい。わたしの頭をおかしくしておいて、落ち着けとか言うなんて。じゃあ、本当なのね？　わたしの父が殺されたというのも？」

男は無表情で答えた。「ああ、ララ。残念だが本当のことだ。きみのお母さんが亡くなった翌日に」

どういうわけか、ララは男の言うことを信じた。このもったいぶった男が何者かは見当もつかないけれど。アナベルとフーを疑う理由もなかったものの、彼らの話は精神的な拷問にすぎないという希望をまだどこかで抱いていた。父は無事に生きていて、鉛筆の粉やスコッチの匂いをさせていると。いまもララを愛していると。まだこの世に彼女を愛してくれる人が残っていると。

だがこの男から話を聞いた時点で、その希望はついえた。だから、ララは彼が憎かった。あふれる涙をぐっとこらえた。「あなたは極悪人ではないというのなら、どうしてわたしを解放しなかったの？」

「複雑な話なんだ。すべて説明しよう。座ってくれ」

「簡単でしょ！　答えて！　あなたは何者なの？」

男がいらだたしげにため息をついた。「わたしの名前はサディアス・グリーヴズ。きみをもてなす主人だ。だから、とにかく座ってくれ」

体が動くと同時に筋肉が硬直して、ララは息をのんだ。まるで人形になったかのように、自分の意志を働かせることができない。わきあがるパニックを抑えこんで、地に足を着けようともがいた。テーブルの近くまで浮遊すると、グリーヴズが勧めた椅子が浮きあがり、四十五度回転して、ララの背後にそっと移動した。ララは腰と、膝の裏側を突き動かされ、どすんと椅子に腰かけた。

「乱暴ですまない」グリーヴズがコーヒーに角砂糖を入れてかきまぜながら言う。

「重力は厄介なものだ。ときどき手に負えない。怖がらせてしまったかな」

ララは努めて落ち着いた声で、ようやく答えた。「全然。親指締め責め具でも持ってきたら。わたしの立場を知りたいの」

グリーヴズが皿をララのほうへ押しやった。拉致されて以来、ララはおいしいものを口にしていなかった。何カ月も味わいのないゴムのような食べ物を与えられ続けた結果、物を飲みこもうとすると吐き気がするようになり、唾液が出なくなった。手が震える。

だがこれは甘い罠《わな》に違いない。ララは首を横に振った。

「ララ」グリーヴズがたしなめるように言う。「おいしいよ。食べてごらん」

ララは落ち着いた口調を保った。「あなたに出されたものを口にするつもりはないから」

グリーヴズがむっとした顔をした。「きみに毒や薬を盛りたければ、アナベルに注射させる。そんなに警戒しないでくれ」

ララは皿を見つめたあと、グリーヴズに視線を向けた。彼がほほえんだ。

その笑顔が引き金となった。ｐｓｉ‐ｍａｘを注射されたときのように、新たな恐怖がわき起こった。突然、目の前にぽっかりと穴が開いて、物が二重に見え、ララは息をのんだ。この世界と渦を巻く幻が、どういうわけか同時に存在している。血圧が急降下し、渦に吸い寄せられて……引きずりこまれそうになる。

ララは歯を食いしばって抵抗した。渦の吸引力にあらがい……足を踏ん張って……全力で闘った。

だが力が足りなかった。ララは夢の世界へ連れていかれた。

〝霧に包まれた生い茂った森。ベンチが蔓《つる》や低木や雑草に覆われている。遠くに涸《か》れた噴水が見える。その隣にまるで生きているようなブロンズ像があった。これまで何度となく見たもので、カメラで写真を撮っている像だ。漂う霧のなか、不気味に立っていた。

無言で呼びかけられて、うなじがぞくぞくした。振り返ると、ララの物言わぬ友、ぼろぼろの汚れたパジャマを着た幽霊のようなブロンドの少年がそこにいた。前に会ったときよりも年齢が若くなったように見える。

「こんにちは」ララは言った。「シタデル王国へ案内してくれる?」

少年が激しくかぶりを振った。恐怖で目を見開き、彼女の背後を見据えている。あとずさりをしたあと、くるりと背を向けて駆けだし、霧のなかに姿を消した。ララは呼びとめようとしたが、声が出なかった。頭のなかを突き刺すように探られ、心を引き裂かれた〟

　その衝撃で目を覚まし、風通しのよい明るい部屋に荒々しく引き戻された。激しい鼓動が徐々におさまっていく。視界がはっきりした。ララはあえぎながら、椅子にぐったりともたれかかった。なんてこと。トリップしたのだ。この気味の悪い男の目の前で。薬を打たれてもいないのに。最後に注射されたのは十時間前で、薬の効果がそれほど長く続いたことはなかった。

「……すばらしい！」グリーヴズは大喜びしていた。「ついに持続する処方を発見したのかもしれない！　きみは自発的に超能力を発揮した。実にすばらしい。何が見えた？　わたしが接触する前に、きみは戻ってきてしまったんだ」椅子の横にひざまずくと、ララの口にカップを押し当ててコーヒーを飲ませた。ララは喉を詰まらせて吐きだした。

　グリーヴズは飛びのいたが、間に合わなかった。シャツにコーヒーがはねかかった。

「もう一度やってみろ。もう一度見たい」

「無理よ」ララは震えながら言った。「自分でコントロールできないの」

　グリーヴズがララの目をのぞきこんだ。「できるようになる」穏やかな声を出す。「わたしの厳しい訓練を受ければ。実に刺激的だよ、ララ。未来を垣間見られるんだ。

次回はわたしも一緒に行く」

「あなたが？」ララは胃がひっくり返るような衝撃を受けたが、驚くべきことではなかった。グリーヴズに心を探られるのは、アナベルにそうされるよりも苦しかった。

「あなたは……その――」

「テレパスかって？　数ある能力のひとつだ。きみの能力を早く試してみたい。きみの防御壁にアナベルは悩まされたようだが、わたしはアナベルとは違う。わたしがまたがっても防御壁に隠れられるかどうか確かめてみよう」

彼の口調のせいで、いやらしく聞こえた。「わたしは……」ララは咳払いをした。

「故意にブロックしているわけじゃない。わたしは――」

「どっちでもかまわない。きみはわたしをブロックしない。わたしには数々の才能があるんだよ、ララ」グリーヴズが品定めするようにララの体を眺めまわした。「きみと同じように。きみの才能を発掘するのが楽しみだ。次の投薬がすんだら、家に連れて帰るつもりだ」

ララは喉が締めつけられる感じがした。「家？」

「プライバシーが持てるだろう」グリーヴズが言う。「わたしと一緒にいれば、鍵をかけて閉じこめたり、拘束したりする必要もない。きみの安全を守れる」

ララは手首と足首を貪欲な熱い手につかまれているような感覚を抱いた。胃が飛びだしそうだ。

「この数カ月間、つらい思いをさせてすまなかった。埋め合わせをさせてくれ。きみの防御壁について知りたいし」

ララはたじろいだ。この男をシタデル王国に近づかせるわけにはいかない。王国がゆがめられ、汚されてしまう。「薬を打たれたときに自分がどこへ行っているのかわからない。終わるまでただ耐えるしかない悪夢よ」

グリーヴズがララをじろじろ見た。「嘘をついても無駄だぞ」

完全な嘘ではない。シタデル王国を発見するまでは、ずっとそうだった。あの場所があるから、どうにか正気を保てたのだ。隠れ家を失ったら、完全におしまいだ。

ララは胸苦しくて、無理やり息を吸いこんだ。「母はどんなふうに死んだの?」

グリーヴズは、白いシャツについたコーヒーの染みを指先で不快そうにこすった。「わたしはその場にいなかった。アナベルにきいてくれ」

「アナベルが殺したの?」

グリーヴズがいらだたしげな仕草をした。「ララ、やめてくれ。きみの母親のことは気の毒に思うし、彼女の扱われ方には憤りを覚えた。だがわたしのせいではない。

きみの両親に対する思いは理解できるが、もう過ぎてしまったことだ。未来に目を向けないと」

ララは苦笑した。「何が望みなの、グリーヴズ？」

グリーヴズが誘いかけるような笑みを浮かべる。「きみ以外にか？　世界を救いたい。世界をよりよい場所にしたいんだ。それがわたしの使命だ」

ララは突然噴きだし、腹を抱えてあえいだ。体を震わせ、涙を流しながら笑い転げる。この男を笑うのは愚かで危険なことだと本能が告げていたが、止まらなかった。

「前途多難のようだな」グリーヴズが言う。

ララは首を横に振った。「いますぐわたしをテレキネシスで絞め殺せば、手間が省けるわよ」

グリーヴズが鋭いまなざしでララを見つめた。「それのどこがおもしろいんだ？アナベル、フー、お客様を実験室へ連れていけ。我慢の限界だ」

アナベルとフーがララの肘をつかんで立ちあがらせた。

「ボス」フーが震える声で言う。「差し出がましいことを申しますが――」

「なら言うな、フー」グリーヴズが愛想よく答えた。

フーはごくりと唾をのんでから言葉を継いだ。「前回の投薬からまだそれほど時間が経っていません。血中濃度が――」

グリーヴズが鋭い声でさえぎった。「どれぐらい待たなければならない？」

「そうですね、二十二時間以上待つのが望ましい――」

「妥協して十四時間待つ」グリーヴズはきっぱりと言った。「明朝六時に実験室で会おう。最後の投薬だ。彼女を連れていってくれ。わたしはシャツを着替えないと」

フーが咳払いをする。「その件なんですが……六時は……」

グリーヴズがドアを開ける手を止めて振り返った。「なんだ？」

「妻が明日の午前中、グッド・サマリタン病院で大きな手術を受けることになっているんです。ですから、できれば――」

「いま私用休暇を取るというのか？」グリーヴズが信じられないというような口調で言った。「きみのもっとも重要な職務の山場だというのに？」

「……腫瘍を除去するんです」フーが必死になって言う。「食道から。難しい手術です。だからわたしが――」

「きみが何をしなければならないというんだ？　フー、まさかきみの妻はきみの仕事の重要性を理解していないのか？　それほどわがままで狭量な女なのか？」

「わたしは……もちろん妻は……その……」フーがしどろもどろになった。

「もしそうだとしたら、妻を替えるべきだな。次は健康な女を見つけるといい。わかったか？」

「はい」フーが感情のこもっていない声で答えた。「六時にまいります」

「よろしい」グリーヴズが出ていき、ドアをバタンと閉めた。

ララは下へ戻るあいだ、まっすぐ立とうとする気力もなかった。戦意を喪失している。グリーヴズに吸い取られてしまった。フーたちに引きずられていきながら、ある考えが頭のなかをぐるぐる駆けめぐっていた。アナベルの横顔を見あげてきいた。

「あなたがお母さんを殺したの？」

アナベルが鼻を鳴らした。「自殺したのよ、ばか女。ロープやかみそりを使う人もいるけど、彼女はわたしを利用した。どっちみち死んでたわ」

「殺してやる」ララは言った。

「あら、おっかないわ、お嬢ちゃん」アナベルがララを引っ張って、壁に押しつけた。「でも、それもあと少しの辛抱ね！　ボスはあんたを連れ帰ってペットにするみたいだから。運のいい子ね！　金メッキのかごのなかでせいぜい頑張って歌うといいわ！　タララーってね！」

「アナベル、それ以上傷つけるな」フーがいらだたしげに言う。「すぐにボスが裸を見ることになるだろうから、傷跡がついていたらまずい」

アナベルがララのシャツを引きあげて、乳首を思いきりひねった。「どっちにしろ近いうちにボスに殺されそう。どうにでもなれよ」

「わたしを巻きこむな」フーがぼやきながら、鍵を取りだして錠を開けた。アナベルが部屋のなかにララを押しこんだ。

「おもしろいことを教えてあげましょうか？」アナベルが言う。「わたしも彼のペットだったの。二十分くらいのあいだ」

罠だとわかっていたが、ララはやけになってきき返した。「それで？」

「矯正手術を受けるはめになった。声帯を損傷したから」

ララはわけがわからなかった。「どういうこと？」

「叫びすぎたせいよ」アナベルがそう言ったあと、ドアを閉めた。

6

マイルズは葬儀に遅刻した。例のごとく。まるで短いあいだにどれだけ多くの人を不快にさせられるか挑戦しているみたいだ。オリンピックにその競技があれば、金メダルを取れるだろう。

マイルズが遅れても、マチルダにはわからない。そう思うとよけいに悲しくて、重苦しい気分になった。防御壁を築く前のような鋭い感情ではないものの、言葉では表せない本能的な悲しみを抱いた。息が詰まり、足取りが重くなる。ただただ悲しかった。こんなの間違っている。

参列者たちが『こころみの世にあれど』を歌っていて、オルガンの音がマイルズの頭のなかで車の警報装置のごとく鳴り響いた。結婚式のオレンジの花ではなく、葬儀のユリの花が飾られているが、いずれにせよ、マイルズの嗅覚に強烈なパンチを浴びせた。マチルダの棺《ひつぎ》は閉じられていたのでほっとした。

牧師がマチルダのすばらしさと、神の許しの神秘について長々と話しているあいだに、マイルズはこっそりと端の席に座った。マチルダが勤めていた大学の同僚を何人か見つけた。最前列にいる喪服を着たふくよかな若い女性がエイミーに違いない。その隣に、陸軍の礼装姿の男が座っている。夫のスティーヴだろう。最前列にいるのはふたりきりで、ほかに家族はいないようだった。最後の讃美歌《さんびか》が始まる。マイルズはどういう風の吹きまわしか、『アメイジング・グレイス』に備えて気を引きしめながら、弔問客の列に加わった。どうしてだ？　こんなことをしても意味がない。マチルダにはわからないし、エイミーとスティーヴとは面識すらないのだ。知り合いはひとりもいないのに、マイルズはここにいて、人ごみに対する忍耐の限界に達しながらも、動揺して泣いている老婦人たちの香水の香りにむせつつ、列に並んでいた。

口から呼吸をして平静を装う。いつものように、マイルズは何かに支配されていた。何か巨大な存在が缶蹴りをしていて、マイルズがその不運な缶で、大きなブーツで蹴られ続けるのを受け入れるしかないのだ。列の先頭にたどりつき、軍服を着た男と握手をした。マイルズが決まり文句をぼそぼそ言うと、目を赤くし、唇を引き結んだ男はうなずいて応えた。次はエイミーだ。

エイミーの深い悲しみに満ちた表情を見たとたんに、マイルズの防御壁が崩れかけた。マイルズは動揺しながら、山頂でバランスを保っている自分を思い浮かべた。風に髪をなびかせ、ワシと目を合わせる。勘弁してくれ。いま発作を起こして、ここにいる人たちに迷惑をかけるわけにはいかない。なんの関係もない人たちだ。

「……誕生日」エイミーの涙まじりの声が、ふいに耳に飛びこんできた。「……だったんです。発見した日は」

「なんですか?」マイルズは愚かにもきき返した。

「毎年、わたしたちの誕生日に同じことをしていました」エイミーが震える声で言う。「わたしと祖母は同じ日に生まれたんです。祖母がわたしを育ててくれました。母がいなくなったあと」

「ああ……そうでしたか」いったいどうして彼女がこんな話を自分にするのか、マイルズはわからなかった。

エイミーが氷のように冷たい手でマイルズの手をつかんだ。「いつもローズ・デリへ連れていってもらいました。わたしはチョコエクレア。祖母はナポレオンパイ。毎回、同じものを頼むんです。あの日、わたしが車で祖母を迎えに行きました。祖母は白内障の手術を受けてから、運転をいやがるようになったので。そしてわたしは……わたしは見ました……」声を失った。

「行けばいいんですよ」かえって彼女を傷つけてしまうことを恐れながらも、マイルズは何か言わずにはいられなかった。「ローズの店へ。お祖母さんに敬意を表して、ケーキを食べるんです。お祖母さんも喜んでくれるでしょう」

エイミーが顔をくしゃくしゃにして泣きだした。

感情に関することで、マイルズはまたしても大きなミスを犯した。どれくらい経てば、葬儀で泣いている遺族から手を離すことが許されるだろうか。なすすべもなく立ち尽くしていると、スティーヴが助けに来てくれて、マイルズの手をつかんでいたエイミーの手をそっと引き離すと、その指を両手で挟んでさすった。それから、マイルズに向かってうなずき、早くこの場を離れるよう礼儀正しくうながしたので、マイルズはありがたくそうさせてもらった。

やれやれ。助かった。後ろの隅の空いている席に座って、参列者がぞろぞろと出ていくのを待ってから、鞭《むち》で打たれた犬のごとくこっそり帰ることにした。目を固くつぶり、深呼吸をする。

「故人とはどういう知り合いで？」

マイルズはもう少しで叫び声をあげるところだった。目を開けると、スーツを着た髪の薄い中年の平凡な男が見えた。

刑事だ。目を見ればわかる。マイルズはその雰囲気をすぐに感じ取れるようになっていた。マクラウドの仲間たちは全員同じ雰囲気を漂わせている。セス、タム、ヴァル、ニック、ピートリー、アーロもだ。職業上注意深く、疑い深い。とはいえ、脳みその足りない刑事でも、マイルズに目をつけただろう。最近の彼は、肥料爆弾を作っている危険人物のように見える。スーツを着ているときでさえ。

「マイルズ・ダヴェンポートだ」マイルズは名乗った。「バーロウ刑事だな?」

男の目が鋭くなった。「どうしてわかった?」

「おれのスマートフォンにあなたの番号が登録してある」マイルズは言った。「昨日、スティーヴから聞いたんだ」

「いつ電話するつもりだった? なんのために?」

マイルズはスマートフォンを取りだして、マチルダの音声メッセージを呼びだした。「おれはキャンプに行っていて、ゆうべ山からおりてマチルダからのメッセージを聞いた。一週間前のものだった」メッセージを再生し、電話をバーロウに渡した。

バーロウはメッセージを聞いたあと、少しのあいだスマートフォンをタップして眺めてから、マイルズに返した。答えを待ち受けるような表情を浮かべている。

「マチルダに折り返しの電話をかけたんだ」マイルズは説明した。「そうしたら、孫娘のエイミーが出て、彼女とスティーヴが事件のことを教えてくれた」

バーロウが首を横に振る。「たまげたな」しばらく沈黙したあと、言葉を継いだ。

「殺された日に送ったメッセージだ」

「そうだ」

バーロウは話の続きを待っていたが、マイルズはそれ以上言うことがなかった。沈黙を気まずいとは感じなかった。何週間も誰とも話さずに過ごしたのだ。

「それで」バーロウがようやく口を開いた。「マチルダとはどこで知りあったんだ?」

「メッセージのとおりだ。ララ・カークのつながりだ。ララを探すのを手伝ってほしいと頼まれた。彼女はジョセフ・カークの娘――」

「その事件のことならよく知っている。それで、これまでの経緯についてどう思う?」

マイルズは肩をすくめた。「おれはララの居場所を突きとめられなかった。徹底的に調べたのに。だが、おれがあきらめたあともマチルダは探し続けていたようだな」

「あきらめるべきではなかった」バーロウがマイルズをじろじろ見た。「きみならなんとかなったかもしれない。マチルダの代わりに犯人に出くわしたとしても」

マイルズは耳が痛かったが、否定できなかった。「そうかもしれない」こわばった声が出た。「いまさら言ってもしかたないが。彼女が何を突きとめたかわかればいいんだが、聞けなかった」

「そうだな」バーロウが言う。「ところで、ミスター・ダヴェンポート、十月二十八日の午前中はどこにいた？」

マイルズはゆっくりと息を吐きだした。「さっきも言ったとおり、山でキャンプをしていた」

「キャンプに行くには寒すぎないか。それを証明してくれる人はいるか？」

マイルズは首を横に振った。「ひとりで行った」

バーロウは表情を変えなかった。「それはついてないな」

「おれが犯人だと思っているのか？」マイルズはきいた。

バーロウは長いあいだマイルズを観察してから言った。「疑われているかもしれないと思っても、動揺しないんだな。落ち着き払っている」

マイルズは五秒数えてから口を開いた。「おれは犯人じゃない。マチルダは友人だった。優しい人で、おれは彼女のことが好きだった。おれに動機はない。それに、おれは誰のことも傷つけない。どうしても傷つける必要がある相手でない限り」

バーロウが食いついた。「そうか。じゃあ、たとえば誰なんだ？　その傷つける必要があるって相手は」

マイルズは胸のつかえを吐きだそうとするかのようにため息をついた。「無力な老婦人を階段から突き落とすような心がゆがんだ人でなしだ。たっぷりと痛めつける必要がある。そいつに会ったら、おれが喜んでその役目を引き受ける」

「私刑は法律で認められていない」バーロウが念を押した。

マイルズは手を振った。「わかってるよ」

バーロウがなおもじっと見てくるので、マイルズはふたたびため息をついて、率直にきいた。「おれを連行するかどうか考えてるのか？」

バーロウが肩をすくめた。

「頼むからやめてくれ」マイルズは疲れた声で言った。「今日はさんざんな一日だったし、おれは犯人じゃない。それに、もし何かわかったら連絡する」

「陪審による裁判を受けさせる前にたっぷりと痛めつけたあとでか？」

「法に反することはしないよ。サム・ピートリーを知ってるか？」

バーロウが目を細めてにらんだ。「なぜそんなことをきくんだ？」

「一時間前まで一緒だったんだ。共通の友人の結婚式に出席していた。彼に電話してみてくれ。おれの人柄を保証してくれるはずだ」

「ここで待っていろ」バーロウが言った。「動くなよ」

バーロウは外の階段のところまで行って電話をかけた。ピートリーが携帯電話の電源を入れていて、まだ酔っ払っていないことをマイルズは願った。バーロウは電話で話しているあいだずっと、マイルズから視線をそらさなかった。

バーロウが戻ってきた。「じゃあ、きみがあのマイルズ・ダヴェンポートなんだな」

マイルズはため息をついた。「名前がひとり歩きしているようだな」数年前、ケヴとエディと引き起こした事件のせいだ。森のなかや、殺された億万長者の家で銃撃戦を行った。あれが人々の記憶に刻みこまれているのだ。

「ピートリーが保証してくれた」バーローウが言う。「埋葬には立ち会うのか？」

マイルズはかぶりを振った。

「じゃあ、ひとまずここでお別れだ」バーロウが財布から名刺を取りだしてマイルズに渡した。「町を出るなよ」

「わかったことは全部知らせる」マイルズは名刺をポケットにしまった。「卑劣な野郎を捕まえてぶちのめしてほしいから」

「ああ。いまおれの番号に電話をかけたらどうだ？」バーロウが言う。「こっちからも連絡が取れるようにしておきたい」

マイルズは反対する論理的な理由を思いつけなかった。ここに来たのが間違いだったのだ。あえて危険を冒した。しかしどのみち、プライバシーのためにあたらしいSIMカードに交換するつもりだった。マイルズは言われたとおりにした。バーロウが立ち去ると、マイルズはどっと体の力が抜けた。バーロウは思慮分別のある男に見えるが、それでも用心しなければならない。教会に人はもうほとんど残っておらず、七十代の小柄でふくよかな女性が、掲示板に飾ってあった写真をはがしていた。

マイルズは写真を見るために近づいていった。女性がつけているホワイトショルダーの香水とヘアスプレーの強烈な匂いがする。一九八〇年代の髪形をしたマチルダが、幼いエイミーを抱いている写真があった。エイミーが赤ん坊のときの写真。卒業式の写真。マチルダとエイミーとスティーヴの三人で、コロンビアで外輪船クルーズを楽しんでいる写真もあった。

マイルズは喉が締めつけられた。いったい何やってるんだ？　どうしてこんなものを見に来た？　わざわざ自分を苦しめてどうする？　緊急治療室でチューブだらけで目覚めるはめになるぞ。

女性が高い位置に貼ってある写真を取ろうと背伸びをした。マイルズは代わりにはがしてあげようとして手を伸ばした。山にいるマチルダの写真——。

手がぴたりと止まった。角の形をした丘。ふもとはマチルダの頭で半分隠れている
が、頂上がふたまたに分かれ、そのあいだは鼻梁のような下り坂になっている。女性
が振り返り、眼鏡越しにマイルズを見た。

「それをはがしてくださるの？」

「あなたがこの写真を撮ったんですか？」マイルズはきいた。

「いいえ、マチルダのフェイスブックにアップロードされていた写真なの。わたしが見つけたなかではそれが一番最近の写真よ。いい笑顔でしょう」

「フェイスブック？」マイルズは写真をじっと見つめた。「どこで撮られた写真かわかりますか？」

「一週間前にアップロードされたもので、あたらしいプロフィール画像に使われていたの。ほんの数日前の写真よ……マチルダが……」女性が声を詰まらせた。

マイルズはエディが描いた絵を取りだした。別の角度からとらえたもので、鼻が写真よりも右に傾いているが、同じ丘だ。心の奥底がストロボのごとく脈動した。

「マチルダは何か用事があって、数日間、有給休暇を取ったの。あれが彼女に会う最後の日になった」女性が泣きだした。

マイルズはそれが役に立つかどうか、適切かどうかさえ考える間もなく、気づいたら女性を抱擁していた。ホワイトショルダーと有害なヘアスプレーに鼻が曲がりそうだった。ふたたび缶が蹴られたのだ。女性の背中をさすったあと、体を引いて、息切れしているのを悟られないよう努めた。

「ごめんなさい」女性が涙声で言う。「マチルダのご家族の方？」

「友人です」マイルズは例の写真を手に取った。「これをもらえませんか？」

「いいわよ。またプリントすればいいだけだから」

「ありがとうございます」マイルズは残りの写真をはがすのを手伝った。女性に頬をぽんぽんと叩かれたとき、飛びのきそうになるのをかろうじてこらえた。

「優しい青年ね」女性が言った。「ありがとう」

マイルズはその写真を助手席に乗せてホテルへ戻った。唯一の手掛かりだ。それについて説明できる唯一の人物はもうこの世にいない。自信喪失に苦しめられる新たな機会だ。

この競技もオリンピックにあれば、メダルは確実だ。

ホテルの部屋に入ると、ナイフを取りだして、ノートパソコンを梱包《こんぽう》していたエアークッションとダクトテープを取り外した。ルーターの電源を入れると、電子音で耳鳴りがし、歯が痛くなったものの、目的があるので耐えられた。

フェイスブックのログイン画面を表示して、キーボードに指を置いた。マチルダのログインメールアドレスは知っているが、パスワードは……。

孫娘がひとり。誕生日が同じ。マチルダはコンピュータに詳しくない。セキュリティのことなど考えずに、単純なパスワードを設定するだろう。パスワード解析ソフトを実行してもいいが、予想が正しければわざわざ使う必要はない。〝Ａｍｙ《エイミー》ｍａｔｉｌｄａ《マチルダ》〟に続けて、日付の数字を入力した。違う。いろいろな組み合わせを試したあと、うんざりしてソフトを起動させようとしたところで、〝Ａｉｍｅｅ〟というつづりで試してみようと思いついた。

一発でログインできた。エイミーがマチルダのフェイスブックのトップページに葬儀の詳細を投稿していた。マイルズはクリックしてマチルダの写真を見た。森にいる白いセーター姿のマチルダの写真を何枚か見つけたが、角の形をした丘が写っているのは一枚だけだった。

大当たりだ。画像に位置情報が含まれていて、緯度と経度、高度までわかる。座標を確認すると、そこは中央オレゴンで、コリタ・スプリングスという町の近くだった。車で数時間の距離だ。

マイルズは過呼吸になりそうだった。ルーターの電源を切り、ベッドに寝転がって、興奮がおさまるのを待ったほうがいい。なんてこった。エディの絵の場所と同じだ。なんらかの意味があるはずだ。どんな意味があるんだ？

たったひとつの手掛かり。

〝何を見つけたんだ、マチルダ？　おれに何を話そうとしていた？　どうして殺された？　何を知っていた？〟

このまま考えていてもらちが明かないので、ひとまず忘れようとした。残り少なくなったプロテインバーをやっとのことで飲みこむ。胃が痙攣するほど空腹なのに、実際に何か口に入れようとすると受けつけなかった。

ベッドに倒れこむと、埃や煙やかびの匂いがした。光と音をさえぎろうと、枕を顔に押し当てたものの、洗剤やはがれ落ちた皮膚片、チリダニに息が詰まりそうになる。さらに、洗浄液やペンキ、羽目板が有害物質を発散していた。

コナーから教わったとおり、ララを心の中心に置いて、ほかはすべて隅に追いやった。防御壁の背後の心を広げ、やわらかくした。質問をする通信網だ。しなやかにひっそりと、答えを待っている。どんなにはかなくてささやかなものでも。

〝ララ、マチルダ。何か教えてくれ。ヒントを与えてくれ。なんでもいいから〟

少し眠って休むべきだとわかっていた。だが当分のあいだ、マイルズの人生で正論は優先されない。それに、これだけ不快な匂いに苦しめられ、ホルモンが全身を駆けめぐっている状態では、どうせ眠れないだろう。防御壁を築いているにもかかわらず、活気にあふれている。それどころか、この興奮は防御壁の内側から生みだされるように思えた。奇妙な新展開だ。

マイルズはベッドの上であぐらをかき、マチルダの写真に写っている角の形をした丘をじっと見つめた。それから、座標が示す場所の地形図を表示した。二本の角のあいだの実距離を縮尺からはかり、写真に写っているマチルダと丘のおおよその距離を計算した。それから、エディの絵を使って同じことをした。

可能な限り正確に見積もると、マチルダは絵に描かれた金網で覆われた窓よりも角の形をした丘に約十六キロメートル近い位置にいて、約十二度左にそれていた。

次に、山の衛星写真に地図を重ねあわせた。カーソルを使って、調べるべき丘を塗りつぶす。エディの絵では、こずえが窓とまったく同じ高さで揺れていて、両側に丘があった。カスケード山脈の岩だらけの丘陵地帯のその方向に高層ビルはあまりないから、その建物は見晴らしのよい丘の上に立っていて、おそらく峡谷が見えるはずだ。マイルズはその領域と、外側のかなり広い範囲までくまなく調べた。

道路は数本しかない。建造物には道路が付き物だ。危険な思いこみかもしれないが、マイルズはヘリコプターを持っていないのだから、道路を使うしかない。それで範囲が狭まった。

マイルズはその地図全体を暗記した。彼の鋭い感覚をもってすれば簡単なことだ。正確に記憶する写真のような能力が最大まで向上していた。情報が脳内で体系化される。すべてのカーブや小川の湾曲部、道、丘、橋、家、納屋が脳に刻みこまれ、脳内の３Ｄグリッドに固定されるのだ。

このなかにララがいるかもしれない。感動のあまり、涙腺が刺激された。

マイルズは仮の計画を立てながら、ホテルを出て道路を渡り、安くてサイズが大きい服のチェーン店に入った。ショッピングセンターの衣料品店にはカジュアルな服はあまり置いていなかったのだが、マイルズはこの店で黒のジーンズと黒のパイル地のトレーナー、森林迷彩のジャケットを手に入れた。カスケード山脈の乾燥地帯では砂漠迷彩のほうが適しているかもしれないとはいえ、普通の服を着るよりはましだ。オリーブドラブ色のスキーマスクも購入した。役に立つかどうかはわからないが。

店のトイレで、買った服に着替えた。新品の服は糊《のり》でごわついていて、過敏な肌がちくちくするものの、しかたがない。裸で歩きまわるわけにはいかない。

車に戻ると、グロックのウエストホルスターを取りだして装着した。黒のトレーナーと迷彩ジャケットでうまく隠れた。武器を隠して携帯することは、オレゴンでは法律で禁止されている。マイルズもこれで無法者だ。

ガソリンを入れてから出発した。この遅い時間、コロンビア川渓谷へ向かう東方向の幹線道路は空いていて暗い。マイルズの体が生みだすストレスホルモンが、アクセルを踏む足を重くした。

頭のなかが変化していた。感情を取り戻したものの、結婚式やマチルダの葬儀のときのように、発作を起こしそうになることはなかった。感情にそっと励まされている。防御壁はしっかりと築かれたままだが、内側に余裕があった。仮設トイレに閉じこめられている感じがしなくなった。その場所が呼吸していて、マイルズも一緒に呼吸できた。

コリタ・スプリングスに到着するまでの数時間のあいだ、マイルズは期待しないよう自分に言い聞かせていた。これまでと同様、この手掛かりもいつ行きづまってもおかしくない。

しかし、もしララが生きていたら？　彼に話しかけてきたとしたら？

そうなれば当然、新たに厄介な問題が生じる。いま直面している死活問題と比べれば軽薄で些細な問題だが、愚かなマイルズは考えずにはいられなかった。官能的な夢のなかで、セクシーな美女を相手に、加熱した想像力が生みだしたありとあらゆるエロティックな行為を堪能した。自分の世界で空想にふけっているのだと思っていた。だがそうでなかったとしたら？　ララがどうにかして、つまり、テレパシーで参加していたとしたら？　マイルズは彼女にほとんど選択の余地を与えなかった。そう思うと、顔が紫色になり、股間が張りつめた。なんてこった。ララの顔をまともに見られないだろう。彼女がまだ生きているとすればの話だが。

冷淡なマイルズはもうおしまいだ。感情的な昔の自分に戻りつつある。

幹線道路を離れて、山へ向かう田舎道に入ると、すべてのカーブや建造物に目をとめて、記憶にある衛星写真と比較した。道が砂利道に変わった。干上がった川床にかかる狭い橋を渡る。白くなったこぶし大の岩が転がる平野が広がっていた。進入路さえ見つかれば、この強靭《きょうじん》な車でたやすく走れる。蛇行しながらひたすら丘をのぼると、一定の間隔で監視カメラが取りつけられた金網塀を見つけた。

こんな奥地に監視カメラを設置するなど、奇妙極まりない。

夜が明けて空が白んできた。監視カメラを発見しても、マイルズは速度を緩めなかった。その直後に丘を蛇行する私道を通り過ぎた。丘の上に電子ゲートが見える。

その向こうの建物は丘の輪郭や鬱蒼《うっそう》とした木々に隠れているが、マイルズは衛星写真でひとつ残らず暗記していた。驚くほど広い複合施設があるのだ。写真では、外に車が何台か止まっていた。ゲートのところに小さな建物が立っていて、ほかに駐車場のように見える細長い建物と、大きな家があった。

マイルズは車を止めたい気持ちを抑えこんで走り続けた。急斜面の狭い道で、何キロも先まで方向転換できない。広い場所を見つけて車から降りると、振り返って、いまのぼってきた山に一部が覆い隠されている、角の形をした丘を見つめた。

これ以上じっとしていられなくなり、橋のところまで戻った。そこから三百メートルほど走った頃、森に入る道を見つけた。車を止めて迷彩の防水シートで覆うと、偵察を開始した。川筋が直角を成す地点から、丘の上の建物が見える。丘から続く深い峡谷と乾いた川床が、川に合流していた。峡谷の上端の左寄り、玄武岩と花崗岩《かこうがん》の断崖絶壁に、三階建ての豪華な家が立っている。大きなバルコニーがついていて、窓から河川峡谷が見晴らせる。上階の明かりが光を放っていたが、マイルズの注意を引きつけ、胸を締めつけたのは、一番下の階の窓だった。上階は木やこけら板で造られているのに、その階はコンクリート造りだ。夜明けの薄暗いなかで、距離が離れていても、マイルズはタカのような視力で、窓に取りつけられた金網と鉄枠が見て取れた。

ここから角の形をした丘は見えないが、あそこからなら見えるだろう。マイルズは窓の両脇にある木まで見分けられた。

エディの絵とまったく同じだ。右に二本、左に一本生えている。

徐々に日がのぼり、マイルズは注意深く歩きまわって、丘や、峡谷の反対側の上端を調査した。峡谷の反対側は、監視にうってつけの場所だった。高性能の双眼鏡も持ってきたものの、肉眼でも同じくらいよく見える。とはいえ、たいしたものは見られなかった。なんらかの仕事をこなすために家のなかや外を動きまわる人が見えたが、ララやグリーヴズの姿は見当たらなかった。最高級のRV車のほかに、車は止まっていない。細長い建物のなかに何台かあるのかもしれない。

フェンスは電気柵だろうから、周辺を歩くときは安全な距離を保った。幸い、一本のプロテインバーと少量の水、一片のヘラジカのジャーキーが残っていた。緊張のせいで、食欲はあまりなかった。

数時間がゆっくりと経過し、日が傾き始めた午後の盛りに、マイルズは行きづまった。脳内コンピュータが反応することを願っていた。窓についてララにききたかった。確証がほしい。

マイルズは完全に受け入れたようだった。頭のなかにいるエキセントリックなララを生きた存在と見なしている。精神病院に入る準備はできているが、その前に、架空の友人を架空の悪人の手から救いだして、架空の満足感を満たすとしよう。病院に閉じこめられるのはそのあとでも遅くない。

この場所で間違いないと確信していたので、ここで野宿したかった。だがそれは早計だ。まだ準備が整っていない。あの施設にひとりで侵入するつもりはなかった。装備をそろえて、入念な戦略を練らなければならない。最近ずっとゴミのように扱っていた、たぐいまれな友人たちの助けも必要だ。

この状況では彼らも根に持たずに助けてくれるに違いない。それでも、下手に出なければならないだろう。

7

ララは両腕をまっすぐ伸ばした状態で熱いシャワーを浴びていた。独立したシャワー室はなかった。極小のバスルームでトイレにまたがり、体を横に傾けて洗わなければならない。しかも真っ暗ななかで。至難の業だが、ララはいまでは達人になっていた。

いかれたグリーヴズの話からすると、ララは次の投薬で忌まわしい薬を大量に投与されるのだろう。死ぬかもしれない。いまと変わってしまうのはたしかだ。あのおぞましい男にしがみつかれて汚されると思うと、耐えられない。アナベルも最悪だと思っていたが、少なくとも彼女に性的に求められることはなかった。

服装で威厳を保つこともできない。身につけられるものは、毎週、金属の引き出しに入れられてあたらしいのと交換される、よれよれに伸びたジャージーのタンクトップと、そろいのパジャマパンツだけだ。下着はつけていなかった。彼らは下着が反抗心を引き起こすと思っているのだろうか。ララは運命を受け入れる前に、せめて身を清め、髪をとかして、歯を磨いておきたかった。

何時間も熱いシャワーを浴びた。そのあと、くたくたの湿ったリネンのタオルで体を拭き、粗末な服を着た。髪がずいぶん伸びた。時間はたっぷりあるので、手間をかけてウェーブのかかった髪を三つ編みにし、パジャマの切れ端で結わえた。これでおしまい。準備完了だ。

ララは歩き始めた。四歩前に進んだあと、四歩後ろにさがる。それから、膝を抱えて座り、揺れながら瞑想しようとした。ここから飛びたって、シタデル王国に隠れられればいいのに。薬さえ――。

〝ちょっと待って〟それに思い当たった瞬間、体に電気が走ったような衝撃を受けた。ララが短いあいだトリップしたとき、グリーヴズはものすごく興奮していた。彼にしがみつかれる前に戻ってきたけれど、あのままいれば、別の世界に入りこんでいただろう。そして、シタデルの王とテレパシーでつながった。

あのとき、投薬されていない状態でそれができたのだから、いまもできるはずだ。ひとりきりで、誰にも監視されることなく。

ララは期待に胸が高鳴った。

自由。少なくとも、自由の一種だ。もしかしたら、とうとう正気を失って、精神が崩壊したのかもしれない。あるいは、薬が蓄積されて中毒を起こし、前回の投薬の効果が続いていただけかもしれない。なんとも言えない。とにかく、もしいますぐ自分の力で行けるのなら……アナベルやグリーヴズを背負わずに……。

それなら、そこにずっといよう。永遠に。そうよ。

ララは横になった。体が震えている。こんなに緊張していたら、うまくいかないだろう。全身の力を抜いて、深呼吸をする。そして、待った。集中した。何も起こらない。

失望の涙がこぼれ、耳のなかに流れ落ちた。けれども、ララは両手を縛りつけられているかのようにじっとして、涙をぬぐわなかった。すべてを思い描く……ストレッチャー、注射針……。

ふいに、あの感覚が生じた。感情が高ぶり、物が二重に見える。暗いところで目が見えるようになったわけではない。暗闇を二重に知覚している。吸いこまれて……。

狂おしいほどの喜びが渦を圧倒し、ふたたびのっぺりとした暗闇に包まれた。

ララは失望の涙をぬぐうと、もう一度挑戦した。目のくらむような明かりや、手首や足首、額をきつく締めつける拘束具を思い浮かべる。フーの険しい顔。にらみつけるアナベルの目。針が刺さる感触。

うまくいった。

ララは渦に吸いこまれ、精神世界を猛スピードで進んだ。その世界を、星やちぎれ雲で飾りつけた。高々と舞いあがる。

〝ちらりと見えた。恐怖に目を見開いたブロンドの少年。電車のなかの爆弾が詰まった緑のダッフルバッグ。噴水、彫像、夢遊病者。ララはそれらをすべて無視して、霧のなかを駆け抜けた。

見つけた。スチームパンク風の堅固な美しい壁。振り付けなど考える必要はない。純粋な喜びにまかせて踊った。

壁をすり抜けた。もう二度とここを離れない。これであいつらとはおさらばよ。肉体が衰弱して昏睡状態に陥ろうとも滅びようともかまわない。

この世界からララを追いだすことは、誰にもできない〟

マイルズは道から急にそれ、あわててハンドルを切った。心臓が早鐘を打っている。またララの夢を見た。西方向の州間高速道路84号線のグレシャム出口を過ぎた直後で、目をしっかり開けてハンドルを握っていたにもかかわらず。マイルズの精神的な聖域で、優美な姿がダンスを踊っていた。夢でも幻想でもない。彼女をまざまざと感じた。情熱的で、きらきらしていて、どこまでも女らしい。はっきりした感覚。不愉快な感覚ではなかった。決して。

ララがメッセージを入力し始めるのを、マイルズは息を凝らして待った。脳内の触れ合いに興奮している愚かな下半身には気づかないふりをし、重々しい鼓動をたてながら、歯を食いしばり、猛スピードで運転した。

〝そこにいる？〟身を切られるような思いで待ち続けると、ようやくララがキーボードを叩いた。

〝いったいどこへ行ってたんだ？〟マイルズは噛みつくように言った。〝ずっと待っていたんだぞ！〟

一瞬の間が空いた。〝わたしを？　わたしは存在すらしていないと言ったくせに？〟

〝だけど、存在してるんだろ？〟マイルズは問いつめた。

〝ええ、残念ながら〟

〝なら、そういうことだ。トラブルに巻きこまれているのか？〟

〝そうよ〟

〝わかった。じゃあ、うだうだ言ってないできみをそこから連れだそう。これ以上我慢できない〟

じれったい間が空いた。〝びっくり。ずいぶんな変わりようね。どういう風の吹きまわし？　優しいのね。でも無理だと思う〟

優しくない。〝それはおれに判断させてくれ。情報がほしい〟

〝それが問題なのよ。情報がないの。わたしは狭い部屋に閉じこめられている。外は山よ。毎晩薬を注射されるの。そのときにあなたを訪ねていたのよ〟

〝実験か？　psi-maxの？〟マイルズはきいた。

〝たしかそんな名前だったわ〟

〝いまも薬でハイになっているのか？〟

〝いいえ。いま、薬なしで初めてトリップできたの。それがいいことか悪いことかわからないけど。頭がおかしくなっただけかもしれない〟

〝おれもだ。どっちでもいい。情報をくれ〟

〝たとえば？〟

〝なんだってかまわない。どこにいる？　誰と会う？〟

〝たいていアナベルとフーよ〟ララが答えた。〝主にあのふたりね〟

マイルズは口笛を吹いた。〝アナベル？　ブロンドのホットなサイコパスか？　二十代後半の？〟

〝ブロンドよ。ホットかどうかは知らないけど。わたしには冷たいもの〟

〝フーというやつについて教えてくれ〟

〝ファーストネームはジェイソン。三十代後半のアジア人。中背でクルーカット。細いメタルフレームの眼鏡をかけている。奥さんのリアが食道がんにかかっているの〟

〝そんな話をきみにしたのか？〟

〝いいえ。トリップしているときに見たのよ。薬でいろいろなことが見えるようになるの〟

マイルズは一瞬考えてから答えた。〝すごいな〟

〝明日の朝に大きな手術を受けることになっているのよ。フーはボスに頼んで休暇を取ろうとしたんだけど、だめだったの。フーは明日の早朝、わたしに薬を大量投与するという狂態を演じなければならないから。おーこわっ〟

〝ボスって？〟

〝サディアス・グリーヴズ。今日会ったわ。薄気味悪い男ね〟

マイルズは行き場のない怒りを感じて歯嚙みした。ろくでなしめ。邪魔ばかりしやがって。〝あいつは嘘つきのばか野郎だ。卑劣なやつなんだ〟

〝あの男を知ってるの？　どうしていろいろ知ってるの？　あなたは誰？〟

〝おれのことはあとで話す。いまは逃げることに集中しよう〟マイルズは言った。

〝いいか《オーケー》？〟

〝大丈夫《オーケー》かってきかれても〟まるで彼女が冷笑したかのように、マイルズは皮肉を感じ取った。

〝忘れてくれ〟マイルズは急いで入力した。〝手術はどの病院で行われるんだ？〟

〝さあね。ロッキー山脈の西側とか？　当てずっぽうよ。グッド・サマリタン病院と言ってたわ。でもあの病院はアメリカじゅうにあるでしょう〟

〝絞りこもう。フーの画像を送ってくれ〟

間が空いた。〝何？〟

〝画像。写真だよ〟マイルズはまくしたてた。〝まさか忘れちゃいないだろ？〟

〝どうやって？〟彼の体内で、ララの困惑が反響した。

〝コンピュータで〟マイルズは言った。

〝？？〟

マイルズはいらだった。〝おいおい、ララ、きみは視覚芸術家だろ。下を見ろ。デジタルカメラが見えるだろ。おれがきみのために思い浮かべた。フーの写真を撮る真似をしてくれ。コンピュータの後ろのUSBポートにケーブルを接続して、ダウンロードするんだ〟

〝そんなことできるの？〟

〝まさか！　ありえないことだらけだ。だがおれたちはいかれてるからな。これまで不可能はなかった！　そのカメラで遊べ！　それを使え！　さあ！〟

〝怒鳴らないで〟ララは取り澄ました態度で入力した。一瞬の間が空いた。〝ショッキングピンクのハローキティのカメラ？　嘘でしょ？　爆笑〟

マイルズはピンクのカメラを恥ずかしいと思っていたが、彼の脳は記憶にある最初のコンパクトデジタルカメラをイメージしたのだ。シンディのカメラだ。〝悪かったな。いいから早く写真を撮れ〟

一分くらい経ったあとで、脳内スクリーンにマルチメディアメッセージが届いたときは、歓声をあげそうになった。マイルズはメッセージをクリックした。写真が画面いっぱいに表示される。うまくいった。なんてこった。本当にできた。すごいぞ、ララ。

ジェイソン・フーは血色が悪く、唇の薄い男だった。マイルズがその苦虫を嚙みつぶしたような顔を暗記していると、ふたたびメッセージアイコンが点滅した。アナベルの写真だ。だが人の心を操るほどの性的魅力が失われている。それで、彼女の本性が現れていた。残虐なあばずれ。顔立ちは整っているが、目が据わっていて、顎をこわばらせ、唇を引き結んだ表情は、美人には見えなかった。

〝場所を特定できるようなものは見えないの〟ララが入力した。

マイルズは角の形をした丘の画像を送るところを想像した。〝ファイルをクリックして〟

〝うわっ！　まさにここの窓から見える景色よ！　信じられない〟

〝きみは中央オレゴンにいるんだ。コリタ・スプリングスの近くだ〟

〝どうやって突きとめたの？〟

マイルズは得意がる気持ちを抑えこんだ。〝その話はまたの機会に〟あとでゆっくり、マチルダと彼女の写真について説明しよう。彼女が殺されたことを。痛ましい事実をいま伝える必要はない。いまは精神を研ぎ澄まして集中しなければならない。

〝これからどうするつもり？〟ララがきいた。

〝まだわからない〟マイルズは答えた。〝状況に応じて行動している。いまは運転中だ。ハッキングしてリアについて調べるから、ログアウトするよ。きみはずっとその辺にいるか？〟

〝わたしを追いだすことはできないでしょう〟

マイルズはばかみたいにうれしくなった。〝よし。そこにいろよ。それでいい。そのあいだに、おれの役に立ちそうなものをリストアップしてくれ。写真を撮って、見取り図を作成するんだ。おれのためにうまくやってくれ。きみを助けるためにおれを助けてくれ〟

〝わかった。でもひとつだけ〟

〝？？〟

〝あなたは誰？〟

〝おれの名前はマイルズ〟マイルズは伝えた。〝ほかのことはまたあとで話そう〟

マイルズは意識をスクリーンから引きはがした。そろそろ現実世界と向きあう時間だ。現実に戻るのは不快だった。脳内コンピュータは現実世界と違って、マイルズの感覚を悩ませない。それに、ララと話していたかった。

一日じゅう山を歩きまわったあとなので、シャワーを浴びたほうがいいかもしれないが、獲物の匂いを嗅ぎつけた猟犬のごとく立ちどまることはできなかった。マイルズはまっすぐグッド・サマリタン病院へ向かい、何かが見つかるまで病院の敷地内をうろついた。病院の職員がたむろしていそうなスターバックスがあった。スマートフォンで検索すると、ララの言ったとおり、グッド・サマリタン病院は全国に何百もあり、その多くががん治療や消化器病を専門としていた。だがちょうどポートランドに一軒あって、マイルズが今日、一日じゅう嗅ぎまわっていた施設でフーが働いているのだとすれば、彼の妻の手術がこの病院で行われる可能性は高い。

マイルズはスターバックスに腰を据えることにした。カウンターに並べられた食べ物からサンドイッチなどをいくつか選び、ソーダを注文した。脳がエネルギーを消費したから、ブドウ糖を補給したほうがいい。サンドイッチはするりと喉を通った。久しぶりに本物の空腹を満たすことができて気分がよかった。体内の炉についに火がつき、燃料を必要としている。

運命が手助けしてくれることを当てにして食事を続けた。ふたつ目のクランベリースコーンを半分食べたところで、幸運が訪れた。白衣を着た疲れた様子の医師が入ってきて、飲み物を注文した。そして、マイルズの席からそれほど離れていないテーブルに着くと、コーヒーを飲みながら、タブレットを取りだしていじり始めた。マイルズが準備を整えていたため、医師がスターバックスのＷｉ‐Ｆｉに接続しようとすると、タブレットはマイルズのパソコンの信号におびき寄せられた。医師がいらだち、眉をひそめながらタップし始めたとき、マイルズはすでに重要なパケットを取りこんでいた。

去年、アーロと開発したソフトウェアですぐさま解析した。心臓専門医のドクター・ウォルター・ミルハウゼンのユーザー名とパスワードを引きだすと、病院のシステムに遠隔ログインし、探りまわって手術室の日程表を見つけた。そのあいだ、ドクター・ミルハウゼンは悪態をつきながら、虚《むな》しくタブレットをつついたり叩いたりしていた。お気の毒さま。

明日の欄にリア・ハルパートの名前があった。三十六歳。午前六時に消化管手術。ハルパートとフー。年齢は釣りあっている。名字は違うが、フーの仕事を考えれば、偽名を使うのが自然だろう。

ドクター・ミルハウゼンがあきらめて、不機嫌な様子で店から出ていく頃には、マイルズは細かく調べて、リアの手術を担当する職員の名前を暗記し、患者のデータベースからリア・ハルパートの自宅の住所を入手していた。コリタ・スプリングスだ。

ビンゴ。マイルズは衝撃を受け、畏怖の念に打たれた。リア・ハルパートの診療記録にできる限りアクセスし、情報を絞り取った。頭の片隅で、時計が時を刻む不吉な音がする。何までの時間をカウントダウンしているのか、マイルズは知る由もなかった。

車へと急いで戻りながら、コナーに電話をかけた。恥を忍んで、友人のＦＢＩのコネを利用させてもらおう。そのほうが自動車局をハッキングするよりも早い。

コナーはすぐに電話に出た。「どうした？」

「頼みがある」

「なんでも言ってくれ」マクラウド兄弟は皆、口数が少ない。ショーンは別だが。ほかの三人を埋めあわせるくらいよくしゃべる。

「ジェイソン・ハルパートかジェイソン・フーという名の男の免許証と、所有する車のメーカーと型を調べてほしい。住所はオレゴン州コリタ・スプリングス、パイン・クレスト街一三九五番地だ。リア・ハルパートも頼む」

「わかった」コナーはそう言うと、電話を切った。

もちろん、休みを取れなかったフーが病院に現れる保証はない。だが試してみる価値はある。

スマートフォンが鳴り、マイルズは急いで出た。「どうだった？」

「リア・ハルパート名義で登録された車はなかった。だがコリタ・スプリングスのジェイソン・ハルパートが、二〇一一年型の白のアキュラのスポーツカーに乗っている」コナーが免許証番号を読みあげた。「応援が必要か？」

「もうシアトルに戻ったんじゃないのか？」

「いや、ぶらぶらしていた」コナーが一瞬、間を置いてから続けた。「おまえと合流したかったからだ。あれからどうなったか気になってな」

もし本当にフーを捕まえることができたら、ララがほぼ確実にあの施設のなかにいるという動かぬ証拠になる。

マイルズは全部打ち明けようと口を開いたあとで、思いとどまった。妄想のような女が頭のなかで送ってくるメールよりもはるかにたしかな証拠だ。たとえ妄想だとしても自分の命を危険にさらす覚悟はあるが、友人の命を危険にさらす前に、しっかりした証拠がほしかった。「まだはっきりしたことは何もわかっていないんだ」マイルズは言葉を濁した。

「はっきりしていないとしても興味がある」コナーが言う。「そのハルパートという人物は誰なんだ？　教えてくれ」

「もうすぐわかると思う。そのとき話すよ」

「おれたちはすぐ近くにいる。まだホテルにいるんだ。必ず連絡しろよ」

「調べてくれてありがとう」マイルズは電話を切ると、電源をオフにした。

みんながマイルズのためにポートランドに残っていると思うと、罪悪感をかきたてられた。

だが、勘で行動しているうちは、仲間はいらない。それに、連中はそろいもそろって指揮をとりたがる。マイルズはここのところ、人の命令に従う気分ではなくなっている。最初から衝突を避けるのが無難だろう。少なくともあと数時間は。運がよければ、もうじき彼らに頼みたいことが山ほど出てくる。これが現実に起きていることなら。

フーが使っているかもしれない駐車場で、白のアキュラのSUVを探し始めた。リアがすでに入院しているのか、あるいはまだ到着していないのか知る由はない。もっと時間があれば、その情報もデータベースから引きだせただろうが、たいした差はない。いまのところほかにできることはないから、近くのホテルの駐車場を見てまわった。いざ探してみると、白のSUVは数えきれないほどあるように思えた。効率のいい探し方とは言えない。

だから、見つかったときは心底驚いた。

フーのアキュラは、病院から三十ブロックほど離れたところにある中級チェーンホテルの駐車場に止まっていた。超自然的な磁力が働いたに違いない。いますぐフーの部屋に乗りこんで、銃を頭に突きつけたい衝動に駆られたが、それを抑えこんだ。性急で愚かな計画だ。これは神が与えてくれたまたとないチャンスだ。むざむざ台なしにするわけにはいかない。

マイルズはすぐ近くに自分の車を止めると、長年かけてマクラウド兄弟のセキュリティ会社、セーフガードで買い集めた道具が入っている大きな箱を探った。そして、追跡装置を取りだすと、警報装置が取りつけられていないことを願いながらフーの車に近づいていき、すばやい動作で車台に張りつけた。警報は鳴らなかった。

それから、タムからもらった指輪を取りだして、しばし考えた。なんてこった。これを使うとしたら、いましかない。鋲をねじって外すと、アキュラの右の前輪に突き刺した。鋲は輪距《トレッド》にある溝に隠れた。

自分の車に戻って運転席の背にもたれかかると、ララを確認した。褒められたくてしかたがない子どもみたいに、早く成果を伝えたかった。

ところが、彼女がそこにいる感じがしなかった。〝まだいるか?〟マイルズは入力した。

返事が返ってこない。画像付きメッセージも残されていなかった。変だな。ここにいると言ったのに。追いだすことはできないと。

無理やり連れていかれたのかもしれない。マイルズは恐ろしい考えを追い払おうと、パソコンをいじくり、追跡装置を監視するためのX線の仕様を設定し、コードを入力した。

しきりにララを確かめた。やはりいない。防御壁に全力を傾注しても、動揺を抑えられなかった。

くそっ。彼女に会いたい。

午後十時、フーが女と一緒に裏口から出てきた。ララが送ってくれた写真とまったく同じ顔だ。女は背の低い痩せたアジア人で、髪を後ろで三つ編みにしている。フーはキャリーバッグを引いていた。

フーが妻を助手席に乗せて、バッグを後部座席に放りこむあいだ、マイルズははやる気持ちを抑えて待った。アキュラが病院へ向けて出発した。

フーが角を曲がると、マイルズはパソコンを助手席に置いて、十数えた。それから、車を発進させてあとを追った。


「いま投薬するんですか？　早すぎます。まだたった――」

「そんなことはわかっている、アナベル」グリーヴズはスコッチを入れたグラスをそっと揺すって、氷をカラカラ鳴らした。「同じことを何度も言わせるな」

アナベルはばかみたいに突っ立っていた。口元が引きつっている。

グリーヴズは小さくため息をついた。「フーは？」

「ええと、彼は……奥さんを病院へ送りに行きました。引きとめたのですが。時間までに必ず帰ってくると言っていました」

グリーヴズは無言でスコッチをひと口飲んだ。

アナベルがあわてて言葉を継ぐ。「彼は奥さんのことが心配なんです。それに――」

「かばうな。きみまで忠誠心を疑われるぞ。フー抜きで始めよう」

「あのー、実はそれよりも問題なのが……」アナベルの視線が泳いだ。「ララのことなんです。彼女が、ええと……意識を失っているようです。トランス状態に入っているんだと思います。目を覚まさせることができません」

グリーヴズは面食らった。「テレパシーで交信できないのか？」

「試してみたのですが」アナベルが情けない口調で答えた。「頭のなかがからっぽなんです。投薬中にときどき起こることですが、それ以外でこうなったのは初めてです。しがみつけるものがないんです」

「それにいつ気づいた？」

「二時間前です。ララはしばらく食べていなかったので、明かりをつけました。それで――」

「わたしに報告しようと思うまで、二時間もかかったのか？　それに、ララが定期的に食事をとっていないのは明らかだな。どれくらいのあいだ絶食していたんだ？　何か目的があったのかね？　それとも、きみが狭量で残酷なだけか？」

「ええと、わたしたちは、その……ご指示に従ったのです。ララにストレスを与え、不安定にさせることが役に立つとボスがおっしゃった――」

「それを栄養失調にさせることだととらえたのか。想像力が豊かだな」

「わたしは――」

「黙れ。きみには愛想が尽きた。きみにもフーにもうんざりだ。ララのところへ連れていけ」

　グリーヴズは静かな怒りを感じながら、アナベルのあとについて歩いた。無能な部下たちに裁量を与えすぎた自分に腹を立てた。その結果、ララに取り返しのつかないダメージを及ぼしたかもしれない状況を引き起こした。もったいない。いつも部下に期待しすぎて、ほとんど常に失望させられる。

　アナベルがドアの鍵を開けた。悪臭を放つじめじめした部屋で、ララ・カークは聖人の大理石像のごとくベッドに横たわっていた。見事な胸がゆっくりと上下している。

　グリーヴズは身を乗りだして彼女の顔に見ほれた。透き通るような肌。すばらしい骨格。痩せすぎで、きれいな目のまわりにくまができているが、それでもなお、脳裏に焼きついて忘れられないほど美しい。あの唇。完璧な形をしている。赤い口紅を塗り、イブニングドレスを着た彼女を連れて舞踏場を歩きまわるのが楽しみだ。

彼女は完璧だ。そして、実に若い。グリーヴズは五十代で、彼女は二十代半ばだ。だが富と名声を持つ男にはたいてい自分よりずっと若い妻がいる。それにグリーヴズは、彼女に子どもを産んでほしかった。彼女の精神、知性、そして何より先天的な超能力を受け継いだ子どもがほしい。もちろん、美しさにも多大な価値がある。グリーヴズは際立って美しい女にしか興味がなかった。

グリーヴズは恋人がキスをするように、ララの頭のなかを探り始めた。いきなりぞんざいにつかんだりせずに、時間をかけて探りを入れる。自分なら防御壁を突破できると確信していた。ララが薬を投与されたのはほんの数カ月前からだが、グリーヴズの超能力ははかり知れないほど強大に成長した。

そうでなければならない。そのために多大な犠牲を払ったのだから。

ララの思考や感情、夢をついに体験できるという期待に酔いしれながら、徐々に近づいていく。もっと近くへ……手を伸ばして……。

力場にぶつかった。超能力が跳ね返された。グリーヴズはもう一度探り、つつきまわした。それから、めった切りにした。なんの手応えもなかった。防御壁に相対することができない。壁はグリーヴズのエネルギーを屈折させた。彼は怒りを通り越して怖気づきそうになった。目を固く閉じてララに覆いかぶさった。どうしてこんなことができる？　よくもこんなことを。しずくが彼女の顔や首、グレーのタンクトップに垂れ落ちる。グリーヴズの額から汗がしたたっていた。

グリーヴズは体を起こした。アナベルが急いで視線をそらす前に、その目に安堵と、困っているボスを見る意地の悪い喜びが表れていたのを、彼は見逃さなかった。

「おわかりになったでしょう？」アナベルが得意げな口調で言う。「これが例の防御壁です。わたしの言ったとおりですよね？　投薬したときも――」

バシッ。グリーヴズの目に見えない平手が振りおろされ、アナベルが吹き飛んだ。軽量コンクリートブロックの壁にぶつかり、床に滑り落ちた。

「ああ」グリーヴズは言った。「よくわかった。きみも思い知ったか？」

うずくまって震えていたアナベルが、あわててうなずいた。

「立て」グリーヴズはそう命じたあと、ララに注意を戻した。薄いタンクトップ越しに、つんと立った茶色の乳首が透けて見える。

誰が支配しているのか、ふたりに思い知らせる必要がある。

グリーヴズはタンクトップをつかむと、力まかせに引き裂いた。あらわになった胸をじっと見おろす。ダンサーのように引きしまっているが、肉付きがいい。その胸に両手をのせた。怒りに駆られているのに、彼女の動かぬ体に興奮した。飼いならすのが難しければ難しいほど、骨を折る価値がある。ある程度までは。

ララ・カークはその限界を超えようとしている。

グリーヴズは両手に力を込めた。「電気ショックパドルを持ってこい」

8

マイルズは指をトントン鳴らしながら、フーが病院から出てくるのを待った。数時間が経過したとき、駐車場から白のアキュラが徐行しながら出てきて、マイルズはようやくララ以外のことに意識を向けられた。

適切かつ最短の車間距離を空けて追跡する。フーは84号線を東へ走り、コロンビア川渓谷へ向かっている。マイルズはついていくしかなかった。もっと情報を集めなければならない。

フーが給油のためトラウト湖で車を止めたので、マイルズも同様にした。フーがふたたび発進すると、マイルズはすぐにコナーに電話をかけた。

コナーは前置きなしに言った。「スマートフォンの電源を切ったな」

「すぐに動けるか?」

コナーは驚いて非難するのをやめた。「どこへ行けばいい?」

「ララが閉じこめられている施設を突きとめた」

「そりゃたまげたな。もっと早く報告できたんじゃないか？」

「確信がなかったんだ」マイルズは説明した。「それにまだ――」

「なんでGPSチップを抜いたんだ？　そうでなきゃ追跡して、いま頃そっちにいたのに！」

「だから抜いたんだ。なあ、説教する気か？　それならもう切るぞ」

「いいから情報をくれ」コナーが不平がましく言った。

「ジェイソン・フーの車に追跡装置を取りつけた」マイルズはコードを読みあげた。

「いま84号線を東へ走っていて、トラウト湖を出発したところだ。コリタ・スプリングスのほうへ向かっている。まず間違いなくララはそこで監禁されている。グリーヴズに。あの嘘つきのうぬぼれ野郎。やっぱりあいつだったんだ」

「いったいどうやって突きとめたんだ？」コナーは屈辱を感じている様子だった。

「おれたちは何カ月も徹底的に調べた！　だがグリーヴズの尻尾をつかむことはできなかった」

マイルズはうつろな笑い声をたてた。「まぐれだよ。動けるか？」

「もちろん。すでに動いている」

「いまおれが追っている男は、ララの監視役のひとりだ。彼女を閉じこめている施設へ向かっているんだと思う」

電話の向こうからキーボードを叩く音が聞こえてきた。「そいつをとらえた」コナーは興奮のあまり怒りを忘れていた。「時速百四十キロ、いや、百五十キロで移動している。やけに急いでるな」

「遅刻しているんだ、ララに関する何かに」

「チップを抜いてなきゃ、とっくに追いついていたのに！」コナーが文句を言う。「おまえがコリタ・スプリングスに到着する頃、こっちはまだ六十五キロ後ろにいる。全速力で走ってもだ！」

「心配するな。それでもやってもらいたいことがある」

「なんだ？」コナーの声が鋭くなった。「何を考えているんだ？」

「何も考えていない」マイルズは言った。「いまはほとんど頭を使っていないんだ。とにかくこの男に張りついている。それだけだ」

「ばかな真似はするなよ」コナーが諭す。「おれたちが着くまで待て、マイルズ。わかったか？　今度ああなったら死んじまう――」

「おれも愛してるよ。ありがとう。手が空き次第また連絡する。じゃあな」マイルズは電話を切って放り投げた。呼び出し音が二十回くらい鳴ったあとで、ぷつんとやんだ。

マイルズはパソコンのスクリーンを見た。フーは前進し続けている。

マイルズはさらに速度をあげた。

突然の衝撃に、ララは不意をつかれた。上階の見取り図を描いたあと、マイルズが生みだした女物の滑稽なショッキングピンクのカメラで撮影するのに集中していたときのことだった。

肉体に突き戻され、激しい痛みに襲われた。ララはぶるぶる震えながら悲鳴をあげて――。

衝撃がぴたりとおさまった。ララはまばたきして涙をこらえ、状況を把握しようとした。

グリーヴズが覆いかぶさっている。この角度から見る赤くなった顔は見苦しかった。顎の肉が震えている。電気ショックパドルを振りかざしていた。

「戻ってきたか」グリーヴズが言う。「それでいい。どこへ行っていたんだ？　あんな防御の仕方を誰に教わった？」

「ただ——」「誰にも教わっていない」ララはしわがれた声で答えた。

「嘘をつくな」グリーヴズがたしなめる。「それが悪いと言うんじゃない。無意味だからだ」

グリーヴズがララの心に激突した。ガラス窓を突き抜ける貨物列車のように。ああ、痛い。心をかきまわされ、ずだずたにされる。悲鳴をあげることも、息をすることすらできない。頭のなかをぞんざいに探られるあいだ、心臓だけが動き続けて、鼓動は激しさを増していき、耳のなかでこだました。

「そうだ」まるで性的快感を味わっているかのように、グリーヴズがくぐもった声でつぶやいた。「おお、ララ。きみは実にいい。とても深い」

グリーヴズが攻撃の度合いを強めた。乱暴になったわけではなく、濡れた大きな舌でなめまわされているような、淫らな感じがした。よだれを垂らしたおぞましい存在が、ララの記憶を引きだし、ひもといて、貪欲に詮索した。

ララの行き先、つまり防御壁に注目している。グリーヴズの超能力は息苦しい毛布のように彼女を押しつぶした。肺が圧迫される。息が……。

ララは気を失った。しばらく経ってゆっくりと意識を取り戻し、アナベルに話しかけているグリーヴズの声を聞いた。

「……最近、性行為をした形跡がある。それはもちろん、ありえないだろう？」

「もちろんです！」アナベルが怒った声で言う。「彼女に手を出したりしていません！　わたしたち誰も！」

「そうか」グリーヴズがつぶやいた。「よろしい」

グリーヴズがララを見おろし、まぶたが痙攣しているのに気づいた。手を伸ばして頰を撫でる。ララはよけることができなかった。肌が粟立《あわだ》った。

「いやらしい子だ」グリーヴズが鷹揚《おうよう》な口調で言う。「性的空想か。ふむ。きみの夢の恋人は精力絶倫だな」

ララは答えたくても声が出なかった。

「心配いらない」グリーヴズが請けあった。「きみはすぐに現実が忙しくなって空想どころではなくなる。それに、健康的な性的衝動はわたしがきみのために用意している計画に欠かせないものだ」

〝死んだほうがましだわ〟ララはそう言いたかった。

いずれにせよ、グリーヴズには心の声が聞こえる。含み笑いをした。「威勢がいい」

ララの三つ編みをほどいて、頭皮に指を滑らせた。「かわいいな」

アナベルが近づいてきた。注射器を振りかざしている。ああ、大変、やめて。「お薬の時間よ」アナベルが歌うように言った。

燃えるような痛みが走った。いつもの反応が、いつもより速く起こる。物が二重に見えて、吸いこまれて……けれども今度は、グリーヴズの息苦しい存在が、ララにしがみついていた。〝いや、だめ、あなたは来ないで！〟

〝行くぞ〟思考が応答した。〝わたしは行く。いつもわたしが。精一杯遠くまで飛んでみろ。わたしから逃れることはできない〟

ララは戦った。だがことごとくグリーヴズにブロックされた。当てもなくやみくもに飛びまわる。絶望の悲鳴が心のなかの空洞に響き渡った。

グリーヴズの楽しそうな嘲笑があとに続いた。

夜が明ける一時間前に、コリタ・スプリングスの標識が見えた。マイルズは一度だけ停車し、拳銃にサイレンサーを取りつけて、スマートフォンにチップを戻した。だがマナーモードにしておいた。追跡されるのはかまわないが、説教されたくはない。メールがたまっていく。〝いまはだめだ。あとでな〟

ララの長い沈黙に、恐怖がじわじわ押し寄せる。マイルズはピンクのカメラを確認しようと思いついた。心のなかでカメラが形を成す。ケーブルがコンピュータに接続されている。

ダウンロードする画面を思い浮かべた。
一、二、三、四……十……十三。大量の画像ファイルが画面に表示された。マイルズは不安が募った。ララは彼に言われたとおりにしたが、途中で邪魔が入ったのだ。いやな予感がする。
写真を見た。廊下。エレベーター。鉛筆で描かれた細かい見取り図。くそったれサディアス・グリーヴズの写真。一枚一枚を記憶するのに集中して、恐怖を抑えこんだ。ララが生みだした画像は……輝いて見える。奥行きがある。三次元だ。フーとアナベルの写真もそうだった。

そのとき、はっと思い当たった。当然だ。これらは芸術作品なのだ。ララが生みだした画像には情趣がある。醜い画像でさえ。

フーの写真を見ると、マイルズは落ち着かない気分になった。彼を殺さなければならないかもしれないのだから、同情している場合ではない。それでも、妻が危険な手術を受けるときにそばにいることを許されないなど、ろくでもない上司だと思わざるをえない。

そのろくでなしが何カ月ものあいだララを暗い房に閉じこめて、残酷でおぞましい実験をした。

いや、フーも愚かな悪人だ。やつは乱暴を働く素質があり、自ら悪いほうについた。そのとき、マイルズは初めて役に立つアイデアがひらめき、それを検討していると、突然ララがすさまじい勢いで頭のなかに飛びこんできた。

マイルズはスリップし、あやうくガードレールに突っこむところだった。あわててハンドルを切り、運転しながらメールのやり取りを始めた。〝どうなってんだ？〟

〝ここにいられなかったのよ〟返事が返ってくる。〝グリーヴズのせいで。振りきって逃げたけど、長くはいられない。電気ショックを与えられて連れ戻されるから〟

マイルズはぎょっとした。〝すぐ行くから、気をしっかり持てよ〟

〝だめよ、危険だわ。あなたを奪い取られたくないの。それに、わたしが生きていられるのは、あなたがいるからなのよ。来ちゃだめ〟

マイルズはふたたび道からそれたのを修正した。前方でフーの車のウィンカーが点滅している。

電気ショックだと？　ふざけるな！　電話をつかんでコナーにかけた。

「ちくしょう、マイルズ！」コナーは開口一番そう言った。「いったい——」

「おれは突入する」マイルズは告げた。

「だめだ！　おれたちはまだ六十五キロ後ろにいる。おまえは――」

「やつらがララを傷つけているんだ。いまこの瞬間も。できるときにまた連絡する。おれの車を見つけたら、一緒に移動させてくれ。キーをシートの下に置いておくから。施設の座標を教えておく」マイルズは数字をすらすらと暗誦《あんしょう》した。「橋の三キロ手前で道路を外れて森に入れば、川岸か、その近くに出られる。数百メートル川下へ進むと、丘の上に建物が見える。そこに彼女がいる。詳しいことはまたあとで」

コナーがまくしたてるのを無視して、電話を切った。コリタ・スプリングスの一区画であるメアリー・クリーク峡谷を通り抜け、果樹の合間を縫っていくと、低木の茂る乾いた丘に出た。〝ララ？　ララ！〟

ララはいなくなっていたが、彼女の絶望感が消えずに漂い、わだかまっていた。わかったよ。そっちがその気なら、ショータイムだ。

マイルズはヘッドライトを消した。アキュラのテールランプに視線を据え、速度をあげて距離を詰める。五百メートルと、タムは言っていた。

指輪の起爆装置を押した。

まさか。ジェイソン・フーはハンドルにしがみついた。「くそっ、くそっ、くそっ」

車がガードレールにぶつかって跳ね返り、スピンして、道路の反対側の溝にはまりこんだ。

よりによっていま、タイヤがパンクするとは。リアの手術の日取りと同様に間が悪い。医者に脅かされて、リアが一刻も早く手術したがったのだ。もはや誰にも気づかれずにこっそり施設に戻ることはできない。そもそも、うまくいくとはあまり期待していなかった。

車から降りて損傷を確かめた。タイヤ交換をこなす自信はなかった。そういうことをどこかの能なしに金を払ってやらせるために、化学と薬理学に人生を捧《ささ》げてきたのだ。

やっとのことでジャッキを取りだした。暗闇のなか、ライト付きキーホルダーをくわえて照らしながら、大型ナットやレンチ、油や泥と格闘して、どうにかあたらしいタイヤを取りつけた。さて、人生にまだ生きる価値があるか、自ら命を絶って終わりにするべきか確かめに行こう。

十分でカーストウの施設に到着した。長い十分だった。門番小屋の警備員が充血した目でフーをちらりと見たあと、フーのカードをスキャンして、なかに通した。フーはアクセルを踏んで坂をのぼり、駐車場の彼に割り当てられたスペースに車を止めた。

ドアを押し開けると、反対側からバタンと閉められた。フーはドアとフレームのあいだに挟まれ、叫び声をあげた。耳の下に円形の冷たい金属が押し当てられる。

「動くな」しわがれた低い声が聞こえた。

フーはあえいだ。「誰だ……いったい――」

「黙れ」男が怒鳴る。「携帯電話をよこせ」

フーは男の手にふさがれた口で必死に呼吸しながら、電話を取りだした。男がそれを奪い取る。フーは声を絞りだした。「誰だ――」

「おまえの知ったことではない。それより、おれがリアに何ができるか教えてやろうか」

新たに酸っぱい恐怖が込みあげてきて、胃がむかむかした。「リアを知っているのか?」

「黙れ」男が銃口を食いこませた。「ドクター・プラティーク・シン、ドクター・ジュゼッペ・ボネッリ。いいチームに恵まれたな」

リアの手術を担当する医師たちだ。フーの脚が震えだした。「あんたは何者なんだ?」

「数分後には、麻酔科医のドクター・ページ・セリーノが仕事を始める。巨大な腫瘍で、危険な状態だ。今後も化学療法を続けなければならない。いまいましい薬だ」

「どうして……」声が震える。「誰から――」

「だがひとつ、おまえもリアを担当する外科医チームも知らない、おれだけが知っていることがある。データベースの誤りだ」男が挑発するような口調で言う。「バグがあって、おれはコンピュータに侵入し、きみの妻をあらゆる角度から見ることができた。彼女の血液検査の結果、胃の内側、肝臓や肺のソノグラム、脳のMRI画像――」

「やめろ！　異常者め！」

男が思いきり力を込めてドアを閉め、フーの肩にぶつけた。「十日前のセンチネルリンパ節生検の結果は残念だったな。状況は思わしくなさそうだが、リアはタフな女性だ。健闘するだろう――その機会が与えられればの話だが」

フーはじっとりと汗ばんだ両手を握りしめた。「何が言いたい？」

「そのバグのおかげで、システムの中身を書き換えることもできたんだ。父親から遺伝した病気に関する記録とか。悪性高熱症なんだろ？　だがおれは、病院のデータベースを編集しておいた」

フーは声が震えて言葉が出なくなった。「何を……何を――」

「リアの悪性高熱症に関する記録はすべて消去した。ドクター・ページ・セリーノは知る由もない。おれは数日前に処理したんだ。ドクター・セリーノは通常どおりスキサメトニウムを投与するだろう。リアにとっては毒薬だ。そろそろ手術が始まる。もうじき彼女の筋肉が硬直し、体温が急上昇する。心臓発作を起こし、循環虚脱に陥る。そして、最後には死ぬんだ。残念だ。だが誰だっていつかは死ぬ。そうだろ？」

フーは必死でもがいた。「いったいどういう――」

「しぃっ」男がなだめるように言う。「その前におまえが連絡して警告できれば、解毒剤が投与されるだろう」

フーは震える声を絞りだした。「な――何が、の――望みだ？」

男に頭を引っ張られてのけぞると、相手のスキーマスクの口の穴から、にやりと笑う白い歯が見えた。

「取引しよう」男が言った。「妻を助けたいなら……ララ・カークと引き換えだ」

こんちくしょう。マイルズはずっと身動きが取れなかった。釘《くぎ》付けにされた気分だった。そこから立ち直るのは容易ではない。アキュラのトランクのなかで十分間も縮こまっていて、閉所恐怖症になりそうだったのだ。完全な暗闇に、座席の真ん中のコンソールが押しさげられたことによってできた穴からかすかな光がもれ入っていた。マイルズは車のトランクを内側からも開けられるようにするべきだと決めた人物に感謝した。車に防犯カメラが設置されていないことにも。少なくとも、見た限りではなかった。

マイルズはスキーマスク越しにフーをにらみつけた。ヘビのごとく邪悪な目つきで。効果があったようで、フーの視線が落ち着きなくさまよい始めた。

「ララ・カークをどうしたいんだ？」フーが震える声できく。

「おまえはリアのことだけ考えていればいい」マイルズは言った。「チクタクチクタク。時間がないぞ。ララのところへ連れていけ、フー、いますぐだ」

「そんなの信じない」フーが叫んだ。「あんたははったりをかけているだけだ」

マイルズは肩をすくめた。「そう思いたければ思えばいい」

「そしたら」フーが哀れっぽく言う。「あんたに殺される」

「おれはそれでもいい。どっちにしろおれはララを見つける。しかし、リアは死ぬことになる。臆病でだめな夫を持ったせいで。だが彼女はそれをわかっている。おまえに置き去りにされたとき、彼女はなんと言ってた？　それでも優しくしてくれたか？　彼女は……理解してくれたのか？」

フーの体がわなわな震えた。「黙れ！　くそったれ！」

「リアは今日、死ぬことになる」マイルズは言った。「あるいは、死なないかもしれない。おまえ次第だ」

「あんたの要求をのむことはできない。上司に殺される！」

「それはおまえの問題で、おれには関係ない。おまえの仲間じゃないのか。喉を切り裂かれる前に、グッド・サマリタン病院に連絡して警告することができるだろう。最後に愛する女のために、立派な行いをしたらどうだ」

フーの額に汗が光った。マイルズはスマートフォンを取りだすと、銃を突きつけたままメールを打ち始めた。

〝フーと施設のなかにいる〟

「誰にメールを打っているんだ？」フーがヒステリックな口調できいた。

「おまえの知ったことではない」マイルズは言った。

スマートフォンがそっと震える。コナーから返事が来た。〝おまえはいかれたやつだ〟

「誰なんだ？」フーが甲高い声できく。

「グッド・サマリタン病院のツテだ」マイルズは答えた。「コーヒーを飲み終えたボネッリとシンが、手術着を着て歩いていたそうだ。ところで、フー、フェンスは電気柵か?」

フーの口元が引きつった。「ええと、そうだ」

「赤外線センサーと動体センサーは?」

「赤外線だけだ」

「警備室はどこにある?」フーは答えなかった。

マイルズはフーをドアの後ろから引っ張りだすと、股間に銃口を押しつけた。「おまえなんていつでもやってやれるんだぞ、ばか野郎。おまえの一物をピンクのペーストにしてやる……いますぐ」

「待て! やめろ! みんなに気づかれて、あんたも殺されるぞ!」

「知るか。三つ数える。覚悟はいいか。一……二……」

「警備室は一階にある! 入り口は左側だ!」

「それでいい」マイルズは言った。「警備員は何人いる? 従業員は全部で何人だ?」

フーの喉仏が上下した。「門番小屋に三人」ふてくされた口調で答える。「なかに三人。ほかに従業員は十人いる。わたしも含めて」

全部で十六人か。なんてこった。「行くぞ」

「あんたはわかっていない」フーがうめくように言う。「わたしを盾にしても無駄だぞ。みんなおかまいなしに撃ってくるだろう」

「それなら、おれの姿が見えないようにしろ」

マイルズはフーを前に押しだし、片方の腕で首を絞めつけて銃口を押し当てた。それから、反対の手でナイフを取りだすと、フーを引きずりながら、アキュラの後輪に順に突き刺してパンクさせた。

施設に止めてあるほかの車と行きあうたびに、すばやく同じことをした。

「警備室へ連れていけ」マイルズは押し殺したしわがれ声で言った。「まばたきひとつでもおかしな真似をしたら、おまえを撃つ。そしてリアは、スキサメトニウムを投与される。いまにも」

「電話をかけさせてくれ」フーが懇願する。「約束する。わたしは――」

「だめに決まってるだろ。早く行け」

ふたりはそびえたつマツの木陰に隠れながら、崖っぷちに立つ本館に向かって歩いた。側面にある入り口の前に来ると、マイルズはフーをドアに近づけて、カードキーで開けさせた。緑色のランプが点滅する。

すばやく移動しなければならない。素手で戦うか、ナイフを使うかだ。サイレンサーをつけていても、銃声がしたら大勢が集まってくるだろう。マイルズはフーのあとについて、ヒマラヤスギの羽目板が張られ、堅木の床板が敷かれた、薄暗い廊下を歩いた。ひとつ目のドアの前でフーが立ちどまった。狼狽《ろうばい》して目が泳いでいる。

「おまえが先に入れ」フーがカードキーを読み取り機に通すあいだ、マイルズはしっかりと押さえつけていた。ドアが開くと、フーを部屋のなかに押しこんだ。

フーが甲高い声で警告した。ドアの近くにいた男が振り向いて――。

マイルズは男の顎に蹴りを入れた。グシャリ。男はうめきながらひっくり返った。手に持っていたサンドイッチが宙を舞う。マイルズはすかさず地面に伏せ、男の鼻にチョップを食らわせてから、ズボンのボタンをとめながらバスルームから出てきた男に飛びかかった。

男に驚く暇も与えず、股間を蹴った。男は体を折り曲げてくずおれた。逃げだそうとドアに向かって走っていくフーを捕まえて、腕をねじあげる。ボキッ。フーが悲鳴をあげた。

腕がだらりと落ち、フーが泣きだした。その脇腹を蹴りつける。グシャリ。肋骨が折れたら、助けを求めて叫ぶこともできないだろう。

ひとり目の男は意識を失っている。ふたり目の男はうずくまってもだえ苦しんでいた。デスクは三つある。三人目の警備員がいつ現れてもおかしくない。マイルズはポケットからプラスチックの手錠を取りだすと、貴重な時間を使ってふたり目の男を拘束した。

横向きに倒れたフーが、涙と鼻水まじりの声で言った。「お願いだ。電話をかけさせ——」

「黙れ、くそ野郎」マイルズはパソコンのキーボードに触れた。ロックはかかっていなかった。ついている。お気に入りのなかにカメラ制御アプリを見つけた。ここから出る経路で、カメラに映る場所を確認する。首振り機能をオフにし、死角を暗記した。

警備員たちをここに残していくのは気が進まないが、意識のあるほうには手錠をかけたし、殺したくはなかった。それに、数分以内にここを出なければ、どのみちしくじるだろう。

マイルズはメールを打った。〝水平方向の峡谷で陽動作戦を取ってくれ〟

フーが体をひねり、目をむいてこちらを見あげる。「誰にメールしてるんだよ?」

マイルズは邪悪な笑みを浮かべた。「手術が始まったぞ、フー。リアのために祈ってろ」フーの怪我《けが》をしたほうの腕をつかんで引っ張りあげると、ドアから押しだした。

「ララのところへ連れていけ」

フーはマイルズの前をよろよろと歩いていき、重厚なドアの電子錠にカードキーを通した。その先は、シンダーブロックの階段の吹き抜けにつながっていた。階段をおりる途中で、階下のドアがぱっと開いた。

ドアから出てきて上を見あげた男の鼻を、マイルズは蹴飛ばした。男は壁にぶつかって跳ね返り、倒れこんだ。

フーが耳ざわりな呼吸音をたてながら、男が出てきたドアを身ぶりで示した。ドアを通り抜けると、蛍光灯の青白い光に照らされた廊下に出た。フーはその先のドアの前で立ちどまり、鍵束を取りだした。

そのとき、背後のドアが開いて、マイルズはなじみのある、頭のなかをきつく締めつけられる痛みを感じた。アナベルだ。マイルズはくるりと振り返った。

「助けてくれ！」フーが金切り声で叫ぶ。

プシュン。マイルズの放った銃弾がアナベルの太腿に命中した。頭のなかを締めつけられる感覚が消えた。くそっ。サイレンサーをつけていても、大きな音がした。とはいえ、シンダーブロックの壁に音が消されて、聞こえなかったかもしれない。少なくとも、どこで鳴ったかはわからないはずだ。運がよければ。

アナベルがへなへなと座りこみ、指を血まみれにしながら太腿をつかんだ。「このばか！　間抜け！」フーに向かって吐きだすように言う。「あんたがこの男をなかに入れたの？」

マイルズはアナベルの顎にアッパーカットを見舞った。アナベルはかわすこともできず、シンダーブロックの壁に頭を激しくぶつけた。

そして、どさりと床に倒れた。

マイルズはフーの首筋に銃口を押しつけた。「ドアを開けろ、くそ野郎」

フーは震えながら、ぎこちない手つきで鍵を開け始めた。狂おしいほど長い時間が経ったあとで、ようやくドアが開いた。マイルズはフーを部屋のなかに放りこんだ。小さな簡易ベッドと、狭いバスルームにつながる開口部が見える。

部屋の隅に女性がうずくまっていた。裸足で、上半身裸で、ウエスト紐《ひも》のだぶついたズボンしか身につけていない。縮れた長い黒髪がもつれている。大きな目でマイルズを見あげた。怯《おび》えている。

ここで完璧な胸に見とれている場合ではない。

「ええと……やあ」マイルズは言った。「マイルズだ。迎えに来た。行くぞ」

9

この男性が現実に存在するはずがない。薬でトリップするときは、いつも別の場所へ連れていかれた。幻覚で見る人が、現実の監禁部屋に現れたことは一度もなかった。シタデルの王でさえここに来たことはない。彼はこの地獄のような場所には属していない。いつもララが会いに行った。

これが人間であるはずがない。きっと、潜在意識の奥底から浮かびあがってきた悪霊だ。黒ずくめで、スキーマスクをかぶって、ぬっと現れた。その存在が放つ熱い強烈なエネルギーが、ララの全身を稲妻のごとく走り抜けた。これは幻。元型《アーキタイプ》。神話。神。

薬のせいに違いない。きっと投与量が限界に達して、精神が崩壊し始めているのだ。誰かがララを見つけるはずがない。わざわざ彼女を探す人などいないのだから。自分の命を危険にさらして探すほど彼女のことを思ってくれる人は、世界にふたり——父と母だけで、ふたりとも死んでしまった。殺された。
けれどもこれは、願望が幻覚として現れたわけでもない。助けが来ることを願って
はいなかった。ララはひたすら、シタデルの王が天国へ連れ去ってくれることを願っ
ていた。永遠なる官能の楽園。それだけを。
悪霊の足元でフーがうずくまっていた。顔をあげると、血まみれだった。「お願い
だ！」
「どけ！」悪霊がぶっきらぼうに言い、脚にしがみつくフーの手を振り払った。「立
て！　早く！」ララに声をかけると、ポケットからスマートフォンを取りだして、す
ばやくメールを打った。悪霊や神には似つかわしくない仕草だ。
ララはじっと見つめた。「でもわたし……その一、あなたは——」
「おれはきみがpsi-maxでトリップしているあいだにメールのやり取りをして
いた相手だ」
ララは口をぽかんと開けて目をしばたたいた。「あなたが？　あれはあなただった
の？」
「ああ、おれだ。さあ、立て。逃げるならいましかないぞ！」
フーがよろよろと男に近づいて、ふたたび脚をつかんだ。「あんたをここに連れて

くれば病院に電話できると言ったよな」その声は弱々しく、震えていた。「あんたは――」

「それはおまえがおれを裏切る前の話だ、くそったれ。おまえは二度も裏切った。リアも気の毒に。来世はもっといい人生だといいな」

「やめてくれ！　頼む。リアは何もしていない！」フーがわめきだした。「電話させてくれ！　手術が始まる前に、悪性高熱症のことを伝えさせてくれさえすれば、あとは好きなようにしてくれてかまわない！」

「いや、おれはいま、なんでも好きなようにできる」

「だけど、あんたは約束――」

「あれは嘘だ」ゴツン。男が銃でフーの後頭部を叩いた。フーはコンクリートの床にうつぶせに倒れこんだ。

ララは体をさらに丸めて縮こまった。

「ララ」男の声が鋭くなった。「シャツを持っているか？」

ララはどうにか言葉を絞りだした。「持っていたら着てるわ」

「そりゃそうだ」男がつぶやいた。「怪我をしているのか？　薬のせいで動けないとか？」

「わたし……わたしは……」ララは言葉を失った。

男を見つめながら、両腕をあげて顔を守り、脚を折り曲げておなかをかばった。そうするのが条件反射になっている。

「くそっ」男が悪態をついた。「マスクのせいだな？　これに怯えてるんだろ？」反対の壁にある監視カメラを見あげたあと、それに背を向けてかがみこむと、マスクをはぎ取った。

「おれだ。早く見ろ。もうかぶるぞ」

ララはぼう然とした。彼だわ。シタデルの王。あのわし鼻は見間違えようがない。でも、目がぎらぎらしていて、顔の肉が落ちている。熱い空想のなかの彼よりも痩せて、とげとげしい雰囲気を漂わせていた。「本当に……あなたなのね」甲高い声で言った。

「もちろん。マイルズだ、覚えたか？　行くぞ」マイルズはマスクをかぶり直すと、手を差しだした。「早く」

ララは体をこわばらせた。マイルズがララの肘をつかんで軽々と立ちあがらせる。彼女を引っ張って、倒れているフーの横を通り過ぎ、廊下に出た。すると、アナベルが血の海のなかでひっくり返っていた。

マイルズがかがみこんで、アナベルの足を引っ張った。

「何をしているの?」ララの声は弱々しく、かすれていた。

「きみのために靴を脱がせているんだ。黙ってろ!」マイルズが血のついたスニーカーをララに差しだした。

ララはたじろいだ。「死んでるの?」

「どっちでもいいだろ」マイルズに突きつけられた靴をララがようやく受け取ると、彼はララの背中を押して階段をあがり始めた。「くそっ、陽動作戦はまだか」

そうつぶやきながら、ドアを押し開けた。叫び声や走る足音がどんどん近づいてくる。

「くそっ」マイルズが悪態をついた。「おれの後ろに隠れろ」

足音が大きくなる。あっという間の出来事で、階段室の壁に背中を押しつけていたララは、ほとんど何も見えなかった。マイルズがドアから飛びだしたあと、バシッという音や、叫び声やうめき声が聞こえてきた。

警備員のひとりが階段を転がり落ちた。途中で大の字に倒れ、動かなくなった。

マイルズが革手袋をはめた手でララを階段室から引っ張りだした。ララはアナベルの靴を胸に抱きしめたまま、裸足でどうにかついていった。

遠くで銃声が鳴り響いた。近くの窓ガラスが割れて粉々になる。銃声は鳴りやまなかった。上の階から耳をつんざくような音が聞こえてきた。あの大きな窓が撃ち抜かれたのだ。さらなる叫び声。

「ようやく来たか」マイルズがひねくれた口調で言った。

マイルズがドアを押し開ける。ふたりは暗い外に飛びだした。

空はこんなに広かったかしら、とララは思った。いろいろな音がする。風がそよぎ、木の葉がサラサラ鳴り、虫がブンブンいっている。ごつごつした地面が素足を刺したが、暗闇のなか、おぼつかない足取りで必死にマイルズのあとを追った。暗闇とも違う。どこまでも深く、青やグレー、黒の無数の色合いで彩られている。風が頬をそっと撫でた。ララは酸素や土、植物、空の香りに満ちた濃厚な冷たい空気を、胸いっぱい吸いこんだ。めまいがする。何カ月も吸い続けてきたよどんだ空気とは大違いだった。

よろめきながら急な坂道を走る。金網のフェンスが立ちはだかった。マイルズがララの手を引きながら左折すると、突然立ちどまってしゃがんだので、ララは彼の体に思いきりぶつかった。

マイルズがベルトのどこかからボルトカッターを取りだして、フェンスの下部をすばやく切断した。

投光照明灯がぱっと点灯し、構内を明々と照らしだして、闇をいっそう濃くした。

「くそっ」マイルズが押し殺した声で言う。「早く！ 行け！ くぐり抜けるんだ！ あおむけで！」

ララはあおむけになり、身をくねらせて足からフェンスをくぐった。金網の切り口が顔や裸の胸を引っかいた。石や土が髪に絡まる。フェンスの向こう側は急斜面になっていて、通り抜けたとたんにバランスを崩して倒れた。ぎざぎざした谷を、石が降り注ぐなか転がり落ちていく。平らな場所に行きついてようやく止まると、傷だらけで、息を切らし、混乱しながらじっとしていた。

いくらも経たないうちに、マイルズがララのそばに猫のごとくひらりと着地した。まるで舞いおりてきたかのように優雅な動きだった。「大丈夫か？」小声できく。

ララはようやく起きあがって体を調べた。「どうかしら」

マイルズが傷の具合を確かめるために近づいてきた。手袋を脱ぐと、たこのできたざらざらしたあたたかい手で、鳥肌の立っているむきだしの肩にそっと触れた。「寒いんじゃないか」

「平気よ」ララは自分の震えた声を聞いて、体ががたがた震えていることに初めて気づいた。

マイルズがジャケットと黒いトレーナーを脱いだ。「ほら。着ろよ」

ララがためらっていると、マイルズは彼女の頭にトレーナーをかぶせて無理やり着せようとした。ララは両手をあげて従った。

トレーナーは大きすぎて、首の部分がだらりと垂れさがり、裾は太腿の真ん中まで届いた。だけど、とてもあたたかい。抱きしめられているみたい。背中は彼の汗で湿っていた。走って、戦った男性の匂いがする。彼の活力が染みこんでいる。ララは凍えた体がぞくぞくし、胸の先端が硬くなった。涙が込みあげてくる。

マイルズはジャケットも着せようとしたが、ララはそれを拒んだ。

「だめよ！」強い口調でささやく。「それはあなたが着て！」

マイルズはいらだたしげに何やらつぶやいたあと、ふたたびジャケットを羽織ると、ララの腕を取って立ちあがらせた。

ララは一歩目で石につまずき、両膝をついた。マイルズがかがみこんで、驚きの声をあげながらララの血まみれの足に触れた。「何やってんだ、ララ！」

「ごめんなさい」ララはささやくように言った。

「アナベルの靴はどうした？」

ララは首を横に振った。「転んだときに落としてしまったの」

マイルズが周囲を見まわした。真っ暗で何も見えないのに。そのあと、ララの両腕をつかんで背を向けると、その腕を肩にのせた。「靴を探している時間はない。つかまって。脚を腰に巻きつけろ」

ララは抗議したかった。だが、叫び声はどんどん近づいてくる。

「ララ」マイルズの声は疲労のあまりしわがれていた。「頼む。ここで死にたくない」

ララははっとして、広い肩に腕をまわした。指がうずく。マイルズが彼女の脚を持ちあげた。

ララは彼にしがみついた。久しぶりに人に触れて、奇妙な気分だった。顔や手、締めつけた太腿で、鋼のように硬い筋肉を感じた。

これほどきつく誰かを抱きしめたのは、初めてだった。恋人にさえこんなふうにしたことはない。ずいぶん長いあいだ、叩かれたり、引っ張られたり、蹴られたりする以外に、人に触れられたことはなかった。

マイルズは暗闇のなか、険しい丘をがむしゃらに駆けおりた。投光照明の光は、低木の茂みを照らしだすことはできない。マイルズは暗がりを選びながら、広くて深い峡谷をジグザグに進んだ。砕けた巨岩の上や、ごつごつした急斜面を通るときでさえ、足取りは軽やかでたしかだった。

弾むような足取りのせいで、ララの声も揺れた。「どうしてそんなに速く走れるの？」

「暗いところでも目が見えるんだ」

勘弁して。「どうして？」ララは問いつめた。「吸血鬼か何かなの？」

マイルズの胸が震えて、笑ったのがわかった。「このうえ、吸血鬼にされたらたまらない。あとで話すよ。きみの血は吸わないと約束するから」

「わかった」ララは恥ずかしくなって、彼の首筋に顔をうずめた。汗にまみれた髪はしょっぱくて、野性的な味がした。嫌いじゃない。

力の限りしがみついて、前の開いたジャケットからのぞく熱くて硬い素肌に両手を押し当てた。

マイルズの髪が鼻をくすぐった。彼の体は強靭で生気にあふれ、張りつめている。これまでのララの数少ないボーイフレンドたちの体とはまるで違う。まったくあたらしい存在だった。

飛ぶような足取りが、馬に乗ってギャロップで駆けているかのように向かい風を生む。茂みのなかを駆け抜けると、枝がふたりの顔やララの腕、マイルズの胸を打った。

ララは彼の首筋に、汗で濡れた髪に顔をうずめたままでいた。

涙がこぼれ落ちた。こらえようとしたけれど、無理だった。心のなかの凍っていた部分が溶けだしたのだ。人に触れただけで。

ふいに、緊張性頭痛のような鋭い痛みを感じた。その痛みが、頭骨を鋼の帯で締めつけられるかのようにどんどん強くなった。

なじみ深い恐怖がふくらんでいく。闇が高波のごとく押し寄せて、ララをのみこんだ。

血圧が低下し、引っ張られる感覚に襲われる。手足が震えだし、やがてだらりと力が抜けた。

滑り落ちそうになったララの腕を、マイルズがつかんだ。しゃがんで彼女を支えながらきいた。「ララ？　どうした？」

「グリーヴズよ」ララはあえぎながら答えた。「何かしている。わたしの頭に。引っ張られるの」

「ララ、なかに入れ！　おれの心のなかに。前にやったみたいに！」

巨大な手に頭のなかをわしづかみにされ、ララはやっとのことで声を絞りだした。

「あなたは……平気なの？」

「おれの防御壁は頑丈なんだ。だからなかに入れ！　早く！　やつにめちゃくちゃにされる前に、どうにかして入るんだ！」

鼻血が流れだした。頭が痛みでいっぱいになる。呼びかける彼の声が遠ざかっていく。〝なかに入れ。前みたいに。なかに入れ！　ララ！〟

ララは意識を失うまいと必死に闘いながら、言葉を絞りだした。「わたしを置いて……いって」ささやき声で言う。「無理よ。あいつに捕まった。わたしはこれ以上……進めない。早く逃げて」

「だめだ」マイルズはララを膝の上にのせると、腕をまわして抱えた。「おれはもう逃げない。きみを置いていくことはできない」

〝どうして？〟ララはききたかったけれど、声が出なかった。

ララは心のなかにいまだコントロールの利く部分を発見した。何カ月も監禁されているあいだに、ララは集中力が研ぎ澄まされていた。心の平安を見いだそうと、毎日奮闘していたのだ。恐怖や怒り、圧倒的な退屈の向こう側にある場所を探していた。痛みから、締めつける手からゆっくりと遠ざかり、ララの背後のララ、支配されないララに近づいていった。すると、渦がずっと待ち受けていたかのようにララをのみこんだ。出発だ。

ララはたちまち混沌《こんとん》とした世界に放りこまれた。大喜びで精神世界を駆け抜ける。通常の感覚を超越して、シタデル王国を感知した。壁。ギシギシまわる巨大な歯車。ララのダンス。寸分の狂いもないステップ。上を下をくぐり抜けて……なかに入った。

ララは安堵の息をついた。痛みは消えていた。

それにしても不思議だ。ララは意識を保っていて、トランス状態に陥ったわけではない。物が二重に見え、シタデル王国が白日夢のように存在する一方で、ララと心をひとつにしながら、彼女を膝の上で抱えている恐ろしいほど魅力的な男性のこともはっきり認識していた。

完全にむきだしになったような気分で、うろたえた。

感情がつながっているのが恥ずかしくて、体がほてった。ララはいま、彼の心のなかにいる。彼女の感じていることを全部、彼も感じているに違いない。

「なかに入ったわよ」ララはささやいた。

「わかってる」彼のかすれた声がすべてを物語っていた。

性的に意識してしまい、ララはどぎまぎした。めくるめくような夢を、何カ月も見続けた。彼と実際に激しいセックスをしたような気がする。彼がどう感じているかは知る由もないけれど。

マイルズが背を向けた。「乗って」

ララは彼の肩をつかんだ。指がまわりきらないほどたくましい肩を。内腿を腰に巻きつけて、くたくたのジャージーのズボン越しに、ウエストホルスターにおさめられた銃からズボンの飾り鋲に至るまで、彼のすべてを感じた。グリーヴズに攻撃されたせいで、まだ弱っていてぼんやりしていたが、マイルズはこれまで以上に速く走った。ララはしがみつくことしかできなかった。みっともない真似をしないように心がけた。

サディアス・グリーヴズは荒らされた食堂を見まわした。コーヒーポットがひっくり返っている。純白のテーブルクロスはオレンジジュースがはねかかって汚れていた。完璧な焼き加減のハムステーキに、窓ガラスの破片が大量に突き刺さっている。破片はパンかごやフルーツサラダ、黒トリュフとマッシュルームのオムレツにも入りこんできらきら光っていた。

銃声が聞こえた瞬間にテレキネシスで防御していなければ、グリーヴズも破片にまみれていただろう。十億分の一秒の問題だった。超感覚的知覚が働いたのかもしれない。飛んでくる銃弾をテレキネシスで止めたあと、グリーヴズは粉々になった窓の枠の真ん中に立って挑発した。彼に向かってくる銃弾が命中することはない。銃口が放つ閃光を見れば、もっとも手っ取り早く狙撃手の位置を確認できる。

だが、狙撃手は挑発に乗らなかった。一分くらい待ったあと、グリーヴズは階段をおりて、窓が次々と割れる音がするほうへ近づいていった。一階の廊下で驚いて立ちどまった。警備員のブリッグズが顔を血まみれにして大の字に倒れていた。ブリッグズは強力なテレパスだ。それでも、攻撃の前兆を読み取れなかったのだ。

警備室では、デクスターがうめき声をあげながら床に横たわっていた。イェーツは気絶している。役立たずの間抜けどもめ。当直のテレパスの見張りも連絡してこない。そろいもそろって、役立たずにもほどがある。

階段をおりると、倒れているアナベルを発見した。想定内とはいえ、不快な眺めだ。ローファーが汚れないよう慎重に血をよけて歩いていき、ドアが開けっ放しになっているララの房をのぞいた。

なかにいるのはフーだけで、ぜいぜい息をしながら泣いていた。

グリーヴズは階段を駆けあがり、投光照明に照らされた外に出た。残りの部下たちがきちんと仕事をしているように見せかけるため、やみくもに走りまわっている。そんな虚構はもはや通用しない。だがいまは部下を懲らしめている場合ではなかった。

知覚の範囲を広げた。池に広がる波紋のごとく放散させる。彼の能力の限界まで、どんどん広げていった。

いた。ララを見つけた。グリーヴズは彼女の内なる夢の世界をテレパシーで駆け抜け、独特の味わいを楽しんだ。彼女は驚くべき力を持っている。ジェフのように。ものすごい可能性がある。意のままに操ることさえできれば。

もちろん、時間の問題だ。辛抱強く愛想よく接していれば、やがてララも折れるだろう。そして、彼女の防御壁を解き明かすことができれば……その考えに、グリーヴズは励まされた。彼をブロックしたのは、ジェフとララだけだ。ララの秘密を解き明かせば、ジェフの防御壁も突破できるかもしれない。

彼女の性的な魅力もすばらしい。精神や感情の特徴も実に味わい深い。繊細な趣があり、微妙なニュアンスが含まれている。

ララ・カークを、未来を支配する力を手に入れるのだ。指一本動かすだけで物事を正す力を。ジェフもだ。全部自分のものだ。

ララはひとりでいるようだった。ほかの人間の精神のサインは感知できないが、狙撃されたことや、部下たちが大怪我をさせられたことを考えれば、誰かの手助けがあったはずだ。隔離された房でどのようにして脱走計画を立てたのだろうか？　力を隠していたに違いない。彼女は打ちのめされているように見えた。武器を隠し持ったり、策略を企てたりしている気配はなかった。グリーヴズはララを監視し、支配していたはずだった。

彼女は実に強い。グリーヴズの額から汗が噴きでた。笑い声をあげる。これでこそ能力の使いがいがあるというものだ。白熱したテニスの試合みたいだ。ようやく好敵手が現れた。

微妙なバランスを保たなければならない。彼女の美しいたぐいまれな脳を傷つけたくはないが、服従を学ばせる必要がある。彼の真意を理解させるためには、少しばかり苦痛を与えるべきだ。さらに強く……。

ふいに、ララが消えた。まるで最初から存在しなかったかのように。

グリーヴズはぱっと目を開けた。なんだ？　これまで探っていた場所をまさぐり、つつき、くまなく探したあと、思いつく限りの場所で同じことをした。

何もない。消滅した。あのいまいましい防御壁の背後に隠れたのだ。

グリーヴズはさらに範囲を広げた。能力の限界を超えて、心臓が重々しく鼓動するまで。憤怒《ふんぬ》のあまり、視界に赤いもやがかかった。

数分が経過したとき、グリーヴズはそれを見つけた。ぼんやりしていて、何かあるというより、そこだけ何もないかのようだ。隠れみののごとく、えたいの知れない謎の空間があった。

グリーヴズはそれを突破するどころか、正確な場所を突きとめることすらできなかった。

だが、ほかの心なら探れる。狙撃手と、部下を襲った人物がいる。グリーヴズはラの仲間を探し求めた。

突き刺して、まさぐり、触手を伸ばす。広大な範囲だが、やる気がみなぎっていた。あちこち探してもまだ見つからない……いた！

防御壁のない心を持つ人間が、向かい側の丘の中腹にいる。男だ。すばやく丘を下っている。窓を破壊し、彼の朝食を台なしにした狙撃手だ。テレキネシスで身を守らなければ、その男に殺されていたか、大怪我をさせられていたかもしれない。狙撃手の心は驚くほどつかみにくかった。目の前の仕事に完全に集中していて、ほかの物事が存在しないため、透明度が高すぎてとらえどころがないのだ。だがそれでも、グリーヴズはその男を捕まえた。

男の心を締めつけ、驚きがたちまち怒りに変化するのを味わった。狙撃手は無意識のレベルで超能力を備えていて、それが朗々と鳴り響いていた。ｐｓｉ‐ｍａｘの被験者として適している。

狙撃手は抵抗したが無駄だった。グリーヴズは心の一部でその男を釘付けにしたまま、捜索を続けた。もうひとり見つけた。さらにふたり。そのなかのひとりは、訓練されてはいないが高度に発達した超能力と、強固な防御壁を持っていた。とはいえ、ララの能力と比べればなんでもない。ほかのふたりは射撃の名手のようだ。未開発の能力を備えているが、防御壁はない。グリーヴズに通用するものは。

グリーヴズは怒りに駆られていたものの、彼らをわしづかみにしてひとまとめに握りつぶすのは、気分がよかった。

10

暗闇のなか、トラウマを負った女性を背負い、いつ発砲してくるかわからない悪の手下たちに追われながら、初めて来た起伏の多い土地を走り抜けるには集中力が必要だ。押しつけられる彼女の体の感触に気を取られている場合ではない。ティーンエイジャーでもあるまいし。

〝集中しろ〟マイルズは自分に言い聞かせた。〝そんなことを考えるのはあとにしろ〟いまは、ありったけの赤血球を大きな頭にまわさなければならない。

傾斜が緩くなった。川岸に近づいているのだ。自動車や排気ガス、ガソリン、ゴムの匂いがする。人間の匂いも。ララは彼の肩に顔を押しつけていた。唇を。まるでキスをしているかのように。

ララと話し始めてから、マイルズの処理能力は徐々にあがっていた。そしていま、彼女にしがみつかれていても、拡張した感覚が異常や痛みを感じることはなかった。

これが正しいと思えた。暗闇で目が見えるのも、聴覚がものすごく鋭いのも、適切なことなのだと。情報が絶え間なく押し寄せてきても、神経に障ることはなかった。彼女の髪の香りときたら、たまらなく――。

〝そこまでだ。仕事に集中しろ〟

眼前に川床が広がった。向こう岸の木立のなかに止まっている二台の車の輪郭がぼんやりと見える。一台はマイルズのだ。

何か変だ。訝《いぶか》しんでいるうちに、車からそう遠くない崩れ落ちた岩の上でうつぶせに倒れている人影が目にとまった。コナーだ。頭を抱えながら、這って進もうとしている。

マイルズは全速力で駆け寄った。「コナー!」岩を飛び越え、友のそばにかがみこむ。ララが背中からおりて、マイルズの向かい側にまわりこんだ。「コナー! どうした?」

「頭が」コナーがかすれた声で言った。「引っ張られる」丘の頂上に立つ家を手で示す。鼻から血が流れでて、首に垂れた。

「グリーヴズよ」ララがささやくように言った。

マイルズはコナーの脇の下に腕を入れて抱き起こそうとした。「あいつの力が及ばないところまで離れないと」

「デイビーが」コナーがうめくように言う。「ショーンとアーロも」

マイルズは不安を抑えこみ、力を込めてコナーの体を持ちあげた。ここまで仲間を危険な目に遭わせることになるとは想像もしなかった。彼らのことはずっと、不死身だと思っていた。神のような存在だと。

「わたしに手伝わせて」ララが申しでた。

「きみの脚の骨が折れないよう気をつけろよ」マイルズは言った。

ララがコナーの腕の下に肩をねじこませた。コナーは彼女をちらりと見たあと、雄弁な視線をマイルズに向けた。「やったな」

「しぃっ」マイルズは押し殺した声で言った。「行くぞ！」

一同は車へと急いだ。ララが後部座席のドアを開ける。コナーを押しこんだとき、丘の中腹から音が聞こえた。

マイルズはララを車の床に押し倒したあと、地面にかがみこんで耳を澄まし、鼻を利かせた。何かすばらしいアイデアを出さなければならないのに、何も思いつかない。大枝が揺れる音や、小枝が踏み折られる音が大きくなっていく。

アーロだ。どういうわけか、丘をおりてくるのはアーロだとわかった。その瞬間、安堵のあまり泣きだしそうになった。

「コナーを頼む」マイルズはララに言った。「おれはほかの仲間のところへ行く」

音のするほうへ駆けていった。ふたりはモミの若木の木立から出てきた。アーロが

ショーンを肩にかつぐようにして歩いていて、その重みで足元がふらついている。

ショーンは鼻血を出していた。アーロは何かに耐えるように表情をこわばらせている。

アーロも痛みを感じているのだ。ショーンほどはこたえていないが。

当然だ。アーロは防御壁を備えている。

マイルズはショーンの反対の脇の下に腕を入れて支えた。「グリーヴズだ」アーロ

に言う。「遠距離からでも頭を締めつけられる」

「しゃべれない」アーロが歯を食いしばって言った。「防御壁を築いても締めつけて

くる。ああ、痛いっ。ぶっ殺してやる！」

「まったくだ」マイルズは心から同意した。

よろめきながら必死で車に戻った。ララはコナーの頭を支えて、丸めた布を鼻に押

し当てていた。うつろな目をしている。恐怖にとらわれているのだ。

マイルズはアーロに言った。「グリーヴズの攻撃圏外に出ろ」うめいているショー

ンを助手席に乗せた。

コナーが薄緑色の目を開けた。「デイビーが」あえぎながら言う。

当然、陽動作戦を進んで引き受けるのはデイビーだろう。マクラウド兄弟は皆、長距離射撃も短距離射撃も得意だが、一番の射撃の名手はデイビーだ。デイビーはほかの三人よりもはるかにグリーヴズの近くにいた。遠くにいた三人がひどい打撃を受けたのだから、デイビーはどんな目に遭っているだろうか。グリーヴズは、マイルズを昏睡状態に陥らせたラッドよりもはるかに強力なのだ。

「おれが連れ戻してくる」アーロの声はがらがらだった。

「だめだ」マイルズは言った。「おれが行く」

アーロが手ぶりでララを示した。「おまえには仕事があるだろ。その子を安全な場所へ連れていけ。あとはおれにまかせろ。おれには防御壁がある」

「おれの防御壁のほうが頑丈だ」マイルズは言った。「ララとショーンとコナーを連れて逃げろ。おれがデイビーを連れてくる。おれの車のキーをくれ」

アーロがマイルズをにらみつけた。「ボス面するのか？」

「ああ」マイルズは指を動かして催促した。

アーロは打ちのめされていて、言い争う気力がなかった。ポケットからキーを取りだして放り投げる。マイルズはそれをつかみ取った。

マイルズはパワーアップしたすばらしい能力を注ぎこんでデイビーの位置を算出し、息を弾ませながら丘を駆けあがった。最初に割れた窓は最上階の側面にあるアーチ形の窓で、峡谷ではなく向かい側の丘の中腹に面している。デイビーは丘をのぼらなければならなかっただろう。仕事を終えたらすぐに下り始めたはずだ。グリーヴズの攻撃が始まった時間を計算に入れて、デイビーが立ちどまったであろう場所を割りだした。

息を切らし、木の枝をかき分けながら数分走ったところで、倒れているデイビーにつまずいて転びそうになった。マイルズが予測した地点よりも五十メートル先を行っていた。さすがマクラウドだ。

マイルズはひざまずいた。「デイビー！　聞こえるか？」

デイビーはじっと動かなかった。「引っ張られている」あえぎながら言う。「動けない」

マイルズはデイビーを引き起こした。デイビーの体重を考えれば、意識があって助かった。

よろめくデイビーを連れて、下生えのなかを音をたてずに突き抜けるのは不可能だった。追っ手が近づいてくる音が聞こえる。約百二十メートル離れた場所と、約九十メートル離れた場所にひとりずついる。おそらく防弾チョッキを着て、赤外線カメラやサーモグラフィーを持っているだろう。ふたりともマイルズたちよりも高速で移動している。マイルズはデイビーを地面におろすと、人差し指を唇に当てた。「敵を始末してくる」

デイビーに目で必死に問いかけられたが、答えている時間はなかった。マイルズは身をかがめて低木の合間を縫い、こっそりとすばやく移動した。

丘の中腹から、追っ手が通るであろう道の上に花崗岩の岩棚が突きでていた。高い位置にあるので、敵もサーモグラフィーを向けようとは思わないかもしれない。

マイルズはその岩棚によじのぼった。数週間にわたるロッククライミングの集中トレーニングが役に立った。岩棚の縁に大の字になると、スペースに余裕はなかった。迷彩ジャケットとスキーマスクを身につけていてよかった。

木陰から男が現れた。ひっそりとした迅速な動きだ。拡張した感覚を持つマイルズでなければ、この暗がりでは気づかなかっただろう。ブーツの鈍い靴音や、男の速い鼓動が聞こえた。防弾チョッキを着込み、ヘルメットをかぶっている。テレパシーを使って周囲を調べているが、探針は防御壁を避けて通り、マイルズを感知できなかった。

そのとき、はっと気づいた。だから、マイルズは敵の不意をついて、単独で施設に侵入できたのだ。彼らは超能力という究極の秘密兵器を持っているから、無敵だと思いこんでいた。しかし、慢心してその武器に頼りきっていたのがあだとなった。それこそまさに、マイルズが銃を使いたがらない理由だ。

マイルズは雑念を追い払って、乾いた草や松葉が踏みつぶされる小さな音に集中した……カサカサ……カサカサ──。

男の背後にそっと飛びおりると、ヘルメットをかぶった頭をぐいっとひねった。ボキッ。だらりとした男の体を地面におろして、H&K G36アサルトライフルを拾いあげた。それから、心のなかの雑音を静め、もうひとりの追っ手が近づいてくる音に耳を澄ました。人の命を奪ったことに対するストレスにはあとで対処しよう。

追っ手は左手から、デイビーのいるほうへ向かってやってきた。また別の超能力を備えている。人の心を操る能力か。マイルズは足音を忍ばせて露頭をまわり、人影を探した。

ようやく、重装備の追っ手を見つけた。赤外線ゴーグルをつけているが、マイルズにとっては夜明けも昼間と同じくらい明るかった。

倒木の背後に身を潜めた。追っ手は胸甲をつけ、ヘルメットをかぶっている。マイルズは今度は殺したくなかった。必要に迫られない限りは。そこで、男の太腿に狙いを定めた。

バン。男がのけぞり、手足をばたつかせ、くぐもった叫び声をあげながらくずおれた。マイルズはライフルを置いて、急いでデイビーのもとへ戻った。

「片づけてきた」デイビーの問いかけるような視線に答えた。

ほかに追っ手の気配はなかった。あのふたりが前衛だったのだ。マイルズはデイビーを持ちあげて立たせると、ふたたびよろよろと走りだした。グリーヴズは猛攻撃を続けていて、マイルズの防御壁の周囲を虚しく探っている。デイビーを捕まえている限りやめないだろう。

ふたりの足取りは苦痛に感じるほどのろかった。川床の湾曲部を曲がると、マイルズの車が見えた。ほかのみんなはすでに去っていた。マイルズはデイビーを助手席に押しこみ、車を発進させ、岩や若木を乗り越えながら森のなかを進んだ。

「病院へ連れていく」砂利道に出ると、デイビーに言った。

「やつは病院を見張っている」早くもデイビーの声がしっかりしてきた。「脳を損傷したか、脳卒中を起こした患者を探しまわるだろう。おれならそうする。病院はいいから、とにかくあのクズ野郎との距離を広げてくれ」

それならできる。マイルズはアクセルをいっぱいに踏みこんだ。

とんでもない事態だ。前代未聞だ。やつらの心を締めつけたにもかかわらず、超能力を強化された部下たちを送りだしたにもかかわらず、部下のひとりは殺され、やつらは逃げおおせた。

「向こうはもう少しで攻撃圏外に出る」グリーヴズは車庫へ向かいながら、彼の隣をドタドタと走っているシルヴァに息巻いた。「全員出動させろ。二台ずつで、北と南へ向かう」

ジープの助手席のドアを勢いよく開ける。シルヴァが運転席に飛び乗り、腕時計型のインターコム越しに大声で命令した。

エンジンがかかり、バックして速度を……。

車はずるずると進んだ。タイヤがこすれ、鈍い音をたてる。

シルヴァは小声で悪態をつき、ブレーキを踏んで車から飛びおりた。今度は大きな声で悪態をついた。声に恐怖がにじんでいる。後輪を蹴りつけた。「切られています。後輪を両方とも」

「それなら、車を替えろ」グリーヴズは歯を食いしばって言った。

　だが、そうはいかなかった。六台ある車はすべて、後輪を切りつけられていた。部下たちが急いでタイヤを交換したものの、手遅れだ。一分一秒を争うのに、その時間を無駄にした。とにかく部下に追わせるとしても、グリーヴズがわざわざ同行するのはいまさら無意味だ。

「本当に申し訳ありません」シルヴァが言った。

　グリーヴズは運命論者のように落ち着き払った態度で、それを無視した。意識のほんのひと筋が、彼の聖域に忍びこんでめちゃくちゃにした向こう見ずな人間どもとまだつながっていた。そのつながりはどんどん薄くなって……消えた。

　自分の能力の限界に突き当たると、屈辱を覚えた。

　ゆっくりとした足取りで家に戻りながら、手首のインターコムでレヴィンを呼びだした。

「はい」彼女が声を潜めて応答した。

「コリタ・スプリングスか、このホイーラー・ロードの南側に、強力なテレパシー能力を持つ職員はいるか？　高速道路の出口の手前にだ」

「ええと……ああ、いますね。コバーンとメイフィールドなら――」

「すぐに彼らを配置しろ。高速道路の出口をすべて監視させるんだ。あいつらが裏道を通らない限り、高速道路を走っているあいだに見つけて正体を確認できる。全速力で移動中だ。チャンスはあと十五分くらいだろう」

「かしこまりました。ただちに手配します」

グリーヴズは家のなかに入った。部下たちは分別を取り戻した。負傷した者は医務室に運ばれた。

グリーヴズは医務室をのぞいて、医者がアナベルの頭のこぶや、太腿の銃創を調べるのを見守った。顔をぼこぼこにされ、肋骨を折られたフーはまだ泣いていた。役立たずのクズどもだ。まだここに置いているのは、侵入者について尋問し、お粗末な脳の中身を暴くためだ。ふたりが見たもの、感じたもの、意識下のものも全部。ジェフの交代制の医療チームのうち四名が、怪我の治療に当たっていた。彼らのうち二名は、八時間交代で常に息子につきそっている。ジェフと医療チームはグリーヴズの行くところにはどこでも車でついていく。一見、RV車に見えるが、車内はハイテクの病室になっているのだ。グリーヴズのすべての住居に空気が調節された無菌の特別室が設けられ、ジェフの生命を維持するために必要な装置がすべて備えつけられている。

グリーヴズはやり場のない怒りに駆られた。はけ口がない。息をするのもつらかった。やつらは彼のタイヤを切り裂き、彼の窓を撃ち抜いた。彼の部下を襲った。ララを、彼の美しい宝を奪った。すばらしい朝食を台なしにした。

無礼者だ。グリーヴズは無礼を憎んでいた。

ジェフの部屋のキーパッドにコードを入力する。なかに入ると、モーラとダニエルがジェフの衰弱した四肢をマッサージしているところだった。

ジェフの肌は灰白色で生気がなく、血管が浮きでている。骸骨のように痩せ細っている。まめなマッサージとストレッチ、電気刺激療法で、腱が硬くなり、ひょろひょろの手をした、背の曲がった肢体不自由者となるのを防いでいるのだ。ジェフがいつかようやく心の要塞から出てくる気になったとき、体に受け入れる準備ができているように。そのためにあらゆる手を尽くしていた。

そうして、十七年が経った。果てしない年月が。

「ふたりきりにしてくれ」グリーヴズは言った。

モーラがためらった。仕事ぶりを試されているのではないかと警戒したのだ。「そのー、あと十六分間マッサージを続けなければなりません。何があろうとマッサージの時間を飛ばしたり短縮したりしてはならないとボスがおっしゃった――」

「ふたりきりにしてくれと言ったんだ！　残りはわたしがやる。出ていけ！」

モーラとダニエルはゴム手袋を外すと、あわてて出ていった。

グリーヴズはヒツジの革で覆われたクッション付きの台に近づいていった。潰瘍化しやすいジェフの肌を絶えず刺激する柔軟な台だ。ジェフは頻繁にひっくり返され、マッサージ、消毒、角質ケアも怠らず、入念に配合された軟膏《なんこう》で皮膚を潤すことで、循環をよくしている。

グリーヴズは息子のどくろのような顔をじっと見おろした。くっきりとした頬骨の上で薄くて脆い皮膚がぴんと張っている。たるんだ口。落ちくぼんだ目。青筋の浮いた脆弱《ぜいじゃく》なまぶた。

ジェフの顔の骨格はグリーヴズとそっくりだが、これほど痩せこけてしまっては、もはや顔立ちに似ているところは見受けられなかった。かつてはキャロルから受け継いだ輝くばかりに美しい金色の髪をしていたが、いまでは色褪《いろあ》せ、薄くなって、フケが絡まっている。ブリーフ姿で横向きに寝かされ、手足に張りめぐらされたチューブは、常に開口部に挿入されている。

グリーヴズはジェフの体に触れる際に使用するよう医療スタッフに命じている滅菌済ゴム手袋をはめずに、濃厚な軟膏を手に取って、左脚のマッサージを始めた。いつものようにゆっくりとリズミカルに手を動かしていると、心が落ち着いた。ジェフのマッサージをするのは、めずらしいことではなかった。

さらに痩せたような気がする。点滴のカロリー量を増やすよう指示しなければならない。あるいは、筋刺激療法の時間を増やすか。すでに理学療法士が推奨する時間、それどころか有効だとされる時間の何倍も行ってはいるのだが。

しかし、別にかまわないではないか。ほかにジェフにしてやれることもない。そのための予算と時間もたっぷりある。二十四時間体制でジェフの看護をさせるために、五十人でも五百人でも雇える。それが役に立つというのなら、ただちにそうするだろう。

怒りが噴きだした。「おまえはずるい」両手でしぼんだふくらはぎをさすりながら言う。「おまえの母親もだ。ふたりとも聞き分けがない」

雄弁な沈黙が返ってきた。キャロルはブレインの中等学校で出会ったときからずっと沈黙で語る達人で、ジェフはその才能を受け継いだ。グリーヴズはキャロルの無言の抗議に含まれた意味を常に読み取ることができた。残酷な実験によって超能力が目覚める前から。

そのことをキャロルも最初は――まだふたりとも若くてお互いに夢中だったときは喜んでいた。グリーヴズは陸軍の上等兵としてドイツへ行った。ジェフを妊娠していたキャロルはブレインに残り、彼女の母親のトレーラーハウスで暮らした。まるでそこがアルカトラズ島の刑務所であるかのように、いつの日か必ずキャロルを連れだすと、グリーヴズは誓った。だがそれは、思っていたほど簡単なことではなかった。

そして、西ドイツの基地にいたある日、グリーヴズは呼びだされた。特別任務に抜《ばっ》擢《てき》されたのだ。ホルト大佐による秘密訓練実験で、試験で特別な才能を持っていることが判明した少数の兵士が選ばれた。その能力を高めれば、この国のすばらしい財産になれると、ホルト大佐は説明した。訓練は過酷で、仲間たちから引き離されて別の施設に移されるが、祖国の家族に居場所も何をしているかも伝えてはならない。家族の面倒はきちんと見るが、当分のあいだ再会できないかもしれないと。

もちろん、グリーヴズは承諾した。国のすばらしい財産になりたくない人などいるだろうか。キャロルとジェフのためになるのだ。

〝訓練〟の内容は想像を絶するものだった。血管が破裂しそうなものすごい苦痛を大佐に与えられ、頭がおかしくなりそうだった。毎回、体の自由が利かなくなり、歩くことも話すことも、首をまわすことさえできなかった。何週間ものあいだベッドの上で寝返りを打つことしかできず、光を避け、かすかな物音にも縮みあがった。死を願ったが、死ななかった。グリーヴズは治癒した。そして、変化した。

別人になった。

ホルト大佐が求めていた以上のことができるようになったことが、徐々にわかってきた。やがて保身のために、能力を隠すことを覚えた。グリーヴズがこれほどの力を持つことを誰も意図していなかったのは明白だった。

ホルト大佐は明らかに疑っていたが、それでも長年にわたってグリーヴズに諜報《ちょうほう》任務をまかせた。グリーヴズはテレパシーを使って国家の安全のために情報を集めた。テレキネシスや人の心を操る能力が生まれたことや、組織化、同時に複数《マルチ》の作業《タスク》をする能力、同化、情報整理の能力が著しく向上したことは決して打ち明けなかった。それ以外にも、はっきりと定義できない能力を身につけていた。

認識能力は飛躍的に伸びた。数日であたらしい言語を習得して、ネイティブのように発音し、知識をしっかりと保持することができた。ある退屈な週末、グリーヴズは株取引のやり方やコツをすっかり身につけ、続く数週間のあいだにひと儲けし、その金をうまく再投資した。

最初は楽しかったが、時間が経つとつまらなくなった。金は役に立つとはいえ、ある額を超えると、預金残高のゼロの数は意味を持たなくなる。

キャロルとジェフはグリーヴズにめったに会えなかったものの、金には困らなかった。ブレインの湖に面したヴィクトリア朝風の美しい家で、何不自由なく暮らした。ジェフは美術と音楽のレッスンを受けて、名門私立中等学校に通った。だがグリーヴズが帰ってくると、調子が狂った。キャロルはテレパスである夫に対して、内面の緊張を隠すことができなかった。

彼女はグリーヴズの変化を感じ取り、恐れていた。

グリーヴズは妻にも誰にも、真実を打ち明けることを許されていなかった。当時、彼の能力の本当の程度を知る者はいなかった。ホルト大佐が警戒して彼に目をつけていたが、ある晩、ベルリンのホテルで心臓麻痺《まひ》を起こして死亡した。

そのとき、グリーヴズは隣の部屋にいた。テレキネシスで大佐の心臓の血管を収縮させたのだ。有用なトリックだ。巧妙で証拠が残らない。

グリーヴズのテレパシー能力を知る上官たちは、彼をあたかも死をもたらす病原菌であるかのごとく扱った。彼が自分たちの秘密に関心があるとでもいうように。グリーヴズが関心を持っているのは、キャロルの秘密だけだった。彼女の恐怖心のせいで、ふたりのあいだに溝ができた。愛しあっているときでさえ、彼が力を尽くして妻を歓ばせても溝は埋まらず、どんどん広がっていった。

その後グリーヴズは、ジェフが自分と同じ力を持っていることに気づいた。

自分と同じくらい大きな超能力が潜在していることに気づいたとき、ジェフは十二歳だった。息子が生みだす美術作品に、生まれつきの強いテレパシー能力と、予知能力の片鱗《へんりん》が見えた。その頃にはキャロルとの関係を修復するのはあきらめていたが、ジェフは別問題だった。その能力をもってすれば、ふたりで高いレベルに進める。愛情深い父親が無垢《むく》な子どもを導いて、世界をよりよいものにできる。

その考えは実に魅力的だった。グリーヴズの才能は大きな負担だが、ジェフがついていてくれる。才能を世の中に還元するのを手伝ってくれる。

その考えにグリーヴズは取りつかれた。ジェフは繊細で思いやりがある。神秘的な癒し手だ。父親に欠けている優しさを持っているから、互いに補いあい、二神のごとく支配できる。人間に可能な限り完璧に。

だが、訓練を始めると、キャロルが反対した。分別なくうろたえて邪魔をした。訓練を見守るのは恐ろしいかもしれないが、行うほうもストレスがかかるのだ。しかし、キャロルは夫が息子に苦痛を与えることの価値を理解しようとしなかった。ジェフに潜在能力を発揮させる手助けをするのは、グリーヴズの義務だった。どんな犠牲を払っても全うしなければならない。

キャロルを黙らせるために殺さなければならなかったことが、ジェフの心を壊した。

超能力が鍛えられつつあったジェフに隠しおおすことは不可能だった。父親がしなければならなかったことを、実際に実行する前に知った。

キャロルの死に対する悲しみと怒りのせいで、ジェフは堅固な心の防御壁の背後に引きこもり、二度と出てこようとしなかった。

ジェフに取りつけられたモニター装置によると、脳は活動していない。ジェフを診察した医師たちは皆、脳死を宣告したが、ジェフはいまもなお、高機能の心を持つ者だけが築きうる防御壁を維持している。その防御壁はグリーヴズしか知覚できない。それと、どんどん増えていく、薬で能力を高められたテレパスたち。劣等種だが、彼らにも使い道はある。

ジェフの防御壁は、光をのみこむブラックホールのようなものだ。〝くたばれ〟とずっと叫んでいる。ジェフはいまも意識があり、そこにいて、頑固な沈黙で父親をなじり続けている。もうじき三十歳になる。十七年ものあいだ、筋肉を、可能性を、潜在能力を無駄にし続けた。腹が立ってしかたがない。

いまいましい防御壁め。ララ・カークもそっくりな防御壁を築いた。グリーヴズは激しい怒りに駆られた。その壁をどうしても壊してやりたい。

気づいたらジェフのふくらはぎをきつく握りしめていて、爪が皮膚を傷つけた。グリーヴズは手を離し、小さな傷口から酸素の少ない青っぽい血液が緩慢ににじみでる様子を見守った。血行がよくない。薬を調整する必要がある。

グリーヴズは歯を食いしばり、しぶしぶ傷口を消毒した。感染症にかかったら、ジェフの弱った免疫系は破壊されてしまうだろう。脱脂綿を床に投げ捨てた。

息子の無礼な沈黙に、歯嚙みするほど腹が立った。

「おまえはずるい。そこから出てきたときに、おまえも思い知るはずだ。わたしが正しかったとわかるだろう」

11

数分後、デイビーがスマートフォンを取りだしてタップした。「どこにいる？」ぶっきらぼうな口調で話し始める。「ああ。大丈夫だ。頭は死ぬほど痛むが、もう圏外に出た。マイルズが連れだしてくれた。すごかった」しばらく耳を澄ましてから答えた。「わかった。伐採道路だな。メアリー・クリーク・ロードとマラーズ・グレードの交差点から六・五キロ。了解」

デイビーが電話を切って言った。「ドライバーを交代する。あっちはコナーが運転するって。この車はアーロにまかせろ」

「無茶だ！」マイルズは反論した。「コナーは十五分前まで失神しかけていたんだぞ！　いったい何考えてるんだ？」

デイビーが横目でマイルズを見た。「おまえにあの子の面倒を見させてやろうと考えているんだよ」

「面倒を見るって何をするんだ？　おれはもうあの子の面倒を見た！　彼女を連れだしただろ？　それでもまだ足りないって言うのか？」

「そのとおりだ。うるさい。頭に響く」

マイルズは口を閉じた。心がつぶされそうになる頭痛のことならよく知っている。デイビーを気の毒に思うが、マイルズ自身はまったく痛みを感じず、その喜びを嚙みしめた。

それで、ララがまだ頭のなかにいることをふと思いだした。

〝大丈夫か？〟マイルズはきいた。

〝ええ〟

〝攻撃圏外に出たと思う〟

一瞬の間が空いた。〝それでもまだいていい？　ここにいたいの〟

マイルズは顔がほてるのを感じた。鼓動が速くなる。しっかりしろ。

〝好きにすればいい〟彼は答えた。〝またあとで〟

伐採道路の待ち合わせ場所で、アーロとコナーとショーンは車から降りて待っていた。ララは後部座席で丸くなり、顔をうずめていた。

アーロが手を差しだした。「キーをよこせ。この車はコナーが運転するから、おまえは後部座席に乗れ」

「おれが運転したほうがいい！」マイルズは反論した。「攻撃を受けなかったのはおれだけ――」

「おれなら大丈夫だ」コナーが言う。「きみは女友達の面倒を見ろ」

「彼女はおれの女友達じゃない！　さっき会ったばかりだ！」

「どうでもいい」ショーンが言う。「彼女はもうおまえの問題だ」

「泣いてるぞ」コナーが暗い声でつけ加えた。

「おれには無理だ」アーロが言う。「手に負えない。おまえにまかせた」

「おまえが彼女を連れだしたんだ。おまえが慰めろ」ショーンはペットボトルの水をてのひらに注いで、青ざめた顔についた血を洗い落としたあと、マイルズを見やった。

「なんでジャケットの下に何も着ていないんだ？　イメージチェンジか？　髪形も原始人みたいだな。割れた腹筋をアピールしてるのか？」

マイルズは息を吐きだしながら五秒数えた。「彼女にトレーナーを貸したんだ」

ショーンが目を丸くし、まだ顔を隠しているララをちらりと見た。「何も着ていなかったのか？　こりゃ、そそられるな」

からかうショーンを無視して、マイルズは車に乗りこんだ。コナーがスピードをあげる。ララが両手で顔を覆ったまま、指の隙間から濡れた目でマイルズを見た。首を横に振り、口の動きだけで〝ごめんね〟と言った。

くそっ。マイルズは喉が締めつけられるのを感じた。やめてくれ。

マイルズはララを引き寄せて、膝の上にのせた。たいして力はいらなかった。彼女は痩せ細っていて、軽い。胸は豊かだが。

ヒップの感触もすばらしかった。マイルズはララの頭に顎をのせて目が合わないようにし、雑念を追い払おうとした。彼女に触れているうえに目まで合わせたら、脳に負担がかかりすぎてしまう。頭のなかのプライベートな場所に彼女をしまいこんでいることにも興奮した。どこに目を向けても興奮する。

ララは触れられるのを恐れているかのように、ひな鳥のごとくかすかに震えていたものの、離れようとはしなかった。彼女の激しい鼓動が聞こえる。ほのかな女らしい香りに、ホルモンがマイルズの体内を駆けめぐった。彼女もマイルズを意識しているのが、動物的本能でわかった。大騒ぎしているホルモンに彼女の体も応えているが、マイルズはそれに飛びつくわけにはいかなかった。常軌を逸した出来事のすぐあとで体がどう反応しようと、彼女にいっさい責任はない。彼女はめちゃくちゃにされて、衰弱しているのだ。

だがマイルズは、胸に触れるララの顔を意識せずにはいられなかった。熱い涙を。くすぐるまつげを。鎖骨が目や指先のように敏感になった。

胸に押し当てられた手は青白い。

歩くアンテナのショーンがふたりの雰囲気を感じ取り、振り向いてにやりとした。

「よしよし。その調子だ」

「黙れ」マイルズは鋭い口調で言った。「彼女の前でくだらないことを言うな」

「おっと、過保護だな」

「いい加減にしろよ、ショーン」

「大目に見ろよ」ショーンが言う。「おれたちはみんなストレスに対処しようとしているんだ。おまえを怒らせるのはおれの楽しみのひとつだからな。我慢しろ」

「やなこった」

幸い、ショーンはにやにやしながらも前を向いた。マイルズはいらついたことを後悔した。ショーンは危機に直面したあとはいつも躁《そう》状態になる。マイルズのために命を危険にさらして丘をのぼり、頭のおかしなモンスターに脳を攻撃されたのだ。

だが、ここで謝ったらショーンは調子に乗ってまたちょっかいを出してくることを、経験から学んでいた。黙っているのが一番だ。やり過ごそう。

ところが、マイルズの試練は続いた。今度はコナーが声をかけてきた。「話しあわないとな」

とげとげしい口調に、マイルズは胃がずっしりと重くなった。「きつい一日だった。やめておこう」

コナーは無視して言葉を継いだ。「グリーヴズってやつは、かなり離れた場所からおれたちをめちゃくちゃにした。心を使って。おれたち全員を。同時に」

「ああ」マイルズはうなずいた。「そのとおりだ」

「なら、ラッドみたいなのか？ 同じタイプか？」

「厳密に言うと違う。グリーヴズのほうが強い。はるかに強力だ。少なくとも十乗は。それに、ほかにもいろんな術を隠し持っていると思う。証拠はないが」

「そうよ」ララが静かな落ち着いた口調で話した。「テレキネシスが使えるの。わたしを人形のように移動させたのよ。テレパシー能力もアナベルより高いわ。ほかにもいろいろできるというようなことをほのめかしていた」

「げっ」ショーンがつぶやいた。

コナーは運転しながら思案した。「それなのに、おまえは攻撃の影響を受けなかった。どうしてそんなことがありうるんだ？」

マイルズは身がまえた。「やつの超能力に対して、おれの防御壁がたまたま機能したんだ。どうしてかはわからない」

「どこでそんな技を覚えたんだ？　みんなの助けを拒んで逃げだしておいて」

「知るか！」マイルズはかっとなった。「スプルース・リッジで脳を損傷したせいかもしれない。フラッシュバックで頭がおかしくならないようにするために、山のなかで四六時中、防御壁を強化していたんだ。そしたらたまたま、あいつの攻撃をかわすことができた。何か問題あるか？　それが気に食わないって言うのか？」

「そうだ」コナーが喧嘩腰になった。「ああ、気に食わない！　おまえがおれたちと距離を置いて、隠しごとをしているのがな！」

「おい、おれはそんなつもり――」

「彼女はどうなんだ？」コナーが手ぶりでララを示した。ララは泣きやんで、目を丸くしながら会話に耳を傾けていた。「彼女はどうしてめちゃくちゃにされなかったんだ？」

「されたわ」ララが答えた。「最初は。でもそのあと、なかに入ったの」

「なかって、なんの？」ショーンが好奇心に目を輝かせ、くるりと振り返った。

ララが顎でマイルズを示した。「彼よ。つまり、彼の防御壁のなかにいたの」

前のふたりが困惑し、沈黙が流れた。そのあと、ショーンが低い口笛を吹いた。

「おいおい、刺激が強すぎるぞ」

「黙れ、ショーン」マイルズは怒鳴りつけたあと、コナーに言った。「彼女の言ったとおりだ。彼女はその……どうにかしておれの心の防御壁に入りこんだんだよ」

「わたしはそこに隠れていたの、何週間もずっと」ララが小声で言う。「だから、生き延びられたのよ」

車内が静まり返った。コナーがようやく口を開いたとき、その声は氷のように冷たかった。「その不可解な超能力をいつ手に入れたのか、話す気はあるか？」

「やめてくれ」マイルズはうんざりして言った。「超能力なんかじゃない。ただの——」

「はいはい、もう聞いたよ。ただの脳損傷なんだろ。それと偶然とまぐれが合わさった結果だ。おまえは誰も見つけられなかった女性を見つけた。長距離のテレパシーで彼女を守った。おれたちの助けを待たずに、たったひとりで彼女を救いだした。そのうえ、心をめちゃくちゃにされずに変人グリーヴズに近づけるのはおまえだけときた。今度はなんだ？　体が防弾になったか？　空を飛べるのか？　それでもおれたちには何も教えてくれないんだろ。頭痛だとか幻覚だとか言って、薬を飲もうとしていた。

やれやれ、フラッシュバックだと！　いったいどうしちゃったんだ、マイルズ？　いつからおれたちを信用しなくなったんだ？」

「信用の問題じゃない！」マイルズは叫んだ。

「そうかよ！」

「おい、落ち着け」ショーンがなだめた。「いまはそんな――」

「おれは恩知らずのこいつを守り、こいつの恋人を助けるために力を尽くして、あやうく頭が爆発しかけたんだぞ！」コナーが怒りをあらわにした。「怒鳴りつける権利くらいある。本気でむかついてるんだ！」

恋人と呼ばれてララがどう反応したか気になって、マイルズはそわそわと視線を向けた。ララは目を合わせようとしなかった。

ショーンが振り向いた。「コナーがぴりぴりしているのは、おれたちがデイビーを助けられなかったせいだ。おまえがいなければ、デイビーは死んでいただろう。だから怒っているんだ。だけど心のなかでは感謝している。そうだろ、コン？」

「黙れ、ショーン」コナーが怒鳴った。

「なあ？　おまえのことを愛しているんだよ」ショーンはそう言ったあと、物ほしそうな目つきでララを見た。「みんながおれに黙れと言う。だけど、きみはそんなこと言わないよな？　こいつらより優しいから」

　ララが顔をあげ、首を横に振った。「優しいかどうかはわからないけど。あなたたちには心から感謝しているわ」

「ああ」ショーンがわざとらしくうっとりと目を閉じた。「なんて礼儀正しいんだ」

　そのとき突然、マイルズは防御壁をくすぐられる感覚に襲われた。「スピードを落として。止めてくれ。いますぐ」

　コナーがただちに停車した。「どうした？」

「前方にテレパスがいる」マイルズは言った。「通り過ぎる車を監視している。グリーヴズが高速道路のコリタ・スプリングスからの出口にテレパスを配置したんだ」

「ほらな。これが超能力だ」コナーが苦々しい口調で言った。

　ショーンが険しい顔をする。「コナーとデイビーとおれは、テレパスに対して心を制御する訓練なんか受けていない」

　マイルズは必死で考えた。「朝食」

　ショーンとコナーがそっくりな困惑の表情でマイルズを見た。

「朝食のことを考えろ」マイルズは言った。「卵、ベーコン、コーヒー、オレンジジュース、ハッシュドポテト、なんでもいい。頭のなかを朝食のことだけでいっぱいにするんだ。ふたりとも食べることが好きだろ。きっとうまくいく。ブロックしようとするな。朝食であふれ返った脳内を好きに探らせればいい。セックスでも効果があるかもしれない。好きなほうを選べ」スマートフォンを取りだして、同じ指示をデイビーにメールで送った。すぐに返事が返ってきた。

〝トルティージャのワカモレ添えにする〟

マイルズはララを見た。「きみはそのままここにいろ。防御壁の内側に。かがんで隠れて。ついでに……」

座席から滑りおりて床に寝転がると、両手でララに手招きした。

ララが恐る恐る手を伸ばす。マイルズはその手をつかんで引っ張った。車が揺れ、彼女はバランスを崩して彼の上にストンと転げ落ちた。

マイルズはどうにか息をしながら、ララを支えた。彼女がマイルズにまたがるような姿勢になった。片膝を床につき、もう一方の膝は彼の膝のあいだにはまっている。車がガタガタ揺れるので、マイルズは反射的に彼女の顔を包みこんで、顎がぶつからないようにした。

そうしたら、手を離せなくなった。彼女の肌はとてもやわらかかった。顔の骨はとても繊細だ。彼女も息が苦しそうだった。

ララはマイルズの腕のなかにしっくりなじんだ。マイルズは彼女の顔の骨の形も、肌や髪の手触りも、すでに知っていた。それどころか、スカートをめくって――。

〝そこまでにしておけ〟

ララは股間の真上にのっているから、硬くなっていることに気づかないはずがない。マイルズはきらびやかな目に魅了され、じっと見つめた。初めて彼女の写真を見たときのように。彼女の父親の荒らされたリビングルームの床に落ちていた写真。

あの日、マイルズはジョセフ・カークの切り刻まれた遺体を発見した。

そのとき、マイルズは現実に立ち返った。テレパシーの触手で探られる感覚がますますはっきりし、激しさを増していった。

〝集中しろ〟「心のなかの朝食の準備はできたか？」

「ホームフライ（ジャガイモをひと口大に切って炒めたもの）、バターがにじみでたイングリッシュマフィン、ハムステーキ、目玉焼きのせ。たっぷりのコーヒー、ミルクとクリーム入り」ショーンが夢見るような口調で言った。

「コーヒーはブラックだろ」コナーが反論した。「ミルクとクリーム入りなんて女の飲み物だ。コショウとセージをたっぷりかけたソーセージ。ホットビスケット」

マクラウド兄弟のやり取りを聞いて、ララの顔に笑みが浮かんだ。彼女の笑顔をマイルズは初めて見た。写真のなかでさえ、彼女はいつも真面目くさった表情をしていた。はかない笑みだが、顔がぱっと明るくなった。見つけにくい星のような魅力がある。

その笑顔をもう一度見られるなら、どんなばかな真似でもするだろう。

すぐに笑みは消え、車がでこぼこ道に差しかかった。マイルズの体の上で、彼女の体が悩ましく揺れ動く。ララが体を支えようと位置を変えた。

彼女の唇がマイルズの唇のすぐ近くにあって、少しでも動いたらかすめそうだった。

マイルズは緊張の糸が張りつめていった。

頭のなかを締めつけられ、探られるのを感じた。「テレパスとすれ違うぞ」

「おれも感じる」トランス状態に陥っているかのように、ショーンの声はぼんやりとしていた。

「おれもだ」コナーが言った。

静寂が訪れた。全員息を詰めている。マイルズはララの大きな目をのぞきこみながら、床でじっとしていた。

むずむずする感覚が弱まっていき、やがて消えた。

マイルズがうなずくと、ララは彼から離れて座席に座った。頬がうっすらとピンクに染まっている。きれいだ。マイルズは首を曲げて後ろを見た。ついてくる車は見当たらない。スマートフォンが鳴った。デイビーからのメールだ。

〝尾行はされていない〟

マイルズは緊張の糸が切れ、目を閉じて安堵のため息をついた。「デイビーとアーロも突破した」

「よかった。なんだか腹が減ったな」ショーンが言う。「なあ、どこかで――」

「だめだ」マイルズはさえぎった。

「ところで、タムが休憩できる場所を探してくれた」コナーが言った。「ポートランドからの車中で連絡しようとしたんだが、おまえは電話に出なかったからな。裏道を通っていくと、ここから数時間で着く。おまえはものすごく静かな場所でくつろぐ必要があると、タムは考えたんだ。結婚式でつらそうだったから。ほら、騒音とか」

「大丈夫だ」マイルズはちらりとララを見た。「だけど、すぐに休めるのはありがたい。おれより彼女のことが心配なんだ」

「わたしなら大丈夫よ」座席の隅でララが答えた。マイルズは彼女をもう一度膝にのせたかった。

「ねえ、ひとつきいてもいい？」ララがおずおずと尋ねた。

「なんでもどうぞ」

「フーが言ってたけど、そのー、あなたが病院のデータベースを書き換えたって。リアの手術の前に」

マイルズはうなずいた。「それがどうした？」

「本当なの？」ララの声は聞き取れないほど小さかった。

マイルズは傷ついた。「まさか！　嘘に決まってるじゃないか！　おれのことをそんな残酷な男だと思っているのか？　リアにはなんの恨みもない」

ふたたび彼女が笑みを浮かべ、マイルズは先ほどと同じ気持ちになった。顔が赤くなるのがわかった。

「じゃあ、ただのはったりだったのね？」ララが念を押した。

「もちろんそうだ」マイルズはぶつぶつ言った。「勘弁してくれ、ララ。ありえない」

「よかった。リアはいい人だと思うの。そんな目に遭ういわれはないわ」

マイルズはもう一秒たりとも彼女の笑顔を見ていられなかった。まぶしすぎる。窓の外を通り過ぎる田舎の景色を眺めながら、息を切らしていた。

12

ララはもう一度抱きしめてほしいと頼む勇気がなかった。窓の外を見つめる。喜ぶべきなのに、感情が高ぶらない。ただ不安で、信じられない気持ちだった。ネズミの巣にずっと閉じこめられていたせいで、ララは心がゆがみ、いじけていた。こんな気持ちでこの先どうやって世の中を渡っていけばいいのか、見当もつかなかった。

でも、マイルズが助けになってくれるだろう。シタデルの王が生身の人間として存在したのだ。ふたたび泣きだせば、抱きしめてくれるかもしれない。ふとしたきっかけさえあれば、またヒステリックに泣きじゃくるだろう。いとも簡単に。泣いてみる価値はあるかもしれない。もう一度触れてもらえるのなら。

だが、あれこれ気を遣い、優しくする必要のある、傷ついた無力な女にはなりたくなかった。そんなことではこの先が危ぶまれる。

仲間に超能力と言われたとき、マイルズは身がまえ、ぴりぴりしていたが、彼のしたことはララの目にもそう映った。超能力を使って堂々と敵地に乗りこみ、ララを連れ去った。

マイルズはララの隣にどっかりと座っていた。ジャケットの前が開いて裸の胸がのぞいている。眠っているふりをしているのが見え見えだった。彼の体からエネルギーがほとばしっている。でもそのおかげで、目を閉じている彼を遠慮なく見つめることができた。彼の目が開いて視線をそらさなければならなくなる前に、細かいところまで頭に刻みこんだ。葉や土にまみれ、もつれた長い黒髪。わし鼻。日に焼けた肌。目元の皺。そして、その体。ララは男を知らないわけではない。デッサンの授業では裸の男性がモデルだったし、何人かと束《つか》の間の実りのない恋愛も経験した。スポーツ選手やモデルの体をすばらしいと思っていた。けれども、欲望を感じたり、強靭な筋肉と優美な長い骨でできた完璧な肉体に釘付けになったりするのは初めてだった。ジムで鍛えた巨体ではなく、引きしまった自然な体だ。ララよりずっと背が高い。子どもを運ぶみたいに彼女を軽々と運んだ。

車の床でマイルズの上にのり、息もできなかったときのことを思いだすと、顔がほてった。彼の体はものすごく熱かった。力強い筋肉と骨の隆起を感じた。キスをされるのではないかと思った。

してくれたらよかったのに。マイルズに触れられると、その場所に生気がみなぎった。締めつけられ、衰弱した体の部分に血液が送りこまれた。それはすばらしい感覚だったけれど、鋭い痛みを伴った。

助手席のブロンドの男性、マイルズがショーンと呼んでいた男性がちらりと振り返った。すぐに前に向き直ったが、笑みを浮かべていたのをララは見逃さなかった。

ララがマイルズをうっとりと眺めているのに気づいて、おもしろがっているのだ。

ララは顔が赤くなった。

のぼせあがるのが悪いわけではない。その気持ちを胸に秘めて、マイルズを困らせない限りは。彼の乳首や、破れた泥だらけのジーンズを押しあげる筋肉質の太腿を見つめるのもやめなければならない。彼が貸してくれたトレーナーに胸の先端がこすれた。

ララは歯を食いしばった。目を閉じて、彼女の一部がまだ隠れている内なる世界に意識を向ける。このままずっと、マイルズの防御壁に隠れていたい気分だ。脳内コンピュータにメッセージを入力した。

〝寝たふりをしているでしょ〟

彼の唇が引きつった。〝ずるいぞ〟

マイルズが目を開け、笑みを浮かべた。真っ白に輝く歯と、頬にできたえくぼを見て、ララははっと息をのんだ。

「おれの友達が休憩できる場所を用意してくれた」マイルズが声に出して言った。「ここからそう遠くない、山のなかにある。そこで、これからどうするか考える。きみはまともな食事をとって、休むといい。おれたちがきみを守る」

休息と食事と保護が与えられると思うと、ララは言葉を失った。目に涙が込みあげる。

「ララ」マイルズが真顔になった。「きみのお父さんのことだが」

ララは片手をあげてさえぎった。「知ってるわ。そのことであいつらに挑発されたから。拷問されたことも……何もかも。教えてくれる必要はないわ」

「わかった」マイルズが言う。「卑劣なやつらだ」

マイルズがララを引き寄せ、ふたたび膝にのせた。

その瞬間、ララは自制心を失った。彼の胸に顔をうずめる。汚れたトレーナーの裾で目と鼻を拭き、震えながら泣いた。

時が流れた。車は走り続ける。ララはうとうとし始めた。マイルズが仲間に話しかけると、ララの耳の下で彼の胸が震えた。両腕にしっかりと抱きしめられている。彼の胸は硬く、熱かった。

眠りは途切れがちで、恐ろしい映像が次々と現れた。森のなかを走り抜ける。房の床で泣いているフー。血の海に横たわるアナベル。電気ショックパドルを持ったグリーヴズ。そのうれしそうな目。

ようやく車が速度を落として、でこぼこの私道を走ったあと、停車した。マイルズが隣の座席にララをそっとおろした。

ララは目をこすった。雲がかかっていても、光がまぶしかった。空の白さに目が痛くなる。そこは小さな谷で、低いカシの木や休閑中の果樹園、茶色がかった草原が混在していた。四方を木の生い茂った丘に囲まれている。黒く染めた丸太でできた大きな家が目の前に立っていた。一階と二階に大きな窓がついている。

「着いたぞ」マイルズが優しく言った。「なかに入ろう」

車から降りると、身を切るような冷たい風が吹きつけた。すばらしい秋の匂いで満ちあふれている。ハーブや土や雨の匂い。鳥が鳴きながら空を旋回している。ララは周囲を見まわしてほかの車を探した。「あとのふたりは？」

「アーロとデイビーなら、町に寄って食料と服を調達している。さあ、風が強いから早く」マイルズがジャケットを脱いでララの肩にかけた。

ララはマイルズのあとについて家のなかに入った。標準的な高級別荘の内装だった。上品で個性がない。大きな暖炉があり、床は堅木で、ベージュの大きなやわらかいコーナーソファの前に分厚い絨毯《じゅうたん》が敷いてある。窓は広いパティオにつながっていた。端に大きなオープンキッチンとダイニングエリアがある。

「食べるものがなくてごめん」マイルズが言う。「もうすぐ着くはずだから」

「どっちみちまだ食べられないと思う」ララは返した。「お水をもらえる?」

「もちろん」マイルズがララの手を取ってキッチンへ案内した。まるでララが自分ひとりでは目的地にたどりつけない小さな子どもであるかのように。そして、蛇口からふたつのグラスに水を注いだ。ふたりとも三杯飲んだ。

ふたりは顔を見あわせた。ララは彼の鎖骨から胸へ視線を走らせた。みぞおちの上の奇妙なくぼみ。きれいな胸毛の模様。突きでた胸郭。それを覆う引きしまってくっきりした筋肉。見とれてしまう。目をそらすことができなかった。

「きみは、その――、シャワーを浴びて横になりたいよな」マイルズが言う。「二階へ行って部屋を探そう」

「主寝室にしろよ」玄関からショーンが入ってきた。「バスルーム付きの部屋は女性に譲らないと」

「病院に連れていったほうがいい」続いて、コナーと呼ばれている男性がしかめっ面で歩いてきた。わずかに足を引きずっている。目の下にくまができていて、顔に鼻血の跡が残っていた。

「あなたもね」ララは言った。「あなたたち全員」

コナーがいらだたしげに肩をすくめた。「上にタオルとシーツがあるはずだ。手配したとタムが言っていた」

コナーがバッグを持ちあげ、キッチンのカウンターに置いて開けた。なかから、発泡プラスチックで梱包された数丁の拳銃が出てきた。コナーが弾倉を取りだし、慣れた手つきでグリップに挿入したあと、ジーンズのウエストに挟みこむ様子を、ララはじっと見ていた。

それまで銃に興味を持ったことはなかったのに、その拳銃を物ほしげに目で追っていた。拳銃を奪い取りたかった。〝それをちょうだい〟

「病院へは行けないわ」ララは言った。「緊急治療室に入ったら、グリーヴズに見つかってしまう。かすり傷と痣《あざ》ができたくらいだから、大丈夫よ」

「ララ」マイルズが反論する。「何言ってるんだよ。きみは半年も監禁されていた。

やつらに実験用のネズミみたいに扱われたんだ。どんな状態になっているかわかったもんじゃない。調べてもらうべきだ」

「いまは無理よ。ゆっくりさせてくれる？　しばらくこづきまわされたくないの」

マイルズが傷ついた表情をした。「おれはきみをこづきまわすつもりなんか――」

「あなたのことじゃないわ」ララはあわてて言った。「ごめんなさい。そんな意味じゃないの。あなたじゃなくて、そのー、とにかく、ありがとう。あなたたちみんなにお礼を言うわ」

男三人は居心地の悪そうな顔をした。「外に防犯装置を設置してくる」コナーがドアから逃げだした。

「おれも監視道具を取ってくるよ」ショーンがあとに続いた。

マイルズもそわそわしていたものの、逃げださなかった。

「何よりあなたに」ララはそっと言った。「本当にありがとう、マイルズ」

彼の名前を呼んだのは、そのときが初めてだった。口にすると心地よかった。

マイルズは顔をしかめた。「もっと早く助けられなかったのが残念だ」キッチンから続くらせん階段を指さす。「二階へ行こう」

〝あなたとならどこへでも〟ララは口にはしなかった。脳内コンピュータに入力もしなかった。けれども、マイルズが一瞬動きを止めたのを見て、彼女の思考を感じ取ったのだとわかった。それを意識した空気がふたりのあいだに流れ、顔がほてるのを感じた。

ララはおぼつかない足取りで階段へ向かった。後ろにひっくり返るのを心配しているかのように、マイルズがララの背中に手を当てた。

ララは膝から力が抜けた。関節がふにゃふにゃする。背中にそっと押し当てられた手の感触は、焼き印のごとくトレーナーを突き抜けて肌に焼きついたが、痛みは感じなかった。ぞくぞくするような甘い感触だった。燃えるように熱い。

マイルズは二階にあるドアを次々と開けて、部屋を見てまわった。気に入った部屋が見つかると、ドアを大きく開けて、なかに入るようララをうながした。

そこは主寝室だった。ゆったりとしていて、床から天井まである窓がついている。引き戸は広いバルコニーにつながっていた。まだ光がまぶしくて、ララの目に涙がにじんだ。バスルームのドアは開けっ放しになっていた。キングサイズのベッドにタオルの山と、たたんだ白い羽毛布団が置かれている。

ララは部屋のなかをじろじろ見まわした。円天井。新鮮な空気。洗いたてのシーツ。まぶしすぎる。細めた目に手を当てた。

それを見たマイルズが窓辺へ行った。「光が強すぎるなら、ブラインドを閉めるよ。休みたいだろう」

「真っ暗にはしないで」ララの声が震えた。

「もちろんしない」

マイルズが紐を引き、隙間を残して縦型ブラインドを閉めた。細長い光が斜めに差しこんで、彼の筋肉質の胴体や床や壁に縞模様の影を落とす。ララはその姿をとらえたいと強く思った。そのまま彼を彫刻し、光で描いてみたかった。その衝動は、暗闇に押しつぶされてしまったのではないかと思っていた。作品を作りたい気持ちがわいたのは久しぶりだった。

部屋が狭くなったような気がした。急に恥ずかしくなる。何も考えられなくなり、言葉を失って、ただうっとりと彼を見つめた。

「もっと開けようか」マイルズがためらいがちに尋ねる。「もし暗すぎるなら」

「大丈夫」ララは言った。「そのままにして。光が目にしみるの」

「わかった。じゃあ、ええと、おれは失礼するよ」

〝行かないで〟ララは心のなかで叫んだ。口には出さなかったけれど、マイルズには伝わったようだ。ドアのところに彫像のごとく突っ立っている。視線が絡みあい、息詰まる緊張が走った。ララは震えだした。胸が苦しくなり、身動きひとつできなかった。

シタデル王国で彼と情熱的に交わったときのことが、次々と思い返された。彼も同じ経験をしたのかしら？　そんなことは恥ずかしくてきけなかった。

マイルズが目をそらした。「シャワーを浴びてくる。またあとで」

ドアが閉められると、ララはベッドの上にぐったりと座りこんで、膝に顔をうずめた。もう、なんでこうなるの？　よりによっていま、男の人にのぼせあがるなんて。これほど無力感を覚え、混乱したことはなかった。神様、助けてください。

ララはやっとのことで血と土と汗が染みこんだ服を脱ぎ捨てると、シャワーを浴びた。鏡に映った自分の姿にぎょっとする。青白く痩せこけた傷だらけの姿も、ネズミの巣のゆがんだステンレス製のソープディスペンサーや、取りつけられたシャワーに映ったときはそれほど不自然には見えなかった。だがいま、金色でぴかぴかの備品が備えつけられている、黒い大理石でできた豪華なバスルームにいる自分は、非現実的でかすみのようで、ほとんど存在していないかに見える。

シャワースペースはふたりで浴びられるほど広く、ガラス戸のすぐ外に姿見が置かれていた。新婚夫婦を想定して設計されたバスルームだ。ここでセックスすることを考慮に入れている。

さまざまなイメージが脳裏に浮かび、ララはぎゅっと目を閉じた。熱いシャワーを顔に受ける。シャワーを浴びているあいだに、まぶたに光を感じるのは奇妙な気分だった。体をひねる必要がないのも。石鹸《せっけん》が体じゅうの切り傷やすり傷にしみる。汚れが流れ落ちて足元で渦を巻いた。シャンプーは濃厚で泡立ちがよく、スイカズラの香りがする。ネズミの巣のソープディスペンサーに入っていた実利一辺倒の代物は、病院の消毒薬のような匂いがした。髪についた土が完全に取れるまで、三回洗わなければならなかった。

タオルで体を拭くと、バスルームの床に脱ぎ捨てた、くたくたの汚れた服をまたいで避けた。ふたたび身につける気にはならなかった。特に、ネズミの巣ではいていたズボンは。マイルズのトレーナーなら着てもいいかも。これを返すつもりはなかった。絶対に。宝物だった。

髪をとかしたあと、体にタオルを巻きつけた。寝室に戻ると、ベッドメーキングがされていた。カバーがきちんと折り返され、真っ白のシーツと、ふわふわの大きな枕が見えている。

そして、男物のTシャツがたたんで置いてあった。新品ではないけれど清潔だ。ララはふらふらとベッドに近づいていった。頬が濡れるのを感じた。誰かが自分のためにベッドメーキングをしてくれただけで、涙が出てきた。清潔な服を用意してくれただけで、涙が出てきた。

ララはそのシャツを着た。母が使っていた洗剤と同じ匂いがする。涙が頬を伝った。

ドアをノックする音がした。さらに涙があふれる。礼儀正しいノック。ララは拉致されて以来ずっと、人間として当たり前の敬意を払われたことがなかった。ドアをいきなり開けられ、荒々しい手つきで引きずりだされ、まぶしい光や暴力にさらされ、痛みや屈辱を味わい、拘束され、注射される生活が何カ月も続いたのだ。

ララはどうにか声を絞りだそうとした。

ふたたびノックの音が響いた。トン、トン、トン。

「どうぞ」ようやく言った。

マイルズが顔をのぞかせた。「これから――おっと、またあとにするよ」

「いいの！」ララはうっかり叫んだあと、あわてて両手で口を覆った。「行かないで」押し当てた指の隙間から言葉がこぼれた。〝泣きやまないと。早く〟

マイルズが部屋に入ってきて、ドアの前で立ち尽くした。いつでも逃げられるように。片手でビニールの買い物袋を、もう一方の手で湯気を立てている芳しい料理がのった皿を持っている。肉と野菜、ライスの匂いがした。ララは涙をぬぐって、弱々しくほほえんだ。「あなたがベッドメーキングをしてくれたの？」

マイルズが身がまえた。「シャワーを浴びているときに勝手に入って悪かった。シャワーの音が聞こえているあいだなら問題ないと思ったんだ。音が止まったらすぐに出ていくつもりだった」

「でも、枕にチョコレートが置かれていないわ」

下手なジョークに、マイルズはセクシーな笑顔で応えて、ララの胸をときめかせた。

「次は忘れないよ。今日は備品が不足しているんだ。ごめん」

「シャツもありがとう」ララは言った。

「それはコナーに言ってくれ。着替えを車に積んでいた。マクラウド兄弟は常に用意周到なんだ」

マイルズもシャワーを浴びていた。髪を後ろにとかしつけて、四角い額を出している。すごくハンサム。ララが使ったのと同じシャンプーの香りがした。清潔なシャツに着替えている。グレーと青の格子柄のネルシャツで、ボタンを半分だけとめて、裾をズボンから出していた。V字に開いた襟元からすてきな胸がのぞいている。

「きれいにしたのね」つまらないことを言ってしまった。大きすぎるシャツを着ただけで、下着をつけていないことを意識してしまう。シタデル王国を訪れたときも、白の薄いドレスの下はいつも何も着ていなかった。

「ああ」マイルズの喉仏が上下した。「ふたりとも汚れていたから」

「そうね」

口にする言葉は表面的なものにすぎず、もっと深い意味が含まれているような感じがした。

「これを持ってきたんだ」マイルズが買い物袋と皿を掲げた。「アーロがきみのために見つくろってきたものだ。それから、ふたりがキッチンで料理を作ってくれた。ここに持ってきたほうがいいと思ったんだ。下でみんなと食べるより」

ララはテーブルで彼らに見守られながら食べる気にはなれなかった。でも、食事を運んできてもらうなんて、衰弱した病人になった気分だ。時間を稼ぐために買い物袋の中身を見ると、服がたくさん入っていた。靴箱も三つある。

「サイズがわからないから、アーロは三足買ったんだ」マイルズが言った。

貧しい芸術家の考え方からすると、過度な浪費に思えた。「ありがとう。自宅に帰ったらすぐにお金を――」

「そんな心配はしなくていい。ああ、それから、アーロがプリペイド式の携帯電話も買ってきた。おれがさっき充電して、おれたちの番号を全部登録しておいた。おれの番号は必要ないと思うが」

ララは赤と黒の携帯電話を、まるで初めて見るような目つきで見つめた。いまのところかける相手もいないが、なんて親切なのだろう。彼らはララを人間として扱ってくれる。ごく普通の欲求と衝動を持つ人間として。

ララはひどく驚き、胸を打たれた。

「じゃあ、ここで食べる？」マイルズがきいた。「それとも、下へ行く？」

ララは片手を口に押し当てて震えを抑えこんだ。「まだみんなと食べる気にはなれないわ」

「わかった。じゃあ、皿を置いていくよ――」

「だめ」考える前に言葉が口をついて出た。

マイルズが問いかけるように眉をつりあげる。「だめって何が？」

「行かないで」ララは思いきって言った。

マイルズが唇を引き結んだ。次第に緊張が高まっていく。「ララ？」小声できく。

「どうした？」

「わたしはただ……」言葉が途切れた。愚かで、不適切で、言いにくいことだ。彼も同じ気持ちかどうかどうしても知りたいと、口に出せなかった。

「あなたの夢を見たの」かすれた声で言う。「あの施設にいるあいだ。何カ月もずっと、あなたの夢を見た」

マイルズが咳払いをした。「おれもだ」

「それって……同じ夢かしら？」ララはきいた。

マイルズが大きな肩をすくめた。「ひとつひとつ比較してみようか」

ララは深呼吸をした。「そうしたい？」ようやく勇気を出して顔をあげると、彼の赤くなった顔が見えた。

「ばつが悪いな」マイルズが言う。「おれの頭のなかだけで起きていることだと思っていたんだ。びっくりだ」

ララは深い安堵に包まれた。この不思議な感覚を抱いているのは自分だけではなかった。「じゃあ、わたしだけじゃなかったのね。わたしたちが、その……わかるでしょ」

マイルズがゆっくりとうなずいた。「ああ」

ララは止めていた息を吐きだした。「つまり、その、あなたの夢のなかで木が落ちてきたとして、わたしがその場に居あわせて、音まで聞こえるなんてことがありうるの？」

マイルズが眉根を寄せた。「もったいぶるのはやめてくれ、ララ」

「もったいぶってなんかいないわ。質問に答えて。それは現実に起きたこと？」

マイルズはしばらく思案してから答えた。「ああ、おれにとってはものすごくリアルだった」

「よかった。わたしもよ」ララは安堵のあまり、ふたたび涙が込みあげた。「じゃあ、抱きしめて」

気づいたらマイルズが目の前にいて、ララを支えていた。「横になって」叱るように言う。「頼むから落ち着いてくれ」布団をはがしながら、ララを押し倒してベッドに寝かせた。

「あなたも一緒に横にならない？」ララは自分で言ったことが信じられなかった。誘っている。恥ずかしげもなく。

マイルズは硬直したあと、何度か唾をのみこんだ。「ズボンは着替えてないから、シーツを汚してしまう」

「脱げばいいじゃない」ララは軽々しく口にした。

マイルズの頬がさらに赤くなった。「それはよくないと思う」

「すごくいい考えだと思うけど」ララは言った。「あなたもそう思っていたでしょう。わたしが毎晩訪ねていったときは。乗り気だったじゃない」

マイルズが厳しい顔をした。「それとこれとは違う。あのときは夢だと思っていたんだから」

「文句を言っているわけじゃないのよ」ララはささやくように言った。「全然そんな気はないわ」

彼の息が荒くなり、ぜいぜい言い始めた。股間がふくらんでいるのにララは気づき、気づかれていることにマイルズが気づいた。

マイルズが股間を指さした。「これだから、よくない考えだと言ったんだ。おれはいま、自制心を利かせられる自信がない。きみには関係ない複雑な事情があるんだ。だから、悪く取らないで――」

「わたしがほしくないなら、はっきりそう言って。下手な言い訳はいいから」

「そうじゃない！」マイルズが激しい口調で言う。「きみに出会ってから、おれの股間は硬くなりっ放しだ。きみがおれの頭に入りこんできてからずっと、カチカチなんだ。おれを操ろうとするな。きみは魅力的な女性だ。自分でもわかってるだろ」

いまはよれよれなのにそう言ってくれたのはうれしかったけれど、ララは聞き流した。「それじゃあ、どうしてだめなの?」

「きみはさっきまでずっと監禁されていたんだぞ! 傷ついて、腹を空かして、疲れ果てている。そんなきみにまたがって一物をぶちこむなんて、もってのほかだ! 頭のなかでさんざん卑猥《ひわい》なことをしてきたとしても、実際のきみに同じことをするつもりはない。そんなの間違っている!」

あのゴージャスな体に抱きつくことを想像しただけで、ぞくぞくした。「受け入れられるかどうかは自分で決めさせて。わたしは見かけほどか弱くないのよ」

「きみは自分で判断できる状態じゃない。きみにつけこむような真似はしたくない……ああ、まいったな、ララ。ずるいぞ」

ララはシャツを頭から脱ぐと、床に放り投げた。頭を振って、濡れた冷たい髪を払いのける。「何が正しいのかわからない。どうでもいいわ。わたしはしたいことをするだけ」

ララの裸体を見ると、マイルズの目に欲望の炎が燃えあがったが、それでもかたくなに首を横に振った。「きみを傷つけてしまうかもしれない」かすれた声で言う。「これ以上傷ついてほしくない」

「夢のなかであなたがわたしを傷つけたことは一度もなかった」

「それは、ただの夢だったからだ」マイルズは思わず声を荒らげた。「現実と夢は違う。きっと期待外れでがっかりするぞ！」

「そうは思わないわ」ララはマイルズの体にゆっくりと視線を這わせた。彼の手を取ってベッドに引き寄せると、股間のふくらみにそっと手を置いた。「わたしのため？」

マイルズが体を引くと、ララは手に力を込めた。

「これは」握りしめると、彼のあえぎ声が聞こえた。「わたしのためなの？　それともただのホルモンの異常？　偶然の誤り？」

マイルズがかすれた息を吸いこんだ。「きみのためだ。きみだけの」

ララはpsi‐maxで超能力を高められる前から、嘘を聞き分けられた。マイルズは本音を言っている。よかった。

「わたしのためなら、わたしにちょうだい」ララは言った。「何カ月も死の淵にいたのよ。暗闇に埋もれていたの。お願いだから、マイルズ、わたしを生き返らせて」

13

マイルズは歯を食いしばり、うめき声をもらした。顔がやたら熱くて、紫色になっているに違いない。ララの挑発的な態度と、自身の激しい欲望に打ち負かされそうだった。

善悪を判断できて、善悪を気にする自分はどんどん小さくなって、いまや二十センチくらいの大きさだ。蚊の鳴くような声しか持たず、なんの権限もないのに、タイミングだの責任だの、偉そうに説教を垂れている。現実的で重要なことについても——コンドーム。

「ゴムを持っていない」

ララが目をしばたたいた。そんな問題が存在すること自体忘れていたと言わんばかりに。無理もない。彼女がどんな目に遭ったかを考えれば。

「おれはきみを助けるために来たんだ」マイルズは言った。「セックスするためじゃない」

「あら。でも、わたし……病気は持っていないわ。それを心配しているのなら。ボーイフレンドはしばらくいなかったし——」

「そういう問題じゃない」彼女の裸から目をそらすのに苦労した。「おれも病気は持っていない。数カ月前入院していたときに何もかも検査されて、陰性だった。だから、問題はそこじゃない」

ララが急に恥ずかしくなったのか、髪を肩の前におろした。「妊娠はしないわ」

「どうしてわかる？ 監禁されているあいだも記録をつけていたのか？」つい怒鳴るような口調になり、まずいとは思ったが、追いつめたのは彼女だ。

ララが首を横に振った。「ずっと生理が止まっているの」

マイルズはうっかりばかなことをきいた。「また来るのか？」

「たくさん食べればね」ララが答えた。「ストレスのせいか薬のせいか暗闇のせいか、とにかく、食欲がなくなってしまったの。だから、そのー、いまは妊娠しないわ」

「やつらはきみに食事をさせなかったのか？」マイルズは取り乱し、声が大きくなった。

「正確に言うとそうじゃないの」ララが穏やかに言った。「食べ物は与えられた。でも、ひどいものだった。それに、わたしは緊張していて、つらかったから、食べ物が喉を通らなかったの」

マイルズは両手を耳に当てた。「なんてこった、ララ、頭がごちゃごちゃしてきた」

「頭のことは忘れて」ララが人差し指をマイルズのジーンズのウエストに引っかけて引き寄せた。マイルズはよろめいて、ベッドに近づいた。「頭は使わなくていいから」

ララの香りが強まってしっとりと立ちこめた。マイルズはその香りに耽溺したかった。ほんの半日前なら吐き気を催したであろうシャンプーの匂いと、彼女の肌や髪の匂いがまじりあって、激しい切望に満ちたみずみずしいうっとりする香りに変化している。マイルズはむさぼるように香りを吸いこんだ。心臓とともに股間が脈打っている。

気づいたら彼女に触れていた。顔に触れると、ララは撫でられた子猫のように頭を後ろに傾けた。濡れたなめらかな髪に指を絡めて持ちあげる。白くやわらかな肌を、薄い筋肉に覆われた肋骨や曲線を描く背中をさすると、ララは体を震わせた。女らしく優美で、華奢だ。

壊れてしまいそうなほど華奢なのに、マイルズは図体がでかく、獣のような欲望に支配されそうになっている。きっとがさつなふるまいで台なしにして、彼女を後悔させるだろう。そして、恥辱のあまり身投げするはめになる。

マイルズは手を離した。だがララはその手をさっとつかむと、胸のふくらみに押し当てた。

マイルズは首を横に振りながらも、手が勝手に動いた。両手で撫でまわしてなめらかでやわらかな感触を味わい、すくいあげて重みを確かめる。つんと立った先端がてのひらをくすぐった。

ララが首をそらして目を閉じた。マイルズは胸の感触に酔いしれるあまり、ジーンズのボタンを外されたことにも気づかなかった。

ララがズボンを引きおろすと、屹立《きつりつ》したものが飛びだした。彼女の眼前で揺れている。

ララはそれをじっと見つめたあと、小さな吐息をもらしながら手を伸ばしてつかんだ。やわらかい手でさすり始める。針で穴を開けた風船から空気が抜けるような音が、マイルズの喉の奥からもれでた。「ララ」

マイルズは充血した一物を恥ずかしく思った。やる気満々で、口で言っていることと矛盾している。破壊槌《づち》のごとく全力を傾けていた。「ああ……そんなことしなくていい」

ララはさらに力を込めた。「きれいね。それにすごく大きい。夢と同じだわ。わたしの願望の表れだと思っていたんだけど」

「よくない考えだと言っただろ」マイルズは喉の詰まったような声で言った。

「いいから」ララが身を乗りだした。一物にキスをするかのように。

マイルズは体をこわばらせ、ララの肩をつかんで押しとどめた。想像するだけで興奮するが、くそっ、今日はだめだ。「よせ」

ララが彼の手に手を重ねてさすった。「これは嫌い？」

「まさか。だけど、いまはだめだ。ふさわしい状況じゃない。きみを吹きガラスの工芸品みたいに扱わないと」

「わたしはそんなにか弱くないわ！」

「なんだっていい」マイルズは言った。「とにかく、そういうふうに扱わせてくれないのならやめておこう」

ララのまばゆいばかりの笑顔に目がくらんだあとで、自分が何を言ったかに気づいた。どうしようもない間抜けだ。こんな形でやる気を表明するとは。してやられた。

マイルズは深呼吸をして気持ちを落ち着けながら、彼女の両腕を撫でおろした。そのとき初めて、無数の痣に目がとまった。よく見ようと顔を近づけると、ララは震え、体をこわばらせた。

「指の跡だな」マイルズは言った。

「さんざん引きずりまわされたから。すぐに消えるわ」

マイルズは膝までさがっていたジーンズを蹴るようにして脱ぐと、ベッドの上にひざまずいた。それから、ララの腕を持ちあげて、痣をひとつひとつ見ていった。

手首の痣にキスをすると、ララは震える吐息をもらした。マイルズはすべての痣に順に唇を押し当てていった。

衝動に屈するつもりはなかった。ゆっくりと焦らずに事を進めよう。自制心をしっかり働かせて。

そっとかすめるような、優しいキスを繰り返す。痣は次々と見つかった。時間がかかりそうだが、別にかまわない。萎える心配はまったくしていなかった。それどころか、一生勃起したままかもしれない。彼女の肌にキスをしているあいだは確実に。燃えるような感触に、全身がドラムビートのごとく打ち震えた。

ララの体が激しく震え始めたので、肘までたどりついたところで中断した。顔をあげてきく。「寒い？」

ララがかぶりを振った。「いいえ。何をしているの？」

「おれのすべきことを」マイルズはそう言うと、キスを再開した。

ララが笑い声をあげる。胸のふくらみの下側を見てぴたりと動きを止めた。爪跡がついている。だがマイルズは、肋骨の部分に青や緑、黄色の痣がまだらにできていた。古い痣の上にあたらしい痣が何重にも重なっている。

「大丈夫よ」ララが安心させるように言った。「痛くないから。あなたのキスって魔法みたい。全然痛みを感じないのよ。本当に」

本当に魔法だったらいいのに、とマイルズは思った。身をかがめると、その痣に全身全霊を傾けてキスをした。キスに実際に癒しの力があると信じて。両手と口でそっと愛撫する。隅々まで撫でまわし、舌で触れた。

それから、ララを横向きに寝かせた。くそっ。背中も脇腹もヒップも太腿も、どこもかしこも痣だらけだ。

体を起こしてララの顔をのぞきこむと、目を固く閉じていた。涙で頬が濡れている。

「やっぱりやめておこう」マイルズは言った。「まだ早すぎる」

ララが力一杯マイルズを引き寄せた。「早くないわ」

マイルズは彼女の体を押しつぶしてしまわないよう気をつけながら、うっかりぶしつけな質問をした。「性的虐待を受けていたのか？」

ララが首を横に振ると、マイルズは大きな安堵に包まれた。「いいえ。ひどいことをするのはアナベルだけだった。最悪だったわ。すごく怒ったの。わたしがあなたの防御壁、シタデル王国に隠れると」

マイルズは驚いて笑い声をあげた。「そんな名前をつけたのか？」

「おかしい？」

マイルズは肘をついて体を起こすと、ララのウエストのくびれに手を置いた。「響きが重々しすぎる。山頂の城塞なんて。おれの防御壁はただの、ほら、暗号化だ。データを守るための」

「重々しいものだったでしょう」ララが言い張る。「わたしを守ってくれたんだから」

「あれが役に立ったのならうれしいよ」マイルズは身をかがめ、ふたたび胸にキスをした。ララはマイルズの体に腕をまわして、頭をわしづかみにした。髪に指を絡めて押さえつける。マイルズはバラの花びらのごとくやわらかい完璧な胸に嬉々《きき》として鼻をすり寄せた。硬くなった乳首に頰ずりし、唇でかすめる。舌でぐるりとなぞったあと、口に含んで吸うと、ララは背中をそらして震えた。この身を捧げると言わんばかりに。まるで……なんてこった。

ララの胸から閃光が走ったかのように、マイルズは目がくらんだ。

ララは深く達した。体が痙攣している。マイルズは驚き、思いきってきつく抱きしめた。

「びっくりした」つぶやくように言う。「胸だけでいかせたのは初めてだ。そのー、つまり……」

「わたしたちの夢のなか以外ではってこと？」ララが笑った。「あのときのことは覚えているわ。いまも同じ夢を見ているのよ。このまま夢の世界にいましょう」

「いいね」マイルズは心から言った。

黄色い西日がブラインドの隙間から斜めに差しこんでいた。その光がララの青白い体に縞模様を描き、優美なくぼみや曲線を強調している。腹部を撫でたあと、下へと手を滑らせていくと、マイルズは緊張と興奮で胸が締めつけられた。なめらかな茂みに指をもぐりこませる。

ララがはっと息をのみ、脚を開いて迎え入れようとしたが、マイルズは先を急ぐつもりはなかった。指先だけで愛撫する。ララはほてった顔を彼の肩にうずめ、腰を動かし始めた。

準備が整うと、マイルズはなめらかな割れ目に人差し指を挿し入れた。彼女の香りに理性が吹き飛びそうになったものの、どうにか抑えこんだ。馬乗りになる時間ならあとでたっぷりある。

起伏して引きしまった内壁に全神経を集中する。彼女の体の奥の複雑精緻な構造のことしか頭になかった。その完璧さに驚嘆しながら、あますことなく記憶に刻みこんだ。詩的な肉体だ。ピンクと深紅色のグラデーションが、黒い髪や白い太腿と鮮やかなコントラストをなしている。

夢のなかで交わったときの記憶がたくさんある。激しくてきわどく、たがが外れていた。いっさい制約がなく、前から後ろから、横から、なんでもありだったにもかかわらず、それらの行為を全部ひっくるめたよりも、どういうわけかいまの彼女を気遣った慎重な愛撫のほうが生々しく、大きな意味を持つ。

ララがマイルズの肩をつかんで引き寄せようとした。「これ以上焦らさないで。どうにかなっちゃいそう」

マイルズは体重をかけないように気をつけた。ララの二倍以上重いかもしれない。すぐに彼女を太らせるつもりだが。彼女を押しつぶさない姿勢を取ると、ふたたび天国の門に手を伸ばして、指先を挿し入れた。

ララがうめき声をもらしながら、腰を浮かせた。

熱く濡れている。やわらかくてきつい。信じられないくらいだ。力を込めなければ奥まで入らなかった。指でこれか。なんてこった。夢とまるで違う。夢のなかでは、ふたりは完璧な組み合わせだった。鍵と錠のように。

「ララ」マイルズはそっと言った。「ものすごくきついけど、初めてなのか？」

「違うわ」ララが息を切らしながら答えた。「やめないで。お願い」

「だけど、きみを傷つけたくないんだ」マイルズは歯を食いしばりながらも、優しい口調で言った。

「まさか！　本気で言ってるの？　ここまできてやめられるほうがよっぽど傷つくわ！　よして。そんなことしないで！」

「落ち着いて」マイルズはなだめた。「きみが怒ると、ますますきつくなる。筋肉が収縮している。もっとリラックスして」

ララが苦笑した。「冗談でしょ」声が震えている。「この状況でそんなの無理よ」

「なかに入って」マイルズは思いつきで言った。

ララが怪訝《けげん》な表情をした。「何？」

「ほら、シタデル王国においで。峡谷でしたみたいに」

ララが目をしばたたいた。「でも……できるかしら……あのときは生きるか死ぬかの瀬戸際だったから」身をくねらせると、マイルズの指が心地よく締めつけられた。

「いまは、ええと、気が散ってしまうから。わかる？」

「ああ」マイルズはかすれた声で答えたあと、胸にキスをしながら、指をさらに奥まで入れた。ゆっくりと回転させ、出し入れする。「やってみて」

少し時間はかかったが、マイルズはその時間を有効に使った。なめらかな入り口を愛撫するあいだに、ふたりの体に縞模様を描く光が壁の上を移動した。ララはマイルズにしがみつき、太腿を固く閉じながら、体を震わせている。爪が彼の肩に食いこんだ。マイルズは耳を澄まして待ち続けた。

そして、ララがやってきた。マイルズの内側で光がきらめく。彼女が輝いているのだ。現実の彼女の体から受ける視覚刺激が強すぎて、心のなかの彼女の姿は見えないし、わざわざ見る気にもならない。だが、心のなかで触れあうのは、いつものごとく最高だった。この輝き。ものすごく近くにいる。ものすごく親密だ。

脳内スクリーンに文字が表示された。〝これでいい？〟

〝そこにいろ〟マイルズは返事をした。〝これでやってみよう。きみがなかに入ったままで。おれを燃えさせてくれ〟

ララが震えながら笑う。〝もう燃えあがっているでしょう。暖炉みたいに〟

マイルズは肩に押しつけられていたララの顔を、髪に指を絡めて引き離した。

ララは目を輝かせながら笑っていた。最高にきれいだ。

唇にキスをした。まるで命がかかっているみたいに必死で。すると、心のなかのふたりがつながっている場所が花火のごとく爆発した。色や熱、音、動きが、フラッシュモブのように歌ったり踊ったりしている。ララははっと驚いたあと、キスに応えた。彼を受け入れた。

ララの唇はおいしかった。舌を絡みあわせて動かす。ララはマイルズの手の愛撫に身もだえし、激しいキスにとろけていった。

ときどき息継ぎしたが、すぐにまた唇を重ねた。そんながむしゃらなキスをしばらく続けているうちに、マイルズは自制心を抑えきれなくなってきた。ララは夢中で腰を振っている。彼の手はびっしょり濡れて光っていた。指を二本入れて、さらに攻めたてる。ふたりとも張りつめていく。マイルズはまるで自分の欲望を満たすかのように、指を使った。

そして、のぼりつめた。ああ、最高だ。

ララの歓びがマイルズの心と体を貫き、反響した。彼の頭と胸、一物に火がつく。

マイルズは顔をあげると、ひっくり返って彼女の下になった。

「ずっとよかっただろ」マイルズはうぬぼれないよう気をつけた。

ララの体はピンク色に染まり、汗で濡れていた。見開いた目がきらきら輝いている。

「こんなの初めて。夢のなかでさえ経験したことなかった」

「まだ始まったばかりだ」

ふたりは見つめあった。ゆっくりと時間が流れる。時の流れ方が変化していて、沈黙は空虚ではなかった。雄弁で、はっきりした意味が含まれている。

ララが身動きし、硬くなりっ放しのものに手を触れた。先走り汁で光っている。

ララがとまどっている様子だったので、マイルズは手を貸した。彼女の脚を広げて、膝の位置を調整する。体を完璧な角度に持ちあげると、なめらかな入り口に先端をそっと押し当てた。

焦るなと、自分に言い聞かせた。絶対に焦るな。小刻みに腰を揺らしながら、少しずつ押しこんでいく。ものすごく熱くてぬるぬるしている。ゆっくりとなかに入って……楽園に連れていかれた。

これは大変なことになった。絡みついてくる穴に指を入れただけでいきそうになったのに、今度は――なんてこった、焼けつくような快楽の極みにはまりこんでいくかのようだった。

ララが背中をそらし、さらに奥深くへいざなった。一物が締めつけられる。少しずつ、身をくねらせながら突き入れて、完全になかに入った。

マイルズは息を止め、興奮のあまり震えた。気持ちよすぎる。正しかろうと間違っていようと、もう取り返しはつかない。後悔はしていなかった。開き直った気分だ。結局、ララはやりおおせた。マイルズを信じて身をゆだねた。これはとんでもない奇跡で、マイルズは早くいきすぎて台なしにするつもりはなかった。絶対に。

ララの髪はほとんど乾いていた。ウェーブのかかった黒髪が、マイルズに垂れかかってくすぐる。きらきら輝く優しい目で見おろされると、胸がきゅんとし、喉が締めつけられた。目に涙が込みあげたが、いまは泣いている場合ではない。

彼女に後悔させられない。

世界が反転した。マイルズが寝返りを打って、ララをマットレスに押しつけたのだ。

「大丈夫か？　重くない？」マイルズがきく。「怖くないか？」

ララは手を滑らせて、彼の背中の盛りあがった筋肉をつかんだ。「すてきよ」ゆっくりとした口調で、はっきり答えた。

見つめあいながら、マイルズが腰を動かし始めた。ふたりの体はとても息が合い、ひとつひとつの緩やかでリズミカルな動きが掛け合いになっていた。すでに完璧すぎて、ひと突きごとにさらによくなっていくのが信じられない。どちらからともなく徐々にペースが速くなっていき、否応《いやおう》なく突き動かされた。

ララは至福の快楽に身をまかせた。

マイルズがうめき声をもらしたあと、ララの肩に顔を押しつけた。「くそっ」ざらざらした声で言う。「ごめん」

「何が?」ララは彼の髪に鼻をすり寄せ、むさぼるように香りを吸いこんだ。

「これだ」マイルズが激しく突き入れた。「すまない。コントロールできると思っていたんだが……ああ、くそっ……」

マイルズの声が途切れ、荒い息に変わる。ララは腰のリズムに合わせてあえぎ声をあげた。これ以上ないくらい動きが激しくなる。心をからっぽにして、目のくらむような興奮に駆られていると安心できた。体がぶつかりあい、歓びを味わうごとに張りつめていく。

ララは花開いた。自分の知らなかった一面に驚いていた。つぼみがほころび、光と空気が流れこんだ。もっと近づきたくて、必死に腰を動かす。快感が高まり、のぼりつめて……脈動する深い暗闇に転げ落ちていった。

ようやくわれに返ると、マイルズは息を弾ませ、湿った肩を震わせながら、枕に顔を押しつけていた。ララは彼を抱きしめた。涙がこぼれる。激しい感情に圧倒された。

マイルズが体を持ちあげ、ララに背を向けてベッドの端に腰かけた。

「マイルズ？」ララは起きあがり、そっと声をかけた。

マイルズはララの質問を制するように、片手をぱっとあげた。

ララが肩に触れると、マイルズは体を引いた。「やめろ」

ララはびっくりして縮こまった。「ごめんなさい」小声で言う。

「いや。謝らなければならないのはおれのほうだ」

「大丈夫？」

「だめだ」マイルズは立ちあがり、筋肉質の見事な背中とお尻をさらして化粧台に近づいていった。そして、ナイフとフォークを手に取ると、ステーキを切り始めた。

「おれは最低だ。飢え死にさせられそうになっていたきみに食事をとらせる前にやっちまうなんて。どこが王子だ」

ララはほほえんだ。「あなたのせいじゃないわ」

「おれのせいだ」マイルズがララの裸体にさっと視線を走らせると、ふくらんだ股間を指さした。「ほらな、まだやりたがってる」皿とフォークを掲げながらベッドに戻ってきた。「食べろ、ララ」

ララは片手をあげた。「食べられるかどうか――」

「いいから食べろ」マイルズが膝をつくと、ベッドが揺れた。

ララは彼の細められた目を見つめたあと、ため息をついた。断ったら、彼は怒りだすだろう。大きすぎる肉の塊が突き刺さったフォークを受け取って、ひと口かじった。おいしいけれど、重すぎる。「二、三口しか食べられないわ。あなたを困らせたいわけじゃないのよ。慎重にやらないと」

「あとふた口」マイルズが容赦なく言った。

ララはもうひと口かじった。三口目もなんとか少しだけ食べた。するとマイルズは、今度はライスをすくいあげた。

「炭水化物もとらないと」反論できるものならしてみろというような口調だった。

ライスと、ズッキーニのソテーを何口かずつ食べたら、もうそれ以上は無理だった。マイルズはいらだった様子で、ほとんど手つかずのままの皿をベッド脇のテーブルに叩きつけるように置いた。

「まったく、ララ、こんなに残して。食べなきゃいけないのに」

「そこに置いておいて。あとでまた食べてみるから」ララは安心させるように言った。

「あなたは何か食べたの？」

マイルズがショックを受けたような表情をした。「まさか！　デイビーが焼いた最初のステーキをきみに持ってきたんだ」皿をにらみつける。「それから、きみをベッドに押し倒しているあいだに、食べ物のことはすっかり忘れてしまった」

「自分を責めるのはもうやめて」ララは言った。「あなたこそたくさん食べなくちゃ。お願いだから下へ行って、何か食べて！」

「シャワーを浴びないと」マイルズはそうつぶやくと、バスルームに入っていった。

ララはシャワーの音を聞きながら、急に食べ物を入れられて消化不良を起こしている胃に手を当てた。

失敗した。少し強引すぎた。これではマイルズを怖気づかせてしまう。彼はものすごく緊張して、ぴりぴりしている。シャワーに誘われなかったのは残念だけれど、それでよかったのだろう。これほど積極的にふるまったのは初めてだった。過激な夢を共有していたとはいえ、夢に期待を抱くのは間違っている。少し余裕を与えてあげなければならない。

彼に蔓のごとく絡みついていたいときにそうするのは難しいけれど。

マイルズが湯気を立てながらバスルームから出てきた。ララのほうを見ずにジーンズをはいたあと、布団の下に隠れていたシャツを見つけて羽織ると、ボタンをとめた。

「怒ってる？」ララはきいた。

「自分に腹が立つだけだ。ゆっくり休んで」マイルズが出ていき、ドアがカチリと閉められた。

ララは必死で自制心を保とうとしたが、無理だった。ひとりきりで、ベッドのなかに隠れていられるのがせめてもの救いだった。

マイルズを誘惑するのはものすごくいいアイデアに思えたのだ。美しい、わくわくすることにしがみついていられる。このめちゃくちゃな世界で。

けれども、マイルズに要求しすぎた。彼は防御壁でララを守ってくれた。命懸けで救ってくれた。そのうえ、心の闇を取り除いてくれることを期待するの？　こんなに性急に？　セックスで？

〝せいぜい頑張るといいわ、おばかさん〟すばらしい、最高のセックスだったかもしれないが、結局いま、ララはバスルームで混乱している。ひとりきりで鏡を見つめ、以前と変わらない不安定な自分と向きあっている。

胸が締めつけられた。魔法のようなつながりが恋しくて、コカイン中毒者みたいに欲していたけれど、彼の心に入りこみたい誘惑に屈するつもりはなかった。ただ入れるからというだけで。

そこにいると最高に気分がいいからといって。

それだけでは充分な理由にならない。ララは厳しく自分に言い聞かせた。勝手に心に入るのは失礼だし、子どもじみている。気味悪がられてもおかしくない。

そろそろ大人になって、彼の心を解放してあげなければならない。

14

マイルズがキッチンに入っていくと、ざわめきがぴたりとやみ、不吉な静けさに包まれた。ララと寝室に閉じこもっているあいだに、人数が増えていた。ケヴ・マクラウドと、タムの夫で凄腕のスパイのヴァルがいる。

マイルズは一同の視線を感じながら、カウンターに積み重ねられた皿を一枚取って、紙袋からイタリアパンの耳——それしか残っていなかった——を取りだした。炊飯鍋の残りをかき集め、盛り皿にひとつだけ残っていた、肉汁が固まった小ぶりのステーキを手に入れる。フライパンの側面に張りついていた野菜の切れ端を、わずかなライスの上にのせた。ものすごく腹が減っていることに気づいて驚いた。しばらく食事への興味を失っていたのに。

テーブルの席は埋まっていたので、カウンターのスツールに腰かけると、ささやかな料理を猛然と食べ始めた。

みんながマイルズを見ている。マイルズは無視して食事に集中した。不安だ。懲らしめられそうな予感がする。

彼らの名誉のために言っておくと、それに備えて心の準備をし、エネルギーを補給した。マイルズはステーキの最後のひとかけら、マイルズの食事が終わるまで待ってくれた。マイルズはステーキの最後のひとかけら、米粒、パンくずまで残さずきれいに平らげたあと、もっと何かないかと辺りを見まわしたくなるのをこらえた。

攻撃の口火を切ったのはショーンだった。「それで、どうだった？」

マイルズはゆっくりと十秒数えてから、勇気を出して皿から顔をあげた。「どういう意味だ？」

「おれたちをばかにするなって意味だ」コナーが答えた。

「さっぱりわからない――」

「黙れ」ショーンがだみ声で、うんざりしたように言う。「食事の用意ができたあと、おまえが食べに来るまで一時間半も間があった。おまえはシャワーを浴びてから二時間も経たないうちにまたシャワーを浴びた。このスケベ。おまけに、おまえが二階へ行く前は、ボタンがふたつずつずれてなんかいなかった。この間抜け。ばればれだ。せめて隠蔽工作くらいしろよ。こっちが恥ずかしくなる」

マイルズはシャツを見おろして驚いた。「くそっ」

「だが一番の手掛かりは、おまえの目に表れている罪悪感だ」コナーが言う。「おれたちが外に連れだして、かわりばんこにおまえをめった打ちにしてやったら、気が楽になるか？」

マイルズは瞬時にさまざまな反応を検討した。全員皆殺しにしようか。相手を考えるとそれは難しい。自殺したほうが手っ取り早い。穴があったら入りたかった。頼むからいますぐ目の前に開いてくれ。

だがその願いは届かなかったので、あきらめるほかなかった。

「放っておいてくれ」

「嘘だろ」アーロが言う。「おまえが彼女を助けだしたのは、慰み者にするためだったのか？」

「違う！　だが、おまえたちに言い訳する義務はない」

「そうだな、いまのおまえならそう思うだろうな」ショーンが言った。

「みんなさぞかし残念だろうな。なんでも言うことを聞く便利屋がいなくなって」

冷ややかな沈黙が流れた。

「誰もおまえにもう何も期待していない」デイビーがきっぱりと言う。「つくづく思い知らされた」

「そうやって罪悪感を抱かせようとするのはやめてくれ。おれは精一杯やっている」

「ああそうだろうよ、色男」アーロがあざけった。「あの子を相手に頑張ったんだろ。英雄ごっこが刺激になったのか?」

マイルズは気づいたらテーブルにつんのめり、四人の巨漢たちに押さえつけられていた。

テーブル越しにアーロに飛びかかったのだ。何も考えず、なんの躊躇もなく。わずかに残っていた社会性すら吹き飛んだ。

感情の喪失も、不動の心も過去の話だ。ララ・カークとベッドのなかで絡みあっているあいだに、どこかへ行ってしまった。

アーロはマイルズの手の届かないところに座って、コーヒーを飲みながらマイルズをじっと見ていた。紙皿を手に取り、甘ったるいジャーマンケーキをたっぷり切り分けると、プラスチックのフォークを突き刺した。「あの子にデザートを持っていってやれ。カロリーが必要だろう。おまえに性的サービスをすることがあたらしい仕事になったんだから」

マイルズはふたたび飛びかかろうとしたが、またしても四人に容赦なく押さえつけられた。「人のことを言える立場か?」言葉でやり返した。「おまえだってニーナにすぐ手を出しただろ」

「ニーナは何カ月も地獄に監禁されていたわけじゃない」

「ふたりとも落ち着け」ケヴが言った。

ケヴの声には、人の気持ちを静める効果がある。彼の人柄がなせるわざだ。マイルズはそれをうらやましく思っていた。まわりにいるのは怒りっぽい人ばかりだから、役に立つだろう。

「今日のおまえは大活躍だった」ケヴが言葉を継ぐ。「それはみんなも認めて――」

「認めるもんか」アーロが怒鳴った。

「黙って聞け」ケヴが穏やかに言った。「いまはその話をしているんじゃない。おまえは臨機応変によくやった。びっくりしたよ。すごかった」

「おだてても無駄だぞ」マイルズはつぶやくように言った。「おれはばかじゃない」

「どうかな」コナーはそうつぶやきながらも、ほかの三人とともに慎重に手の力を緩めた。マイルズは体を起こすと、シャツについた料理の汚れを払い落とした。

「この二時間のあいだにおまえがしたことに関する意見はさておき、これからのためにもっと情報が必要だ」ケヴが言う。「おまえがどう思っていようと、おれたちはおまえのことを心配しているんだ。いまも力になりたいと思っている。これからどうするつもりだ?」

マイルズは決まり悪くなり、散らかったテーブルを見おろした。「何も考えていない」正直に言った。「彼女を連れだしたが、まだ安全じゃない。どこにいようと、あの男がいる限り。あいつの力を見ただろ。彼女にどうしてあげたらいいかさっぱりわからない」

沈黙が訪れた。

デイビーの静かな声が響き渡った。「ものにしろよ」

マイルズはデイビーを見つめた。デイビーはビールをひと口飲んだあと、悪びれた様子もなくマイルズをまっすぐ見返した。「それがおまえの望みだろ」

マイルズは口を開こうとして思いとどまった。ばかなことを言ってしまうかもしれない。頭のなかがからっぽだった。

ふたたび沈黙が流れた。ショーンがうんうんとうなずいた。「ああ、それがいい。あの子はセックスフレンドってタイプじゃないし。手を出してしまったからには恋人にするしかない。でなきゃ、おまえはただのご都合主義のばか野郎だ」

「黙れ、ショーン」デイビーが言う。「マイルズがびびっちまうぞ」

マイルズはばかみたいに突っ立っていた。微弱電流が走っているかのように体がびりぴりする。不安に似ているが、もっと明るい感じがした。

「くだらないぞ、デイビー」

デイビーは平然としていた。

「彼女は大人の女性だ」マイルズは言った。「彼女にも考えがあるだろう。おれのものになりたいとは思わないかもしれない」

「おれのものになれと言えばいい」

マイルズは目をしばたたいた。そんな自信家にはなれそうもない。「そんなに簡単じゃないんだ」

「簡単だとはひと言も言ってない」デイビーが反論する。「全然簡単じゃない。女を理解しようとするなんて、とんでもなく無茶な話だ。だが、ほかに人生の目標でもあるのか？　おまえはものすごい頭脳を持っている。有効利用しろよ。彼女を夢中にさせろ。魅力をアピールするんだ。難しい大仕事だ」

「困難に立ち向かえってか？」マイルズは言った。

マクラウド兄弟が皆笑顔になった。その言葉は、彼らの無鉄砲な父親の座右の銘だ。

「彼女はばかじゃない」コナーが言う。「おまえを必要としている」

「そのとおり」ヴァルが美しい訛《なま》りのある口調で同意した。「おれの話が参考になるかもしれない。女心は変わりやすい。たとえ嫌われているとしたって望みはある。おれがその生きた証拠だ」

ヴァルはあのタムを陥落したのだから、説得力がある。マイルズの考えでは、ものすごい度胸がいることだ。

「そうだ、せっかくの能力を無駄にするな」ショーンが目を輝かせながら、勢いこんで言った。「おまえの第一印象は半端ない。彼女を地獄から救いだしたんだから。バキュン！　彼女にトレーナーをあげて、まずは裸の胸で一撃を加えた。勇敢さと、自己犠牲と、割れた腹筋と、性的魅力が全部セットになっている」そこでさりげなく間を置いた。「だけど、それも全部、この二時間の寝室での状況によって変わってくる。そこでだ、最初の質問に戻ろう。どうだった？」

マイルズはショーンをにらみつけた。「今度同じ質問をしたら、顔の骨を一本残らず折ってやる」

ショーンが笑いながら、ビール瓶を掲げた。「ああ」うれしそうに言う。「思ったとおりの反応だ」

「落ち着け。ララとは四時間前に出会ったばかりなんだぞ」マイルズは念を押した。

デイビーが眉をつりあげた。「彼女にとっては忘れられない時間になっただろうな」

それは間違いない。

「ララはナーバスになっている」コナーが言う。「疑いを抱いている。それを解消してやらないと。長年シンディに辛酸をなめさせられてきたが、ようやくそのパワーを増したあそこを有効に使えるな。おめでとう」

マイルズは黙りこんだ男たちを見まわした。「警備当番は誰だ？　おれが交代する」

「おれたちにまかせろ」デイビーが答えた。「おまえは二階へ戻れ」

マイルズはふたたび見まわした。「みんなも疲れている。おれが――」

「あの子の身に起きたことは、ちょっとやそっとじゃ清算できない」

その先を聞きたくはなかったが、しかたなくうながした。「だから？」

「だから、ぐずぐずしてないでさっさと行け」デイビーがぴしゃりと言った。

マイルズは歩き始めたが、階段の下で立ちどまって振り返ると、みんなの押し殺した笑い声を無視して、アーロが用意したケーキを手に取った。ジェットエンジン付きの靴を履いているかのように階段を高速で駆けあがる。デイビーの言葉がマイルズの頭のなかの扉を蹴破り、なかに閉じこめられていた思いや感情を解き放った。

〝ものにしろよ。それがおまえの望みだろ〟

その言葉が頭のなかでゴングのごとく鳴り響いていた。

そのとおりだ。そうでなければ、あんなふうに行動しなかっただろう。マイルズはララを求めている。だがひとりの女をものにするのがどれほど難しいかは、マイルズが一番よくわかっている。すべての過程が謎だらけだ。つなぎとめておくのはめちゃくちゃ大変だ。どんなに尽くしても逃げられてしまう。なぜだ？

だがこれはあたらしいゲームで、ルールも賭け金も違う。

マイルズはノックせずにドアを開けた。

ドアが開くなり、ララははっとし、肘をついて体を起こした。大きなケーキの皿を持ったマイルズが入ってきた。

「ああ」ララは弱々しい声で言った。「あなただったの」

「おれだ」マイルズはドアを閉めたあと鍵をかけた。

シャツを着ていてよかった、とララは思った。感情がむきだしになっている気がして、恥ずかしくてしかたがない。困ったことに、柄にもない大胆さはすっかり消え失せていた。

ブラインドの隙間から差しこむ光は弱まっていたものの、それでも充分、マイルズの様子を探れた。彼の表情が変化していた。

冷静な、厳しい表情をしている。ララはうろたえ、警戒した。マイルズがじっと見つめてくる。まばたきひとつせずに、そのまま何時間でもそうしていられそうだった。

「そのー、まだ動揺している？」ララは恐る恐る尋ねた。

マイルズがかぶりを振る。「ケーキを持ってきた」

「ありがとう」ララはささやくように言った。

マイルズはベッド脇のテーブルの、食べ残した料理の皿の横にケーキの皿を置いたあと、なんでもないことのようにシャツとジーンズのボタンを外して、脱ぎ捨てた。股間のものが硬くなっているけれど、さっきと違って全然恥ずかしがっていない。布団をめくると、顎を動かして、ララに詰めて場所を空けるよううながした。

ララはとまどいつつも、言われたとおりにした。さっきと感じが違う。別にいやではなかった。それどころか、どきどきしている。

マイルズが手を伸ばしてきた。やけどしそうなほど熱くて硬い体にきつく抱きしめられるのは最高の気分で、ララはもう少しで叫び声をあげるところだった。屹立したものが脚に押しつけられる。シャツの下に彼の両腕が滑りこんできて、ヒップを撫でられ、腰を引き寄せられて、体がぴったり重なりあった。

彼に触れられているという興奮に圧倒され、体がひとりでに達したかのようにぞくぞくした。太腿を押しつけあったら、きっといってしまう。

〝だめ。深呼吸して、自制心を保つのよ。セックスに飢えた頭のおかしな女だと思われないように〟とはいえ、長いあいだネズミの巣にいたせいで、何が普通かわからなくなってしまった——以前はわかっていたのだとすれば。

普通のふりをすることはできないので、あきらめた。震えながら彼にしがみつき、感情の波に身をゆだねる。ただ存在し、感じていた。一秒一秒を。

ふたりの顔がすぐ近くにあった。たくましい二の腕をつかんでいるララの手を、マイルズが引き離す。その手をじっと見てから、指の節にキスをした。

ララは気持ちがほぐれていくのを感じた。涙で濡れた顔を彼の肩にうずめたあと、勇気を出して目を合わせた。

マイルズが思いやりのある表情で、ララの頬に張りついた髪を後ろに撫でつけた。

「なかに入って」

ララは笑った。「あなたの心のなかに？　本当に？　もううんざりしているんじゃない？　勝手に頭のなかに入ってきていじくりまわした、と言ってたわよね。それをやめさせるために、わざわざ助けに来たんじゃないの？」

「まさか」マイルズが眉をひそめた。「違う。くそっ、そんなこと言ったか？」

「だいたいそんな感じのことをね。脳内コンピュータのメールで。覚えてない？　たぶんアーカイブに残ってるんじゃない？」

マイルズがぶつぶつ言う。「おれって最低だな。ごめん。うぬぼれた失言が多いんだ。いやな性格だ。気にしないでくれ」

「フフッ。わかったわ」

「実は」マイルズが言葉を継ぐ。「きみがなかにいるのはいやじゃなかった。おれの頭がおかしくなったんじゃないかと心配だったのを別にすれば、結構楽しかったんだ。それに、セックスの夢ときたら、最高だった」

ララは顔がほてり、視線を落とした。彼の鎖骨を、喉元のくぼみを見つめた。「あれは夢じゃなかった」

「そうだな」マイルズが言う。「なんだっていい。きみが着ていた服が好きだった。あれはなんだ？　白いネグリジェか？」

ララは笑いをこらえた。「違うわ。それよりも――」

〝ウェディングドレスっぽい〟ララはその言葉をのみこんだ。

マイルズが先をうながす。「なんだ？」

「古風な夜会服っぽかったわ」ララはごまかした。「ヴィンテージの舞踏会用ドレス」

「へえ」マイルズが疑うような声で言った。「なんにせよ、あの姿に興奮した。素足で、髪をおろしていて。究極の性的ファンタジーを自分で生みだしたと思っていたから、好きなようにふるまったんだ。野蛮な真似をしてすまなかった。実在する女性と交流しているんだと知っていれば、もっと……くそっ、どうかな。礼儀正しくしたかな？ 節度を守っただろう」

ララは声を出さずに笑った。「とてもよかったわよ」

マイルズの顔がにやけた。「そのあと、きみがメールを送ってくるようになった」つぶやくように言う。「頭が爆発しそうだった」

「ごめんなさい。頭がおかしくなったと思ったのよね」

マイルズが肩をすくめる。「その頃には、とっくにそう思っていたんだ。きみと話すのは最高だった。異常だけど、楽しかった。孤独だったし。この数カ月、ずっとおかしかったんだ」

「話してみて」ララはささやくように言った。

マイルズの顔から笑みが消えた。「ごめん。こんな話をするつもりじゃ――」

「謝らないで」ララは急いで言った。「あなたがいなければ、わたしはまだあのネズミの巣にいた。わたしにはなんでも好きなことを言っていいのよ。言葉を選ばないで。なんでも受け入れるから。わたしは大丈夫。わかった？」

「わかったよ。落ち着いて」マイルズはふたたびララの指にキスをし、一本一本に唇を押し当てた。

「まだひとつだけわからないことがあるの」ララは言った。

マイルズが目をぐるりとまわす。「ひとつだけか？　おれよりわかってるな」

「茶化さないで」ララはたしなめた。「シタデル王国のことなんだけど。グリーヴズは入れなかったのに、どうしてわたしは入れたの？　わけがわからないわ。グリーヴズはものすごい力を持っているのよ。それはわかったでしょう。わたしはただの人よ。テレパスですらないのに」

マイルズが布団を引きあげて、ララの肩にかけた。「それについては、ニーナがある説を唱えている」

「ニーナって？」

「ニーナ・クリスティだよ。覚えてるか？」

ララはぱっと体を起こした。「ニーナ・クリスティ？　ニーナ・クリスティを知ってるの？　どういう知り合い？　ああ、ニーナのことが大好きなの！」

マイルズがあおむけになった。頭の下で腕を組むと、腕や肩、胸の見事な筋肉が盛りあがった。「もちろん、ニーナのことは知ってるさ。事の始まりは彼女だったんだ。きみのお母さんがラッドから逃げだして……」慎重に言葉を切った。「火事で亡くなったと偽装されたことは知っているね？」

ララは顎が震えないように力を込めた。「ええ。でも結局、数カ月前に死んでしまった。アナベルとフーからそう聞いたわ。グリーヴズからも言われて信じたの。嘘であることを願っていたんだけど」あれは嘘だったのだと、マイルズが言ってくれることを期待するまいと必死だった。彼の顔を見る勇気がなかった。

マイルズがララの手を握りしめた。「残念だが、本当のことだ」

ララはうなずき、ゆっくりと息を吐きだした。あきらめをつけるしかない。「それで、ニーナがどうしたの？」

「きみのお母さんは逃げだして、ラッドを脅迫しようとしたんだ。ラッドっていうのは、グリーヴズの手下のひとりだ。きみのお母さんがpsi‐maxのあたらしい配合を考えだした。二段階処方にしたんだ。A剤のあと、B剤を打たなければ数日後に死んでしまう。お母さんはB剤を隠して、ラッドにA剤を服用させて、B剤を餌にきみを解放させようとした。だがラッドはA剤を服用せず、お母さんに注射した。お母さんがすでにB剤を発送したあとのことだった」

「そうだったの」ララはまだよくわからなかったものの、そう言った。「それで、ニーナはどうかかわってくるの？」

「お母さんはニーナを追いかけてニューヨークへ行った」マイルズが言葉を継ぐ。「その頃には命が尽きかけていて、数時間しか残されていなかった。それで、残り少ないA剤の一本をニーナに注射し、ニーナの携帯電話にメッセージを残して、B剤を取りに行くよう指示した。きみを助けてくれと彼女に頼んだんだ。その日に、お母さんは息を引き取った」

ララは両膝を抱えて、顔をうずめた。マイルズはララの隣であぐらをかき、背中をそっとさすって慰めた。長いあいだ無言でそうしていた。

「お母さんに会いたかった」ララは声を詰まらせた。「お母さんはずっと生きていたのに、またいなくなってしまった。残酷な冗談よね」

「お母さんはすべてをかけてきみを助けようとしたんだ」マイルズが言う。「きみを愛していた。きみを助けだすことしか頭になかった」

ララは顔をあげて、ぐいっとぬぐった。「危険な薬をニーナに注射するなんて。わたしの知っているお母さんらしくないわ」

マイルズが困ったような表情をした。「たしかに危険な行為だったが、お母さんを責める気にはなれない。必死だったんだ。自分はもうすぐ死ぬとわかっていた。誰かに託す必要があって、ニーナが最後の頼みの綱だった」

ララは首を横に振り、頭に浮かんでくる映像を払いのけようとした。「それで、ニーナはB剤を手に入れられたの？」

「ああ。おれもその場にいたんだ。コロラドで、グリーヴズが資金集めのパーティーを開催したときのことだった。流血沙汰になって、あれは……とにかく、ものすごかった」

ララはほほえんだ。「口が重いのもあなたの性格の特徴のひとつね。いつか全部話してもらうわよ。そんな簡約版じゃなくて」

マイルズが鼻を鳴らした。「あまりにもぶっ飛んだ話だから、ちゃんと話したって誰も信じちゃくれないだろう。とにかく、それからずっとおれたちはきみのことを探していた。おれと、ニーナと、ニーナの婚約者のアーロで」

ララははなをすすって涙をこらえた。「それで、わたしを見つけたのね。おめでとう」

「ああ、本当によかった」マイルズが小声で言った。ララの頰を撫でおろす。彼の手は分厚くてざらざらしているけれど、その手つきはとても繊細で、羽根で撫でられているみたいだった。「きみがここにいる。生きて。信じられない」ララの体に腕をまわして抱きしめた。ララは裸の熱い胸の感触にうっとりした。

「わたしを探してくれてありがとう」

マイルズの体がこわばった。「ララ、頼むから礼を言うのはやめてくれ」

「わたしのことを気にかけてくれる人はもう誰もいないと思っていたの」ララは身をよじって彼と向きあった。「あそこで死ぬんだと思っていた。早くその日が来ればいいと願っていたわ」

「マチルダ・ベネットがきみのことを探し続けたんだ。決してあきらめなかった」

ララはその名前を聞くと、うれしさのあまり、マイルズの口調を気にとめなかった。

「マチルダが？　お父さんにとてもよくしてくれた人なのよ。お礼を言わなきゃ……」

彼の表情に気づいたとき、言葉が途切れた。「ああ、まさか。いや、やめて……」

「残念だ」マイルズが静かに言った。

「彼女もやつらに捕まったのね？」

「数日前に。家に侵入されて、階段から突き落とされたらしい」

ララは目をぎゅっと閉じて、その場面を想像するまいとした。だが、想像力が豊かすぎて、映像が勝手に頭に浮かんできた。なんてこと。マチルダが。

「放っておけばよかったのよ」ララは言った。「恐ろしいわ。わたしを助けようとした人はみんな悲惨な最期を遂げてしまった」

「おれは生きてる」マイルズが身を乗りだして、額を合わせた。

ララは思わず目を開け、真剣な黒い目を見つめた。それから、咳払いをした。「時間の問題だわ」

「おれは殺されない」マイルズが言った。

額を合わせるのは、キスと同じくらい親密な行為だったけれど、ララは気持ちを引きしめた。そうしないと、また泣きだしてしまいそうだ。体を引いて、震える唇を噛みしめた。「ニーナの説って？　わたしはどうして壁を通り抜けられたの？」

「ああ、心の防御壁という発想を教えてくれたのはニーナなんだ。スプルース・リッジの事件の晩に。彼女の防御壁は煙と鏡を使ったもので、アーロのは銀行の金庫室に似ている。自分に効きそうなイメージを考えるよう言われて、おれはコンピュータオタクだから、暗号化されたパスワードで保護されたパソコンにしたんだ」

なかなかのみこみにくい話なので、ララはまず些細なことが引っかかった。「オタク？」マイルズのこんがり日焼けした筋肉質の体や荒れた手を、じろじろ眺めまわした。「あなたが?」

「ああ」マイルズが言う。「根っからのオタクだ」

「嘘よ」ララは彼の胸に片手を当てると、硬くて熱い感触に息をのんだ。「こんなすてきな男性がコンピュータオタクのはずないわ」

マイルズがにやりとした。「この鼻もすてきか?」

「ええ」ララは力強い口調で言った。「その鼻も」

「とにかく、おれはパスワードを考えた。きみの名前を使って」

ララはびっくりすると同時に感動した。「わたしの?わたしの名前をパスワードにしたの?どうして?」

「きみのことが気にかかっていたからだ」マイルズはあっさりと言った。「いつものように数字や記号と組みあわせたけど、中心にあるのはきみだ」

「でも……そもそも、どうしてわたしのことを知っていたの?」

「きみが拉致されたことを、ニーナは知っていた。おれは、きみのお母さんについて調べるようアーロに頼まれたんだ。それで、お父さんの家で、きみの写真を見つけた」マイルズは少しためらったあと、静かにつけ加えた。「お父さんを発見したのはおれなんだ」

「まあ」

「本当に残念だ」

ララは首を横に振り、両手をあげた。その先は言わないで、と声に出さずに頼んだ。頭がよくて敏感な彼には、それで充分伝わった。

マイルズはしばらく黙りこんだあと、ふたたび口を開いた。「とにかく、さっきの話に戻ると、それ以来、きみのことが頭から離れなくなったんだ」

「それが、わたしが壁を通り抜けられた理由なの？」ララは言った。「わたしがパスワードに組みこまれていたから？」

マイルズが大きな肩をすくめた。「もっと納得のいく説明を思いつくか？」

ララはかぶりを振った。何も思いつかない。

「この数週間、きみとしか人づきあいしていなかったんだ」マイルズが言った。

「あれを人づきあいと呼ぶの？」

マイルズがにやりとした。「人といるのに耐えられなくて、昨日まで山に隠れていた。スプルース・リッジの事件でこてんぱんにされたんだ。ラッドに。きみのお母さんを監禁した男だ。ｐｓｉ‐ｍａｘの中毒で、人の心を操る力を手に入れて、その力を乱用していた。おれもそれでやられたんだ。昏睡状態に陥った。脳浮腫で」

「まあ、マイルズ。大変だったのね」

「同情を買おうとしているわけじゃない。ただの説明だ。とにかく、そのあとはひどいものだった。激しい痛みや、感覚過敏に悩まされた。脳のフィルター機能がおかしくなったんだ。何もかもにいらいらした。匂いや光、音、パソコンや携帯電話の電磁スモッグ。薬を処方されたが、それがまた最悪だった。だから、逃げだした。山奥でキャンプしているときに、きみが訪れるようになった」

「人づきあいね」ララはつぶやくように言った。

「ああ、格別の」マイルズがララを引き寄せてキスをした。誘いかけるような優しいキス。

けれどもララは、まだききたいことがあった。「いまも感覚過敏の問題を抱えているの？」

マイルズが目を細めて思案した。「どうかな」ゆっくりと話す。「数時間前まではそうだった。といっても、感覚は鋭いままだが、きみがおれの頭のなかを訪れるようになってから、正気を失うことも、フラッシュバックに襲われることもなくて、なんとかやっていけるようになったんだ。そして今日、いまは……」しばらく黙りこんでから言った。「変だな」

「何が？」ララはきき返した。「何もかも変だけど」

「もうすっかり平気だ」マイルズが言う。「きみと接続するようになってから、おれの処理能力が向上し始めたんだ。それで、いまではしっくりくるようになった。ほら、思春期になると、突然、脚が長くなりすぎたような気がしただろ。腕や……」そこで言葉を切ると、ララをちらりと見た。「違うな、忘れてくれ。きみは昔から完璧なプロポーションだったろうから。生まれたときから」

ララはそれを聞き流した。「じゃあ、どういうわけか治ったのね？」

「どういうわけかとは言ってない。説明しただろう？」

「いつ？」ララはいらだって頭を振った。「どうして治ったの？」

「きみのおかげだ」マイルズが言った。

「わたし？」ララはわけがわからなくて、目を細めた。「どういうこと？」

「きみのおかげで回復した」マイルズが言う。「きみが治してくれたんだ。どうにかして、おれを立ち直らせてくれた。きみといると……くそっ、なんて言ったらいいかな。ほら、きみをよく見るため、きみの匂いをよく嗅ぐため、わかるか？」

ララは鼻で笑うしかなかった。「勘弁して。冗談も休み休み言ってちょうだい！」

「いや、本当なんだ。きみのおかげでおれはひと息つけた。ほかに説明のしようがない」マイルズはララの髪の毛をひと束持ちあげて鼻に押し当てると、うれしそうに匂いを嗅いだ。「うーん。気分がよくなった。ありがとう」

「ええと……どういたしまして」

マイルズの告白に、ララはなぜか怖気づいた。途方に暮れてしまう。理由も方法もさっぱりわからないのに、自分が彼に対してそれほど大きな影響力を持っていると思うと、落ち着かない気分になった。気づいたら弾の入った拳銃を両手で構えていたような。思いもかけず巨大な力を手にして、それを持て余していた。

「プレッシャーを感じないでくれ」ララの不安を感じ取ったマイルズが言った。「そんな気がするってだけだ。だけど、最高なんだ。だから気にしないで」

「そうね」そういう気がするというだけのこと――そんなわけがない。そこにあらゆる複雑な意味が含まれている。危険も。

「きみはサンフランシスコの美術学校の生徒なんだよね？」マイルズがきいた。

ララは首を横に振った。以前の生活が遠い昔のことに思えて、自分がどんな人間だったか思いだせない。「どうかしら。やつらに拉致される前はそうだった。でも、当時自分がしていたことは……とても大事だと思っていたことは……いまでは全部ちっぽけなことに思えるの」

「じゃあ、この件が奇跡的に解決して、グリーヴズがこの世から消え去ったとしても、学校には戻らないのか？　おれの見たところでは、かなり名が売れてきたところだったのに」

ララは笑い飛ばした。「ネットでうまく宣伝して売っていただけよ。そこそこの生活を送れるくらいには軌道に乗っていたかもしれないけど。有名人ではなかった。それに、もう都会には住みたくないの。望みはひとつだけ——もちろん、あなたと一緒にいる以外にってことだけど、山のなかの美しい場所で暮らしたい。ものすごく高い木や、滝がある場所で。わたしは毎日、そこへ行くところを想像していたのよ。もしいまなんでもできるとしたら、滝の前にただ座って、いつまでも水の流れる音を聞いていたいわ。そのあとで会いましょう」

マイルズがほほえんだ。頬にセクシーなえくぼが浮かび、真っ白な歯がきらりと光る、すてきな笑顔だった。

「あなたのことを教えて」ララはきいた。「生まれはどこなの？」

「おれはエンディコット・フォールズで育った」マイルズが答えた。「シアトルの近くだ。きみも気に入ると思うよ。その名のとおり、いい滝《フォールズ》がある。コロンビア川渓谷にも。旧国道30号線をポートランドに向かって走っていくんだ。大きな滝がいくつも見られる。耳を澄ましていれば、次から次へと聞こえてくるぞ」

非現実的な提案に、ララはほほえんで感謝を示した。こんなにすてきな誘いを受けたことはなかった。うれしくて泣きだしてしまわないように、あわてて次の質問をした。「いまはどこに住んでいるの？」

「いまのところ持ち家はない。ずっとふらふらしていたんだ――車とかで生活している貧乏な怠け者ってわけじゃないぞ」マイルズは急いでつけ加えた。「その気になればかなり稼げる。いまはただ、過渡期にあるんだ」

「わかるわ」ララは言った。

「家を買え、と何年も前から仲間たちにしつこく勧められていたんだが、自分が何を望んでいるのかわからなかったから、あとまわしにしていた」

「いまはわかったの？」

マイルズは思案しながら、ララを膝にのせた。硬いままのものが、裸のヒップに押しつけられた。「ああ。なんとなくわかってきた」

ララは罠に向かって歩いているような感じがしたが、そのまま突き進んだ。「何？どんな暮らしを望んでいるの？」

マイルズがララの首筋に鼻をすり寄せた。ララはあたたかい息の感触に震えながら、彼に体を押しつけた。「山のなかだな。近くで登山ができる場所がいい。特殊な家にしたいから、自分で設計しなきゃならないかもしれない」

ララは腰にまわされた彼の手を見つめた。濃い毛に覆われた筋骨たくましい前腕は、白いTシャツと鮮やかな対照をなしていた。「どんなふうに特殊なの？」

「でかい木がある」マイルズが夢見るような口調で続けた。「大きな原生林だ。ヒマラヤスギやらトウヒやらモンチコラマツやら。シダやエンレイソウやタイミンセッコクが生えている。近くを渓流が流れているんだ。滝も」

ララは息をのみ、赤面した。「そう……」

「街に近すぎも遠すぎもしない」マイルズが言葉を継ぐ。「家のなかはゆったりしている。一階が居住スペースで、テラスが広くて、眺めが最高で、暖炉がある。窓をたくさんつけよう。奥におれの部屋を作って、オタクの仕事はそこでやる。二階は広々としたロフトで、円天井で、天窓がついている。アトリエだよ」

「まあ」ララは弱々しい声で言った。「すごい」

「離れもあったほうがいいな。金属加工の作業用に。裏手に窯も設置しよう。陶磁器の作品のために」

「わたしの作品を見たことがあるの？」

「きみのウェブサイトに載っていたのは全部見た。視覚芸術にあまり興味はなかったんだ。専門は音響学だ。だけど、きみの作品は心に訴えるものがあった。いくら見ても見飽きることがなかった。陶磁器の作品が一番好きだな。『ペルセポネーのプライド』とか。『パンドラの箱』もすばらしい。売却済みでなかったら、おれが買っていただろう。生まれて初めてアートに投資していた」

ララは驚き、感動した。「まあ。ありがとう」

マイルズが肩をすくめる。「礼を言う必要はない。本当にすばらしかったんだから」

「それらの作品を作っていた頃、悪の本質をわかっているつもりだった」ララは言った。

「いまはどう思うんだ?」

ララは首を横に振った。「全然わかっていなかった」

「なら、作り替えればいい。おれが注文する」

ララは感動で震え、しまいには笑いだした。「おぞましい作品になるわよ」

「別に怖くない」マイルズが言った。

ララは彼の目を見つめた。「もちろん、そうよね。あなたほど恐れを知らない人に会ったのは初めてよ」

マイルズが困ったような表情をした。「誰にでも長所と短所がある」

「マイルズ」ララは言った。「ねえ、あなたは優しい、すばらしい人よ。勇敢で、魅力的で、特別な人。英雄みたい。防御壁のことも含めて、何度もわたしの命を救ってくれた。もう充分すぎるほどのことをしてくれたわ。あなたは役目を果たしたの。本当にありがとう」

「礼を言うのはやめろと――」

「最後まで聞いて！」ララはいらだった声で言った。「わたしの人生には暗い影が差している。かかわる人すべてを巻き添えに――」

「おれは違う」マイルズがさえぎった。「おれの場合はそれと正反対だ。おれは――」

「巨大な影よ。反対方向に逃げなきゃ。歩かないで、走って逃げて！」

マイルズが物思いに沈んだ様子で黙りこんだ。それから、首を横に振った。「おれは逃げる気なんてない、ララ。きみに惹きつけられているのに、どうしてそんなことができる？　最初からきみに惹かれていた。おれは走り去るどころか、歩み去ることすらできない。てこでも動かないぞ！」

「ごめんなさい」ララはささやくように言った。「わたしもやめられそうにない」

マイルズが眉根を寄せた。「何を？」

ララは両手を打ちあわせた。「あなたに近づくことを。まつわりついて、気を引こうとすることを。あなたの頭のなかに忍びこむことを。わたしを抱いてってせがむことを」

「おれが文句を言ったか?」マイルズが言う。「気に入ってるんだ。頭がおかしくなったんじゃないかと思っていたときでさえ。いまじゃもっと好きになった。せがむ必要なんかない」

ララは両手で顔を隠した。「ああ、どうしよう。わたしのせいであなたまで死んでしまうの? きっとあなたの友達も」

「最高にタフなやつらだ。それから、暗い影ならおれの人生にも差している。同じくらい巨大なやつだ。走って逃げるつもりはない。きみのおかげでおれは強くなれる」

ララは言葉では言い表せない感情に襲われ、胸が締めつけられた。幸せなのに、つらかった。「自分がそんな影響を与えられるのはうれしいけど」ささやくように言う。

「強くなった気はしないわ」

「きみは強い。生き延びたんだ。すごいよ」

ララは激しくかぶりを振った。彼に身をゆだねたあとで引き裂かれてしまうと思うと耐えられないが、そうなる運命だと感じていた。避けることはできない。

「わたしの未来に何が待ち受けているかわからないけど。あまりいいことじゃないのはわかってるわ」

「ひとつだけたしかなことがある」マイルズが言った。

ララは髪を振り払った。「そう？　何？」

「おれがいる」マイルズはそう言うと、ララをベッドに押し倒した。

15

〝おれのものだ〟

そんなふうに感じたのは初めてだった。魂の奥底からわきあがる深い感情を込めてキスをし、愛撫し、抱きしめた。誰にも渡したくない。ララはこの腕のなかにいる。危険だの暗影だののくだらない。来るなら来い。

かかってこい。吹き飛ばしてやる。

ララに覆いかぶさるのは気持ちがよかった。ララがしなやかな脚をマイルズの腰にしっかりと巻きつけ、体を押しつけてくる。息を切らしながら甘いキスを交わし、ララのシャツを引きあげて、裸の胸と胸を重ねあわせた。ヒップをつかんだ手を滑らせて茂みに触れる。割れ目を繰り返し指でさすった。

「洗っちまったんだな」

ララが荒い息をしながら目をしばたたいた。「えっ？　ああ……そうよ。思っていなかったから……またあなたがしたがる――」

「問題ない」マイルズは体を下へずらすと、ラ
ラの脚を大きく広げさせた。「またすぐに濡れる」

あわてたような声がかすかに聞こえた。髪を強く引っ張られるのを感じながら、激しい衝動に支配されていた。〝おれのものだ〟甘酸っぱい愛液を舌で味わった瞬間、その思いが急激に増した。熱く濡れた、やわらかいピンクの割れ目に、女の真髄に溺れた。決して飽き足りることがなかった。もっとほしい。

ララはマイルズの髪を引っ張りながらも、引き離そうとはしなかった。体を震わせ、あえぎながら舌の動きに合わせて腰を突きだしている。マイルズは繊細な部分を舌でくまなく探った。やっとの思いで唇を離すと、ピンクと深紅色のグラデーションの花弁が開いてきらきら輝いているのが見えて、その眺めに頭がぼうっとした。ふくらんだ突起を舌で転がしたあと、吸いあげる。おいしい。

前から口でするのが好きだったし、いやらしくて楽しい行為だと思っていたが、ここまで興奮させられたのは初めてだった。ララはどこもかしこも信じられないほどきれいだ。むさぼるようになめたり、吸ったりしていると、彼女は何度も達し、体をがくがく痙攣させ、あえぎながら快感の波にのまれた。それでもなお、マイルズは唇を

押し当てたまま、至福のときに浸った。彼女の生き生きとした脈動が、彼の全身に伝わってきた。

このうえ、ララが心のなかに入ってきたらどうなってしまうのだろう。

ララはこれ以上ないくらいに濡れていたが、マイルズはこの時間を楽しんでいたのでそのままなめ続けた。彼女の吐息を聞き、震えを感じながら舌で攻め、さらに彼女をいかせた。

やがて口をぬぐうと、ふたたびララに覆いかぶさり、彼女の脚を折り曲げた。とても上品で、きれいだ。どこもかしこも。笑みを浮かべた唇。ぼうっとした優しい目。積極的で、マイルズを受け入れ、信用している。ララが彼の胸に両手を当てたあと、引き寄せた。

〝すごい〟声を出さずにそう言った。

「喜んでもらえてよかった」マイルズは言った。「これからもたくさんするつもりだ。きみはきつすぎる。繊細だし。たくさんなめてあげないと」

「繊細じゃないわ」

「じゃあ、きみに何時間も顔をうずめていられる口実をほかに考えるよ。シャツを脱いで」

マイルズはララがシャツを脱ぐのを手伝ったあと、彼女の体を起こすと、背中の下に枕を積み重ねた。

「見ながらするんだ」

やる気にあふれているマイルズの一物を、ララがさっと見おろした。「わかったわ」つぶやくように言った。

マイルズは屹立したものをララに両手で握らせ、その手に自分の手を重ねた。一緒に手を動かして、先端を割れ目にこすりつける。少しだけなかに入れると、焦らすように押して、引き、舌でなめたときと同じように先端で突起をぐるりとなぞった。また入れて、まわして、引いて。湿った音が響き渡る。彼のものが愛液でぬめり輝いた。ララが身もだえして、もっと奥まで導き入れようとした。

マイルズは彼女をきつく抱きしめた。「先におれのなかに入れ」

頬をピンクに染めたララが、笑い声をあげた。「おかしな感じがするわね。入りにくいわ。あなたが、その……」マイルズの股間を指し示す。マイルズは少しずつ、抗力を感じるまで突き入れた。

「入れ」マイルズはもう一度言った。「愛しあっている最中に入るのに慣れておいたほうがいい」

「そうなの？」ララは息を切らし、体を震わせながら笑っている。「どうして？」

「おれがそうしたいからだ」マイルズは言った。「入れ子みたいだろ。きみがなかに入って。おれもなかに入って。おれをめちゃくちゃにしてくれ」

「あの状態がしっくりくるようになったみたいね」

「いいからやれ」マイルズはぶっきらぼうに言った。「早く」

ララは目を閉じると、やわらかい唇を噛みしめて集中した。

マイルズは必死に自制心を保ち、愛撫しながらさらに奥へ入った。腰をひねって、まわして、突く。ひねって、まわして、突く。ララがうめき声をあげながら腰を浮かせてせがんだが、マイルズは自制したまま、彼女がなかに入ってくるのを待った。

「集中して」ささやくように言った。

「集中しようとしているんだけど、あなたが難しくさせている《メーク・イット・ハーダー》のよ」ララが不平をもらした。

「厳密に言うと、硬くさせている《メーク・イット・ハーダー》のはきみだ」マイルズは言った。「それがきみの仕事だ。おれはやわらかくさせようとしているんだ」

「ふざけないで」ララがあえぎ、身をくねらせ、そして――。

〝ああ〟あの感覚がぱっと生じた。マイルズの心のなかのララの場所が光り輝いている。回を重ねるごとに、ララの動きがすばやくなっていた。マイルズは股間がふくらみ、睾丸《こうがん》がうずき、喉がねじれるのを感じた。胸が熱い。

「ああ」かすれた声でつぶやいた。「それでいい。そこにいろよ。そのまま」

ララが両手をマイルズの胸に置いた。心の準備をするかのように。すると、脳内スクリーンに文字が表示された。

〝さっきと違うわ。あなたの感じが変わった〟

マイルズは突起を親指で愛撫し、さらに突き入りながら返事をした。〝？？〟

〝すごく威圧的〟

〝いやか？〟ゆっくりとまわして、ひねって……勢いよく突いて、彼女をあえがせた。

〝まだわからない〟

〝わかったら教えてくれ〟力を込めて、深々と突き入れた。

ララのなめらかですばらしい、完璧な感触に酔いしれ、一緒に叫び声をあげた。内壁の筋肉が一物に絡みつき、締めつけ、愛撫する。子宮口まで突き入れ、腰を巧みに動かした。内側で光を放っている場所を見つけた。心のつながりがマイルズの意識を強化し、彼の歓びが彼女の歓びとなった。

ゆっくりとした力強いリズムを保つ。ふたりは互いにしがみつき、息を切らしながら、つながっている部分を見ていた。太いさおが滑りこみ、引きだされる。やわらかいひだに愛撫され、濡れて光っていた。

「ほら」ララがささやくように言う。「見るものすべてを支配している」

マイルズは舌を絡みあわせて、むさぼるようなキスをしたあと、顔をあげた。「なんだか傲慢で憎たらしくて偉そうに聞こえるな。おれってそんなにひどいか?」

「まさか。ひどくないわ。それどころか最高よ。わたしはあなたを求めているの。そうでなければ大問題だけど、そうなんだから、そのまま続けて。好きなだけ傲慢に、偉そうにしていいのよ。ああ、すごい……」

ララが背中をそらし、うめきながら新たな快感の波にのまれた。内壁が痙攣し、締めつけてきて、マイルズはものすごい快感を味わった。つられていきそうになったが、すんでのところでこらえた。だめだ。早すぎる。

ゆっくりと、何時間でもいかせてやる。マイルズはそういう思いを主張したかった。

「この感じが気に入ったみたいだな。おれの傲慢さが刺激になるんなら、よしとしよう」

「あなたをそそのかすんじゃなかったわ」ララがささやくように言う。「危険すぎる」

「もう遅い」

止められない。お互いの手を組みあわせ、ララの頭の両脇で押さえつけた。腰を激しく打ちつける。彼女はとても熱く、きつくて、濡れていた。舌を絡みあわせて、甘いキスをする。彼女はほっそりしているのに、しなやかで力強く、彼に合わせて腰を動かした。どんどんリズムが速くなり、切迫していった。

やがて、同時にのぼりつめ、頭が真っ白になった。

いかせるのも、主張するのも、これでおしまいだ。傲慢にふるまうのもここまでだ。ふたたび頭が働くようになると、このうえなく謙虚な気持ちになっていた。へとへとだ。煙を出している部品の山のようだ。ララを楽にさせるため、くるりと転がってあおむけになった。しばらく天井を見つめて力を取り戻すと、勇気を出して彼女の顔を見た。不安と希望を胸に抱きながら。

ララは穏やかで、清々《すがすが》しい顔をしていた。瞳はどこまでも深く、美しい。その謎を永遠に解き明かせなくとも、マイルズは幸福のうちに死ねるだろう。

「大丈夫か?」マイルズはきいた。「おれは、その……」

ララが首を横に振り、ひっそりとほほえんだ。声を出さずに〝ノー〟と言い、投げキッスをした。

まばゆいばかりの笑顔に、マイルズは怯えた。〝おれのものだ〟なんてくだらない。

そんなことはもうどうでもいい。最初からどうでもよかったのだ。マイルズはララのものだ。あんなに傲慢にふるまっておいて、マイルズは彼女のものだった。

マイルズはララを見つめた。不安がドラムロールのごとく忍び寄ってきて、激しいセックスの余韻をかき消した。すでに問題だらけの道を歩んでいる。脳損傷やら生命の危機やら怒り狂っている友人たちやら頭のおかしな怪物どもやら。それらを全部解決しなければならないうえに、いまやどくどくと脈打つ心臓を両手で差しだしていた。〝あのさ……これはきみのじゃないかな〟

なんともすばらしい。

食べ物よりも、空気よりもすばらしい。マイルズに抱きしめられ、熱い体に押しつけられるのはとてもいい気分だ。

彼の生命エネルギーを浴びたかった。しょっぱい肌をなめて、撫でまわしたい。彼を食べてしまいたかった。彼に夢中で、もっと求めていた。

そんなの間違っている。タイミングが悪すぎる。いまのぼろぼろの自分をマイルズに押しつけてはいけない。彼にはもっと健康で、まともな女性がふさわしい。貪欲に求めるだけの壊れた人間――海藻のようにまつわりついて、彼のエネルギーを吸い取ってしまう人間じゃなくて。

マイルズが片肘をついて体を起こし、もう一方の腕を伸ばした。何げない仕草で、彼の背中がはっとするほど美しく波打つ。彼はベッド脇のテーブルに置いてあったケーキの皿をつかむと、脅すようなまなざしでララを見た。「食べろ」

「食べ物のことばかり言うのね」ララは文句を言った。「あとで全部食べるから！勘弁して！」

「だめだ」マイルズはココナッツキャラメルのシロップがたっぷりかかったチョコレートケーキを大きく切り分けてフォークを突き刺すと、ララの顔の前で振って威嚇した。

ララはフォークを受け取り、その塊をふたつに切り分けてひとつ食べた。砂糖の刺激にくらくらする。「甘い」あえぎながら言った。

ふたたびマイルズが、ケーキを刺したフォークを突きだした。

「ちょっと待って」ララはフォークを受け取ると、その先をマイルズに向けた。「ふたりで順番に食べましょう。たくさんあるから」

マイルズは目を細めてにらんだが、ララはフォークを持ったまま待ち続けた。

マイルズがようやくケーキを口に入れた。「うわっ。砂糖の塊だ」

マイルズがララにふた口目を食べさせた。次はララが。そうして、大きなケーキを平らげた。

その頃には、マイルズの顔に欲望が表れていて、ララも興奮してきた。テーブルに皿を置いて、両腕を差しだすと、あっという間にベッドに押し倒され、深いキスが始まった。かすかにキャラメルの味がする。ところが、彼は突然体を起こして、顔をそむけた。

ララは起きあがってきいた。「どうしたの?」

マイルズが首を横に振る。「きみを休ませないと」

「でも、したいわ」

マイルズがはねつけるように片手をあげた。「だめだと言うのも、分別を働かせるのも、冷静になるのも、全部おれの役目みたいだな。きみにそのつもりがないのはわかった。だが、おれがそうしようとしているときに楯《たて》突くな」

「でも、あなたに楯突くのって楽しいのよ。何カ月も楽しいことなんてなかったし」

「そうだな」マイルズが品定めするような目つきでララの体を見まわした。「あとでもっと楽しいことを考えよう。食事をすませて、十時間眠って、もう一度食事をしたあとで」

「厳しいわね」

「ああ、容赦しないぞ」マイルズがベッドから足をおろして、ジーンズをつかんだ。

「こいつをズボンにしまって、鍵をかけておかないと」ボタンをとめると、ポケットからスマートフォンを取りだした。「ちょっと電話をかけてもいいか？」

ララは驚いた。「ええと、もちろん」

「気を紛らす必要がある」マイルズが布団を持ちあげて、ララの裸の体にかけた。

「胸を隠せ。それを見ると頭がぼうっとする。頭が働いていないと、この電話はかけられない」

「誰に電話するの？」ララはきいた。

マイルズが不機嫌そうなまなざしをララに向けた。「母親だ」

ララはびっくりして笑い声をあげた。「冗談でしょ。いま？」

「勘違いしないでくれ。おれはそういう男じゃない」マイルズがむきになって弁解する。「何週間も話してないんだ。突然キャンプに出かけてからずっと。母さんは頭がおかしくなるほど心配している――と、みんなが言っているし、おれも本当に悪いと思っていたんだが、話ができなかったんだ。あの状態では」

「どうしていまなの？」

マイルズが眉根を寄せた。「わからない。どういうわけか、いまならできると思うんだ。できるんなら、絶対にするべきだ。長くはかからないから。怖気づく前にかけたほうがいい」

「そうね、かけて」ララはうながした。「わたしは席を外したほうがいい？　聞かれたくない？」

マイルズはその発言にショックを受けた様子だった。「まさか！　ここはきみの部屋だ。そのままそこにいろ。動いてもだめだ。動いていいのは食べるときだけだぞ」

マイルズが背を向けてタッチパネルをいじり始めた。ララはこの機に乗じて、背中の筋肉と、驚くほど完璧な形をしたお尻に見とれた。

「もしもし」マイルズが不安げな声で話し始めた。「母さん？……ああ、おれだ……ちょっと、母さん、頼むよ、よしてくれ」しばらく耳を澄ましたあとで、口を開いた。「わかってる。ごめん。ショーンから母さんと話したって聞いて、それで……ああ。忙しかったんだ……ああ、わかってる。言い訳じゃない。トラブルに巻きこまれている女性がいて、おれは……ああ、そう言っただろ。その子は……」振り向いてララに笑いかけた。「名前はララだ。芸術家なんだ。ああ……注意が必要だった。もちろん、気をつけたよ」しばらく辛抱強く話を聞いていた。向こうを向いていても、笑っているのがララにはわかった。「ああ、いい子だよ……ああ、かわいい」ララをちらりと見る。「というか、美人だ。もちろん、機会があり次第……まだわからないよ、母さん。何があるかわからないし、おれは……ああ、だけど……」眉をひそめて、電話を耳から話した。「ああ、いるよ。でも、つらい状況から抜けだしたばかりなんだ。いまはそんなことを……だめだ、母さん！　絶対に！」

マイルズが甲高い声で説教するのを、ララは部屋の向こう側で聞いていた。

マイルズが振り向き、うろたえた顔でララを見た。

ララは唇が引きつるのを感じた。「お母さんがわたしと話したがってるの？」

「話す必要なんてない」マイルズが言う。「気にするな」

「お母さんの名前は？」ララは尋ねた。

「ヘレン・ダヴェンポート」

「いい人？」

マイルズが困惑した表情を浮かべた。「もちろん。おれの母親だ」

ララは衝動的に手を差しだした。「久しぶりに優しい女性の声を聞きたいわ。電話を貸して」

マイルズは何も言わずに電話を渡した。

ララは電話を耳に押し当て、その小さくて重い道具が手になじむようななじまないようなどっちつかずの感覚を味わった。「ララです。ミセス・ダヴェンポート?」

「ララ?」年上の女性の声は、涙でゆがんでいた。「こんにちは。無理やり電話に出させてごめんなさいね」

「いいんです」ララは言った。

「涙が止まらないみたい。感情的になっているの。ほら、息子の声を聞いたのは久しぶりだったから」

「当然ですわ」ララは言った。「わたしも今日はかなり感情的になっているんです」

ミセス・ダヴェンポートは明るい口調を装った。「ところで、マイルズから聞いたけど、芸術家なんですってね」

「そうです。彫刻家です」

「すてき! 想像力が豊かなのね。美術学校の学生さんなの?」

「最近は学校へ行っていないんです。とんでもないトラブルに巻きこまれてしまって。マイルズが助けてくれたんです」

「マイルズが?」ミセス・ダヴェンポートの声が鋭くなった。

「そうです。とても勇敢でした」ララは言った。「頭もいいし。すばらしい人です。ご自慢の息子さんですね」

「本当にそうなのよ」ミセス・ダヴェンポートの声がふたたびやわらいだ。

「もう勘弁してくれ」マイルズが怒った口調で言い、ララの手からスマートフォンを奪い取ると、耳に押し当てた。「おれだ。母さん……だめだ！　これ以上彼女と……状況がわかったらすぐに。もう切るよ、母さん。愛してるよ。切るからな？　ああ……もちろんまた電話するよ。ああ。おれも愛してるよ。父さんによろしく。ああ……本当にもう切るからな、母さん。ああ。じゃあまた」

マイルズは手をおろすと、長いため息をついて、ベッドにどさりと腰かけた。「消耗したよ」

「そうね」ララは同意した。

マイルズがベッド脇のテーブルに電話を置いた。「ありがとう」

ララは首を横に振り、ほほえもうとしたが無理だった。

「きみに早く会いたがっていた」マイルズが言う。「きっときみのことを気に入るよ。父さんも」

もう限界だわ。朗らかな普通の世界についていけなかった。

「わたしのお母さんもあなたのことを気に入ったと思う」声がうわずった。

マイルズがはっとこちらを向いた。ララはうつむいた。顔が震えている。いまにも取り乱してしまいそうだった。

「おい、ララ？」マイルズが恐る恐るきく。「大丈夫か？」

「お父さんも」ララは言葉を継いだ。「わたしがデートした相手のことはことごとくけなしたの。みんなお父さんほど頭がよくなかったから。でも、あなただったら文句のつけようがなかったと思うわ。あなたがわたしにしてくれたことを考えれば」

「ララ」マイルズが言う。「ごめん。そんなつもりはなかった――」

「でも、あなたはわたしのお父さんに会うことはない。お母さんにも。ふたりとも死んでしまったから。わたしがつきあう相手を品定めしてくれる人は誰もいなくなってしまった。親の意見に頼ることはできない。ずいぶんシンプルな人生ね」

「ああ、くそっ」マイルズがさっとララの肩に触れた。

ララは体を引いた。「謝らなければならないのはわたしのほうよ。わたしの人生がめちゃくちゃになったのは、あなたのせいじゃないのに。わたしにはもう普通のことができないの。たとえば、そんな電話をかけることもできない。二度と。それで、あなたに嫉妬してるの。おかしいでしょ」声が震えて続かなくなる。深呼吸をして、震えを止めようとした。「あなたはあれだけのことをしてくれたのに。そんなふうに思うなんて最低だわ」

「そんなことない！」マイルズが言う。「好きなように思っていいんだ」

「それはまたずいぶん心が広いこと」ララは言った瞬間に後悔した。皮肉を言うなんて。立ちあがって、バスルームに飛びこんだ。呼びとめる声が聞こえたけれど、ドアをバタンと閉めた。床に座りこみ、苦悩にゆがんだ顔を膝にうずめた。

自分を恥じていた。あんなところにいたから、心が醜くなったのだ。悪に染まってしまった。意地悪で、恨みがましくて、うらぶれている。こんな重荷を誰かに背負わせるわけにはいかない。特に、彼みたいな人には。

バスルームのドアが開いた。鍵をかけるのを忘れていた。長いあいだ、ドアの開け閉めを決める自由を奪われていたから。あるいは、追ってきてほしかっただけかもしれない。

マイルズも冷たいタイルの上に座りこんで、あぐらをかいた。そして、あたたかい手をララの肩に置いた。

「ごめんなさい」ララはささやくように言った。「あなたに当たったりして。壊れ物みたいに扱わないでと言っておいて。あなたは何も悪くないわ」

「おれがばかだった」マイルズが言う。「自分のことしか考えていなかった」

「お母さんのことを考えたんでしょう」ララははなをすすりあげた。「それはすばらしいことよ。感心するわ。本当に。ただ、急につらくなっちゃって。両親に何があったかは考えないようにしていたんだけど……」首を横に振る。「痛みを恐れていたの、わたしのお父さんは。頭痛がするだけでもパニックになっていた。怖がりだったのよ。見た目からは想像もつかないんだけど。自信にあふれた成功した教授で、頭がよくてハンサムで、人気者で。でも実は臆病で、心配性だった。それなのにそんな……」硬いタイルに両のこぶしを思いきり打ちつけた。指の節が傷つこうとかまわなかった。痛みは屈折した形で役に立つ。

マイルズがララのこぶしをつかんで押さえつけた。「あの日のお父さんは、勇敢だった。おれに言わせれば、お父さんはスーパーマンだ」

ララは勇気を出して、マイルズをちらりと見あげた。「どうして？　あなたになんでそんなことがわかるの？」

マイルズが黙りこんだ。慎重に言葉を選んでいる。自分の言ったことが原因となって、ララが完全に正気を失うのを恐れているのだ。

「お父さんは、お母さんから手紙をもらっていた」マイルズがおもむろに話し始めた。

「マチルダから聞いたんだ。きみを助けに行くつもりで、待ち合わせの場所と日時が書かれていた。おれはお父さんを発見したとき、デンバー行きのチケットも見つけた。お父さんは待ち合わせ場所に行くつもりだったんだ。やつらはお父さんを拷問したが、手紙のことは知らなかった。お父さんが言わなかったからだよ、ララ」

ララは口をぽかんと開けたまま、マイルズを見つめた。「ああ」

ララの握りしめた両のこぶしをマイルズが唇に持っていき、順にキスをした。「愛がきみを強くしてくれる」

そこで張りつめた心の糸が切れた。どうしようもなかった。

マイルズがララを引き寄せて膝にのせ、激情がおさまるまで力強い腕で抱きしめてくれた。ララは穏やかな気持ちになり、ぐったりした。

部屋は寒かった。ララが震えているのに気づくと、マイルズはララを引っ張って立ちあがらせた。それから、シャワーの栓をひねり、ジーンズを脱ぎ捨てた。

ララは熱いシャワーを浴びた。シャワーの下に引き入れられた。ふたりは手をつなぎ、見つめあいながらシャワーを浴びた。湯気がガラスを曇らせる。時空を超えた場所で、泡に包まれてふわふわ浮かんでいるみたいだった。

マイルズはとても優しい。長くて濃いまつげに湯が絡まり、ぼさぼさに伸びた髪からしずくがしたたっている。その目にむきだしの感情が表れていた。ララは両手を彼の胸に押し当て、湯の流れをせきとめた。湯は腹部を流れ落ち、ふくらんだ股間のまわりを流れた。

その屹立したものを衝動的につかんでさすった。マイルズがあえぎながら体を震わせる。ララは突然、切望に駆られた。彼女と同じくらい弱い人間だと、彼に思わせたかった。

彼の首に抱きつき、片脚を太腿に巻きつけて、股間を押しつけあった。「抱いて」マイルズは眉根を寄せ、首を横に振った。「ララ、おれは――」

「いいから抱いて！　そうしたいの！　あなたがほしいのよ！」

マイルズは何やらつぶやいたあと、ララのヒップをつかんで持ちあげた。ララは脚を大きく開き、彼の肘に膝をかけた体勢で、タイルの壁に押しつけられた。さっきの名残でまだ濡れていたから、マイルズは一気に奥まで貫いた。ララは彼の肩をつかみ、完璧な摩擦の感覚にすすり泣いた。涙がシャワーの湯とまじりあい、流れ落ちた。

彼に身をまかせるのは最高だった。たくましい体にただしがみついて、こすれあう感触を味わっているだけでいい。ゆっくりと突かれるたびに歓びが押し寄せ、体がとろけていった。

今度は、マイルズは要求する必要がなかった。ララは見つめられただけで、何をすべきかはっきりとわかった。ほとんど無意識のうちに自らを解き放ち、踊りながら壁を通り抜けて、美しい安全な場所に入る。そこはまばゆいばかりに輝くすばらしい世界で、中と外の、夢とうつつの区別がつかなかった。

もっとも甘美でリアルなのは、ララのなかに打ちこまれる、マイルズの力強い体だ。とても生々しくて、強烈で、どこまでも正しく思えた。

マイルズが精を解き放った直後にララものぼりつめ、快感の波に身をゆだねた。息を切らしながら、どちらも体を離そうとしなかった。このまま永遠に、彼にしがみついていたかった。

16

マイルズはぐったりしているララをそっと床におろした。恥ずかしくて顔をまともに見られなかった。美しすぎて、目が痛くなる。濡れた豊かな髪が肩に張りつき、まつげも濡れてもつれていた。

なんとはなしにシャワージェルを手に取ると、泡でララの体をさすり始めた。一生そうしていられる気がした。特に脚のあいだに手を滑りこませたときは。石鹸で奥までこすると、ララは吐息をもらし、身もだえして、指を締めつけた。なめらかでやわらかい感触に、股間が硬くなる。あれほど激しく愛しあったばかりだというのに。

シャワーを止めると、ララの体をタオルで拭いてから、抱きあげて寝室に運んだ。軽すぎる。食べさせないと。しつこく勧め続けるつもりだった。たぶん一生。

ベッドに横たえ、濡れた髪を持ちあげると、タオルで何度も水気を絞り取ってから、枕の上に広げた。彼女のすべてを、過去をひとつ残らず知りたかった。彼女を傷つけたやつらを全員懲らしめてやりたい。彼女に夢中だった。完全にとりこになっていた。

ララの顎の下まで布団を引きあげたあとで、自分の体を拭いた。ふたたびジーンズをはき、シャツを羽織る。また笑われるはめになるかもしれないから、ボタンはとめなかった。「眠るといい」マイルズは言った。「おれは下の様子を見てくる」

ララがはにかんだ笑みを浮かべた。感情が読み取れない。マイルズの気持ちをわかっているのだろうか。ララがシタデル王国にいてくれると、マイルズはうれしいのだと。ものすごく興奮するのだと。

たとえ正気を失っているとしても。

マイルズは階段を駆けおりた。キッチンは後片づけもすんでいて、人けがなかった。アーロが外の車の近くにいて、携帯電話で話している。デイビーがテラスに座りこんで、銃を組みたてていた。

マイルズはテラスに出た。冷たい風が濡れた髪にひんやりし、ボタンをとめていないシャツがはだけた。デイビーがさっとこちらを見ると、視線を据えた。

マイルズはその目をまっすぐ見返した。どうにでもなれ。さっきと同じことをしただけだし、謝るつもりはない。なんとでも言えばいい。

デイビーが目を細めてにらんだ。「それで?」

「ものにした」マイルズは言った。

デイビーが表情をこわばらせた。それから、目をそらして景色を眺めるふりをした。笑いをこらえているのだ。

こらえきれず、にやりとした。「そうか。そういうことなら、幸運を祈る」

「運が必要になりそうだ」

デイビーは組みたて終えた拳銃を、ジーンズの内側のホルスターにしまった。「なかに入ろう」

「どうして？」

「冷蔵庫にビールが入っているからだ。乾杯しよう」

マイルズはデイビーのあとについて家のなかに戻った。「酒を飲むのか？　いま？〝油断は死を招く〟んじゃなかったか？」

「黙れ。二時間も女とベッドでいちゃついたあとに、エイモン・マクラウドの言葉を引用する気か？」

デイビーの言うとおりだ。マイルズは引きさがり、デイビーが二本のビール瓶の栓を抜くのを見守った。ふたりは瓶を触れあわせてから飲み始めた。

感覚が拡張していても、口のなかに入れたものの味に圧倒されずに受け入れられるようになった。ビールはきりりとした飲み口で、最高にうまかった。

アーロが入ってきて、顔をしかめた。「飲んでるのか？　どうしようもないな」

「うるさい、おまえも飲め」デイビーが勧めた。

アーロはデイビーが差しだしたビールを受け取った。「ニーナと話した。エディとタムと一緒に明日来るそうだ。ララにひと晩ゆっくりやすんでもらいたいから、明日まで待つようみんなに言ったんだ」目を細めてマイルズをにらむ。「やすめるといいんだが」

マイルズはにらみ返した。「来てくれるのはうれしい」冷静な口調で言う。「ララはニーナに会えたら喜ぶだろう。彼女の親しい人がそばにいたほうがいい」

「おまえがいるだろ」アーロが言う。「おまえのほうが親しい」

マイルズはほほえみ、瓶を持ちあげて乾杯してから、またひと口飲んだ。大量の複雑な感覚情報が、頭のなかで高速処理された。

くそっ。ビールひとつ普通に飲めない。自動的に微量分析してしまう。体内の糖やアルコールの漸進的な変化を感じ取れた。知覚が変わり、筋肉が弛緩《しかん》し、防御力が低下する。

ビールを楽しむ気持ちはすっかり消え去った。いったい何をやっているんだ？　仕事帰りの普通の男みたいに、ビールを飲むなんて。くつろいでいる場合か？　能力が低下したら、ララを守れない。

マイルズは汗をかいている瓶を見つめた。マクラウド兄弟もアーロもとんでもなくタフだが、グリーヴズにはかなわない。すでに証明済みだ。認めたくはないが、厳然たる事実だ。

すべてはマイルズ次第だ。彼にかかっている。〝ものにした〟などとよくも言えたものだ。躁状態のどあほだ。いまとなっては揺るぎない自信ではなく、傲慢さの表れに思える。彼女をものにしてどうする？　くり抜いたかぼちゃに入れておくか？　心の防御壁だけでは、グリーヴズと戦えない。相手がグリーヴズでは、銃は役に立たない。マイルズの能力は、どれも本質的に防御に役立つものだ。

それにマイルズはいま、色ぼけしている。

グリーヴズを始末しない限り、ララを守れない。ただ生きるだけなら可能かもしれないが、生活はできないだろう。彼女は何を楽しみに生きればいい？　出来合いのもので食事をすませ、安宿や貸家のたわんだベッドで眠り、かすかな物音にも驚いて跳びあがり、びくびくと背後を振り返ってばかりいる緊張と恐怖に満ちた逃亡生活のなかで。仕事も芸術活動もできず、友人も家族も子どももいない——そんなの人生とは呼べない。何も築きあげることはできず、未来への希望も、安らぎもない。ただマイルズだけが、期待に満ちた猟犬のごとく、必要とされるのを喜んでつき従っている。

ララが愛想を尽かすまで。

彼女を自由にする方法を見つけよう。見つけなければならない。愛想を尽かされないために。

カウンターに瓶を叩きつけるように置いた。飲みたい気持ちは消え失せた。探るような目で見てくるデイビーに向かって言った。「油断は死を招く」

デイビーは物知り顔でうなずいた。「はいはい」

「おれも見張りをやるよ。みんなどこにいるんだ？」

「おまえは彼女を守れ」デイビーが言う。「心の防御壁とやらで。いまのところ、それが最善策だ。おれたちにはできないことだから」

理にかなった意見に思えるが、マイルズは自分が論理的に思考できているかどうか自信がなかった。ララの裸体に抱きつくことだけを望んでいるから、そう思ったのかもしれない。

まともじゃない。以前と変わらず頭がおかしいのに加えて、突然、精力絶倫になった。たしかに、前からセックスは好きだったし、浮気したシンディに捨てられてから一年以上ごぶさただったから、たまっていたのかもしれない。

それにしても、いまのこの気持ちは、シンディに抱いていた青くさい恋慕の情とは桁違いに強かった。

夢のせいかもしれない。山にいた数週間、ララがマイルズの頭のなかを訪れているあいだに脳に刻みこまれ、機会があればとにかく彼女とセックスするようプログラムされたのだ。ほかのことと同様に、制御できないのだろう。遠心分離機のなかで暮らしているようなものだ。

眠っているかもしれないので、ノックせずにララの部屋のドアを開けた。華奢な彼女を覆う白い羽毛布団はほとんどふくらんでいなかった。音をたてずにドアを閉めようとしたのだが、ラッチがカチリと鳴って、ララがぱっと飛び起きた。

マイルズはぎょっとした。ララは顔にかかるもつれた髪の下から、目を見開いてこちらを見つめていた。マイルズを見ているが、その目に彼は映っていない。彼女の乱れた速い鼓動が聞こえた。

フラッシュバックを起こしたか、悪夢を見ていたのかもしれない。マイルズはララを怖がらせてしまうのが心配で動けなかった。彼女の目になんらかの感情がよぎった。

それから、まぶたがまたたいた。

「大丈夫か？」マイルズは思いきってきいた。

ララは両手で顔を覆うと、激しくかぶりを振った。

マイルズはまだ近づくのをためらっていた。「悪い夢を見たか？」

ララがふたたび首を横に振った。「トリップよ」ささやくように言う。「眠りに落ちた瞬間に始まったの。渦に吸いこまれた」

「渦？」マイルズは思わずきき返したあと、口をつぐんで話の続きを待った。

ララがうなずいた。「トリップするとき、そんな感じがするの。別次元に吸いこまれるような。どうしよう、これからもしょっちゅう、突然、こうなるの？　スーパーでレジに並んでいるときに代替現実を見始めるとか？　結局、また狭い部屋に閉じこめられてしまうかもしれない」

「それはない！」マイルズは自分が宣言すればそのとおりになるとばかりに、激しい口調で言った。「きみはそんなことにはならない」

ララは無言でうなずいた。

マイルズはララを抱きしめたくてしかたがなかった。だが自身のフラッシュバックの経験から、彼女が触れられるのに耐えられないであろうことを理解できた。「震えているぞ。何が見えたんだ？」

ララが身震いした。「いつものふたつの幻覚。大嫌いな。注射されたときにほぼ毎回見ていたの。それが薬を打たれなくても見えるようになった。滅亡と災害よ」

マイルズは不安が込みあげたが、彼女ひとりに背負わせるつもりはなかった。「なんだ?」

「ひとつは、繰り返し見る悪夢に似ているわ」ララがおもむろに話し始めた。「公園があって、植物が生い茂っていて、そこにいる人たちは物憂げでうつろな感じがするの。ときどき歩道で人が倒れるんだけど、そのそばのベンチに座っているふたりの人は虚空を見つめている。倒れた人を見ようともしない。芝生に横たわっている人もいて、生きているのか死んでいるのかわからない。あちこちにゴミが転がっているの。それから、窓から外を見ている女の人がいて、その後ろのベビーベッドで赤ちゃんが泣いているんだけど、女の人には聞こえないのよ。何を意味しているのかさっぱりわからないわ」

マイルズも身震いした。「気味が悪いな」

「でしょう。それから、いつもと同じ爆弾も見た。東京の電車の駅がテロリストに攻撃されて、四百七十八人が死亡するの。それを見るたびに、警察に知らせるようフーとアナベルに頼んだんだけど、無視されたわ」

「とんでもない話だ」マイルズは静かに言った。

ララが彼を見あげた。唇が白くなるほど嚙みしめている。「爆破事件があったの？」

「おれの聞いた限りではない」マイルズは言った。「おれはしばらく山にいたけど、そんなに大きな事件なら誰かが話題に出したはずだ。ちょっと調べてみる」誰かが車から出して、寝室のドアの外に置いておいてくれたバッグから、パソコンとルーターを取りだした。そして、〝爆弾、テロリスト、東京〟で検索した。関連する最近のニュースは見当たらず、首を横に振った。

ララの興奮した顔を見て、マイルズはどういうわけか怯えた。「今日は何月何日、マイルズ？」ララが震える声できいた。

マイルズはパソコンを見て答えた。

「大変」ララがささやくように言った。「これから起きるんだわ。あるとき、デジタル時計が見えたの。七日と表示されていた。夕方のラッシュアワーよ」

「明日だ」マイルズは胃を締めつけられるような恐怖を感じた。

「でも、時差があるわ！　向こうはもう七日よ！　マイルズ、まだ事件が起きていないのなら、止められるわ！　爆発する前に誰かに知らせられる！」

「ああ、だけど誰に知らせるんだ？　なんて言う？」

ララの目は興奮のあまり輝いていた。「警察よ！　爆弾の詰まった大きな緑のダッフルバッグが、東京駅に午後五時に到着する電車の網棚に置かれているの。でもまだ時間はあるわ。ああ、どうしよう、マイルズ」

ララはアーロが買ってくれたプリペイド式の携帯電話をつかむと、途方に暮れた様子でじっと見つめた。まるで使い方を忘れてしまったかのように。

マイルズは反対できなかったが、破滅が迫っているような感じがした。

「誰に電話するんだ？」マイルズはきいた。「警察か？　日本語を話せるのか？」

ララの興奮が不安に取って代わった。「いいえ。ヨーロッパの言語なら何カ国語か話せるけど、アジアは全然。あなたは？」

マイルズはかぶりを振った。

「英語を話せる人が誰かいるはずよ」ララが言う。

「警察は情報源をきいてくる。簡単には信じてもらえないだろう。言葉の壁がなかったとしても」

「でも、誰かに教えなきゃ！」

マイルズは両手をあげた。「そのとおりだ」冷静に言う。「やめろとは言っていない。簡単ではないと言っただけだ。きみの立場では信じてもらうのは難しい」

ララは身をかがめて両のこぶしを口に押し当て、目を固く閉じて考えこんだ。「そうだわ、彼に言えばいい。ニューヨークのハイスクールで一緒だったの。いまはシアトルでオンライン雑誌のアートディレクターをやっているんだけど、京都で生まれ育ったの。彼に電話してもらえばいい。彼が助けてくれるわ」

「その人の電話番号を知っているのか？」マイルズはきいた。「いま電話をかけるのか？　もう夜遅いぞ」

「そうよ」ララが電話番号を入力し始めた。

マイルズは恐怖が込みあげた。セキュリティの観点から考えると、この電話はかけるべきではない。説得力のある理由をいくらでも並べたてられる。とはいえ、足のつかないプリペイド式の携帯電話だし、明日にはここを出発する。マイルズの思いどおりになるのならすぐにでも。

電話をかけるなとは言えなかった。これはララにとって、不幸を少しでもいいことに変える手っ取り早い方法だ。彼女が経験した苦痛や狂気を、いくらか意味のあるものにできる。正義のために、明るいもののために戦うのだ。それを止めることはできなかった。

それでもどういうわけか、ものすごく怖かった。

「もしもし、ケイ？……ララよ……ええ、わかってる。ええ……いつか話すから。いまは無理なの。トラブルに巻きこまれているのよ。でも大丈夫。それより……だめよ、ケイ。わたしの話を聞いて。お願いがあるの。東京の警察に連絡して。東京駅で爆破事件が起こるのよ。午後五時着の電車に爆弾がのっているの。誰かが止めなければ、今日、その時間に爆発する。警察に……ごめんなさい、それはできないの、でも……どうして知ってるかなんてどうでもいいでしょう。肝心なのは、わたしが知っているってことよ！……何百人もの命がかかってるのよ、ケイ！……そうよ！　匿名の垂れ込みということにしておいて……わたしがこんな悪ふざけをすると思ってるの？……お願いだからわたしの言うとおりにして、必ず……ありがとう。ええ、わたしがすべての責任を……そうよ。ええ。ありがとう……それから――」

「ララ」マイルズは割って入った。

「ちょっと待って、ケイ」ララがマイルズを見あげた。「何？」

「警察に通報したら、すぐに町を離れるよう言え」マイルズは言った。「身を隠すようにと。念のため」

ララははっとし、目を見開いてマイルズを見つめた。

「大変。彼の身に危険が及ぶと思っているのね？」

「いいから言え、ララ」

「ええと、ケイ、わたしの友達が、あなたは通報したあと、しばらく町を離れたほうがいいって言うの」ララがためらいがちに言った。「本当にごめんなさい。あなたを危険なことに巻きこんでしまって。あなたに迷惑はかけたくないんだけど——」

電話の向こうからまくしたてる声がかすかに聞こえてきた。ララは口に手を当て、黙って聞いていた。「ええ、わかったわ」ささやくように言う。「ごめんなさい……ええ、ありがとう。約束するわ……できるだけ早く」

ララが電話を切った。「電話してくれるそうよ。わたしがおかしくなったと思っているみたいだけど、念のためやってくれるって。ケイはやっぱりいい人だわ」

ケイ。ララが六カ月監禁されたあとでさえ、携帯電話の番号をそらで覚えていた相手。「そのケイって男と」マイルズはきいた。「つきあっていたのか?」

ララが驚いて笑った。「テロ事件の話をしているのに、そんなことが気になるの?」

マイルズは肩をすくめた。「浅はかな男なんだ」

ララの体が震えだした。一瞬、泣いているのかと思ってぞっとしたが、声を出さずに笑っているのだと気づいた。「そうね」ララが声を詰まらせながら言う。「浅はかだわ。でも知りたいのなら、教えてあげる。そうよ。つきあっていたわ。少しのあいだ」そっとうつむいた。「だめになってしまったけど、いまも友達でいるの」

「だめになった？」マイルズは頭が真っ白になり、彼女を見つめた。どこからどう見てもララには似つかわしくない言葉だ。美しい瞳。すばらしい胸。きれいな巻き毛。すらりとした脚。彼女は完璧だ。彼女のすべてがトラクタービーム（宇宙船などの物体を引き寄せられるエネルギーのビーム）のごとくマイルズを引きつける。彼女の香りで頭が混乱する。

「だめになったってどんなふうに？」マイルズは問いつめた。

ララが漠然と手を振る。「とにかく、だめになったの。理由がわかっていたら、あんなに早くは別れなかったかもしれない」

「きみと別れたがる男がいるなんて信じられない」言ったあとで、ストーカーみたいに気味の悪い発言だと気づいた。だがもう取り消せない。

歯を食いしばり、弁解したくなる気持ちを抑えこんで、彼女の反応を待った。

ララは恥ずかしそうに目をそらした。「わたしは、その……男の人にここまで強く思われたのは初めてよ」

「慣れてくれ」マイルズは言った。

ララがマイルズの目を見た。意味深長な沈黙が流れる。ふたりの呼吸が同調した。

彼女の香りがマイルズの頭をぼんやりさせ、彼を引きつけた。

マイルズはベッドに近づいていき、ララを見おろした。ララは彼の体に視線を走らせながら、咳払いをした。

「ケイはゲイなの」ララが言った。「最終学年のときにカミングアウトしたのよ。いまはフランツっていうダンサーの恋人がいるわ。北欧の神タイプで、ムキムキなの」

マイルズはゆっくりと息を吐きだした。「そういうわけか」

「言っておくけど、あなたがだめになった理由を知りたがるから話したのよ」

「ありがとう。感謝するよ。頭がこんがらかりそうだった」マイルズは言った。ララが明らかに笑いをこらえているので、あえて言った。「よかった。ふたりの幸運を祈ろう。いいぞ、ケイとフランツ。思いきり楽しめ」

ララが両手で顔を覆って笑いだした。「こんなときに笑っているなんて信じられない」ささやくように言った。

「おれは好きだ」マイルズは言った。「笑っているときのきみが好きだ」

ララが彼の胸を締めつけるような表情を見せた。「ありがとう。そう言ってくれて。本当に……うれしいわ」

マイルズはあやうく泣きだしそうになったが、それだけは避けたかったので、つらい仕事に取りかかることにした。しくじる前に、感動的な瞬間にハンマーを打ちおろすのだ。

「ケイは苦しい立場に置かれるかもしれない」マイルズは言った。「今後、警察は彼を徹底的にマークするだろう。海の向こう側からでも」

悲しいことに、ララの顔から笑みが消えた。「わかってるわ」ララが言う。「申し訳ないと思ってる。わたしがどうにか――」

「だめだ」マイルズは言った。「いまはおとなしくしていてくれ。きみは逃げなきゃならないんだ。彼を助けることはできない」

ララが唇を引き結んだ。「わかってるわ。ケイには本当に悪いと思ってる。でもこれで、何百人もの命が助かるのよ」

「もし本当に爆弾があるならな」マイルズは言ったあとで後悔した。

ララの目がきらりと光った。「わたしが嘘をついていると思ってるの?」

「まさか」マイルズはあわてて言った。「ただ、きみは半年も監禁されていて、強力な薬を大量に無理やり投与されていたから」

「そういうこと。わたしの頭がおかしいと思っているのね」

「違う、ララ」マイルズはベッドに腰かけた。「きみはすばらしい人だと思っている。自分が恥ずかしくなるよ。きみはあんな目に遭ったのに、大勢の見知らぬ人を助けようと必死になっている。それに比べたらおれは、自己中心的で情けないばか野郎だ。ちっぽけな自分のことしか考えていない」

「そんなにたいしたことじゃないわ」ララは自分に言い聞かせるように言った。「バッグを探してもらうだけだもの。もし爆弾がなかったとしても、少し時間が無駄になるだけのこと。ちょっと迷惑をかけるだけ。爆破予告のいたずらですむ。リスクを冒す価値はあるわ。絶対に」

「きみの言うとおりにするよ」マイルズはララの手を取って引き寄せた。「きみが世界を救う。おれはきみの従者にでも小間使にでもなるから」

「やめてよ」ララがむっとした。「おだてられるのは好きじゃないわ」

マイルズは指の節に順にキスをした。マイルズの胸を打った。「崇《あが》められるのはどうだ?」

ララがさっと手を引き、マイルズの胸を打った。マイルズは反射的にその手をつかむと、そのまま胸に押しつけた。

ララの鼓動が速まるのがわかった。彼女のてのひらが押し当てられた胸が熱くなる。まるで胸のなかの何かが変化し、広がっていくかのように、やわらかくなった。

感情がどんどん高ぶっていく。あと少しで欲望に屈し、彼女をベッドに押し倒してしまいそうだった。彼女の脚を広げさせ、甘い花をまさぐって潤してから、忘我の境地をひたすら目指したい。彼女も同じ気持ちでいるのがわかった。バラ色の唇は開かれ、乳首がつんと尖《とが》り、見開かれた目が輝いている。最高だ。

マイルズは歯を食いしばって、目をそらした。地獄から逃げだしてきたばかりの女の子が、激しいセックスを三回した。これ以上は絶対にだめだ。

テーブルの上に置かれたままの料理の皿が目にとまった。マイルズはそれを手に取って言った。「あれから何時間か経った。そろそろどうだ?」

ララが自信なげに皿を見つめた。「ライスと野菜なら」しぶしぶ応じる。「いまはお肉はちょっと重すぎるわ」

「なんでもいい。食べてくれるんなら」

ララが食べる姿を見守っていると、マイルズも腹が満たされる気がした。ララが食べ終えたあと、彼女が拒否したステーキを勧められて平らげた。勃起した股間には気づかないふりをして服を脱ぎ、ララの隣に横たわると、布団を彼女の顎まで引きあげた。

明かりを消すと、不穏な暗闇がふたりに重くのしかかった。ふいに、マイルズはララが暗い場所に閉じこめられていたことを思いだした。考えなしのばか野郎だ。

「しまった、ララ、ごめん」マイルズは手探りで明かりのスイッチを探した。「明かりをつけたまま寝よう。もしきみが――」

「大丈夫よ」ララがマイルズを引き戻した。「あなたと一緒なら。あなたがいれば光は必要ない」

マイルズは胸が高鳴り、目がかすんだ。彼女を抱きしめると、驚いた。とても心地よくて、やわらかい。それなのに、力強い。

ララの頬を胸に押しつけ、脚を彼の脚に巻きつかせた。

ララは恐る恐るマイルズの腹を撫でおろすと、屹立したものに触れた。愛《め》でるように愛撫しながらきく。「このままで眠れるの?」

「眠れるようにならないと」マイルズは沈んだ声で言った。「そうでなきゃ、睡眠不足になるだろう。この先一生」

「まあ」ララが一物を包みこんで握りしめた。

マイルズは彼女の手を引きはがした。「やめろ。ブタみたいな真似をしないよう必死に耐えてるんだから、邪魔するな」

「あなたはブタとは似ても似つかないわ」

「ハッ」マイルズはつぶやいた。「本当にうぶだな」ララの手を自分の胸に当てて押さえつけた。「眠ろう」

一瞬の間が空いたあと、ララが言った。「眠るのが怖いの。また渦に吸いこまれると思うと。トリップしたら、そこであいつに見つかるわ」

マイルズは思案し、デイビーが言ったことを思いだした。実に望ましくすばらしい解決策だ。「なかに入れよ。おれのなかで眠れ」

ララが肘をついて体を起こした。「本気？」

「別にいいだろ？　すでにおかしなことだらけだ」

「でも、あなたはどうするの？」

マイルズは少し考えてから答えた。「おれは起きている」

「だめよ！」ララが反対する。「あなたもやすまないと。きっと眠っていても効果はあるわ。この数週間、わたしはシタデル王国に隠れて、あなたに守ってもらった。そのとき、あなたは眠っていたんでしょう？」

「ああ、だけどおれは、意識を保っていたいんだ。やつがきみを狙っているときに、眠るのは間違ってる気がする」

「でも、いつかは眠らないと」ララが言う。「そうしないと、倒れてしまうわ。あなたは熟睡しているあいだにアナベルを遮断できた。毎回。あなたの防御壁が破られることはないわ」

「わかった」マイルズは半信半疑だったが、同意した。「やってみよう。きみがそうしたいなら」

ララがマイルズの胸毛をゆっくりと、誘惑するように撫でた。「問題は、わたしがシタデル王国にいるときに眠れるかどうかよ」

「どうして眠れないと思うんだ?」マイルズはきいた。

ララは少しためらってから答えた。「ほら、わたしにとってシタデル王国は、とても官能的な場所だったから。あそこへ行くたびに、王様が現れて、抱きかかえられて――」

「押し倒されたんだろ。知ってるよ。おれもそこにいたから」

「すばらしかったわ」ララが安心させるように言う。「薬が切れて、引きずり戻されるのが本当にいやだった。壁を通り抜けるときのダンスは、前戯みたいだったわ。すべてがセックスで輝いていた。あれが唯一のいいことで、それにしがみついて生き延びたのよ」

「勘弁してくれ」マイルズはうろたえてつぶやいた。

「本当よ。大げさに言っているわけじゃないわ」ララが言う。「わたしにとってあそこはそういう場所だったの。自分がセックスに関して、あれほど豊かな想像力を持っているなんて思いもしなかった。でも、そうじゃなかったのよね。あれはわたしじゃなくて、あなたが生みだしたものだった」

「ええと……」マイルズは顔がほてるのを感じた。「ごめん」

「謝らないで。わたしが言いたいのは、シタデル王国へ行ったら、どうなっても知らないわよってこと」

マイルズは間抜けな笑みを浮かべながら、真っ暗な天井を見つめた。「おれを脅しているのか?」

ララが胸にもたれかかってきた。暗闇のなかでも、彼女のモナリザ・スマイルがはっきり見えた。

「怖い?」ララがきく。

「ものすごく」マイルズは正直に言った。

ララが彼の頬に手を当てて、キスをした。

マイルズの心臓が破裂したような感覚があり、閃光が走って、ふたりははっとした。だが次の瞬間には甘いキスに溺れ、相手をもっと感じたくて、もっと知りたくて、どんどん激しくなっていった。マイルズはララの心の奥にもぐりこみたかった。やわらかい唇から、光を、熱を、生命を吸収したかった。なんてこった。いますぐやめないと……。

マイルズはやっとの思いで唇を離し、あえぎながら息をした。「だめだ」欲望で声がかすれている。

ララが体をこわばらせたあと、離れようとしたが、マイルズはしっかりと抱きしめて離さなかった。「だめだ。ここにいろ。おれの腕のなかに。心のなかに。それできみが興奮したってかまわない。勝手にしろ。ただ、安全な場所で眠ってくれ。おれにちょっかいを出すな。もうたくさんだ」

「さもないと、どうするの？」ララがいらだった口調できいた。「ご主人様」

マイルズは笑った。「そうだな、きみにたっぷり食べさせて、傷を治して、どこか安全な場所を見つけて、きみの問題を解決して、そのあとで、きみの性奴隷になるよ。いつでも、どこでも、なんでもやってやる。それまでは、おれはきみの命を守ることに集中する。そのためには充分な睡眠をとる必要がある。わかったか？」

一瞬の間が空いたあと、ララが言った。「書面にしてほしいわ」

「えっ？」

「性奴隷の件よ。書面にして」

マイルズは頬が痛くなるほど満面に笑みを浮かべた。「公正証書を作成するよ。さあ、なかに入って」

ララが身をすり寄せてきて、ほっそりした脚を彼の脚のあいだに入れた。彼女がじっとして、完全に集中しているのが伝わってくる。そして――そこにいた。ララの場所がぱっと輝いた。

とてつもなく親密な触れ合いに、マイルズは新たな欲望に駆られたが、必死にブレーキをかけた。

ララはなかなか寝入らなかったが、やがてようやく呼吸が規則正しく、緩やかになっていった。ララの鮮明な光の点が、ぼんやりと拡散した光に変化した。とても美しい光だった。幸福の光のようだ。幸福の完璧なかけら。恐怖と危険の荒れ地に囲まれたなかにある、理想のオアシス。

マイルズは何時間ものあいだ、暗い天井をじっと見つめていた。胸にかかるなめらかな巻き毛をそっと撫でながら。暗闇のなかで怪物を待ち受けながら、彼女の安らかな寝息に耳を傾けた。

ひとつひとつの呼吸が、勝利の証《あかし》だった。

17

〝太陽の光があたたかい。ララは芝生に寝そべっていて、芳しくやわらかい草が風に吹かれて、頬をくすぐった。この草原は、シタデル王国でララが気に入っている場所のひとつだ。王国ではいくつもの部屋や風景が絶えず移動している。天気は、物憂げでゴージャスな王の変わりやすい気分次第で変化する。

その王を、彼女は息を凝らして待っていた。

空き地を取り囲む木立のあいだから彼が現れた。長身でたくましく、長い黒髪を風になびかせている。決意のこもった、燃えるように輝く黒い目は、ララを見据えている。彼女だけを見ていた。

彼が近づいてくる。ララは押しつぶされた芝生から立ちあがった。白いドレスが風にひるがえり、脚に張りついて、体の線があらわになった。

ララは自分が露骨な誘いをかけているのも知らぬ間に、彼に捕まった。彼は切羽詰まった様子で、何も言わずにドレスの身頃を引きおろして胸をむきだしにした。ララは彼に抱きしめられながら、腕を袖から抜こうと身をくねらせた。キスをされ、両手で素肌を熱っぽく撫でまわされて、震えながら吐息をもらした。

彼の舌が口のなかをまさぐる。ララがまだドレスを脱ぐのに手こずっていると、彼がスカートを引きあげ、何も着ていない下半身を見て、喉の奥からうめき声をもらした。脚のあいだに手を滑りこませ、優しく愛撫する。ララは濡れて、とろけていった。

彼が姿を現す前から、彼がほしくてたまらなかった。

やっとのことで袖から腕を抜くと、彼のキスに、巧みな愛撫に身をまかせた。高ぶったものがおなかに押し当てられる。

ひざまずいて、ズボンのボタンを探した。熱くて太いものを握り、なめて、もてあそびたい。屹立したものが跳びだすと、両手でつかんで、根元から先端までさすりあげた。なめらかな先端に舌をぐるりと這わせる。情熱を込めてなめまわした。

彼がララの頭をつかんで引き寄せる。ララは喉の奥まで受け入れた。彼のものがぱんぱんにふくれあがるまで舌を動かしていると、突然、彼がうめき声をあげながら体を引き、ララをひっくり返して、芝生に四つん這いにさせた。スカートがまくりあげられる。ララは彼を迎え入れようと、背中をそらした。

けれども、彼は時間をかけた。先端で焦らすように入り口を愛撫する。ぐるりと滑らせたり、少しだけ入れたり、割れ目をこすったり、震えているなめらかなひだを隅々まで愛撫した。ぐるりと滑らせて、こする。念入りに。自信たっぷりに。腰をまわして焦らす。

ララはわれを忘れ、腰を突きだしてせがんだ。

ようやく彼が入ってきた。ゆっくりと。硬くて太いものが彼女を押し広げ、感じる場所をことごとく刺激した。突かれ、かきまわされるたびに彼女の形が変化し――

ララは目を覚ました。真っ暗で、自分がどこにいるのかわからなかった。体が震えている。歓びに脈打っている。逃すまいと締めつけている――。

彼を。なんてこと。マイルズがララの背中にぴったりとくっついて、後ろから深々と突き入ったまま眠っていた。

ララは驚きのあまり叫び声をあげた。マイルズが目を覚まし、はっと息をのんだ。

「なんてこった。ララ、おれは――」

「お願い」ララはあえぎながら言った。

マイルズが体を引こうとする。「ごめん。そんなつもりは――」

「だめ！」ララは腰を突きだして、ふたたび彼を迎え入れた。「出ていかないで！

お願い！」

マイルズは一瞬、混乱して体をこわばらせたあと、喉の奥から言葉にならない声をもらした。そして、寝返りを打つと、夢のなかと同じようにララを四つん這いにさせた。

ララは手足を踏ん張った。マイルズが腰を動かし始め、奥深くの芯をなまめかしく突いた。その場所が光を放ち、ふくらんで熟して――。

彼女の奥底で、熱と光と色が弾け飛んだ。

マイルズはララと同時に自らを解き放つと、彼女の上に倒れこんだ。ふたりの体に震えが走った。

しばらく経ってから、マイルズがララを抱えたまま寝返りを打ち、横向きになった。

彼女のなかから出ていこうとしなかった。また硬くなっている。ララのおなかに手を押し当ててしっかりと引き寄せた。息がまだ荒かった。

「どうしてこうなったのかわからない」マイルズが言う。「ぐっすり眠っていたんだ。たわごとにしか聞こえないだろうが、おれは神に誓って――」

「だから言ったでしょう」ララはさえぎった。

マイルズが笑った。つながった場所から振動が伝わってきた。「コントロールの仕方がわからない。とにかく、夢のなかでは。妙な気分だ」

「何？ 何をコントロールするの？」

マイルズが少しためらってから答えた。「態度だよ。傲慢な領主みたいだ。きみの服をはぎ取って、地面に突き飛ばして、後ろからやるなんて。おれたちの夢のなかでのセックスはいつもそんな感じだ。自分がそんな男だとは知らなかった」

「大丈夫よ」ララは言った。「あれは〝やる〟とかそういうんじゃないわ。夢のなかでも、外でも。違うから」

「どうかな」マイルズが自信なげに言った。

ララはマイルズのほうを向いた。真っ暗なのに、彼の姿が見えるかのように。「わたしがいったのがわかった？」

マイルズはおもむろに答えた。「ああ」

「ああ」ララはおうむ返しに言って強調した。「わたしを歓ばせたのよ」

「そうだな。よかった。ありがたい。少なくともその点だけは」

「そうじゃなくて。素直に受け入れて。あなたの態度は傲慢じゃないわ。あれは、自分が歓迎されていることを確信している男性の態度よ。恋人を信頼していて、恋人が望んでいることを知っている男性の」

まだ空気が張りつめていた。

「そりゃすごい」一瞬の間のあと、マイルズが言った。「とにかく、夢のなかの話だな。現実ではそんな自信はどこへ行ったら買えるんだ？」

ララは暗闇のなか、手探りで彼の手を取り、自分の頬に当てた。てのひらにキスをする。「買わなくていいわ。わたしがあげるから。ただで」

マイルズの笑顔がシタデル王国を照らしだすのを感じ、体が内側からあたたまった。なかに入ったままの彼のものがさらに奥へと滑りこんだ。

「くそっ」マイルズがつぶやく。「興奮させないでくれ」

「無理よ」ララは言った。「教えて、マイルズ。自分がものすごくセクシーだってことに気づかないなんてことがありうるの？」

マイルズが鼻を鳴らした。「勘弁してくれ。お世辞はいらない――」

「黙って」ララはぴしゃりと言った。「あのすてきな超能力とか、華々しい英雄的行為とかを抜きにして、根本的な、外見だけで夢中にさせてしまう魅力のことを言っているのよ」

マイルズはしばらく無言で胸のふくらみを愛撫したあと、慎重に言った。「そう言ってくれてありがとう」

信じていないのは明らかだった。

ララは身をよじっていったん体を離し、彼に馬乗りになった。手を伸ばして明かりをつけると、寒くないよう自分の肩に布団をかけてから、硬くなったものを握って目で命じた。「入れて。早く」

マイルズは笑いながらも屹立したものを持って、そっとなかに入れた。ララが腰を落とすと、彼は背中をそらして、鋭く息を吸いこんだ。

「ああ」マイルズがヒップをがっしりつかんだ。「ひりひりしてるだろ。おれは動かない。一ミリたりとも。わかったか？　それでいいか？」

ララは両手を彼の胸に置いた。髪が彼の体に垂れかかった。「なかに入ってほしかっただけ」

「それならよかった」マイルズが言う。「好きなだけ入れていていいが、動かないからな」

ララがほほえむと、マイルズは息をのみ、まぶしそうな目つきをした。「本当にきれいだ。その布団が女神のマントみたいに見える。きみがおれの上にのってるなんて信じられない」

「信じて」ララは言った。「わたしも信じなきゃ。わたしも同じように感じてるのよ。

あなたが現実に存在するなんてまだ信じられない」

マイルズが両手で胸のふくらみを包みこんでそっと持ちあげた。触れあうすべての箇所が祝福を受け、歓びに輝いた。「おれはシンディっていう女性とつきあっていたんだ。何年も。それで……」不安げに目を細める。「こんな話をしてもいいのかな。そのー、きみのなかに入っているときに、ほかの女の話をしても平気か？」

「あなたと話をするのは好きよ」ララは言った。「シタデル王国での夢のセックスよりもさらに好きなことのひとつ」

「本当に？」マイルズの目が好奇心で輝いた。「どうして？」

「あなたは夢のなかでは話さなかったから」ララは言った。「あなたはいつも……えっと、目的に集中していたから。続けて。なんでも話してちょうだい。シンディっていう女性とつきあっていたのね？」

マイルズが笑みを浮かべた。「ああ、そうだ。コナーの奥さんのエリンの妹なんだ。おれは長いあいだ彼女に片思いしていた。大学のときからずっと。ようやくつきあえたときは、天にものぼる気持ちだった。彼女が浮気するまでは。そのあとも、何度も裏切られた」

「まあ」ララは顔をしかめた。「ひどいわ」

「彼女は泣いて謝って、おれのことを本当に愛してるから二度としないとかなんとか言うんだが、結局また浮気するんだ」マイルズは首を横に振りながら物思いにふけった。「どうしておれじゃだめなんだろうと、ずっと悩んでいた。どんなに努力してもだめだった。頭がおかしくなりそうだった」

ララは彼の胸をさすりながら、話の続きを待った。

「だけど、ようやく気づいたんだ。これは冗談のようなものだ、答えのないパズルのようなものだって。彼女はおれが追いかけるのをやめたときだけ、おれのことを本気で求めるんだ。そっけなくふるまっても無駄だ。気のないふりをしても意味はない。彼女はなぜか見抜くんだ」

ララはうなずいた。「そういう関係ってあるわよね」

「とにかく、原因はおれじゃないと思う」マイルズが言う。「彼女の問題なんだ。彼女の自分に対する感情の問題だ。彼女は自分を嫌っているんだ。自尊心がない。どれだけ愛を与えてもその穴は埋められない」

ララは身震いした。「つらいわね」ささやくように言う。アナベルのことが頭をよぎった。彼女も自分を嫌っていた。ララも何カ月も監禁され、暗闇のなか、怯えながら怪物たちと過ごした結果、自己嫌悪に陥った。「彼女がかわいそう。あなたも」

「同情を求めているわけじゃない」マイルズが言う。「ただ、声に出しながら考えているだけだ。ようやくあるがままに見られるようになった。きみと比較することで。きみはまるで違う。あんな目に遭ったのに、なんていうか、堂々としている。威厳がある。女神みたいだ」

ララは決まり悪くて、身じろぎした。「やめてちょうだい。今度はあなたが誇張しているわ」

「本当のことだ」マイルズが言葉を継ぐ。「きみとのセックスが最高なのはたしかだが、それだけじゃない。自分の価値を知っている人と一緒にいるっていうのが、まるで違うんだ。自分が歓迎されていると男に確信させられるのは、そういう女性だけだ。きみのことだよ、ララ。それってものすごくセクシーで、たまらないんだ」

ララは硬い胸にキスをした。「わたしを理想化しないで。いまは自分がちっぽけな人間に思えるの。あまり価値を感じられない。女神になれなんて言わないで」

「いいや」マイルズがララのウエストに両手をまわし、うっとりした目で体を眺めた。「きみは威厳があって、献身的で、勇敢だ。さらに聡明で、芸術の才能もある。とても魅力的だってことはもう言ったっけ？」

「お願いだからもうやめて」今度はララが困ってしまった。不安だった。彼が頭のなかで高邁《こうまい》なララ・カークを作りあげたあとで、真実の姿を知ってがっかりするのが怖かった。ララは暗闇のなか、ひとりきりで何時間も本当の自分と向きあった。それは美しいものではなかった。自分でも受け入れたくないのに、誰かに認めてもらうなどもってのほかだ。

「きみの彫刻の、『ペルセポネーのプライド』みたいだ」マイルズがなおも言う。「壺《つぼ》の穴をのぞきこむとペルセポネーが見える。暗いところに閉じこめられているのに、威厳がある。ナイフの刃みたいにまっすぐ立っていて、ひと筋の光が顔に差している。おれはあの作品が好きなんだ。彼女は王女で、それは何があっても変わらない。ハーデースが夢中になったのも無理はない」

ララは布団をしっかりとかきあわせた。「ペルセポネーを引き合いに出すのはやめて。ハーデースのもとに戻らなければならなかったんだから」

マイルズがぱっと体を起こして、ララを抱きしめた。「きみはあいつのもとには戻らない。おれがそうさせない」

ララはマイルズの胸にもたれかかって、心を落ち着かせようとした。「そう言ってくれてありがとう」

「本気だ」マイルズが強い口調で言う。「死んでも阻止する」

ララはぞっとした。「やめて」弱々しい声を出す。「絶対に死んでほしくないの。だから、そんなことは言わないで。考えないで。お願いだから」

「全力を尽くすよ」マイルズは言った。「約束する」

すてきな約束だった。心からの誠意がこもっていた。それに、マイルズの全力がどういうものか、ララはこの目で見たのだ。ものすごかった。超人的だった。だがそれでも、不安は静まらなかった。

サディアス・グリーヴズの全力がどういうものかもこの目で見たから。

それに立ち向かう準備はできていないが、選択の余地はない。マイルズの胸に顔をうずめ、脚を腰に巻きつけた。さっと心を解き放ち、安全で明るいシタデル王国を目指す。次の瞬間、彼のなかに入っていた。

世界で一番安全な場所。それでも、ララの心は守れない。

なんてこと。これは大変なことだ。ララはもはや死を恐れていなかった。ネズミの巣で過ごしたあとでは、孤独も、飢えも、痛みも、狂気でさえ怖くない。何もかもどうでもよくなる寸前までいったのだ。自身の肉体のほかに、失うものは何もなかった。愛する人たちは皆死んでしまった。もう何も怖くなかった。

それなのに、失いたくない新たなものを、突然手に入れてしまった。

どこまでも完璧なものを。

グリーヴズは窓辺に立ち、必死に我慢していた。激しい怒りに駆られていたが、こいつの心を押しつぶしたとしてもなんの得にもならない。ジェフに怒りを表したときのことを思いだした。自制心を失った結果、どうなったかを。破滅が待っていた。

〝落ち着け。この間抜けを殺すな〟

「やつがどんな言葉遣いをしていたか教えろ」グリーヴズはフーに言った。「ララの部屋の様子を録音していなかったことがいまだに信じられない。なんでまたスイッチを切ったんだか。最初から話せ」

フーのどんよりと濁り、血走った目を見た。しおれた花のごとくうなだれている。グリーヴズはすばやく心を操って、フーの背骨をぐいっと伸ばした。

フーがめそめそ泣きだした。殴られて、誰だかわからないほど顔が変形している。折れた腕がぶらりと垂れさがり、手は腫れあがって紫色になっていた。

「ジェイソン」グリーヴズは優しく言った。「しっかりしろ。もう一度最初から説明してくれ。そうしたら、鎮痛剤をのませてやってもいい」

「はい。ええと……タイヤがパンクしました。山のなかで」フーがとぎれとぎれに話し始めた。「タイヤを交換するために車を止めました。おそらくそのあいだに、トランクに入りこまれたのだと思います。どうしてあの男の気配に気づかなかったのかわかりません。大男で、少なくとも二百センチ――」

「身長は百九十五センチだ。ララの部屋の映像から判断すると」グリーヴズは言った。「話を誇張するな。なんの役にも立たない」

「はい。それで、やつは言ったんです……やつは――」

「訛りはあったか？」グリーヴズはうながした。「東海岸か？　中西部か？　北西部か？　カリフォルニア？　ニューヨーク？　それとも南部か？　外国か？」記憶に蓄積された侵入者の発話を聞こうとしたが、フーの脳は聴覚印象を保持しやすいように配線されてはいなかった。

「訛りには気づかなかったので、西海岸だと思います」

「思います」グリーヴズはおうむ返しに言った。「きみを雇ったのは当て推量をさせるためではないぞ、ジェイソン」

「申し訳ございません。わたしは――」

「それで、駐車場で、その男はきみの頭に銃を突きつけた。それから？」

フーはつかえながら、自身のみじめな失敗、敗北、そして背信行為について、もう一度話し始めた。侵入者がガレージの車のタイヤをすべて切り裂いて、警備室をめちゃくちゃにしたくだりに入ると、哀れっぽい口調になった。警告を発する機会など一度たりともなかったと言いたげに。

臆病で役立たずのゴミだ。

それでも、グリーヴズは何度も注意深く聞いて、新たな質問につながるような情報の断片を探し求めた。テレパシーでフーの脳を三回かきまわした。重要なのに、愚かなフーが見逃しているかもしれない細かいことを探りだすために。

「やつはものすごく強かった」フーが鼻からブクブクと音をたてた。

見るに堪えない。グリーヴズはサイドボードへコーヒーを注ぎに行ったあと、フーの痰《たん》が絡んだ呼吸の音を聞かずにすむよう、コンピュータのスクリーンに映しだされているニュース番組の音量をあげた。

スクリーン上のオレゴンの地図をじっと見て、盗人《ぬすっと》たちが通ったかもしれない道路や脇道を心のなかで重ねあわせた。

やつらはテレパシーの見張りをどうやって通過したのだろう。道路のすべての出口に見張りを配置したのに。グリーヴズの能力の範囲は広大だが、半径八キロメートル以上になると、テレパシーで捜索することはできない。

「……ララのpsi-maxの幻覚に」フーのいくらかしっかりした声が、耳に飛びこんできた。

「いまなんと言った？」グリーヴズはフーに視線を向けた。

フーはニュースの画面を見つめていた。「テロ事件です。東京の。ララが爆弾のことを通報したに違いありません。毎回、わたしとアナベルにその話をしていました。通報するよう頼まれたんです」

グリーヴズはいらだって首を横に振った。「通報だと？」怒鳴るようにきく。「いったいなんの話だ？」

フーが顎でスクリーンを示した。「爆弾ですよ。東京の電車の駅の。爆発する前に見つかったようです。ララはずっと、その事件を幻覚で見ていたんです。爆発していたら、東京駅がえぐり取られていたでしょう」

〝……匿名の情報によって〟魅力的なアジア人女性のニュースキャスターが言った。〝本日、電車内で爆発物の入ったダッフルバッグが発見されました。犯人に関する情報はまだ入ってきていません。捜査が進められています。驚くべきことに、何千人とは言わないまでも、何百人もの命がこれによって救われ――〟

グリーヴズは音量を下げてから、フーに向き直った。「つまり、テロリストが東京駅の爆破を企てているのをきみとアナベルは知っていながら、何もしなかったと言うのかね？」

フーが困惑した表情を浮かべた。「しかし、その……当初は、ララの幻覚がたしかなものかどうかわかりませんでしたし……それに、ボスのために機密を守らなければならないので、われわれは――」

「高度な訓練を受けたふたりの才能ある人間が力を合わせても、東京の警察に爆弾について安全に通報する方法も思いつかなかったのか？」

フーが口をぱくぱくさせた。「あの……その――」

「黙れ」グリーヴズは片手をあげた。「もう何も話すことはない。きみはわたしの使命をわかっていない。人類の健康や幸福を気にかけていないのだ。きみは自己中心的で愚鈍な心のない人間だ。そんな部下はいらない」

部屋の向こう側にいるフーががっくりし、息が乱れるのを、グリーヴズは強化された感覚で感じ取った。哀れな男が目をあげる。死を覚悟しているのが、テレパシーを使わずとも読み取れた。

手間が省けてよかった。

「ボス」フーが疲れきった声ながらも、きっぱりと言った。「お願いですから教えてください。侵入者はデータベースを書き換えたと言っていました。スキサメトニウムに関する情報です。わたしの妻の手術の。妻について何かご存じではありませんか?」

「つまり、きみの言う人食い巨人の脅迫どおりに、彼女が悪性高熱症で死んだかどうか知りたいんだな? 答えはノーだ。そいつははったりをかけたんだよ。きみよりも優しい心と良心を持ちあわせた人物のようだな。きみは不条理な爆破事件によって何百人もの命が失われても平気なのだから」

フーが安堵し、体の力が抜けた。頬を涙が伝う。「妻は……手術は——」

「成功したかって? もちろんだ。きみの妻はいまも集中治療室にいる。わたしの聞いたところによると、全体的に見て回復しているようだ。かわいそうに、きみを呼んでいるらしい。やれやれ、まったく、泣くんじゃない」

「ありがとうございます」フーがとぎれとぎれに言った。

「黙れ」グリーヴズは鋭い声を出した。「きみの人食い巨人と違って、わたしははったりを言わないぞ、フー。きみが大事にしているのは妻だけのようだから、きみにふさわしい罰はひとつしかない」

フーが首を横に振った。「まさか」狂ったように首を振り続ける。「だめです。お願いですから妻を傷つけるのはやめてください」

「心配するな、フー」グリーヴズはほほえんだ。「向こうで彼女に会える」

「しかし、わたしは……」フーの声が途切れ、あえいだ。

だが、それ以上呼吸できなかった。グリーヴズはフーが息を吐きだしたところをとらえ、横隔膜がさがるのを阻止した。

とはいえ、窒息死させるまでには長い時間がかかるし、昼食の直前に長時間見たい眺めではない。そこで、心臓を締めつけて止めた。超感覚的知覚で、フーの臓器が機能し続けようと努力するのを感じながら、さらに締めつけた。

フーの顔が苦悶《くもん》にゆがむ。椅子から転げ落ちて、床に大の字に倒れた。体の痙攣が緩やかになり、やがて静止した。

グリーヴズは死体に近寄ると、うんざりしながら見おろした。靴のつま先で顔をつつく。見開かれた目の血管が破れてまだらになっていた。なんの気配も、精神活動の痕跡も感じ取れない。苦しげな呼吸も心臓の拍動も。

コンピュータのミュートボタンを押して、絶え間なくしゃべり続けるニュースキャスターの声を消すと、手首のインターコムのボタンを押した。「レヴィン」

「はい」レヴィンが応答した。

「東京の警察に誰がいたかな？」

「お調べいたします」

「急いでくれ」愚かな女だ。あれほど能力を強化したのに、収賄者の名簿を頭に入れておくことすらできないとは。

だが、グリーヴズの心理状態を考えれば本人にとっては幸運なことに、レヴィンは効率的に情報を検索し、一分も経たないうちに答えを見つけた。

「東京にはタナダ警部補がいます」

「彼に電話しろ。ただちに」

「かしこまりました」

グリーヴズはフーから少し離れた。死体の腸が弛緩し、部屋に悪臭が広がっていた。

「それから、清掃スタッフをよこしてくれ」

「かしこまりました」

グリーヴズは悪臭をかき消すために、それほど飲みたくもないコーヒーを口にした。自分の取った行動を思い返した。彼は高い水準を保つため、自分にも部下にも厳しく、妥協しない。とはいえ、フーの死刑を執行する前に、妻に危害を加えると言って苦しめたのは、意地が悪かった。彼女は生かしておいてもいい。セキュリティのために心を探ったあとで。問題がなければ。

しかし、思い知らされた。世界をよりよいものにするというのは報われない仕事だ。その仕事がうまくいったのを知っているのは自分だけで、なんの見返りもない。

やれやれ。これほど努力して、これほどの重圧を抱えているのだから、ときどき癇癪を起こす権利くらいあるはずだ。

18

「うるせえ、ばか野郎」ジョン・エスポージトは山道のヘアピンカーブを曲がりながら、振り返って言った。痛む膝をさする。仕事中、いつもはこれほど怒りっぽくないのだが、今日の標的の間抜けな恋人、フランツが予想外に健闘したため、もう若くはないと思い知らされたのだ。取っ組みあっているあいだに、膝を思いきり蹴られた。もちろん、ジョンはフランツが太刀打ちできる相手ではない。痛みにも動じない。痛みを感じても、仕事中は気にならないのだ。

とはいえ、仕事が終われば話は別だ。猿ぐつわ越しに泣きわめいているくそったれを後部座席に乗せて、シアトルから二時間、車を走らせ続けたいまでは、我慢できなくなっていた。

フランツがようやく吐いたケイの隠れ場所が間違っていようものなら、目にもの見せてやる。大きな仕事だった。手っ取り早く片づければ、莫大《ばくだい》な報酬がもらえる。依頼主は昼下がりまでに結果が出ることを望んでいる。うまくいかなければ報酬はなしだ。さらに、頭に銃弾を撃ちこむという暗黙の脅迫を受けている。剣を取る者は皆、剣で滅びる。どうにでもなれだ。

しかし、今日死ぬのはジョンではなく、いまいましいテコンドー使いの泣き虫フランツだ。目的地に到着した。都合よく孤立している。ケイの上司の別荘であることを考えれば、あまりいい隠れ家とは言えないが。しかもその場所をおしゃべりの恋人に教えたとなれば。

ジョンはマスクをつけてから長い私道を走り、車を止めた。ロッジ風の魅力的な山荘で、大きな窓から山を見晴らせる。防犯カメラは見当たらなかった。車から降りて、念のためにマスクをつけたまま、プランAで行くことに決めた。

物音は聞こえなかった。木立のざわめきだけが聞こえる。ケイは家のなかで身をすくめ、窓から外をのぞいていた。途方に暮れて。

ジョンは丈夫なゴム手袋をはめた。後部座席のドアを開けると、ダクトテープで縛りつけたフランツを引きずり降ろして、コンクリートの道路に投げだした。口からテープをはぎ取り、ぬるぬるした小さなボールをほじくりだすと、あとでまた使うためにポケットに突っこんだ。

フランツがせわしく呼吸した。ジョンは服の襟をつかんで、首筋に銃口を押しつけた。「やつを呼べ」

「えっ？　誰を？」フランツは酸欠で頭が混乱し、紫色になっていた。

「ケイに決まってるだろ、どあほ。さっさとしろ」ジョンはフランツの睾丸をきつく握りしめた。膝を蹴られた仕返しだ。

フランツは悲鳴をあげ、言われたとおり恋人の名前を叫んだ。

二十秒後、ケイが戸口に姿を現した。それを見たジョンはにやりとした。朝飯前だ。ケイはつやつやかな髪を長く伸ばした、女々しいアジア人だった。目をぎょろつかせながら、女の子みたいな手で包丁を握りしめている。やれやれ。

「フランツに何をした？」ケイの声は甲高く、震えていた。

「まだ何も」ジョンはケイに近づいていった。「邪魔するよ」

ケイがぎこちない手つきで包丁を振りまわした。だがジョンはひらりとかわし、ケイの腕をつかんでねじった。包丁は地面に落ちて跳ね返った。ジョンは会心の一撃を浴びせてケイを気絶させると、引きずって家に入った。

準備を整えるには力と工夫が必要だった。まず、ケイの手足を椅子にしっかりと縛りつけた。その椅子は大きな梁《はり》がすぐ目の前に見える位置に置いた。その梁から錬鉄製の中世風シャンデリアがぶらさがっている。これは役に立つ。

それから、絹の輪縄をシャンデリアにかけて、フランツをスツールの上に立たせると、首を輪に入れさせた。当然、フランツは抵抗したので、ケイの耳を切り落とすふりをして従わせた。そして、服を切り取って丸裸にし、ふたたびダクトテープで口をふさいだ。

そのとき、ケイが目を覚ましてわめきだした。

フランツに危害を加えなくとも、結果は得られた。ケイがなんでも話すつもりなのは明らかだったが、フランツにとっては残念なことに、たいしたことは知らないようだった。昨日の夜遅く、何カ月も行方不明だったララ・カークから電話がかかってきた。爆弾が仕かけられていることを東京の警察に通報するよう頼まれ、言われたとおりにした。彼女の電話番号はスマートフォンに残っている。それだけの話を、ケイは必死に繰り返した。

ジョンはケイのスマートフォンを探しだした。たしかにララ・カークの番号は残っていた。だが、彼女の居場所は知らないと言う。それが本当かどうか、念入りに確かめた。フランツに多大な犠牲を払わせて。

これまでの尋問の経験からすると、ケイが嘘をついていないのは明白だった。これ以上何もききだせないだろう。

掃除の時間だ。

適切な指紋とDNAが適切な場所に残るよう、細心の注意を払った。ケイの上司はショックを受けるだろう。悲鳴や銃声を聞きつける隣人がいないのは都合がよかった。

ケイが落とした包丁をきれいにして、しまった。慎重に行動した。チェスの勝負のように、ひとつひとつの動きが考え抜かれたものだった。ミスを犯さないのがジョンの信条だ。毎回、仕事の前に体を念入りに洗い、髪の毛と体毛を剃り落とし、ラバーウェアを着る。自らの痕跡をみじんも残さない。

ケイの車に過激なSM雑誌を何冊かばらまいた。ケイのアパートメントにも同じような雑誌と、乱暴なゲイのポルノサイトがブックマークされた中古の小型ノートパソコンを置いてきた。これで、フランツの体に残った索条痕の説明がつく。

後片づけがすむと、仲介人に連絡した。

「何がわかった？」仲介役の女が強い口調できいた。

「携帯電話の電話番号」

「それだけ？　居場所を知りたいのよ！　時間がないの！」

「彼女は電話してきたとき、居場所は言わなかったそうだ」ジョンは言った。「そっちで電話番号から居場所を突きとめられるだろ。おれより早く。おれは頼まれたことをした。報酬をもらうぞ」

「電話番号を教えて」女が不平がましく言う。「その男のスマートフォンをポートランドの住所に宅配便で送ってちょうだい。すぐに」

「了解」ジョンは電話番号を読みあげた。

「ケイ・ヤマダの状態は？」女がきいた。

「死んだ」ジョンは答えた。「恋人とSMごっこをしていて、首を絞めたら行きすぎて殺してしまった。自責の念に駆られて拳銃自殺したんだ。真実の愛だよ。泣かせるね」

「ふん」女は不満げに鼻を鳴らした。「ニュースになるんじゃない。シンプルに行方不明事件にすればよかったのに」

「きみたちは殺しを頼んだだけじゃなく、情報をほしがった」ジョンは歯を食いしばって言った。「その情報をききだすために、面倒なことになった。それに説明をつけなきゃならない」

女はしばらく言葉を濁していたが、ようやく報酬額を伝えてから電話を切った。

その金額の大きさに、膝の痛みも消えた。

持て余すほどのエネルギーがわいてきて、すでにケイとフランツを始末してしまったことを残念に思った。お祝いのセックスの相手なら女のほうがいいが。

ジョンは柔軟な精神の持ち主だった。

マイルズが目を開けたとき、ブラインドの隙間から太陽の光が差しこんでいた。頭が混乱した。自分が何者かもわからなかった。明るい部屋で、あたたかいベッドに寝ていて、頭痛もしなければ、体がこわばってもいない。そして腕のなかに、やわらかくて芳しい天使がいた。

驚きだ。これは現実だ。彼女は現実に存在する。なんてこった。ぶったまげた。

ララが寝返りを打ってマイルズのほうを向いた。まばたきしながら目を開ける。その目には大胆さと恥じらいが同時に見て取れた。マイルズは五感が甘く刺激され、突然、心の奥底が開いたような感覚を抱いた。両腕を大きく広げるように。

喜びが全身を駆け抜け、気づいたらきつく抱きあっていた。激しいキスをしながら。例のごとくその先に進みそうになるのをすんでのところでこらえると、ベッド脇のテーブルに置いてあったスマートフォンを手に取って時間を確認した。「しまった。午後二時半を過ぎている」

ララがさっと顔をあげた。「えっ、本当に？　ええと、十四時間も眠っていたの？」

「きみにはその必要があった」マイルズは言った。「自分に驚いただけだ。ここ何カ月も、一度に数時間以上は眠れなかったんだ。きみはまだ……」マイルズは心のなかの、いまではララのものと考えるようになった場所に注意を向けた。秘密の接点に。ああ、いた。マイルズはそのまぶしい光を浴びた。喜びの源泉。それが頭痛を撃退したのかもしれない。ララ・カークとの心の融合が、良薬となった。

ララがほほえみ、起きあがって、布団が肩から落ちた。おいおい。それはだめだ。

〝まだなかにいるわ〟脳内スクリーンに文字が表示された。〝心配しないで〟

マイルズはうれしくて笑い、返事をした。〝すごいな。レム睡眠中でも機能した。こっちのほうが安全だからそのままいろよ〟

〝喜んで。言われなくてもそうするわ〟

〝絶対に出るな〟

〝惑わされちゃう〟

〝誘惑してるのはそっちだろ？　頼むからシャツを着てくれ〟

ララが笑った。かすれた低い声がとてもセクシーだ。マイルズは自制心をかき集めて、彼女を押し倒しそうになるのをこらえた。

命が危険にさらされているというのに、一日の半分以上が過ぎてしまった。早く決断して、行動しなければならない。おまけに、一階で手厳しい連中が、時計をちらちら見ながら待ちわびている。

ふたりが身支度をすませたときには、三時を過ぎていた。体調がいいから下へおりるとララは言い張ったが、階段をおりて、キッチンへ入っていくあいだに顔が赤くなっていた。

アーロが買ってきた青緑色のパイル地のトレーナーとジーンズ、紫色のハイカットスニーカーを身につけたララは魅力的だった。髪はまだ濡れていて、頬と唇がピンクに染まっている。とてもきれいだ。

いつものごとく仏頂面をしたアーロがいた。ショーンがララを見たあと、マイルズを横目で見てうなずいた。「彼女は元気そうだ。顔色がよくなった。朝食は？」

「もらうよ」マイルズは心から言った。

ほかのみんなからはかたくなに無視されたが、次から次へと料理が出てきた。ふわふわのスクランブルエッグ、ソーセージ、ローズマリーのホームフライ、イングリッシュマフィン、フレッシュオレンジジュース、コーヒー。ショーンはテーブルの席に着いたララの前に皿を置くと、ジゴロのように魅力的で、執事のように恭しいお決まりの態度で給仕をし、彼女に食べるよう勧めた。

誰もマイルズには勧めてくれなかったし、皿もフォークも持ってきてくれなかった。ショーンは料理ののった大皿をテーブルに置きっ放しにして、ララにかかりっきりになっている。マイルズはこそこそキッチンを歩きまわって、自分の分の食器を探した。まだみんな怒っている。テーブルの下で残飯を食べさせられないだけでも御の字だ。だが気分を害されることはなかった。気球に乗って浮遊しているような気分だ。その気球とは、マイルズの心のなかのララのやわらかな光だ。

ほかの連中はララの様子を調べるために、用件をでっちあげてやってきては、彼女が食べるのを見守っている。ララは昨夜よりも食が進むようで、オレンジジュースは飲み干していた。進歩している。

マイルズは自分の食事に取りかかった。皿に卵を盛る。タンパク質をとらないと。ポテトだ。やった。オレンジジュースをがぶ飲みし、柑橘《かんきつ》類の液糖のエクスタシーに酔いしれた。コーヒーをひと口飲むと、カップをすぐに置いた。すでにアドレナリンがみなぎっていて、カフェインは必要ないとわかった。

これほど食べ物をうまいと感じたことはない。

三皿目を食べ終えたところで、ようやくペースが落ちた。卵とポテトを平らげ、皿の上の最後のイングリッシュマフィンに目をつけたところで、全員にじっと見られているのに気づいた。ララは笑いをこらえている。「人が食べるところを初めて見たのか？」

「なんだ？」マイルズは強い口調できいた。

コナーが咳払いをした。「そんなんじゃない」

ふいに遠くからかすかな音が聞こえてきて、マイルズは跳びあがった。それを見たほかのみんながすばやく銃を抜いた。マイルズは窓辺に駆け寄って、カーテンを引いた。グロックは二階に置いてきた。自分のばかさ加減を呪っていると、遠くの木立の合間から車がちらりと見えた。

マイルズは止めていた息を吐きだした。「タムの車だ。彼女が運転している。ニーナが助手席に、エディが後部座席に乗っている」

「ここから車の音が聞こえるのか？　見えるのか？」アーロが窓の外を見てむっとした。「なんとなく見えるが、タムの車だとはわからない」

マイルズは安堵のあまり膝の力が抜けた。朝食の直後に死闘を繰り広げずにすんだ。頼むから時間をくれ。あの卑劣な野郎とふたたび対戦する前に、ララを安全な場所に避難させる時間がほしかった。

「ニーナ？　ニーナが来たの？」ララの声を聞いて、マイルズは物思いから覚めた。

「いま私道に入ってきた」マイルズは言った。

マイルズが呼びとめる間もなく、ララがドアから飛びだし、家の前の芝生を突っきって私道の大きなカーブに向かって駆けていった。戸外のどんよりした大空の下、ララは丸見えで、簡単にさらえる。スナイパーに狙われる。マイルズはわけのわからないパニックに襲われ、あわてて彼女を追いかけた。

タムの車がカーブを曲がり、停車した。助手席のドアが開き、ニーナが飛びおりてララに駆け寄った。

ふたりは固く抱擁しあった。

タムとエディも降りてきて、ふたりから少し離れたところに立った。ふたりは泣いていた。彼女たちが落ち着くまで、マイルズはおとなしく待った。ここは彼の出る幕ではない。それにしても、泣きながらのおしゃべりは長引いた。マイルズは研ぎ澄まされた聴覚で盗み聞きしてしまわないように努めた。

聞けるときに聞かないようにするのは至難の業だ。

異常に長い時間が経過し、マイルズはそわそわし始めた。戸外で、四方に開けている。ずらりと並んで感動の場面を見守っている、銃を携帯したタフな連中の援護があったとしても意味はない。泣いて心を浄化したいなら、家のなかの座り心地のいいソファの上でやってもらえないだろうか。

「ええと、ララ、ニーナ」マイルズは思いきって言った。「なかに入らないか?」

女たちはマイルズを無視した。「わたしを探してくれてありがとう」ララが涙まじりに言う。「マイルズを助けに来させてくれてありがとう」

ニーナが顔をあげ、マイルズを見据えた。「わたしが行かせたわけじゃないのよ。それができたならそうしたでしょうけど、これはわたしの手柄じゃない。マイルズがひとりで助けに行ったの。誰の力も借りずに」

マイルズはニーナの口調に非難の色を感じ取った。

「なあ」マイルズは情けない声で繰り返した。「なかに入らないか? 頼むよ。そのほうが安全だ。不安でしょうがない」

「でしょうね」ニーナがララから離れて、マイルズに向かってつかつかと歩いてきた。

「あなたにふたつだけ言いたいことがあるの、マイルズ・ダヴェンポート」

マイルズは警戒してあとずさりした。「そうか、聞かせてくれ」

「言葉じゃなくて行動で示すわ」ニーナは両手を伸ばして、マイルズをぎゅっと抱きしめた。そのあと突然後ろにさがると、腕を振りあげ、マイルズの頬を平手でぴしゃりと打った。

「いてっ！」マイルズはよろめいた。「なんだよ、ニーナ！　どういうつもりだ？」

ララがマイルズに駆け寄った。「ニーナ？　何するの！」

「彼に怒っているのよ！」ニーナの声は怒りに震えていた。「あなたを助けたのはいいことよ、でもそのあとすぐに誘惑するなんて最低よ！」真っ赤になった顔でマイルズを見る。「待てなかったの？　せめて数日のあいだだけでも！　きっと下半身が言うことを聞かなかったのね。自分にはその権利があるとでも思ったの？　ララを助けたから、やってもいいと思った？　そういうこと？　最低！」

マイルズがずきずきと痛む頬に手を当て、何か言おうと口を開いたとき、ララが彼をかばうように前に立った。

「彼をぶたないで！」ララが叫んだ。「やめて、ニーナ！　わかった？」

ニーナが震える唇にこぶしを押し当てた。目が涙に濡れていた。「彼は最低なことをしたのよ！　そんな目であなたを見るだけでもいけないのに！」

「彼のせいじゃないわ！　わたしが迫ったの！　有無を言わせず！」

タムが鼻を鳴らし、あざけるようなまなざしでマイルズを見た。「あらら、かわいそうなマイルズ。無理やりやられちゃったの？　ロープで縛られて？」

「黙ってろ、タム」マイルズはうなるように言い、唇から流れる血をなめ取った。

ニーナの一撃が歯に当たったのだ。

「もしわたしが打ちのめされていたら、あなたの言うことにも一理あったかもしれないけど、そうじゃないの！」ララが怒鳴った。「わかった？　わたしはあいつらなんかに打ちのめされなかった！」

ニーナがララの頬に手を当てた。「わかった」なだめるような口調で言う。「わかったから。あなたを信じるわ。偉かったわね」ふたたび涙の抱擁が始まった。ありがたいことに、マイルズはすっかり忘れ去られた。

だが、タムは違った。すべてを――恐れや疑念、寿命をも見通すようなまなざしでマイルズを見ながら歩み寄ってきた。それから、同じ視線をララに向け、ニーナの肩越しに見つめあった。一分後、なんらかの結論に達したらしく、うなずいた。

「ふたりのことは放っておきなさい、ニーナ」タムが言った。「彼女の目を、顔色を見ればわかるでしょう。マイルズはすべきことをしているのよ」ニーナに打たれて赤くなっているマイルズの頬を叩く。「ようやくあなたも男らしく悪さをするようになったのね」さらに、尻をひっぱたいた。

「おい！」マイルズはあとずさりした。「ひと言言っておく。今度おれを叩いたやつは、おれも叩き返す。女だろうと」ララに視線を向けてつけ加えた。「きみは別だ。

きみはいつでも好きなときにおれを叩いていい。おれの味方をしてくれてありがとう」

ララがうつむいた。笑みをこらえるように唇がかすかに震えていた。「それくらい当たり前よ。あなたはロープで縛っても許してくれるんだから」

マイルズは口をあんぐりと開け、目を泳がせた。「ええと、いまのは冗談だぞ」あわてみんなに向かって言う。「いいか?」

みんながどっと笑いだした。

家へ戻るあいだも笑い声はやまなかったが、ララに手を握られたとたんに、不快感は魔法のように消え失せた。わがもの顔の仕草だった。ほっそりした冷たい手が、マイルズの手を放すまいと握りしめている。

自分のものだと主張しているのだ。マイルズはうれしかった。みんなにばかにされ、叱られ、叩かれ、サッカーボールみたいに蹴りまわされたってかまわない。

こんなふうにララに触れてもらえるなら、痛みは感じなかった。

19

ララはニーナにきつく抱きしめられながら、ポケットからティッシュを取りだした。長い年月を経てニーナと再会して、不思議な気分だった。子どもの頃、年上のニーナを崇拝していた。血のつながりはないけれど、母との思い出を分かちあえる相手はもうニーナしかいない。ニーナといると、どういうわけか母を身近に感じた。現実感がある。母を覚えている人が自分しかいなかったら悲しい。宇宙で迷子になったような気分になる。

問題は、この幸せな再会のおかげで、感傷的になって涙が止まらないことだ。だからといって誰もララを責めないが、それにしてもだ。ララは新たに込みあげてくる感情を抑えこんだ。「すっかり変わっちゃったから、びっくりしたわ」明るい色の、体にぴったりしたセーターを着ているニーナを見つめながら言った。「昔からきれいだと思っていたけど、ぶかぶかの暗い色の服ばかり着ていたから、スタイルもいいとは知らなかった」

「ああ、アーロの好みなのよ」ニーナが近くのソファに座っているアーロにほほえみかけた。彼は何も言わず、居心地が悪そうだったが、ニーナと片時も離れたくないと思っているのは明らかだった。彼女が泣いている女の子を抱きしめているときでさえ。タフな男の弱点だ。

ララの反対隣に座っているマイルズも居心地が悪そうでそわそわしていたけれど、席を立とうとするたびに、ララは手をつかんで引きとめた。〝だめよ。ここに腰を据えていなさい。一ミリも動かないで〟ほかのみんなは、ララが打ちのめされておらず、弱っているときにマイルズにつけこまれたかわいそうな女の子ではないことを示す証拠を探していた。ララがマイルズの手をこぶしが白くなるまできつく握りしめていれば、誰も彼を叩いたり、叱ったりする気にはなれないだろう。

ほら見て、みんな。わかったでしょう。ララはマイルズにしがみついている。彼はララのものよ。

ニーナとタム、エディが到着してから数時間が経過していた。あるとき、テーブルにデリカテッセンのサンドイッチの盛り合わせが運ばれてきた。ララはマイルズにうるさくうながされて、ターキーとスイスチーズのサンドイッチ半分をなんとか口にし、ジュースをもう一杯飲んだ。

部屋は混みあっていた。何カ月ものあいだ、ときどきフーとアナベルの襲撃を受ける以外は孤独な生活を送っていたのに、いきなり大勢の人の注目の的になっていた。勇敢な切れ者の集団がどこからともなく現れてララを救いだし、支えてくれている。信じられないような話だ。

どんなに苦痛でも、彼らの注目に耐えよう。ララはふたたびティッシュに手を伸ばした。

「大丈夫か？」マイルズがララに身を寄せてきいた。

ララはうなずいた。「もっとティッシュがいるわ」つぶやくように言った。

「取ってくる――」

「だめ！」ララは彼を引き戻した。「どこにも行かないで。べたべたしてごめんなさい、でも……ここにいて。ティッシュはなくてもいいから」

「ああ……わかった」マイルズはソファに座り直すと、ララの手を引き寄せてキスをした。ほかのみんながそれに気づき、意味ありげな視線を交わした。目の覚めるような赤毛をひっつめにし、体にぴったりした黒い服を着た女性――みんながタムと呼んでいる女性が、きびきびと手を叩いて言った。

「エディの絵の時間よ。あまりのんびりしてはいられないわ。エディの絵のことは知ってる？」

ララは、ケヴの妻だというエディを見あげた。背が高く細身で、長い黒髪を緩く編んでいる。優しい笑顔の持ち主で、正統派の美人だ。「知らないわ」

「わたしには特殊な能力があるの」エディが説明した。「あなたのとちょっとだけ似ているかも。誰かのために絵を描くと、その人に関することが見えるのよ。役に立つこともあるわ。精密機械のようにはいかないけどね」

「絵を描くときだけ見えるの？」ララはきいた。

エディがうなずいた。「そうよ。そのときだけ」

ララはため息をついた。「わたしもそんなふうに選べればいいのに。わたしの場合は、てんかんの発作みたいに突然始まるのよ」

「それについては、わたしたちが助けてあげられるかもしれない」ニーナが言う。「わたしたちは制御できるように、ブロックの技術を開発したの。わたしとアーロとエディが力になるわ。一緒に頑張りましょう」

ララはほほえもうとしたけれど、無理だった。渦に吸いこまれるのを、意識的に制御できるようになるとは思えなかった。

「ありがとう」小声で言った。

「もちろん、防御壁に関しては、誰もスーパー・マイルズにはかなわないけどな」アーロが意地の悪い口調で言った。「この魔法少年は銃弾でも殺せないんだぜ」

エディはアーロを無視した。「どう？　あなたのために一枚描いてみる、ララ？」

ララは一瞬、ぽかんとした。希望をきいてもらえることにまだ慣れない。口ごもりながら答えた。「ええと……お願いするわ」

エディは念を押した。「楽しい絵になるとは限らないわよ」

ララは無言でエディを見つめた。エディが赤面して、目をそらした。「ごめんなさい。いま言ったことは忘れて。わたしってばかね」

「いいのよ」ララは小声で言った。「描いて」

エディが描き始めると、部屋が静まり返った。紙の上を鉛筆が走る音だけが聞こえる。みんな息を凝らしているように見えた。エディの能力を真剣にとらえているのだ。

エディの夫で、ショーンの双子の弟のケヴが近づいてきて、エディの隣に座った。ヴァルもやってきて、タムに背後から両腕をまわした。ニーナがアーロの手を握った。

ララはマイルズに目をやった。視線が釘付けになる。感情のこもった美しい黒い瞳や、傷だらけの凛々《りり》しい顔に。

マイルズが腕を広げ、ララはその腕のなかに引き寄せられるように身をゆだねた。心が震えた。

身を縮め、マイルズの顎の下に頭をくっつけて、彼のぬくもりと香り、心音に包みこまれた。

しばらく経って、室内の張りつめた空気が緩んだのを感じて顔をあげた。エディが眉をひそめてスケッチブックを見つめていた。肩越しに見ているケヴも唇を引き結んで考えこんでいる。ふたりとも絵が気に入らない様子だった。

驚くことではない。

ほかの人たちも集まってきて絵をのぞきこむと、さまざまな困惑の表情を浮かべた。

ララは手を差しだした。エディがスケッチブックを渡した。

頭のなかにあったものを客観的に見るのは、ぞっとするような気持ちだった。ララはこの場面を何度も見たことがあった。幻覚で見るときと同様に、不穏な眺めだ。

その絵は、不気味な夢遊病者の幻覚の、最悪の瞬間を切り取ったものだった。髪がもつれていて、ピンクのシャツを着た女性が、口をぽかんと開けながらうつろな目で窓の外を見ていて、その背後のベビーベッドで赤ん坊が泣き叫んでいる。

さらに、その女性の頭上に、触手のような隆起部に覆われたボール状の奇妙なものが描かれていた。生物学の本に出てきそうだ。なんなのか見当もつかない。

ララはみんなの期待に満ちた顔を見まわしたあと、咳払いをして大きな声で言った。

「これはわたしが繰り返し見る幻覚の一場面よ」マイルズに向かって言う。「ゆうべも東京駅の爆破事件と一緒に見たわよね？　街の公園で、一見普通に見えるんだけど、やけに静かで、伸びすぎた草をシカが食《は》んでいるの。人はただそこに座っているか、寝ているだけで、生きているのか死んでいるのかもわからない。そのあと……彼女が出てくるの」絵のなかの女性を指さした。「でも、その上に描かれているものはなんだかわからないわ」

「ウイルスみたいだな」ケヴが言った。「調べてみるよ」

「これもテロ攻撃かもしれない」マイルズが意見を述べた。「生物兵器を使った」

「そうね」ララはしぶしぶ認めた。恐ろしい考えだ。

「これもって？　どういう意味だ？」コナーが鋭い声できく。「すでにテロ事件が起きたのか？」

「ララが阻止した」マイルズが答えた。「ゆうべ、東京で起きるはずだった」

「ああ、あれ」ニーナが目を見開いた。「ポートランドからここへ来る途中に、ラジオで聞いたわよ。東京の都心部の駅で爆弾が撤去されたって。発見された爆弾の量は……」声が途切れ、ララの目を見つめた。「待って。あれがあなたなの？　匿名の情報って」

「そうだ」マイルズが言った。「ララが日本人の友達に電話をかけさせたんだ」

「ハイスクールで一緒だったケイという友達なの」ララは急に自己弁護しなければならない気持ちになって、説明し始めた。「サンフランシスコでは全然つきあいがなかったのよ。彼はシアトルに住んでいるから。グリーヴズにしろ誰にしろ、わたしと東京の爆破事件を結びつけて考えたりしないと思ったの」

ララは一同の顔を見まわし、不安が募っていくのを感じた。誰もララと目を合わせようとしない。

「どうしても電話をする必要があったんだ」マイルズが強い口調で言う。「爆弾が爆発する数時間前で、一刻を争う状況だった」

ララはこのときほど、彼に対する愛情を感じたことはなく、つないだ手をぎゅっと握りしめた。

「電話をしたのが間違いだったとは言わない」デイビーが言う。「ただ、どうしておれたちに話さなかったんだ？　彼女の電話を破壊して、ゆうべのうちにここを出るべきだった」

「シアトルにいるハイスクール時代の友達が匿名の垂れ込みをしたからって、グリーヴズの目にとまるわけないだろ」マイルズが反論した。

「つべこべ言うな。せめてその友達は、自分の身に危険が及ぶ可能性があるのはわかっているんだろうな？」デイビーが厳しい口調で言う。「警告したのか？」

「町を離れるよう言ったわ」ララは胸騒ぎを覚えた。「ごめんなさい。五百人近くの人が殺されてしまうということしか頭になかったの。ばらばらになった死体を何度も見たわ。それを止めたかったのよ。あなたたちに話さなかったのは申し訳ないと思うけど、それを止めるためならなんでもしたわ」

「もちろん、そうよね」エディが優しく言った。「わたしたちだってそうしたわ。あなたはその人たちを助けたのよ」身を乗りだして、スケッチブックをトントンと叩く。

「この災難もあなたが救えるかもしれない。わたしはずっと悩んでいたのよ。せっかく能力があっても、結果を変えることはできないようだから。でもあなたは変えたのよ、ララ！　すごいわ！　大きな勝利よ！　善人が勝ったのよ！」

ララはこの事態に希望の光を見いだせなかった。喜んだら最後に落とし穴が待っているような気がした。

それでも、エディにほほえみかけて、励ましてくれたことに感謝した。「でも、こっちの幻覚のたしかな情報はないの」ララは言った。「東京の事件は、時間も場所もわかったんだけど。爆弾も、日付付きの時計も見えた。でもこっちは、公園にいる見知らぬ人たちの姿が見えるだけ。それ以外で手掛かりと言えるのは、このウイルスのような絵だけね。でもとてもいやな感じがするのよ。東京の爆破事件よりもさらに」

「とにかく、ここを出ないと」コナーが言った。「ララの落ち着き先を決めよう。ゆうべ、ふたりがやすんでいるあいだにおれたちで話しあったんだ。一番安全なのは、クレイズ湾のタムとヴァルの家か、ストーン島のセスとレインの家だ。車で――」

「だめだ」マイルズがにべもなく否定した。

室内が静まり返った。まるでマイルズが衝撃的な発言をしたかのように。

「ええと……マイルズ?」ニーナが慎重に言った。「ララが安全な場所に避難しなければならないのはわかっているわよね。健康を――」

「そんなのわかってる」マイルズがさえぎった。「だがそこは安全じゃない。物理的なセキュリティはグリーヴズに対しては機能しない。やつは必ずやってくる。おれの正体をまだ突きとめていなかったとしても、すぐに突きとめるだろうし、みんなのことも調べあげるだろう」ヴァルとタムのほうを向いて続ける。「ふたりはイリーナとレイチェルを連れてクレイズ湾へ行け。おれたちも一緒にいて、やつが追ってきたら、子どもたちを守れない。やつに狙われたら終わりだぞ。本当だ」

タムの顔が大理石像のごとく青ざめた。ヴァルが唇を引き結んだ。

「ストーン島も同じだ」マイルズが険しい顔で言葉を継ぐ。「あそこのセキュリティも今回は役に立たない。あそこにいるセスやレイン、警備員、それからジェシーと、双子の子どもたちはまだ一歳半か？　同じ問題が生じる。すでにみんなと、その子どもたちも危険にさらされている。やつはおれの交友関係や、仕事上の関係まで徹底的に調べるだろう。みんなはおれの人生にべったりかかわっている」

「悪かったな」アーロがつぶやいた。

「つっかかるな」マイルズが鋭い口調で言った。「悪気があって言ったわけじゃない。これまでみんなが助けてくれたことには本当に感謝している」

「つまり、この先助けは必要ないと言いたいのか？」ケヴがおもむろに尋ねた。「おまえとララだけのほうがうまくやれるってことか？」

マイルズが顔をしかめた。「くそっ。そんな偉そうなことを言ったつもりはない。みんなの助けがなかったら、ここまで来られなかっただろう。だけど、現実を見ないと。やつらは全員能力を強化されている。みんなのなかで、テレパシー攻撃を防御した経験があるのは、ニーナとアーロとエディだけだ。それでも、グリーヴズに虫けらみたいに簡単にやっつけられるだろう。思い知ったはずだ、アーロ。おれの言うとおりだろ」

アーロが無表情でマイルズをにらみ返した。反論できないが、怒りとプライドのせいで認めることもできないのだ。

「ここからは、みんなの力を借りるわけにはいかない」マイルズが言葉を継ぐ。「誰の力も。ついでに言えば、おれたちの行き先も教えられない」

みんなが反発を感じ、怒りに駆られているのをララは感じ取った。プリペイド式の携帯電話を取りだして沈黙を破った。

「勘弁してくれ！」マイルズが怒鳴った。「ケイに連絡しないと」

「聞いてたわ」ララは言った。「要するに、地球上の誰も知らない場所に大急ぎで逃げなきゃならないんでしょ。そういう計画よね？」

マイルズが肩をすくめた。「悪いか」

「ケイが無事かどうか確かめないと。それに、ここから電話したほうがましでしょう。ここですでに一度かけてしまったんだから」

張りつめた沈黙が流れた。

「その点については、彼女の言うとおりだ」デイビーが重々しい口調で言った。「電話しろよ。おれたちも無事かどうか知りたい。だが、急いでくれ。早くここを出ないと」

ララは指が震えてこわばり、数字の入力を二度間違えた。呼び出し音がしばらく鳴ったあと、〝ただいま電話に出ることができません、のちほどおかけ直しください〟というメッセージが流れた。

ララはマイルズと目を合わせて、首を横に振った。恐怖がいや増した。

「勤務先にもかけてみるわ」ララは言った。「スマートフォンで電話番号を調べてくれる？『ビート・ストリート・スタイル』という雑誌を出しているところなんだけど」

マイルズがタップして電話番号を探しだし、画面をララに見せた。ララは番号を入力して、相手が出るのを待った。

「ビート・ストリート・スタイルです」若い男性の声が応答した。

「もしもし、ケイ・ヤマダをお願いします」ララは言った。「出勤していますか？」

「ええと……いいえ。申し訳ございません、ヤマダはいまちょっと……だめだ」男性の声が震えた。「ぼくにはできない、キム、代わってくれ」

ヘッドホンを落としたような雑音がした。数秒後、女性の事務的な大きすぎる声が聞こえてきた。「はい、ビート・ストリート・スタイルのキムです！　ご用件は？」

「ケイを探しているんです」ララは言った。「彼は――」

「ヤマダは出社しておりません！　お電話番号をうかがってもよろしいですか？」

ララは話を続けようとしたが、声がかすれて詰まった。咳払いをしてからようやく言った。「お願いです。ひとつだけ教えてください。彼は無事ですか？」

女性がためらった。「マスコミの方ですか？」

恐怖が最高潮に達して、吐き気が込みあげた。「いいえ、友人です」

女性の声が高くなり、震えだした。「それでしたら、残念なお知らせです。ケイは亡くなりました。彼の恋人のフランツもです。上司のビルが……発見しました。ふたりは……」

女性は話し続けたが、ララはもはや耳に入らなかった。

全身に戦慄が走った。自分は大ばか者だ。

携帯電話が手から滑り落ちて足元に転がった。甘い夢が弾けて、ララは裸でひとりぼっちでいた。シタデル王国の外に。マイルズとのつながりが切れていた。気づかないうちに。

まわりにいるみんなが口を動かしていたが、ララはひとり遠く離れた場所にいた。ケイが死んだ。フランツも。ララがふたりを殺したのだ。車でひき殺したも、崖から突き落としたも同然だ。

この部屋にいる、ララを一生懸命助けようとしてくれている人たちのこともきっと殺してしまう。彼らの子どもたちが孤児になったとしてもまだましなほうだ。グリーヴズは子どもたちにも手を出すかもしれない。

マイルズにも。彼はララを揺さぶりながら何か言っていた。愛情に満ちた、心配そうな目をしている。ララは耳鳴りがして彼の声が聞こえなかった。彼はとてもハンサムで優しくて、勇敢だ。ララは打ちひしがれ、渦に吸いこまれて世界が崩壊し……。

〝ケイが床に倒れている。脳が飛び散り、ベージュと茶色の絨毯が赤く染まっている。フランツが裸で輪縄をかけられている。口にテープを貼られ、目が突出している。マイルズが地面に横たわっている。どこかの灰色の不毛の地で。目がうつろで、顔が真っ白で、死んで硬くなっている。口と鼻から血が流れ、頭の下に血だまりができている〟

ララは衝撃のあまり、がくんと体に戻った。ソファとコーヒーテーブルのあいだの床に倒れていた。

「……どうしたんだ？　気絶したのか？　意識はあるか？」

「……ちくしょう、病院へ連れていかないと。もうおれたちの手には――」

「ケイが死んだ」ララは言った。「恋人のフランツも。ふたりとも殺された」

部屋がしんと静まり返った。

「わたしが電話をかけたせいで。これ以上一緒にいたら、あなたたちまで殺してしまう」マイルズを見て言う。「あなたも」抱きしめる彼の腕を振り払った。「わたしに触らないで。現実になってしまう」

「なんだ？」マイルズが叫んだ。「なんの話をしてるんだ？　現実って？」

「わたしがあなたを殺してしまうってことよ」ララは言った。「あなたはわたしのせいで死ぬのよ。ああ」膝をついてふらふらと起きあがった。「バスルームはどこ？　どこにあるの！」

「キッチンの向こうだ」アーロが答えた。

「ララ！」マイルズがララの背中に向かって叫んだ。「おい！」

ララはキッチンを駆け抜け、ぎりぎり間に合った。サンドイッチとコーヒー、オレンジジュースを全部戻した。体がちぎれるような、激しい嘔吐《おうと》だった。

吐き気がおさまると、マイルズが助け起こそうとしたが、ララは彼の手を払いのけて、大きなシンクで顔を洗った。それから、険しい顔で汚したトイレを掃除した。

作業を終えて立ちあがると、シンクの上の小さな鏡に映った自分の姿が目に入り、あわてて視線をそらした。涙に濡れた赤い目や、真っ白な顔にぞっとした。

ふたたび冷たい水を顔にかけた。息が苦しい。床の上で身もだえし、死をこいねがっているような気分だった——耐えられない。

「ララ」マイルズはまだドアのところにいた。突き放しても、怒鳴っても、彼を追い払うことはできない。「おれの防御壁のなかに戻ってくれ。そのほうが安全——」

「だめよ」ララはくるりと彼のほうを向いた。「そんなことできないわ。危険よ、マイルズ。わたしだけの問題じゃない。ケイやフランツや、あなたの仲間とその子どもたちまで巻きこんでしまう！　あなたのことも！　このままわたしと一緒にいたら、あなたは死ぬのよ。見たの。わかった？　幻覚で見えたのよ」

「おれは死なない」マイルズが言う。「おれを信じろ、ララ」

マイルズの揺るぎない表情を見て、ララは絶望に陥った。彼は自分が正しいことをしていると確信している。英雄的な本能に従って、やみくもに死に向かって突っ走っている。

絶対に引きとめなければならない。「わたしから離れて、マイルズ」

マイルズは目をそらさなかった。「いまさら無理だ、ララ。寝ぼけたこと言うな」

「あれは夢じゃないわ。現実よ。死んでいるあなたを見たの！　わかってる？」

「きみは爆発も見たが、事件は起きなかった」

「そのために代償を払ったでしょう！　東京のためにケイとフランツを犠牲にしてしまった！　次の犠牲者は誰？　あなたの友達？　その子どもたち？　あなたのお母さん？」

マイルズが唇を引き結んだ。「なんとかしよう、ララ」

「わたしから離れて。逃げて！」ララは両手で彼を叩いた。「友達と一緒に！　わたしは毒よ。有害なの！　あなたたちを殺してしまう！　わかってよ！」

「きみは錯乱しているだけだ」マイルズが言う。「落ち着け。みっともないぞ」

ああ、もう。ふたたび渦が下からララを吸いこみ始めた。ララは全力であらがった。これ以上お告げを受けたくない。

ララ自身が渦だ。それに気づいてぞっとした。近くにいる人をことごとく破滅に引きずりこんでしまう。

全身に痛みが走った。膝が、太腿が、背中が、歯がガタガタ震えて、くずおれた。マイルズがすかさずかがみこんで抱きしめようとしたが、ララは激しく抵抗した。

「やめて。もうやめて。お願いだから」

「きみじゃない！」マイルズが強い口調で言った。「有害なのはきみじゃない。きみは何も悪くない、ララ。美しい心の持ち主だ」もがくララの両腕を押さえつける。「ケイとフランツを殺したのはきみじゃない。おれは殺されない。絶対に。おれはタフなんだ。だから、なかに入れ。早く」

マイルズの声音に不思議な力があって、まるで知らないあいだにスイッチを入れられたかのように、ララは言われたとおりにした。無意識のうちに、心のなかでダンスを踊っていた。

そして突然、壁を通り抜け、防御壁の内側にいた。

〝よし、そこにいろよ〟

ララは返事をする気になれなかった。けれども、ああ、気分は最高だった。でも間違っている。マイルズはどうして強制できたのだろう？　ララは愚かで、弱くて、利己的だから、漠然とした安堵に包まれながら、彼にもたれかかったままでいた。プラスチックのバケツや掃除用品の置かれた棚、洗濯機や乾燥機をぼんやりと見つめていた。

彼の腕のなかはとてもいい匂いがする。彼はララが手に入れられないとわかっているものの象徴だった。手に入れようとさえ思わないものの。

バスルームの戸口で、ほかの人たちが提案したり、説教したり、非難したりしていた。マイルズは何か辛辣なことを言ったあと、ドアをバタンと閉めた。その衝撃で、モップやほうきが飛び出しナイフのごとくふたりの頭上に倒れてきた。

マイルズがほうきの柄を払いのけて、ララを抱きしめた。心のなかでも。あたたかく、熱烈な抱擁だった。それでもララは、心の目に焼きついた映像を消し去ることができなかった。

彼が渦の底から、生気のない目で見あげていた。

「あとどれくらいだ？」グリーヴズは強い口調できいた。

助手席に座っているシルヴァは、自己防衛本能を働かせて、子どもっぽい質問だと思う気持ちを――テレパシーでも――悟られないようにした。それどころか、同乗しているグリーヴズの部下たちは、自らの思考に細心の注意を払っている。クリスホルムが制裁を受けた日に同席していたふたりだ。

「あと十五分で、携帯電話の信号が発生した場所に到着します。もちろん、電話がまだそこにあればの話ですが。ボスの攻撃圏内に入るまであと――」

「攻撃範囲なら自分で計算できる、シルヴァ。算数の基礎を習ったからな」

「おっしゃるとおりです」

グリーヴズはスモークガラス越しに通り過ぎる山林を眺めながら、てのひらに漠然とした痛みを感じていた。てのひらを見ると、手入れの行き届いた爪の跡がついていて、そこから血が流れだした。

グリーヴズはララ・カークと彼女を連れだした男に爪を立てたくて、文字どおり震えていた。彼女の防御壁が希望の光だった。ジェフが昏睡状態に陥った最初の数年以来——息子は本当に戻ってくる気はないのだと悟ってから、初めて見えた光だ。

部下たちはララ・カークとその両親、友人、恋人、知人について徹底的に調べあげた。そのファイルに、ララを助けだした謎の男の身体的特徴に少しでも合致する人物は載っていなかった。その男がpsi‐maxかそれと似た薬で強化されているのは間違いない。身体的特徴がずば抜けているだけでなく、軍隊の訓練を受けたような戦闘技術を持っている。施設の外からララ・カークと連絡を取れたくらいの、長距離のテレパシー能力を備えているに違いない。

肝心なのは、その男に彼女を助ける切実な理由があったはずだということだ。

その点がもっとも不可解だった。ララは両親を亡くし、夫もきょうだいも、ボーイフレンドすらおらず、調べた限りでは天涯孤独だった。そして、その男がやってのけたことをできる人間は、この世に数えるほどしかいない。そのなかに、ララ・カークに少しでも関心や関わりを持つ人物はひとりもいない。

もちろん、ララの能力に関心を持つまったく未知の競争相手がいて、彼女を連れだした可能性もある。その仮説のほうが納得できた。

いずれにせよ、もうじき真実が明らかになる。

グリーヴズは心のしなやかな広域網を何キロ四方にも広げていった。すでに心の味を知っている相手なら、この方法で探せる。既知のサインだとずっと速く突きとめられる。三十六時間前にグリーヴズが接触した心は、どれも実に特徴的だった。五人ともまばゆいばかりに輝いていた。

だから、グリーヴズの通常の能力の範囲である八から十キロメートルのはるか外側にいても、彼らを見つけられたのかもしれない。そのうちの三人は、昨日の朝、味わった。防御壁を持たない三人。成人男性で、知能が高く、攻撃的だ。狙撃手とその仲間たち。彼らの絆の強さに最初は当惑したが、その後、理由がわかった。遺伝的類似性がある。兄弟かいとこだ。

だがそれだと、グリーヴズの仮説にそぐわない。家族関係だとすると、感情的な理由からララを助けたことになる。しかし、いったい誰が？　どうして？

ララを探したが、何も感知できなかった。三人をほかのサインが取り囲んでいる。昨日もいた、防御壁を持つ四人目の心を見つけた。同乗しているのはシルヴァとレヴィンで、もう一台の車にビエール、メヘーリス、ウィルコックスが乗っている。ミランダ・レヴィンのテレパシー能力はアナベルに匹敵する。シルヴァは人の心を操る能力に加えて、グリーヴズとほぼ同じ特殊能力を持っている。テレキネシスを使って、微小血管単位でダメージを与えられるのだ。血管を収縮させて、致命的な心臓発作を引き起こすことができる。理想的な暗殺者だ。グリーヴズが個人的に訓練した。

「スピードをあげろ」グリーヴズは言った。

「すでに時速百三十五キロを超えて――」

「黙れ！」グリーヴズは目を閉じて、敵の心を味わった。もう少しで思考を読み取れる。

一刻も早く引き裂いてやりたかった。

20

何かが近づいている。何か悪いものが。

バスルームに閉じこもって、まるでこの世の終わりのような抱擁を交わしていても、マイルズはドアの外側のエネルギーが変化したのを感じ取った。首筋がいやな感じにぞくぞくする。

倒れているほうきの柄を押しのけた。「向こうの様子を見てくる」

ドアの外に出ると、みんながキッチンのカウンターに集まって興奮していた。マイルズは近づいていった。

デイビーが体を折り曲げてカウンターに頭をのせると、こめかみに両手を押し当てた。目を固く閉じている。「ああ、くそっ」あえぎながら言う。「最悪だ」

どんなときも平然としているデイビーのそんな姿を見て、マイルズはぞっとした。

「どうした？　頭痛か？」

デイビーがゆっくりと頭をあげた。顔が青ざめ、ゆがんでいる。「出遅れた」かすれた声で言う。「やつが来た」

「ああ」ショーンの顔も引きつっている。「おれも感じる」

「おれもだ」コナーが険しい顔で言った。「あの野郎、おれたちを締めつけている」

マイルズは仲間を見まわした。デイビーが頭を抱えて、すすり泣くように息を吸いこんだ。

みんな、マイルズの呼びかけに応えてここにやってきた。マイルズはこのたぐいまれな連中ならなんでも解決できると決めてかかっていた。ところが、あの頭のおかしなくそ野郎に対処できる人間などいなかった。

「やつがどの方向から来てるかなんとなくわかるか？」マイルズはきいた。

デイビーが片手をあげて、人差し指を振った。「わからない」

「痛いだけだ」ショーンがつぶやいた。額に汗が光っている。

マイルズは全員に呼びかけた。「ばらばらに分かれて、車を全部出そう。防御壁を使えるニーナとアーロが運転しろ。おれはララと南へ向かう。ニーナは右折して、ハウザー・ロードを北へ行け。アーロは草地を横断して、オフロードを走って谷の向こう側に出たら、東へ向かうんだ。ケヴとエディは自分たちの車に乗れ。タムとヴァルも。車を残していってやつらに身元を突きとめられないように」ヴァルがマイルズの背中を叩いて、二組のキーを差しだした。「おれたちの車にバイクが積んである。役に立つんじゃないか？　車を交換しよう」

マイルズは自分のキーを取りだして、ヴァルに渡した。「ありがとう」

それから、ソファのそばに置いてあったパソコンとルーター、スマートフォンが入っているバッグを手に取ると、ララの肩にかけた。よろめくデイビーをアーロと一緒に支えて玄関へ向かう。デイビーはぐったりし、目を半分閉じて、鼻血を出していた。

デイビーをコナーの車に乗せたあと、ララをヴァルの車に押しこんだ。運転席に乗りこんだニーナは、すでに私道を猛スピードで突っ走っている。アーロが運転するコナーの車が草地を突っきり、東へ向かった。マイルズの車に乗ったタムとヴァルがそれを追いかけ、途中で別方向にそれた。ケヴとエディもあとに続いた。

マイルズは砂利を跳ねあげて車を急発進させると、ガタガタ揺れながら私道を走って、南へ向かう道路に出た。そのとき、銃を二階に置いてきたことを思いだした。くそっ。愛する女と、生きるか死ぬかの状況に置かれているというのに、丸腰で戦わなければならないなんて。

「マイルズ」ララが言う。「あなたの仲間たちは逃げきれないわ。デイビーの状態を見れば明らかよ」

彼女のうつろな口調を聞いて、マイルズはぞっとした。「逃げきれるかもしれない。あいつらはものすごく強いんだ。これまでも――」

「いくらタフでも、頭が切れても、関係ないわ。ここまで近づかれたら、みんな捕まって、殺されてしまう」

「くそっ」マイルズはつぶやいた。「くそっ、ララ！　じゃあ、どうしろって言うんだ？」

「あなたじゃない」ララが言う。「わたしがどうにかするのよ、マイルズ」

ララの思惑に気づいたマイルズは、恐怖に襲われた。「だめだ、ララ。やめろ。そんなの絶対にだめだ」

「いい、わたしはシタデル王国を出るわ。わたしがおとりになれば、グリーヴズはわたしを追いかける。そうしたら、みんなは逃げられるかもしれない」

「やめろ！　待て、ほかに――」

「しばらくしたら車を止めて、わたしを置いていって。逃げるのよ。その防御壁があれば、絶対に見つからないわ」

「だめだ！　絶対に！　きみを置いてなんか行かない！」

「そうするしかないのよ」ララの静かな決意に満ちたまなざしを見て、マイルズは正気を失いそうだった。「いままでありがとう」

「待て！　ちょっと待ってくれ！　そんなの――」

「さよなら」ララがささやいた。脳内スクリーンに文字が表示された。

〝愛してる〟

そして、マイルズの頭のなかの光が消えた。

マイルズはわめき、動揺のあまりスリップしてフェンスの支柱にぶつかりそうになったのを、あわててよけた。「ちくしょう、ララ！」

だがすでに、マイルズの声はララに聞こえていなかった。目を見開いて虚空を見つめ、両手をこめかみに押し当てて苦しそうにあえいでいる。

マイルズはタイヤをきしらせながら急カーブを曲がった。ララが痙攣し始めたのを見て、叫び声をあげた。

「車を止めろ！」グリーヴズは怒鳴った。「Uターンしろ！」

シルヴァが急ブレーキを踏んだ。「しかし、ほかの連中は――」

「そんなのどうでもいい！」グリーヴズは目を固く閉じて、ララに向かって突進した。霧のなかで、真珠のごとく輝いている。よだれを垂らさんばかりの勢いで飛びかかった。

捕まえた。彼女に絡みついて、体を動けなくする。狂喜乱舞した。「ララ・カークが南方にいる。早くしろ！」

だが道が狭く、シルヴァは手間取った。グリーヴズはテレキネシスで車を六十センチメートル持ちあげ、百八十度回転させると、どすんと地面におろした。「走れ！もう一台の車にも方向転換するよう言え！」

シルヴァは命令に従った。もう一台の車に乗っている部下たちは、グリーヴズの指図がなければ獲物を取り逃がすだろう。ウィルコックスの能力で追跡できるほど標的に接近していない。ララ・カークと彼女を連れだした男のほうが重要だし、その謎の人食い巨人が部下たちをどんな目に遭わせたかを考えたら、六人でも足りないくらいだ。

マイルズはスリップしながら、道路の縁ぎりぎりを通って、ヘアピンカーブを曲がった。山腹の乾いた川床からつながる、道路下の広い溝渠《こうきょ》が目にとまった。その向こうには、曲がりくねった上り坂の伐採道路が続いている。

衝動的な行動だった。マイルズはカーブでブレーキを踏み、車から飛びおりた。ヴァルの高価なドゥカティを引っ張りだすと、泥や砂利、カシヤマツの枯れ葉が吹きだまった溝渠に押しこんだ。パソコンの入ったバッグも投げ入れる。車に戻ると、ララが助手席から半ば滑り落ちてあえいでいた。

マイルズはエンジンを吹かし、急旋回して車の向きを変えると、深い溝の上をガタガタと走って伐採道路に入った。

ララは恐ろしいほど静かだった。遠心力で体がシフトレバーにぶつかったあと、ドアに打ち当たった。人形のようだ。

これ以上沈黙に耐えられなくなり、急ブレーキをかけた。急いで助手席にまわって、震えているララを引きずり降ろす。まだ息はしているが、大きく見開かれた目はどんよりしていた。

彼女の存在を感じられない。

ララを背負って木立に入った。グリーヴズはテレパシーで捕まえられるのだから、逃げても意味はない。草の茂った平地に出ると、ララをおろして、地面にそっと寝かせた。

ララは鼓動が速く、浅い呼吸をしながら空をじっと見あげている。重いバーベルを持ちあげているかのように体が震えていた。

マイルズは彼女の頬を叩いた。「ララ！　ちくしょう、ララ！　聞こえるか？　おれのなかに入れ。こんなのありえない！」

ありえないなんてことはない。なんだってありうるのだ。こっちの気持ちや願望などおかまいなしに、運命にもてあそばれる。

それでも、マイルズはララを揺さぶった。大声で怒鳴り、懇願し、子どもみたいに泣きわめいた。血が流れるまで両手を地面に打ちつけ、怒りにまかせて木の枝を叩いた。

ちくしょう、自分を彼女の身代わりにしてくれ。彼女のために、あの邪悪なくそったれと命の限り戦わせてくれ。やるなら自分をやってくれ。すでに壊れているのだから、いいだろ？　ほかになんの役に立つ？　リングに放りこんでくれたら、ぶちきれて、片っ端からやっつけてやる。暴れ者になってやる。

ララが目を開けて、戻ってきてくれるのならなんでもする。

マイルズは涙で顔じゅうを濡らしながら、ララを抱きかかえた。彼女を追いかけたいが、どこにいるのかわからない。彼女はいったいどうやって彼の頭のなかのあの場所にたどりついたんだ？　行動するのは彼女のほうだ。熟練のサイキック・トラベラーで、別世界に荒々しく飛びこんでくる。マイルズはただ、防御壁の内側で縮こまっているだけだ。

いや待てよ……。

マイルズは恐怖のあまり全身がぞくぞくした。

防御壁を開いたら。いまさらそれができるなら。暗闇のなかへ出ていき、脳の論理に支配されない世界で、生まれたての赤ん坊のように真っ裸でいられるなら。ララを見つけられるのか？

死ぬほど怖かった。いろんなものを全部遮断して遠ざけようと、必死に努力してきたのだ。超能力の諸々が、彼の世界を混乱させるから、懐中電灯を持ってベッドにもぐりこむ子どもみたいに隠れていたのだ。

だがグリーヴズがやってきた。ララが死にかけている。

研ぎ澄まされた感覚で、音を聞いた。坂をのぼる車が、ヘアピンカーブで速度を落としている。エンジンが悲鳴をあげている。二台だ。

最悪のシナリオが頭に浮かび、ぞっとした。簡単なことだ。ここでやらなければ、マイルズの人生はなんの価値もない。

ララの鼻から血が流れ、ふた股に分かれた。

マイルズは両親の顔を思い浮かべて、疎遠にしていたことを心のなかで詫びた。別れを告げられなかったことを。

涙と鼻水を袖でぬぐった。血まみれの汚れた手でララの冷たい手を握る。防御壁を開こうとした。

壁は内側から開くようにはできていなかった。マイルズは何も考えなくても壁を築いたままにできるよう、メカニズムを自動化することに全力を尽くしてきたのだ。逆のプロセスに取り組んだことはなかった。開こうとするたびに彼は立ちすくみ、息が詰まった。

だが、ララの美しい顔を思い浮かべると、進展が見られた。輝く目。はにかんだ優しい笑顔。胸に押し当てられた彼女の手。愛の行為。

うまくいった。壁がやわらかくなって、開き始めた。

ゆっくりとした、ぎこちない動きだった。歯車がきしみをあげ、火花が散り、金属と金属がすれあい、巨大なホイールが回転し、巨大なボルトが引っこんだ。

暗闇が押し寄せ、マイルズはぞっとした。無限の……暗闇としか表現できない。異質なものだ。

夢のなかで泳ぐように、手を伸ばしてそのなかを移動した。アイデアを探すときにするように、大きな網を投げてララを探す。暗闇のなかで、マイルズはかがり火のごとくめらめらと燃えていた。

〝ララ。ララ。ララ〟

それほど時間はかからなかった。マイルズはララと結びついている。輪ゴムのように引き伸ばされていたのが、パチンともとに戻った。

ララの存在を感じた。戦っている。黒いクモの糸のような暗闇にからめとられて、あらがっている。

マイルズはエネルギーをかき集めてボールにし、それをララに絡みついている形のないものに、光の矢のごとく投げつけた。その形のないものは不意をつかれ、ぱっとほどけて……。

〝なかに戻れ、早く、早く、早く!〟そう叫びたかったが、声が出ず、話すことができなかった。いらだちを吐きだしたくても、喉は、肉体は存在しない。

突然、閃光が走ったかのように、ララがなかにいた。攻撃から身を守る二枚貝のごとく、防御壁がバタンと閉じた。

壁の向こう側をエネルギーが激しく打ちつける。マイルズは荒い息をしながら、ララに覆いかぶさった。恐怖の汗のにおいがした。

目を開けると、ララが彼を見あげていた。

〝何やってるのよ！　どうして逃げなかったの？〟

〝愚問だな〟マイルズはぴしゃりと言った。〝さあ、行こう〟

〝わたしは動けないわ。お願いだからわたしを置いて逃げて！〟

〝わかった、あきらめればいい。おれが死ぬのを見たいんだな〟

〝行って！　消えてよ！〟

〝やだね〟

ララの体が痙攣し、弓なりになったかと思うと、水中から顔を出したかのように思いきり息を吸いこんだ。「もう、ばかなんだから、マイルズ」かすれた声で言った。

「どういたしまして」マイルズは言った。「行くぞ」

マイルズが立ちあがらせると、ララはたちまち覚醒した。

ララは彼の手から離れて、よろめきながら一緒に走りだした。ものすごい音が聞こえてくる。マイルズはときおり立ちどまり、ララを抱き寄せて、彼女の荒い息と、激しい鼓動以外に何か聞こえないかと耳を澄ました。

知覚をどんどん広げていく。限界を感じなかった。マイルズは最大限に強化されていた。情報が地形図のなかにまとまり、敵が輝点となって表示される。自分を疑っている余裕はなかった。とんでもないミスをして、ララを死なせる心配などしていられない。最悪のシナリオを演じる暇はない。完全に集中していた。全力を傾けてデータを処理し、常に変化し続ける一連の戦略を生みだす。敵を始末し、来た道を引き返して、グリーヴズに徒歩だと思わせておいてオートバイで走り去るというのが、現時点での最善策だった。

若木の木立にララを引き入れ、野バラの茂みに押しこんだ。「ここにいろ。防御壁から出るなよ。わかったか?」

ララの目には不安の色が満ちていた。「どこへ行くの?」

「道を切り開いてくる」マイルズは言った。

ララはうなずいた。〝気をつけてね〟

マイルズは静かに坂をおりた。マイルズの防御壁も、ニーナのと似たような機能を持つのかもしれない。敵はマイルズをまったく感知できない様子だった。一方、マイルズは近くにいる三人の敵が、坂を着実にのぼってくるのをはっきりと感じた。全員しこたま強化されていて、それぞれ持っている能力が違う。ひとりはテレパスだ。もうおなじみの気配だった。その男は——なぜか男だとわかる——マイルズの思考の波を探していたが、その探針は防御壁をつるりとよけて通った。テレパスよりも少し後ろにいて、ララのほうへ高速で移動している男は、脳の別の部位を使用していた。脳幹を使って本能で嗅ぎまわっている。マイルズが山で遭遇したクーガーに近い。

坂の下のほうに、もうひとりいた。人の心を操る能力を持っている。そして、グリーヴズと、さらにふたりが、停車した車の近くにいた。

脳内の地形図上で、グリーヴズはひときわ明るく輝いていた。赤い有毒のエネルギーが、マイルズの防御壁にハリケーンの風のごとく吹きつけている。

昨日なら、殺傷力のある武器を使うのをためらったかもしれない。だが鼻血を出しながら地面に横たわっているララを見たとき、ためらいは吹き飛んだ。あのいまいましい邪悪なろくでなしどもは、ララを傷つけた。死んでもらう。

マイルズはナイフを取りだして、彼らに近づいていった。

「ボス？　大丈夫ですか？」

「わたしに触るな！」グリーヴズはテレキネシスで、シルヴァを六メートル吹き飛ばした。シルヴァが地面にどさりと落ちた。

グリーヴズは車のドアハンドルに手をかけて、ようやく立ちあがった。もう一方の手で、鼻から流れる血に触れる。目のまわりや、おそらく強膜からも出血していて、白目に赤い斑点ができるだろう。

卑劣なビッチめ！　グリーヴズを罠にかけて、不意打ちを食わせたのだ！　怒りにまかせてシルヴァの肺を押しつぶしそうになったが、そんなことをしても無駄だ。レヴィンは目を見開いて、空き地に突っ立っていた。怖がって動こうとも話そうともしない。やれやれ、一喝しただけでびくびくするような臆病者の部下しかいないのか？

レヴィンが五秒以内に行動を起こすか、口を開くかしなければ、殺してしまおう。不利益を顧みずに。五、四、三――。

「ティッシュはいりませんか？」レヴィンがハンドバッグからポケットティッシュを取りだして、グリーヴズに渡した。

グリーヴズはティッシュを一枚引きだすと、不機嫌な表情で鼻血を拭いた。ララ・カークと人食い巨人は徒歩で移動している。グリーヴズの攻撃圏外に出られるはずがない。つまり、ララの防御壁がジェフのと同等に強固で、なおかつ自由自在に上げ下げできるということだ。

グリーヴズは、彼とジェフと常に行動をともにしているえり抜きの特殊部隊員の頭のなかを探った。誰もまだ交戦していないとわかった。

待ちきれずに、シルヴァを指し示した。「彼を起こせ。追跡に加わるんだ。ふたりとも」

レヴィンが目をしばたたいたあと、千鳥格子のタイトスカートと黒いストッキング、高価な十センチのハイヒールを見おろした。役立たずのうぬぼれ女め。「わたしもですか?」

「もちろん、きみのことだ」グリーヴズは容赦なく言った。「ふたりで行ってこい。ここは広い」

シルヴァがよろよろと立ちあがった。革靴を履いていて、いくぶんくたびれたアルマーニのスーツの膝と胸の部分が土で汚れている。ふたりは恐る恐る木立のなかに入っていった。

グリーヴズはふたたびララ・カークを探した。のっぺりした沈黙は、キャロルの無言の抗議を思い起こさせた。ジェフも……。

ジェフに似ている。当然だ。

心を静め、精神的に追いつめてくるジェフの沈黙を鮮明に思いだした。その重苦しさや、絶えず責められる感覚を。息子の沈黙は父親の罪や欠点、悪行を映す鏡だった。思いだすのは苦痛だったが、根気よく続けていると、ジェフの防御壁のようなものが意識の片隅で光を放ち始めた。あと少しで……見失った。

もう一度、心をやわらかくして……。

いた！　グリーヴズは感知した。ジェフと完全に同じではないが、同様の――。

〝ボス？〟レヴィンがテレパシーを送ってきた。〝ご報告――〟

〝邪魔するな！〟グリーヴズは明確な思考をぶつけ、さらに、相手の睡眠と消化に何日も悪影響を与えるような心的エネルギーを突き刺して罰した。愚かな女だ。

〝承知しておりますが、深刻な事態です。どうかこちらにいらしていただけませんか？〟

グリーヴズはあきらめて、レヴィンの精神のサインを追った。ほかの部下たちの様子を見ようと触手を伸ばして……。

見つからない。

グリーヴズはレヴィンのところへ行った。真っ青なこわばった顔をしたレヴィンが、指を差した。

メヘーリスが木の枝からぶらさがっていた。ベルトにつけていたダクトテープで作られた輪縄で首をつり、両手と両足をテープでくくられている。驚いた顔をしていて、目が突出していた。

十メートル離れた場所では、ピエールが逆さに吊《つる》されていた。切り裂かれた喉からおびただしい量の血がしたたっている。その横を通り過ぎて、二十メートルほど坂を下ると、ウィルコックスの死体を発見した。両手を拘束したプラスチックの手錠が木の枝にかけられ、地面から一メートルの高さにぶらさがっている。首がおかしな角度に曲がっていた。

犯人はララ・カークではない。どれほどヨガをやろうと、五十キログラムの女が男を木につりあげられるほどの力はつかない。人食い巨人の仕業だ。彼女の屈強な守護者の。

小枝がぽきりと折れる音がして、レヴィンとシルヴァがやってきたのに気づいた。グリーヴズは目を閉じて、ララ・カークを探した。ジェフと似たとらえどころのない非サインを利用して。

遠くでかすかなエンジンの音が聞こえた。オートバイだ。ということは、彼らはどこかにオートバイを隠していたのだ。グリーヴズが車に戻って追跡を始める頃には、十分はリードされているだろう。

つまり、今回は彼らの勝ちだ。またしても。

グリーヴズは振り返り、車に向かって歩き始めた。

シルヴァとレヴィンがあわててついてきた。「ボス、これからどうなさいますか？

わたしたちは――」

「あいつらを木からおろせ」グリーヴズは言った。「車に積みこむんだ。車に遺体袋が置いてある。取ってこい」

シルヴァとレヴィンがぎょっとして顔を見あわせた。「あの……テレキネシスを使った力仕事は、メヘーリスの担当でした。ですから、ボスが、その……」

「まさか」グリーヴズは怒鳴った。「わたしは荷役作業員ではない。早く遺体袋を取りに行け。自分もそのなかに入りたくなければ」

ふたりは木立のなかを走り、遺体袋を取りに行った。

静寂がグリーヴズをあざ笑っているかのようだった。死体の髪の毛から血がしたたる音だけが聞こえた。

〝ララ！　急げ！　やつが来るぞ！〟

最後に吊された死体をがく然として見つめていたララは、はっとわれに返り、震える脚で走りだした。膝と足首に力が入らず、何度もつまずいた。

〝頼むから音をたてるな。右に二十度方向をずらして突っ走れ〟

ララは返事をせずにただ前進した。涙が頰を伝う。なぜだかわからない。感情が麻痺していた。

力強い腕がララの背中を支えた。肘まで血がついている。一瞬、誰の腕かわからなくて、ララは恐怖の悲鳴をあげた。

めまいがし、息が苦しくなる。足を滑らせたり、転んだりしながら最後の急な坂をおり、ヤグルマギクや松葉が吹きだまった道端の溝渠にたどりついた頃にはよれよれで、咳が止まらなくなっていた。マイルズが溝からバッグとオートバイを引きあげたあとで、倒れこんでいたララはようやく四つん這いになった。

マイルズがララを引っ張って立たせたあと、バイクを道路に出して、ララの背中にバッグをかけた。

「これを持ってろ」アサルトライフルをララの手に押しつけた。「急げ！」

マイルズの鋭い声に鞭打たれ、ララはオートバイにまたがり、重い銃をおなかに押しつけた。オートバイが急発進した。

風が顔に打ちつける。ララはマイルズの肩の真ん中に顔をうずめた。彼のシャツがはだけて、ララの前腕を包みこむ。血がべっとりとついたシャツが、手首を打った。

ララは目をぎゅっと閉じた。ぶらさがった死体や見開かれた目、したたる血が脳裏に浮かぶ。心の奥深くにある、シタデル王国の安全な場所を探した。この数カ月間ずっと、その避難所へ行けば必ず慰めを得られた。

けれども、いまは違った。ぬくもりは消え失せていた。

そこは真冬だった。

21

宣戦布告した。

マイルズは、激走するオートバイに使われていない脳のわずかな部分で思案した。防御壁が、単に防御するだけのものではないことを知った。扉を開けて、弾丸を放った瞬間、出番を待ち構えていた巨大なエンジンが轟音《ごうおん》をたてて動き始めたのだ。シタデル王国は静止した壁でも、隠れるための要塞でもなかった。

巨大で凶悪な恐ろしい兵器だ。

その兵器のエンジンがうなりをあげれば、マイルズは良心の呵責や疑念やくだらない雑念をすべて手放して、淡々と仕事をこなすことができる。グリーヴズの手下を追いかけ、ナイフで皆殺しにすることも。以前の自分だったら、頸動脈《けいどうみゃく》を冷淡に切り裂き、解体されたブタのごとく血を流している死体を逆さに吊したあと、次の獲物に取りかかるなどという真似はできなかっただろう。

そんなことをやってのけた男を、マイルズは知らなかった。ララも同じように感じているに違いない。マイルズの腹にまわされた震える腕から伝わってくる。ララはまだ防御壁の内側にいたが、いつもと違って喜びの光を放ってはいなかった。緊張と冷やかな疑念が感じ取れた。

マイルズのことを恐れているのだ。

程度は違うが、マイルズが防御壁を使い始めたときと似ていた。冷たく、よそよそしくなったマイルズに、みんな文句をつけた。当然の結果だ。冷酷無比の怪物になったかもしれないと思っても、いまのマイルズの心の状態では、少しも気にならなかった。

それでもかまわない。ララを守ること、グリーヴズのくそったれとその手下たちを叩きつぶすことに全力を尽くしている。その冷酷な目的のほかはどうでもよかった。

当てどもなく、衝動的に、谷間に開けた迷路のように入り組んだ果樹園に入っていった。大きな道路に出て突っ走りたいのはやまやまだが、ヘルメットをかぶっていないし、マイルズは血まみれだし、ララはアサルトライフルを抱きかかえている。それに、人口の多い場所に山ほど設置されている監視カメラにグリーヴズの手が伸びていないとも限らない。どの町を通っても、何百回とは言わないまでも数十回は記録される。それを難なく勝手に使用する方法を見つけられる人間がいるとすれば、それはグリーヴズだ。

果樹園を通り抜けてふたたび丘陵地帯に入った。山腹に掲げられた標識から、山を二十キロメートルのぼった先にヘラルド湖があるとわかった。人里離れた高地だ。ララに暖を取らせ、休ませる場所が必要だった。戦略を練るための場所が。いや、それはマイルズの新兵器にまかせたほうがいいだろう。そのほうがはるかにうまくやってくれる。

急な上り坂になり、わだちだらけで砂利に覆われていた。ヴァルの飾りたてられたオートバイがこういった道を通るために設計されていないのは明らかだが、それでも果敢に走り続けている。道路沿いに家があった。マイルズは木立のなかで戦ったときと同様に五感を拡張すると、それぞれの家の近くで速度を落とし、情報を集めて脳内の地形図にまとめ、人の存在を示す輝点を探した。一軒目は人がいた。二軒目は輝点は見られないが人が住んでいる気配があり、新鮮なエネルギーが感じられた。出かけたばかりで、じきに戻ってくるだろう。人間のエネルギーがまったく感じられない、放棄された家もあったものの、ララのために食料や服が必要だし、熱いシャワーと寝床もあったほうがいいから、それでもだめだ。その中間の家を探した。

険しい道をさらにのぼった。マイルズの背後で、ララの体が激しく震えて自力であたたまろうとしている。夜が近づいていた。ララが寒さでショック状態に陥りでもしたら、もうおしまいだ。これまで持ちこたえているのが不思議なくらいだった。ものすごくタフな女性だ。

それでも、マイルズは急いだ。

湖が見えてきた。小さな浅い湖で、揺れ動くミクリと針葉樹の若木に囲まれ、そのあいだから白い枯れ木の枝がのぞいている。周囲にでこぼこ道が通っていて、小屋が何棟か立っていた。

そのなかのひとつが目にとまった。マイルズは速度を落とし、オートバイを寄せて止めた。

簡素な造りのA字形の小屋で、まさにマイルズが探していた家だった。外に車は止まっていないが、手入れが行き届いていて、玄関に吹き寄せられた松葉の状態からすると、数カ月以上放置されてはいないだろう。

マクラウド兄弟から訓練を受けたピッキングが役に立つときが来た。前にショーンからクリスマスプレゼントにもらったピッキングツールセットがバッグに入っている。三分以内でひねり錠と南京錠《なんきんじょう》の両方をこじ開けた。感覚が拡張してからピッキングをしたのはこれが初めてだ。まったく異なる体験だった。錠の内部の構造を感じながら、ピンを動かすことができた。

室内の空気はよどんでいた。暖炉のついた小さなリビングルームと狭いキッチン、奥にバスルームがある。階段をあがったロフトが寝室になっていた。電気は通っている。プロパンガスも使える。マイルズは毛布を探しに行った。

ぼろぼろのウールの軍用毛布を、オリーブグリーンのブリトーさながらにララに巻きつけた。彼女をソファに寝かせたあと、アーロがくれたプリペイド式の携帯電話を取りだして、ショーンにかけた。

ショーンはすぐさま電話に出た。「もしもし」

「おれだ」

「おまえか。無事でよかった」

「そっちは大丈夫か？」

「大丈夫とは言えない」ショーンは平板な口調で話した。「いまセイラムにいる。これからデイビーが緊急手術を受けるんだ。脳動脈瘤《どうみやくりゆう》の」

マイルズは凍りついた。「なんてこった」ささやくように言った。

「いま麻酔をかけられたところだ。待つしかない。デイビーはタフだから、きっと助かる」

マイルズは頭が真っ白になった。何か励ましの言葉をかけたかったが、感情的に複雑な作業に従事する脳の部位にアクセスできなかった。

「ほかのみんなは？」やっとのことできいた。

「無事だ。やつはコナーとデイビーとおれのことだけ締めつけた。おれとコナーはすさまじい頭痛がする。ヴァルとタムはスヴェティとローザおばさんのところへ子どもたちを迎えに行った。あんなに青ざめたタムを見たのは初めてだ」

「おまえたちも調べてもらうべきだ。おれはそれで脳を損傷したんだ。もう病院にいるんだから、すぐに検査を――」

「ああ」ショーンがそっけなく言った。「わかったよ」

「よし」マイルズは手を握ったり開いたりしながら、ごくりと唾をのみこんだ。

「マーゴットの様子は？」

「ジーニーとエリンとケヴィーを連れてこっちに向かっているところだ。小さい子たちはポートランドのリリーとブルーノに預けている。あと一時間くらいで着くはずだ」ショーンがためらいがちにきいた。「やつと戦ったのか？」

「ああ」マイルズは答えた。「楽しいものじゃなかったが、生き延びた」

「大変だったみたいだな。おっと、デイビーの担当医が来た。切らないと」

「わかった。またあとで。幸運を祈る」

マイルズは電話を切ってポケットにしまった。「デイビーが動脈瘤を発症した」ララに伝える。「手術を受けている」

ララが目を閉じた。「なんてこと」ささやくように言う。「本当に残念だわ」

「ああ」マイルズはつぶやいた。

ショックのあまり、ふたりとも言葉を失った。ララが唇を青くし、震えながら、毛布の陰からマイルズを見あげた。傷だらけの汚れた手で、毛布の顎の下の部分をつかんでいる。どこまでも深い黒の目が、マイルズの脳をまっすぐ見つめているように見えた。

マイルズは怒りが込みあげるのを感じた。ララが身をすくめた。

「なんだその顔は？」マイルズは怒鳴った。

ララは目をそらし、無言で首を横に振った。

「おれに叩かれるとでも思ってるみたいだ」マイルズは言った。

ララは顔をあげようとしなかった。「ものすごく怒った顔をしているから」

声に出して指摘されたことで、マイルズは堪忍袋の緒が切れた気がした。すさまじい怒りが込みあげた。

「ああ、おれは死ぬほど怒ってる」マイルズの声が暗がりを切り裂いた。「ちくしょう、なんてことをしたんだ、ララ！　あんなふうにやつの前に身を投げだすなんて。いったい何を考えてるんだ？」

「わたしを守ろうとして、すでにたくさんの人が命を落としたわ」ララが言う。「わたしの両親、マチルダ、ケイ、フランツ。ニーナとあなたの友達まで死なせたくなかったの。あなたのことも。何よりあなたを！　わたしを置いて逃げればよかったのよ、マイルズ！」

「そんなことできるわけないだろ」

ララが毛布から腕を出して膝を抱えた。「冷たい」ささやくように言う。

マイルズは身をかがめて、ソファの横にあるランプのスイッチを入れた。驚いたことに、明かりがついて、弱々しい黄色の光が明滅した。「暖房をつけてみる」

「違う。あなたのことを言ったのよ」ララが指摘した。「心も態度も冷たい。シタデル王国のなかでさえ。前は決してこんなふうじゃなかった。怖いわ」

マイルズは歯嚙みした。「ああ、そうだ。人を何人も殺したら、あたたかくて心地いい感じなんて吹き飛んじまう。おまけに、恋人を頭のおかしなやつに生贄《いけにえ》のヤギみたいに差しだしたんだからな。ムードをぶち壊す男だ」

「皮肉はやめて！」

マイルズは鼻を鳴らした。「そんなの、おれに息をするなと言ってるようなものだ」

「じゃあ、息を止めて！」ララがかたくなに言った。

マイルズは彼女を見つめながら、歯を食いしばって自制心を取り戻そうとした。

「いまのおれが嫌いなら、きみを守るために人殺しをせざるをえない状況に追いこまなければよかったんだ」

「やめて！」ララが両手で顔を覆った。「もう耐えられない！」

「おれはおれだ。気に入らないなら、自分のしたことには自分で責任を取れ」

「自分って？　わたしのせいだと言うの？」ララが怒って目を見開いた。

「ああ、きみのせいだ！　きみが人身御供《ひとみごくう》なんかになったせいで、おれは頭に来たんだ！　傷ついた顔をしてさまよってるだけじゃだめなんだ！　戦えよ！　自分の命の、未来のために！　一緒に戦うんだ！」

ララがぱっと体を起こし、毛布がはだけた。「あんまりよ。守ってくれたことには感謝しているけど、あなたはひどいわ！」

「あんなことは二度としないと約束するか？　それとも、またいきなりおれの胸をえぐるような真似をするのか？」マイルズは叫び返した。「信用できない。この状況で、うまくやっていけるか？」

「わからない」ララが言い返した。「たぶん無理でしょうね」

突然、向かい側の壁にかかっていたガラスの額入りのポスターが床に落ちた。ガラスが砕け散る音に、ふたりともぎくりとした。

「じゃあ、それがきみのやり方なんだな。予告なしで自分を犠牲にする。おれと協力して、一緒に解決策を考えようとしない――」

「時間がなかったの！　わたしが正しかったとあなたもわかっているでしょう。あなたは子どもみたいに癇癪を起こしているだけよ！　わたしは責められるようなことはしていない」

「そうか？　おれを見ろよ、ララ。ちゃんと覚えておけ。きみを責めている顔だ」

ランプの電球がパンと弾けて、破片が鈴のような音をたてながらランプスタンドや床に降り注いだ。

「いったいどうなってるんだ？」マイルズはうなるように言った。

ララが両手を耳に押し当てた。「痛い」鋭く息を吸いこむ。「やめて」

マイルズはうろたえた。「なんのことだ？」

「あなたがわたしの頭のなかでしていることよ」

「おれは何もしていない。怒鳴りつける以外は。それには正当な理由がある」

ララがマイルズをじっと見た。「ああもう、痛いわ。これまでもずいぶん怒鳴られたけど、こんなふうに感じたことはなかった。アナベルに怒鳴られたときでさえ。これは人の心を操る能力よ、マイルズ。グリーヴズと同じ。二度とわたしに対して使わないで。絶対に」

「今度はグリーヴズとおれを一緒にするのか？　そんなばかな！」

ピシッ。キッチンにつながるドアのところにかけてあった姿見が、真っ二つに割れた。三角の破片が枠から転がり落ちて、さらに四つに割れた。

「もう、お願いだからやめてくれる？」ララが鋭い口調で言う。「子どもっぽいし、いらいらするわ」

「いったいなんの話だ？」マイルズはわめいた。「おれは何もしていない！」

ララがランプを、それからポスターと鏡を指さした。「不法侵入しただけでも悪いのに、そのうえめちゃくちゃにする気？」

「だけどおれは……あれは……」声が小さくなって、マイルズは黙りこんだ。鏡の残骸をじっと見つめる。彼の不完全な姿がゆがんで映っていた。「おれにこんなことはできない。絶対に。違う」

ララがため息をついた。「現実から目をそむけようとするのは、エネルギーの無駄遣いよ」疲れた口調で言う。「お説教するわけじゃないけど、落ち着いて」

〝落ち着いて〟そのとおりだ。マイルズは荒い息をしながらあとずさりし、外の木立の隙間からもれ入る夕日の光を背に受けた、ララのほっそりした姿を見つめた。いまでさえ、心の底では彼女の体を意識しまくっていた。すらりとしていて、力強い。彼女をソファに押し倒して、泥だらけの服をはぎ取りたかった。発情期の野生動物のごとく襲いかかりたい。両手と、舌と、一物で彼女の秘められた場所をすべて奪い、怒りを、疲れを忘れさせたかった。

マイルズの怒りは、心をむしばむような不安に取って代わった。背中が炉棚にぶつかった。「おれは……何か役に立つことをしてくるよ。またばかなことをする前に」

「マイルズ、待って」ララが呼びとめたが、マイルズはよろよろとキッチンに入っていった。

言葉にできないほど恐ろしかった。気を静めなければならない。明かりはつく。給湯器のスイッチを入れた。あとは、ララの服が必要だ。食料も。タンクにプロパンガスが残っているかどうか確認しよう。暖炉の薪も調達しないと。部屋をあたためて、食事の用意をする。ララを傷つけたり、怖がらせたりしないよう気をつけよう。

マイルズは屈辱を感じていた。人の心を操るだと？　ラッドやグリーヴズのように？　悪霊に取りつかれて、彼女の顔を殴ったような気がした。それくらい悪い。自分の半分の大きさの、傷ついた罪のない女の子を傷つけたのだ。最低だ。

コンロの上にある、埃っぽい青のギンガムチェックのカーテンの後ろの棚をあさった。ターキーと野菜のシチューの缶詰と、しけたクラッカーが半分残った箱があった。缶切りを探さないと。引き出しのなかに震える汚れた手を突っこんで見つけたが、引き出しをうっかり食器棚から引き抜いてしまい、中身が大きな音をたてて床に散らばった。

マイルズはかがみこんで台所用品やカトラリーを拾い始めた。ゴムの取っ手と錆《さ》びた刃のついたピーラーが目にとまった。ぞっとするような考えが頭に浮かぶ。もし本当に……。

どうにでもなれだ。知る必要がある。マイルズは集中し、ピーラーが動くところを想像した。そのイメージにエネルギーを注ぎこむ。ピーラーを揺さぶって、つついて、押した。

何も起こらなかった。一瞬ほっとしたものの、不安はこびりついたままだった。

防御壁をこじ開けたときの感覚を思い起こした。心のなかの神秘的な平衡地点に立って……もう一度試した。

数分かかって、壁をどうにか一瞬よりも長く開けられるようになったとき、ピーラーを見て……押した。

ピーラーが震えて動きだした。速度を増しながら床の上を滑っていく。キッチンの向こう側にある戸棚にぶつかった。

マイルズは防御壁をバタンと閉じた。最悪の気分だった。

いまや新たに、ありとあらゆる興味深い面で、自分にとっても他人にとっても危険な人物になったわけだ。やれやれ。

人の心を操る能力がもっとも恐ろしい。考えるだけで恐ろしかった。その気もないのに力を働かせてしまうかもしれない。

ララが間違っているのを願うばかりだった。誰かの心を実際に操るまでは、そんな力を持っているかどうか証明できない。それに、確かめるつもりもなかった。本質的に邪悪な能力だという気がした。

アーロが邪悪だと言っているわけではない。アーロは……アーロだ。

そういうわけで、マイルズはその能力を使わずに眠らせておくことにした。運がよければ、退化して消えてなくなるかもしれない。そうなってくれ。

残りのカトラリーを昔ながらのやり方で拾い集めた。外れた引き出しをもとに戻すと、コンロに注意を向けた。ガス管が遮断されている感じがする。マイルズはコンロの仕組みに知覚を浸透させた。バルブを開いて、管のなかのガスを五感でたどって……ここだ。

防御壁を開き、圧力を加えて、点火装置をオンにした。何も起こらない。軽く叩いて——。

シュ－ッ。大きすぎる炎が燃えあがった。マイルズはあわてて飛びのいた。ギンガムチェックのカーテンに火がついた。

マイルズはそれをぼう然と見つめた。なんてこった。

「ちょっと、マイルズ！」

ララがマイルズを突き飛ばすと、燃えているカーテンを引きおろしてシンクに投げこんだ。蛇口を開けると、カーテンはジュッという音をたて、湯気が出た。

ララが青ざめた顔でマイルズを見た。「自爆したいの？」

マイルズはかぶりを振った。喉が詰まっていたので、咳払いをした。「ごめん」しわがれた声で言う。それしか言葉が出てこなかった。

「もう」ララがマイルズの腕をつかんで、シンクの前に引っ張った。「汚れてるじゃない」

土と乾いた血にまみれたマイルズの両腕をつかむと、凍えるほど冷たい流水の下に差し入れた。

水はマイルズの前腕を流れ、黒焦げのカーテンの上で濁ったピンク色の渦を巻いた。マイルズはララの撫でさする手の動きに魅了され、渦をじっと見ていた。ララは食器用洗剤を手につけて、マイルズの肘まで洗った。血でこわばった袖が水浸しになった。最高の気分だ。淫らな感じがした。

血が洗い流され続け、カーテンでふさがったシンクの半分以上にピンクの水がたまった。

「きりがない」マイルズは言った。

ララが不満げな声をあげた。「全部洗い落とさなきゃ」厳しい口調で言う。「清らかな血ではないのだから」

「血は血だ」

「あなたはやりたい放題ね」ララがカーテンを引きあげた。水がゴボゴボと音をたてながら流れた。

「自分に何が起きているのかわからない」

ララがマイルズの濡れた冷たい手をぎゅっと握りしめた。「目的を達成するための苦しみ。あなたはそれに慣れてしまっている。ほかのことにも慣れてしまったように」

「だけど、おれがきみにしたって教えてくれたことは」マイルズは言った。「おれにはコントロールできないんだ。そんなことをしている自覚もなかった。危険だ。おれは危険人物だ。きみから離れるべき――」

「ばか言わないで」ララがさえぎった。「あなたがいなければ、わたしは十分後には死んでしまうわ。重荷を背負わせて悪いけど、本当のことよ」

「おれはきみを傷つけてしまうかもしれない。おれは――」

「でも、あなたはそんなことはしない。たぶん片手でわたしの首の骨を折ることも、絞め殺すこともできるでしょう。ついでに言えば、銃で撃つことも。簡単に。でも、あなたはしない。それを知っているから、問題にはならないわ。わかった?」

マイルズはまだ胸が苦しかった。「おれを信用するな。おれ自身が信用できないんだから」

「もう遅いわ」ララが言った。「信じているから。あきらめて」オーブンの取っ手からハンドタオルを取ると、マイルズの腕を拭いた。そっとなだめるように。

服はあいかわらず血まみれだが、手はきれいになった。その手をララが両手で包みこみ、引き寄せてキスを――。

マイルズはさっと両手を引いた。「ララ、頼むからそんなことしないでくれ」

「わたしがそのスープをあたためるわ」ララは優しく言った。「向こうでゆっくりしていて」

今度はララがマイルズの世話をしようとしている。マイルズは笑いが込みあげたが、代わりに咳が出た。「薪を取ってくる」

「無理しないでね」出ていくマイルズの背中に、ララが声をかけた。

木はあったが、割る必要がある。奥の差し掛けで斧と薪割台を見つけた。生活に必要なものを勢いよく作りだすことで、マイルズはいらだったエネルギーをいくらか解消できたが、感情が刺激され、グリーヴズにとどめを刺すつもりで斧を振りおろし続けた。すると、防御壁が反応した。マイルズは平衡地点に立つ必要さえなかった。斧を振りおろすと同時に防御壁がぱっくり開き、マイルズは魂の奥底から無音の叫び声を――。

がく然として巨大な薪割台を見つめた。太腿の高さまであり、幅は高さよりもある台が、真っ二つに割れて転がっていた。

松葉がマイルズの周囲を転げまわり、雨のごとくパラパラと音をたてた。

キッチンのドアが開いた。マイルズは振り返らなかった。戸口にいるララのほっそりしたシルエットから放たれる非難を受けとめたくなかった。

〝ちょっと、嘘でしょ？〟脳内スクリーンに文字が表示された。

マイルズは首を横に振った。言葉が見つからなかった。

〝もうちょっと頑張って叫ばないとね。ソルトレイクシティの本山までは聞こえなかったでしょうから〟

マイルズは笑いが込みあげたが、すぐにすすり泣きに変化した。斧の柄に寄りかかり、辺りが暗いことに感謝した。

完全に無力だった。

22

自分は今日死ぬのだと、アナベルはグリーヴズの動いている口元を見ながら思った。おそらくひどい死に方をするだろう。でもどうだっていい。痛みにも屈辱にも慣れている。それが普通の状態だった。

死ねばこの心にのしかかる重荷から解放されるだろう。この身につきまとってにじみでる暗い影や闇――。

「集中しろ、アナベル!」グリーヴズの鋭い声が響き渡った。アナベルは心を操られる痛みにあえいだ。ララの人食い巨人に殴られたときにぶつけた頭がまだ痛むが、医療チーム――グリーヴズがどこへでも車で連れていく、不快極まりない死体同然のばかの世話をしている――は、アナベルに抗生物質を大量に投与すると、会議に出られると断言した。脳震盪《のうしんとう》と太腿の銃創は、会議という名の叱責を免れる口実にはならなかった。

グリーヴズはバルコニーにつながるガラス扉を開けっ放しにしていて、十一月の凍えるような風が吹きこんでいた。前回の会議の結末を思い起こさせる。今夜は誰が宙に浮かび、大空へ飛びだすことになるのだろう。自分であってほしい、とアナベルは思った。悪い死に方ではない。前から空を飛んでみたいと思っていた。そのあと、激突する。ただそれだけのことだ。それって……。

髪を風になびかせながら飛ぶ。ララのしていることだ。自分も千里眼で、夢の旅ができたらよかったのに。実際は、いまいましいテレパスで、人の心のなかのゴミというゴミを見せられる。湯気を立てている汚物を。うんざりする。ゴミならもう自分のでたくさんだ。

「……顔認識ソフトを使ったデータ収集ネットワークは？」グリーヴズが全員に尋ねた。「どうなっている？」

シルヴァが甲高い声で話し始めた。「現時点では、毎日二十四時間、西海岸のすべての交通の主要地点に備えつけられた監視カメラのライブ映像を見られます。日々範囲を拡大していきます。空港やバス、駅やレンタカー店まで。顔認識ソフトが数秒以内に警告を発します」

シルヴァは若干、誇らしげだった。グリーヴズの前でそんな態度をとるのは、過ちでしかない。

「ララが裏道や小さな町を通っているなら、意味はない」グリーヴズが言う。「小さな店で車を借りているかもしれない」

シルヴァは意気消沈した。「ああ、そうですね。ネットワークを広げているところですが、外部に委託してそういった種類の――」

「わかったわかった。ということは、ボットが常に大量の映像をふるいにかけて、ララ・カークの顔を探しているわけだな。上出来だ。男の身元が確認でき次第、そっちも手配しよう。さあ、次に進むぞ。モニターを見てくれ」

部下たちの目の前に一台ずつあるコンピュータのスクリーンに、映像が表示された。

アナベルはしぶしぶ目をやった。

ララ・カークの房の映像だ。またしても。マスクをかぶった男が、フーを引きずって飛びこんでくる場面を、何度となく見せられた。ララは半裸で部屋の隅で縮こまっている。

「音声がないのがいまだに信じられない」グリーヴズが苦々しい口調で言った。

「聞くべきものなどなかったのです」アナベルは主張した。「ひとりきりですし、ひとり言でも――」

「黙れ」グリーヴズがぴしゃりと言った。「モニターを見ろ」

男が監視カメラを見あげたあと背を向け、ララの前にかがみこんでマスクを取った。

ララがぐ然としている。

だが、恐怖の表情ではなかった。希望の光が見える。面識があるのは明らかだ。

「ララはその男を知っている」グリーヴズがゆっくりと言った。「会えて喜んでいる」

「驚いてもいます」アナベルは意見を述べた。

「そうですね」シルヴァが同意した。「助けが来ることを予想してはいなかった。反応が鈍くて、男に急《せ》かされています」

「そのとおりだ、シルヴァ。つまり、ふたりがテレパシーでコミュニケーションを取っていなかったことを意味する。それなら、あの男と連絡を取っていた人物がほかにいるはずだ」

一同が恐怖にとらわれた。アナベルは頭のなかを探られるのを覚悟した。グリーヴズは手際がいいが、それでも――〝ああ、痛い〟まだ頭痛がするし、昨日テレパシーで責められたときの傷も癒えていないのに。

グリーヴズはすばやく移動して、医療スタッフを含めた全員を探った。医療スタッフも会議に呼びだされていたが、一名はあのばかの世話をするために持ち場に残っている。世話をするというより、見張るためだ。死ぬことを許されないあの忌まわしい存在に、アナベルは同情する気持ちもあった。

ドアが開いて、気取った笑みを浮かべたミランダ・レヴィンが入ってきた。落ち着いた表情をしているが、レヴィンが興奮を押し殺して格好つけているのを、最後に服用したpsi-maxが切れかけているのに、アナベルは感じ取れた。嫌味な女。

「法科学研究所のツテから連絡がありました」レヴィンが言う。「ヒットしました。ビクスビーを撃った銃に残されていた指紋が一致した男はマイルズ・ダヴェンポート。最後に確認された住所はオレゴンのサンディです」

「まさか！」アナベルはぱっと立ちあがった。「マイルズ・ダヴェンポートのはずがないわ！」

グリーヴズは表情を変えずにアナベルを見た。「なぜだ？」

「その男を知っています！　あの夜、スプルース・リッジにいました！　資金集めのパーティーがあった日です。わたしを攻撃して縛りあげ、アレックス・アーロに襲いかかり、ラッドの模型を破壊した男です！　結局、ラッドと話をしたあと昏睡状態に陥りました。ダヴェンポートのはずがありません！　わたしはあの男を探ったんです！　防御壁を破ることはできませんでしたが、彼は強化されていません。されているならわかったはずです。彼は堅固な防御壁を備えたただの大男にすぎません！」

「その男ではないと言うんだな？」グリーヴズが穏やかにきいた。

「違います！　ララを連れていった男は、強い超能力を備えていました！　わたしはサインは絶対に忘れません！　同じサインに遭遇したら、わかった――」

「サインが変わったのかもしれない」グリーヴズが言った。

「サインは変わりません！」

「わたしの前で声を荒らげるな」

アナベルは鼠径部をきつくつかまれたような感覚に襲われ、悲鳴をあげた。

数秒経って、その恐ろしい感覚がやわらぐと、テーブルに突っ伏して涙をこらえた。

「落ち着きを取り戻したか？」グリーヴズがきいた。「進めてかまわないか？　プロらしくふるまう準備はできたかね？」

アナベルは痛みをこらえて背筋を伸ばした。「はい」暗い声で答えた。

「よし。さっきも言ったとおり、サインが変わっていれば認識できないだろう。きみの話では、その男はラッドの攻撃を受け、心的エネルギーによって殺されかけた。目覚めたときに、まったく異なる超能力を身につけていた可能性は高い」

「そのようなケースをご存じなのですか？」シルヴァが尋ねた。

「ああ」グリーヴズが言った。「わたしだ」

一同がグリーヴズを見つめるなか、ガラス扉に風が吹きつけた。

「昔、そのようにしてわたしの能力は解き放たれたのだ」グリーヴズが説明する。「若い頃、わたしはラッドがダヴェンポートに与えたのと酷似した心的圧力に長期にわたってさらされた。脳が完治するまで何カ月もかかったが、その後、わたしの能力は変化した。劇的に」冷笑を浮かべながら、一同を見まわした。「きみたちは全員、psi-maxの錠剤を服用している。しかし、きみたちが望むなら、わたしと同様の永続する超能力を授けてやることもできる。その代償として耐えがたい苦痛を味わったあと、激しい頭痛や失見当識、抑鬱症に悩まされることになる。その後も長年にわたって慢性頭痛、フラッシュバック、たまに精神崩壊を引き起こす。それらと引き換えに、巨大な力を手に入れられるんだ。それに耐えられる者はこのなかにいるか？　いないのか？」鼻を鳴らす。「驚くことではない」ペンでテーブルをコツコツ叩いた。「マイルズ・ダヴェンポートはその代償を払ったが、ラッドは自分がモンスターを生みだしたことにさえ気づいていなかった。悪ガキが運動場で自分より小さな子どもを叩きのめしたくらいにしか思っていなかった。ダヴェンポートには興味をそそられる。生け捕りにしたい」

一同が視線を交わした。

グリーヴズは笑った。「怖いのか?」人の心を操る能力で一撃を食らわすと、部下たちは飛びあがるか、顔をしかめた。「わたしはきみたちに莫大な資金を注ぎこんだ。きみたちにとって、マイルズ・ダヴェンポートなど、わたしと比べたら恐れるに足りない存在だろう」

グリーヴズがレヴィンに言った。「マイルズ・ダヴェンポートについて話してくれ」

レヴィンはUSBメモリをパソコンに差しこんで、ファイルを共有した。「彼はエンディコット・フォールズで生まれ育ちました。両親は健在で――」

「すぐに人をやれ」

「すでに手配済みです。コンピュータ・エンジニアで、音をフィルタリングするアルゴリズム構築を専門とする音響学のエキスパート。納税申告書からすると、かなり稼げる職業のようです。最近はアレックス・アーロのセキュリティ・コンサルタント会社と仕事をしていましたが、スプルース・リッジの事件後は働いていません。また、フリーランスでほかのセキュリティ会社、主にセーフガードの仕事をしています。マクラウド兄弟――デイビー、コナー、ショーンが経営する会社です」

アナベルの燃えるような視線は、画面に次々と表示される、レヴィンが探し集めた大量の書類を通り過ぎ、一枚の写真に釘付けになった。マイルズ・ダヴェンポートが、笑っている黒髪の女の子の肩に腕をまわしている写真だ。ダヴェンポートは笑顔で、幸せそうだ。女の子は美人だが、バーに通っていそうな軽い女に見える。あそこも立派だ。ダヴェンポートは独特の魅力があり、いかついが見栄えがする。

スプルース・リッジで確認済みだった。

レヴィンのだらだらと続く話に耳を傾けた。「……学生時代から音響エンジニアとして、ブルースやロックのバンドを何組か手掛けています。それから、この女性、赤いホルタードレスを着た女性と長年、恋愛関係にありました。シンディ・リッグズ、ミュージシャンです。しかし、彼女はそのあいだに、数人の別の男性とも関係を持っています。セーフガードの経営者のひとり、コナー・マクラウドの義理の妹です。ダヴェンポートはリッグズと数年間、キャピトル・ヒルのアパートメントで同居していましたが、一年前に出ていきました。これは興味深い情報ですが、半径五百キロ以内の緊急治療室をマクラウドという名前で調べたら、セイラムでデイビー・マクラウドがヒットしました。数時間前に、動脈瘤で病院に収容されたようです。いま、緊急手術の準備をしているところです。写真もあります。マクラウド兄弟、アーロ、彼のガールフレンド、ニーナ・クリスティ――彼女もスプルース・リッジにいて――」

「わたしはあの夜、ミズ・クリスティと直接会っている」

「ああ、そうでしたね。マクラウド兄弟関連で、ヴァル・ヤノシュという名前も浮上しました。木立に止めてあった車の所有者です。タム・スティールという妻と、娘がいます」

一同はフォトギャラリーのスライドショーを見守った。マクラウド兄弟、その家族、友人、クリスティ、アーロ。グリーヴズがほほえんでうなずいた。

「すばらしい。よくやった、レヴィン」

レヴィンは撫でられた猫のごとくご満悦の様子だった。「ダヴェンポートが所有するカスケード山脈の不動産も突きとめました。六十エーカーの土地と、放棄された丸太小屋です。衛星画像のこの辺りです」

グリーヴズが顎をさすりながら思案し始めた。よく訓練された部下たちは、静かに待ち続けた。

グリーヴズが口を開いた。「レヴィンとリックマンはセイラムへ行ってくれ。ララとダヴェンポートと話し合いを始めなければならない。病院にいるマクラウド家が窓口になるだろう。近くへ行って、彼らと、その関係者の心を読むんだ」

「例の計画の第三段階はどうなりますか？」シルヴァが尋ねた。「ブレインでのセレモニ――」

「予定どおり進める」グリーヴズが断言した。「明後日、コミュニティ・センターの落成式を行う。そして同日、秘密の贈り物を授ける。みんなモーラにワクチンを打ってもらったな？」

全員がうなずいた。

「よし。ダヴェンポートのほうは……その小屋で思いついたんだが」グリーヴズが言葉を継ぐ。「この男は手ごわい敵で、決して甘く見てはならない。先制攻撃を仕掛けて、ダヴェンポートがわたしを非難しようとしても信用されないようにしておきたい。特にいまは大事なときだからな。試験の最終段階が迫っている。ひと息入れる間も与えずにダヴェンポートの評判を台なしにして、破滅させてやりたい。マチルダ・ベネットを殺害した犯人に仕立てあげるつもりだったが、もっといいアイデアを思いついた。よりスキャンダラスで、衝撃的で、ララ・カークが長いあいだ行方不明になっていたことに対する説明もつく。小屋にチームを派遣しろ。壁に枷を取りつけて、床にマットレスを敷いて、食料の入った箱とペットボトルの水を置いておけ。ゴミをばらまいて、簡易トイレも用意するんだ。ララの房から必要なＤＮＡを採取できるだろう。櫛や寝具についた髪の毛とか。ララが触れたものから。血液のサンプルはあるか？　想像力を働かせろよ」

「ああ、ボス！」恥知らずにも、レヴィンが目をぱちぱちさせてごまをすった。「すばらしいアイデアです！　ふたりが滞在していた家からシーツを取ってきましたから、それも使えます！　その上でセックスしたのは間違いありません」

　グリーヴズが眉をひそめた。「かわいそうに。すぐにそんな仕事をさせられるなんて。か弱い女なのに。不名誉な行為だ」

「もちろん、そうですね」レヴィンがあわてて意見を変えた。「ひどいと思います」

「ダヴェンポートはこの数カ月間、人づきあいを絶っていた。脳を損傷し、傷ついて、落ちこんでいた。その事実がわれわれの話を裏づけてくれるだろう」グリーヴズが思案しながら言う。「今日の午後、ダヴェンポートに殺害された部下たちの遺体を運んで、小屋の裏に埋めろ。遺体袋に入れたままで。ダクトテープにダヴェンポートの指紋が残るように。警察には、遺体はララ・カークを探すために雇った人物だと話そう。わたしは彼女の作品に惚《ほ》れこんでいるパトロンだから、捜索に協力したのだと。彼らは小屋でララを見つけ、わたしに連絡してきたが、その後、音沙汰がなかった。これでどうだ？」生き生きした目で一同を見まわした。「筋が通っているか？　いいと思うか？」

「もちろんです」

「すばらしいです。完璧です」おもねった声が次々とあがった。

アナベルは息苦しくて、何も言う気になれなかった。

シルヴァが甲高い声で言う。「マクラウド兄弟やほかの仲間たちがアリバイを供述するでしょう。ダヴェンポートがララをコリタ・スプリングスの施設から救いだしたことも」

「目のつけどころがいいな、シルヴァ。だが、彼らの子どもたちが不可解な臓器不全によって死亡したら、証言を変えるかもしれない」グリーヴズが言った。「それでも言い張るほど愚かな人間ではないだろう」

シルヴァが沈黙すると、グリーヴズは手を叩いた。「さあ、やるぞ、諸君。顔認識にダヴェンポートも加えるように、レヴィン。シルヴァ、刑務所の最新の統計解析を持ってきてくれ。まだちゃんと見ていない」

「かしこまりました」

アナベルはグリーヴズに近づいていった。「お願いがあります」

「いまは忙しい、アナベル」グリーヴズは書類をめくっていて、顔をあげようとさえしなかった。

「わたしはただ、代償を支払う覚悟ができていることを、お伝えしておきたいんです」

グリーヴズが眉をひそめてアナベルを見た。「なんの代償だ？」鋭い口調で言う。「まだ脳震盪が治っていないのか、アナベル。わけのわからないことを言うな」

「ボス」アナベルは歯を食いしばり、顎を震わせながら続けた。「潜在する超能力を昔ながらのやり方で引きだす話のことです。ボスが経験されたという。どれほど痛みがあろうとかまいません。ぜひやらせてください」

「本気か？」グリーヴズは無表情だった。

「痛みは怖くありません」

「ふむ」グリーヴズが青い目を細めて思案した。

突然、テレパシーで探られ、アナベルは身震いしながら体の力を抜こうとした。グリーヴズが心のドアを次々と開けて、暗闇をのぞきこむ。記憶が解き放たれるたびに、電気ショックを受けたような痛みを感じた。でも、これで強くなれる。耐えられる。ようやく、探針が引っこんだ。アナベルは傷つき、震えながら待った。

「だめだ」グリーヴズが言った。「やめておこう」

アナベルはグリーヴズをぽかんと見つめた。「でも……わたしは――」

「きみはふさわしくない」グリーヴズが言う。「子どもの頃に受けた傷が深すぎる。思春期直前の監禁や性的虐待のことだ。ひどい話だ。きみはものすごい可能性を持っているのに、残念だな。脳の一部の機能が抑圧されていて、その他の部分が過度に補っている。ありとあらゆる化学的不均衡が見られ、全体的に不安定で混乱している。きみはまともじゃない、アナベル。わたしが圧力を加えたら、まず間違いなく気が触れるだろう。死ぬかもしれない」

「でも、わたしは痛みを恐れていません」アナベルは言った。「死も」

「恐れるべきだ」グリーヴズが同情に近い表情を浮かべた。「その点も問題なんだ。わたしがとてつもない、取り消すことのできない超能力を与えたあとで、その人物が正気を失ったとしたら？　そんな無責任なことはできない」

アナベルは首を横に振り続けた。「でも……わたしは――」

「賢者は限界を知っている。正直に言うと、初回の投薬の前にわたしが審査していれば、きみのことは絶対に選ばなかっただろう。不安定で、問題が多すぎる。しかし、強化してしまったのだから、最大限に活用するしかない。ｐｓｉ‐ｍａｘを投与すれば、きみは実に有能なテレパスで、わたしの記憶では、そのほかの能力も興味深い。性的魅力のことだ。きみは興味を失ったようだが。きみの輝いた姿をしばらく見ていないぞ」

「最近はそういう気分になれないんです」アナベルは沈んだ口調で言った。

「だろうな。責めているわけじゃない。そうだ」グリーヴズが目を見開いた。「いいことを思いついたぞ。きみはダヴェンポートの小屋へ行くチームのリーダーに適任だ！　鎖だの枷だの、覚えがあるはずだ。きみにうってつけだろう？　個人的な経験を生かすんだ！　弱みを強みに変えるチャンスだぞ！」

アナベルは途方に暮れ、グリーヴズをぽかんと見つめた。「ボス？」

「わからないか？」グリーヴズが励ますように言う。「ララが監禁され、性奴隷にされたというシナリオを、法医学の専門家や心理学者を納得させられるように書けるのはきみしかいない。そのあとで、ララがどんなにダヴェンポートを弁護しようと、彼に洗脳されたと思われるだけだろう。一石二鳥どころではない。急いでくれ。明日の朝一番に警察に通報する。夜明けまでに完了させるように」

「承知いたしました」アナベルはうつろな声で答えた。

「どうした、浮かない顔をして」グリーヴズがアナベルの背中を軽く叩いた。「過去を再現すれば、助けになるかもしれないぞ。うみを出すようなものだ。試してみる価値はある！」

アナベルは咳払いをした。「そうですね」

「時間がない。自分の痕跡を残さないよう気をつけるんだぞ。ダヴェンポートを確実に有罪にしろ。さて、そろそろいいかな」

グリーヴズが歩み去った。アナベルはすっかり忘れ去られた。

アナベルは彫像のごとく立ち尽くした。開いたガラス扉から吹きこむ冷たい風に、雪の気配が感じられた。

マーゴット・マクラウドは娘のふわふわした赤い巻き毛を指でとかした。「本当にホテルに戻らなくていいの?」優しく尋ねる。「ケヴィーはエリンおばさんと戻るって。映画を見るのよ。ピザを注文して」

ジーニーはかぶりを振った。娘は、これ以上議論しても無駄だというときにデイビーが浮かべるのと同じ表情をしていた。「ママとここにいる。お医者さんの話を聞きたいから」

「わかったわ」マーゴットは言った。「でも、何時間も待たなければならないわよ」

「ママと一緒に待つ。何時間でも」

マーゴットは娘の肩をぎゅっとつかんで、頼りになる母を演じようとした。実際は、ものすごく怯えていた。デイビーの頑固で、ストイックで、融通の利かないところに文句ばかり言って、自分がどっしりとした夫に頼りきっていることに気づいていなかった。

運命によって引き裂かれそうになって初めて、夫がマーゴットの世界を定義していることに気づいた。デイビーが彼女の基盤だった。彼がいなければ、自分は壊れてしまうだろう。ふたりの子どもを抱え、途方に暮れるだろう。

デイビーを失うなど考えられない。意識のない、衰弱した姿を想像することさえできなかった。デイビーはいつだってものすごく強くて、我慢強かった。でもこういったことは、毎日、誰の身にも起こりうるのだ。それが彼だとしても、自分たちだとしてもおかしくない。自動車事故やら、心臓発作やら、いろんなことが起こりうる。

マーゴットは胸が詰まり、息が苦しかった。ショーンから電話をもらい、デイビーがこれから脳手術を受けると知らされてからずっと。その後の、マイルズと彼のあたらしい謎めいたガールフレンドを追いまわすおかしな男からサイキック攻撃を受けて脳を損傷したという説明は、そのときのマーゴットの耳に入らなかった。〝脳手術〟という言葉を聞いた時点で、頭が働かなくなった。

いまだにうまく働かないが、深く考えるのは恐ろしかった。デイビーが傷ついてしまう。あるいは変わってしまう。

マーゴットは恐怖を押し殺した。ジーニーがホテルに戻ることに同意していたなら、そばには義理の弟しかいないから、ここにひとりで座って好きなだけ泣きじゃくっていただろう。だが、ジーニーといるときは、強くならなければならない。デイビーもそう望むだろう。息子のジェイミーはポートランドのリリーとブルーノのところにいる。リヴも息子のエイモンと、エリンの末っ子のマディを連れてそこへ行っている。寄り集まっていれば、みんな慰められるだろう。それでも、マーゴットはジェイミーに会いたかった。息子もまた彼なりにストイックだ。父親に似ている。マーゴットはジェイミーとジーニーは病院へ行くと言い張った。マクラウドの気骨を確実に受け継いでいる。

廊下でコナーとひそひそと話していたエリンがこちらに向かって歩きだした。コナーがその腕をつかんで引き戻すと、深いキスをした。マーゴットは目をそらした。ふたりの姿を見て、嫉妬や不安を感じたことにぞっとした。

〝お願い、お願いだから助かって。もっと一緒にいたい。ジーニーもジェイミーもまだ小さいのに。別れるには早すぎるわ〟

エリンが近づいてきた。「それで？　ジーニーは一緒にホテルに戻ることにしたの？　ケヴィーはハリー・ポッターの映画の一と二を持ってきたのよ」

マーゴットは首を横に振った。「わたしと一緒に待つって」

ジーニーがほっそりした腕をマーゴットの腰にまわしてぎゅっと抱きしめた。マーゴットは涙が込みあげたが、はなをすってこらえた。〝困難に立ち向かうのよ〟

エリンがマーゴットの肩に手を置いた。「きっと助かるわ」静かに言う。「デイビーはタフだから」

マーゴットは何も答えられなかった。ショーンがケヴィーを連れてやってきた。ケヴィーは父親のコナーにそっくりだ。長身瘦軀《そうく》で、たてがみのようなダークブロンドの髪と、薄緑の目を受け継いでいる。

エリンはバッグを手に取ると、全員にキスをしてから、病院を出ていった。ショーンはジーニーの隣に座って、ジーニーの髪をくしゃくしゃにしたあと、ぐったりと椅子の背にもたれかかって、めずらしく黙りこんだ。

「頭の具合はどう？」マーゴットはきいた。「ＭＲＩ検査を受けるんでしょう？」

「デイビーの手術が終わってからな」ショーンが言う。「それまでに、うまい言い訳を考える。こんなこと説明できないだろ？　〝すみません、ちょっと脳をスキャンしてもらえませんか？　やってみたいんです。兄の手術が終わるまでの時間つぶしに〟

とでも言うのか？　それとも、〝魔法の力を持つ邪悪な野郎のサイキック攻撃を受けたから〟と正直に話すか？　精神科病棟に連れていかれるぞ」

「でも早いほうがいいわ」マーゴットは声が震えた。「危険を冒さないで。病院の人たちになんと思われようとかまわないわ。あなたたちにちゃんと言い聞かせると、リヴと約束したの。ふたりともひねくれていて人の言うことを聞かないから」

「わかったから」ショーンがなだめるように言う。「大丈夫だよ。頭痛はひどいけど。痛み止めをもっともらえるかい？」

「ええ」マーゴットはハンドバッグから薬を取りだして、ショーンのてのひらに数錠振りだした。ショーンが手を引っこめないので、さらに二錠あげた。「そんなにのむなら、何か食べないとだめよ」

ショーンは薬を口のなかに放りこみ、水なしでのみこんだ。「ケヴが何か買ってきてくれる。ケヴとエディとニーナとアーロは、食事に出かけた。妊娠中なのにエディがストレスでまいってしまうんじゃないかと、ケヴはすっかり心配している。当たり前だ」

「薬は水と一緒にのまなきゃ」ジーニーがおじに説教した。「喉に詰まっちゃうから。わたしのお水をあげる」黒とピンクのバービーの水筒を取りだして振ると、顔をしかめた。「廊下の水飲み場でくんでくる。すぐに戻ってくるから」

「ひとりで行っちゃだめ！」マーゴットはジーニーの背中に向かって叫んだ。

「水飲み場へ行くだけよ。すぐそこの」ジーニーが走っていき、廊下の角を曲がった。ちょうどそこでコナーが看護師と話をしていて、ジーニーは彼の目の届くところにいたので、マーゴットは過剰に心配するのをやめようとした。ジーニーはすぐに待合室に戻ってきて、ソファのふたりのあいだに座ると、水筒をショーンに差しだした。

ショーンはキスをしながら水筒を受け取ると、ジーニーの頭をもみくちゃにした。ジーニーがくすくす笑いながら身をくねらせて逃れようとしたとき、マーゴットは娘の背中に付箋がついているのに気づいた。それは抗生物質か何かの処方箋で、ダークブルーのチュニックセーターの真ん中に貼りついていた。

変だわ。肩甲骨のあいだなんて、袖と違って、付箋がたまたまつくような場所ではない。

不安が恐怖に変わり、マーゴットはぞっとして付箋をはがした。表には何も書かれていない。裏返して接着面を見た瞬間、心臓が止まった。インクで走り書きされていた。

〝かわいい子だ。

次はこの子の番だ〟


「ショーン」

ショーンがマーゴットの口調にはっとして顔をあげた。マクラウド兄弟は危険を感知するアンテナが高度に発達している。彼の視線がすばやく付箋をとらえた。マーゴットは何も言わず、ジーニーの背中を震える手で指し示してから、付箋を差しだした。

すでに青ざめていたショーンの顔が真っ白になった。

視線を合わせたとき、ショーンの目には激しい敵意が燃えていた。デイビーもよくそんな表情をする。厳しい表情だが、それでも慰めになる。タフで強い家族ができてよかった、とマーゴットは思った。

「コナー」ショーンが声をかけた。

コナーのアンテナも敏感だ。こちらを見ると、すぐに会話を終わらせ、脚を引きずっていることをほとんど感じさせない、きびきびとした足取りで近づいてきた。

ショーンが付箋を差しだした。「ジーニーについていた」声を出さずに口の動きだけで伝えた。

「ママ？　それ何？」ジーニーがただならぬ雰囲気を感じ取り、不安そうに周囲を見まわした。

「なんでもないわ」マーゴットは答えた。

「嘘つき！」ジーニーがマクラウドから受け継いだ薄緑の目を細くした。

「いつ？」コナーがきいた。

「たったいま」マーゴットは答えた。「水飲み場へ行ったときに」

ショーンが廊下へ出ていき、辺りをくまなく見まわした。

コナーがジーニーの肩に手を置いた。「ハニー、水飲み場へ行ったとき、誰かに触られなかったか？」

ジーニーが眉根を寄せて考えた。「そう言えば、水をくんでいるときに、誰かとぶつかったの。振り返ると、向こうへ歩いていく、白衣や緑のパジャマを着たお医者さんしかいなかった。誰とぶつかったのかはわからない」

「男の人？　それとも女の人か？」

「どっちもいたわ」ジーニーが小声で答えた。

ショーンが戻ってきた。新たな付箋を手に持っている。「水飲み場に貼ってあった」

同じ処方箋のもので、同様に裏側にメッセージが書かれていた。

〝その次は三一七号室の少年だ〟

ジーニーが身をよじって、メッセージを見た。「わたしたちのホテルの部屋番号！　どうして？　秘密じゃなかったの？」

「そのはずだけど」マーゴットは言った。「もう少し小さな声で話してね」

「なんという偽名を使ってチェックインしたんだ？」コナーが電話を取りだしながらきいた。

「エリンが手続きしたのよ。あなたの指示どおり、あたらしいクレジットカードと身分証明書を使って」

コナーが小声で悪態をついたあと、電話をかけた。「もしもし。すぐにこっちに戻ってこい。ホテルへは行くな……ああ、あとで話す。急げ。ああ……愛してるよ」

ショーンも電話を取りだした。ケヴたちにかけるのだろう。「よお、いますぐこっちに戻ってこい。問題が発生した。深刻な。ああ、わかった。急いで」

ショーンが電話を切った。大人たちは寄り集まって、ジーニーを取り囲んだ。人間の盾だ。通り過ぎる人や座っている人、働いている人ひとりひとりに注意した。このなかの誰が武器を隠し持った敵でもおかしくない。

「くそっ、気に入らない」ショーンがつぶやいた。

「子どもたちを移動させないと」コナーが言う。「誰かに頼むか。ブルーノとリリー、ニック、セス。ピートリーも助けてくれるだろう」

「わたしたちの知らない場所でないと」マーゴットは言った。「心を読まれているかもしれない」

ショーンが顔をしかめた。「ブロックしないとな。車のなかでマイルズに教えてもらったことをしよう。あのときは、道路で待ち伏せしているテレパスをだますために、朝食のことを考えた。何かはっきりしたものを選んで、それだけを考えるんだ」

マーゴットは思わず笑いそうになった。信じられない。夫が脳にメスを入れられているときに、テレパスの裏をかくことしかできないなんて。

「準備はできたわ」険しい顔で言った。

「心の用心棒が必要だな」ショーンが言う。

「それなら」コナーが言った。「マイルズを呼ばないと」

23

〝スープを食べろ〟

ララの脳内スクリーンに、命令文が表示された。

塩味のクラッカーをじっと見ていたララは、顔をあげた。マイルズはララを見ていなかった。喧嘩してからずっと、シャワーを浴びろとか、服を洗濯機に入れろとか、これを着ろとか、急げとか、ぶっきらぼうに命令するとき以外は口を利こうとしない。笑顔も、スキンシップもなかった。視線を合わせることも。

ララは胃が締めつけられるような感じがして、腹部に手を押し当てた。シャワーを浴びたらいくらか緊張がやわらいだものの、ぶらさがった死体やゆがんだ顔、したたる血がまだ目に焼きついている。ケイとフランツのことも脳裏から離れなかった。頭から血を流して倒れているマイルズの幻覚も。グリーヴズに激しく締めつけられたことも。とても消化しきれない。

〝無理〟そう返事をした。

マイルズがララを見た。冷やかな視線が突然、ララの頭に針のごとく突き刺さった。手のなかのクラッカーが粉々になり、テーブルがガタガタ揺れだす。ララはよろよろと立ちあがり、痛むこめかみに両手を当てた。

「ああ、痛い。もう、マイルズ」あえぎながら言う。「痛いからやめて」

「くそっ」マイルズは皿を押しのけると、テーブルに額を打ちつけた。「くそっ、くそっ、くそっ！」

ララは呼吸をしようとした。鋭い痛みがゆっくりと引いていった。「マイルズ」かすかに震えた声で言う。「ひどいわ」

「わかってる」マイルズの声はくぐもっていた。

ララは彼が落ち着きを取り戻すのを待った。数秒後、彼は顔をあげ、もつれた髪をかきあげて、ララの目を見た。

「おれたちは全力で逃げなきゃならない」マイルズが言う。「きみは何カ月もろくな食事をとっていなかった。きみに倒れられたら、おれはどうすればいい？　きみをどこへ連れていけばいいんだ、ララ？　なんて説明する？　おれを助けてくれ！」

「わたしは倒れたりしないわ。強いから」

マイルズは険しい顔でララを見た。目が充血していて、疲れきっている。「それは知ってるが、食べればもっと強くなれる。とりあえず食べてみろ。おれのために。頼む」

ララは抗議の言葉をのみこんだ。こんなことで争ってもしかたがない。喧嘩の種ならほかにたくさんある。

〝わかった〟

ララはスープをスプーンですくって無理やり飲みこんだ。マイルズはララが何口か飲むまで見守ってから、席を立って、コンロの横にある小さな戸棚をあさり始めた。

ララはゆっくりとスープを飲み終えた。

マイルズはほうきとちり取りとビニール袋を見つけると、リビングルームへ入っていった。割れたガラスを片づける音が聞こえてくる。破片を詰めこんだビニール袋を手に、キッチンに戻ってきた。薪割りをしたせいで汗にまみれている。こわばった陰気な表情をしていてもなお、魅力的だった。

「火をおこすよ」マイルズが言った。

「いいのよ」ララはあわてて言った。「わたしがやるから」

マイルズが顔をしかめた。「おれは放火魔じゃない。それを心配しているんなら。ガス管が遮断されていたんだ。おれは心を使って叩いたんだが、加減がわからなかった。それだけのことだ」

「それでも、わたしがやるわ」ララは安心させるように言った。「あなたはシャワーを浴びてきて」

「おれに念力で火を《パイロキネシス》つける力があると思って、気味悪がってるんだな？」

「本当にそういう心配はしていないの」ララは言った。「ほかに心配なことがたくさんあるから、あなたのあたらしい超能力のことなんて気にもとめていないわ。それよりも気になるのは、あなたの態度。ふるまいよ」

マイルズがにやりとしたのを見て、ララは陽気な口調で言った。「さあ、早くシャワーを浴びてきて。もうお湯が出るでしょう。汚らしくて、見るに堪えないわ。ここにサイズの合う服はなかった？」

マイルズがしかめっ面をした。「あまり。この家の持ち主はおれより三十センチ背が低くて、ウエストはずっと太かった。だが、紐で締めるスウェットパンツがあった。あれなら着られるだろう」

マイルズがバスルームに姿を消すと、ララはようやく息をつけた。彼と一緒にいるときはほとんど心を奪われた状態で息もできないから、意識を保てるくらい脳に酸素を供給できているのが不思議なくらいだった。

マイルズがたくさん薪を作ったので、ララは忙しく働いた。揺らめく炎の光に慰められた。あたらしい清らかな映像は、頭にこびりついた残像をかき消してくれる。炎はそれにうってつけだ。マイルズが見つけてくれた男物の大きすぎるTシャツしか身につけていないララは、ぬくもりを求めていた。

ありとあらゆるイメージが脳裏に浮かぶ。ネズミの巣で、特に明かりが消えているときに正気を保てたのは、豊かな想像力のおかげだった。目を閉じれば、行ったことのある場所に行くことができた。まぶたの裏に、まるで映写機のごとく映像が映しだされるのだ。諸刃《もろは》の刃で、その能力によって狂気に何段階か近づいたとも言えるが、悪くない取引だ。悪い映像も忘れられない。時間が経っても消えなかった。

ララはパチパチ燃える炎を見つめて、心を落ち着かせた。

蓄積された映像より、現実のほうがましだ。たとえ恐ろしい現実でも。シタデルの王よりも生身のマイルズのほうがいいのと同じだ。怒りっぽくて、偉そうな皮肉屋でも、マイルズは暗闇のなかで輝く星だった。彼が許してくれる限り、彼につきまとうつもりだ。

人身御供になったと、傷ついた顔をしてさまよっていると言われたことを思いだして、恥ずかしくなった。

ほかに選択肢があったわけではないけれど、それにしてもだ。ララは自分を恥じた。マイルズにそんなふうに見られたくない。強い女性だと思われたかった。彼に守られるだけでなく、彼を守れると。

マイルズが寝室から出てきた。両腕に毛布と枕を抱えている。先ほどララが体に巻きつけていた毛布を折りたたんで、ソファにかけた。上半身裸で、顎に無精ひげが生えている。腰からずりさがっているだぶだぶのズボンは短すぎて、足首が丸見えだ。彼はかがみこむと、ソファの前の床に寝袋を広げた。

よくない傾向だ。

「何してるの？」ララは強い口調できいた。

「寝床の準備だ」

「ソファに余裕があるでしょう。背もたれを外せば、シングルベッドくらいの広さはあるわ。一緒に寝られる。仲よくさえすれば」

「仲よくだと？」マイルズが顔をあげた。「おれがきみの隣に寝たらどうなるかわかってるだろ」

「ばかね。いまのわたしの気分をよくする方法があるとすれば、それだけなのに」

マイルズが両手を見おろし、指をぴくぴく曲げたあと、自分を指さした。「こんなおれを求めているのか？　いきなり人の心を操って、テレキネシスも制御できなくて、態度もふるまいも最低なおれと寝たいのか？」

「そうよ」ララはためらうことなく答えた。

マイルズが目をそらして、暖炉の炎を見つめた。「木立で戦ったあと、きみの顔を見た。おれが折った首を、切り裂いた喉を、この手についた血を、きみは気味悪がっていた」

「ショックだったのよ」ララは正直に言った。「でも、あの男たちはわたしたちを追っていた。あなたはすべきことをしたのよ。ただ、あなたがあまりにも……手際がよかったから驚いただけ。あなたを責めたりしない」

マイルズが笑みをこらえた。「そりゃまたずいぶん心が広いな」

「そういうことが言いたいんじゃなくて」ララはいらだった口調で続けた。「派手にやるからびっくりしたのよ。木に吊すなんて。どうしてあんなことしたの？」

「メッセージを残したんだ」マイルズが答えた。「ああやって考えを伝えた。ララにちょっかいを出したらおれが相手になる、覚悟しろよ、とな」

ララは棒で火をかきおこした。「わたしのために戦ってくれてありがとう」静かな口調で言った。「二度も」

「礼を言う必要はない。おれと寝る必要も。いまのおれはきみを怖がらせて、傷つけて、怒らせてしまうから」

「わたしも同じことをしたわ」ララは言った。「ごめんなさい」

マイルズは火明かりに照らされたララを見つめながら、長いあいだ考えこんでいた。

「おれも悪かった」慎重に言った。

「あなたがほしい」

「わかった。おれもきみがほしい。いつだって。だけど、しばらくやめておいたほうがいいかもしれない。また不気味な超能力が発揮されたら、おれはどうなるかわからない。もしおれが――」

「きっとすてきだわ」ララは言った。「いつものように」

マイルズがいらだった声をあげた。「いまこの瞬間でさえ、自分のことがわからない」

「わたしはわかる」ララはそっと言った。「こっちに来て。わたしが思いださせてあげる」

ふたりは見つめあった。薪がはぜる音が鳴り響く。マイルズが体を震わせた。「やれやれ、きみはとんでもない妖婦だ」つぶやくように言った。

ララは思わずくすくす笑った。妖婦？　冗談でしょ。でも、魅惑的な女を演じるのは楽しい。背筋を伸ばし、顎をあげて、胸を突きだした。幸せな時間。人生を肯定しよう。

マイルズが寝袋を持ちあげて、ソファの背もたれにかけた。一歩前進した。いつしか、ララの笑顔が抑えきれない満面の笑みに変わった。らしくない表情だ。マイルズがほほえみ返した。白い歯がきらめき、頬にセクシーなくぼみができた。

「誘惑しているのはあなたのほうよ。そんなズボンをはいて」ララは言った。

マイルズが笑い声をあげた。「これが？　これを着るくらいなら、いっそ真っ裸で出ていこうかと思ったんだが。きみがいやがるかもしれないから」

「それでもよかったわ」ララは澄まして言った。「でも、そのズボンには独特の魅力があるの。なんだったかしら？　ええと……『アラビアン・ナイト』の物語の登場人物みたいだわ」

マイルズが笑顔のまま首を横に振った。「言いすぎだ、ララ。きみは想像力が豊かで、楽観的だな」

「いいでしょ」

マイルズが立ちあがった。「『アラビアン・ナイト』か。物語でスルタンをとりこにしたお姫様の名前はなんだっけ？」

「シェヘラザードよ」ララは言った。「スルタンは頭がおかしくて病的に心配性だったから、毎回、初夜の翌日に花嫁を殺して、浮気されないようにしていたの」

「最悪だな」マイルズがつぶやいた。「それなら、おれたちでストーリーを変えよう。勇敢で自主的なシェヘラザードは運命を支配し、卑しいスルタンときっぱりと別れる話に」

「シェヘラザードは四十人の盗賊を束ねる王に助けられました」ララは言った。「王は彼女をアラブの黒馬で連れ去って、流浪の民しか知らない秘密の道の砂漠を駆け抜けました」

「盗賊の王？　おれは無法者になったのか」

「かなりのものだわ」ララはつぶやくように言った。「でも好きよ」

「よかった」マイルズが目を輝かせた。「じゃあおれは、スルタンの宝を手に入れたわけだな。彼女をどうするんだ？」

ララは立ちあがって、髪をかきあげた。「彼女はどうするんだってきくべきね」マイルズの裸の胸にそっと手を置いた。

彼の目に期待の色が浮かんだ。「物語を話してくれるのか？　砂漠の真ん中で、連れは盗んだ金と宝石の詰まった袋だけで、孤独で退屈していたんだ」

ララは首を横に振り、指先で胸の隆起をなぞった。「まさか。もっと頭を使わないことよ。もっと露骨なこと」手をズボンの下に滑りこませた。

マイルズの息が荒くなった。「いいね。お姫様」

ララはズボンを引きおろして、完璧な形をした臀部《でんぶ》をゆっくりと撫でたり、もんだりした。

それからひざまずいて、硬くなったものを口に含んだ。これは大仕事だ。大きすぎるから。

その後しばらく、会話が途切れた。昨夜と違って、マイルズはこれを拒まなかった。両手でララの頭をつかんでいる。全身が震えていて、ララも震えながら初めて理解した。口ですることの醍醐味《だいごみ》を。

恋人の美しさや雄々しさ、たまらない魅力に奮起させられ、身も心も燃えあがった。この世で一番ほしいものとなったゴージャスなペニスに、飽きることがなかった。舌や手で愛撫して力強い脈動を感じ、石鹸の香りがまじった麝香《じゃこう》の匂いを吸いこむ。先端からにじみでた欲望をかきたてる液体をなめ取ると、マイルズは背中をそらしてうめき声をもらした。

彼のかすれた息と、湿った音、薪がはぜる音だけが響き渡った。ララはあえぎながら愛撫し続けた。睾丸をそっと握る。

ララの全身を明るく清らかなエネルギーが突き抜けた。体の内側から泉のごとくあふれでてくる。マイルズを誘惑して、奉仕したいという衝動は、彼を喜ばせた。そして、彼を服従させた。あんなに強い彼を無力にさせている。そう思うとめまいがした。

いつまででもこうしていられたが、マイルズがようやくララの頭を引きはがし、うめくように言った。「これ以上続けたらいっちまう」

ララは口をぬぐうと、彼の太腿を撫でた。「だめなの？　出したいでしょ」

「きみのなかでいきたい」

「それはまたあとでできるわ。今夜はずっとここにいるんでしょ？」

マイルズがララの脇の下をつかんで、やすやすと立ちあがらせた。「いまがいい」

彼を支配するのもこれで終わりね。彼の言葉に操るような響きがほんのかすかに感じられた。

マイルズがララの顔を両手で包みこみ、親指で顎をさする。たこのできた指のざらつく感触に、ララは震えた。

「おれはきみを邪悪なスルタンから正々堂々と奪い取った」マイルズは指をララの髪に絡ませると、頭を後ろへ傾けて喉にキスをした。「どこに、いつ入れるかはおれが決める。おれの下で、髪を広げて、脚を大きく開け。きみの濡れたあそこに、おれの一物を沈める。見つめあいながら一緒にいきたい」

ララは彼の手に自分の手を重ねた。「好きなようにしていいのよ。あなたのものだから」衝動的に言った。「わたしはあなたのものよ」

マイルズが荒々しい息を吐きだした。「おれのもの」

言いすぎたかもしれない、とララは思った。依存心の強い、切羽詰まった、重い女だと思われたかもしれない。でも、ララは永遠に彼のもの。彼に受け入れてほしかった。

マイルズが激しいキスをしてきた。もう冷たいとは感じなかった。ララは熱と光を浴び、エネルギーに満ちあふれた。ふたりは熱いキスで互いを育み、無限に与えると同時に、貪欲に奪った。ララは彼のために甘く花開いた。キスに夢中になるあまり、彼に抱きあげられてソファに寝かされたのにも気づかなかった。彼が敷いてくれたシーツがひんやりする。マイルズは唇を離すと、ララの脚を大きく広げて掲げた。彼の獰猛《どうもう》なまなざしを見て、ララは体を震わせながら吐息をもらした。マイルズがララの両手をつかんで、彼女の脚のあいだに押し当てた。「自分で触れ。どれだけ濡れてるか見せてみろ」

恥ずかしい部分をじっと見られて、ララは目を閉じた。でも、〝彼のもの〟だと自ら言ったのだ。〝好きなようにしていい〟と。

ララは手を伸ばしてひだを広げた。マイルズがララの内腿をさすってさらに広げる。彼の熱い息がやわらかいひだにかかった。そこが濡れて輝いているのを見ると、マイルズはうめき声をもらした。ララはなかに指を滑りこませた。引き抜くと、ぬるぬるしたものが懇願していた。〝お願いだから早くして〟

マイルズがその指を口に含んだ。むさぼるように吸われて、ララは絶頂に達した。信じられない。思いがけず、長く甘い絶頂を迎え、ララはきらきらした感情の波にのまれた。ようやく目を開けると、マイルズが覆いかぶさって、渇望のまなざしで見ていた。

「驚いたな」マイルズがささやいた。「指でいくなんて」

ララは何か言おうとしたものの、言葉を失い、ただうなずいた。

「いまなめたい」マイルズが言う。「でなきゃ死んじまう」

マイルズは返事を待っている様子だったが、ララは息を切らしながら、ふたたびうなずくことしかできなかった。

「広げたままでいて」マイルズが言う。「その眺めが好きなんだ。鮮やかなピンクで、なめらかで、光っている」

ララは言われたとおりにした。唇を押し当てられると、強烈な感覚に叫び声をあげた。マイルズは両手で太腿を押し広げると、まず息や頬でそっと、焦らすように愛撫した。それから、くまなく舌を這わせ、突起を吸ったあと、舌を奥まで挿し入れた。

さっきの絶頂が暴風雨だとすれば、今度のは雷だった。とどろき続ける雷に、ララは未知の輝かしい世界へ連れていかれた。

しばらく経って、マイルズがのしかかってきた。ゆっくりとなかに入ってくる。ララは歓びのうめき声をもらしながら腰を浮かした。

マイルズがララの体のなかを、心のなかをかきまわし、愛液にまみれた。

突然、マイルズが動きを止めた。ララは彼の肩をつかんで、目を見つめた。「どうしたの？」

マイルズが目を閉じて、首を横に振った。「おれは興奮しすぎだ」

ララはマイルズを引き寄せ、彼の太いものを締めつけた。「そういうあなたが好きよ。あなたの愛し方も。ものすごく愛してくれる。出し惜しみしないで」

「おれを見ろ」マイルズが強い口調で言った。「目をそらすな」

ララは涙が込みあげた。「わかった」

それ以上言葉は必要なかった。ララはただ彼にしがみつき、あえいだ。ふたりのリズムがどんどん激しくなっていく。

ずっと見つめあったまま、同時にのぼりつめた。


暖炉の薪がはぜる音で、マイルズは目を覚ました。ララとつながったままの、汗にまみれた体をしぶしぶ離した。名残を惜しむように締めつけられて、鋭く息を吸いこんだ。

火をかきおこし、薪をくべた。キッチンへ行き、カップに水をくんで戻ってきた。

「飲めよ」

ララは水を受け取り、カップの縁越しにほほえみかけた。

マイルズはふたたびソファに横になったララの体を見つめながら、彼女が飲み残した水を飲んだ。ララの胸を、ウエストのくびれを撫でたあと、脚のあいだに手を伸ばして濡れそぼったひだをいじった。

「シーツを敷いておいてよかった」マイルズが言った。「びしょ濡れだ」

「そうね」ララは突然、気になりだした。「洗わないと」

マイルズが指を滑りこませた。「おれがきみを洗ってやる。きみのあそこをまさぐるのが好きなんだ。どうにかなりそうになる」

ララは笑い声をあげた。「そうね。あなたの洗い方なら知ってるわ。目的を覆してしまうの。前より濡れてしまうわ」

「だめか？」マイルズが指をもう一本入れた。「覆そう。何度でも。こてんぱんにして、打ちのめしてやろう」

ララは笑った。開放的で、従順な気持ちになっていた。マイルズが身を乗りだし、巧みな手つきでふたたび絶頂へと導いた。

ララはのぼりつめ、快感の波にのまれた。

マイルズがソファにあがり、ララの隣に横たわった。きつく抱きしめられると、ララの目から涙がこぼれた。

マイルズははっとした。「痛かったか？　おれがまた何かしたか？」

「違うわ。大丈夫よ」ララは安心させるように言った。「本当に。とても気分がよくなったわ。いまなら食べられそう」

「本当か？」マイルズがぱっと体を起こした。「食べよう！　早く」

「どうしてそんなに急ぐの？」マイルズが離れてしまうと、ララは言ったことを後悔した。彼のぬくもりが、肌が恋しかった。

「この機会を逃したくない。ほかに食料がないか見てくる」マイルズがキッチンの明かりをつけて、手を洗った。

自分のために背伸びをして棚をあさる男の裸体を、ララはソファの上で眺めた。最高だわ。この先どうなろうとかまわない。大事なのはこの瞬間だ。完璧で貴重な瞬間。誰にも奪うことはできない。何があろうと。

マイルズが戻ってきたので、あわてて涙をぬぐった。彼は片手に湯気を立てたカップふたつを、もう一方の手にパラフィン紙で包装されたクラッカーを持っていた。

「インスタントココアと、しけたグラハムクラッカーが精一杯だった」不満げに言う。

「あとは砂糖とコーンスターチしかない。明日、もっと栄養のあるものを食べよう」

「これで充分よ」ララは言った。

ララがクラッカーを熱いココアで流しこむのを、マイルズは見守った。「自分から食べたいと言ったのはこれが初めてだ。パーティーを開きたい気分だ」

「恥ずかしくなるからそれ以上言わないで」ララは不平をもらした。

マイルズが目をぐるりとまわした。その笑顔があまりにもうれしそうだったので、ララは二枚目のクラッカーを平らげると、彼を喜ばせるために三枚目に取りかかった。マイルズは自分の分のココアを飲み干すと、両腕を広げた。ララは膝立ちになり、彼の熱い体に身を寄せると、満足の吐息をもらした。

肩に頭をのせて抱きあい、薪のはぜる音を長いあいだ聞いていた。

「少し眠ったほうがいい」マイルズが言った。

「あなたも眠る？」

「パソコンを立ちあげて、ちょっと調べ物をしようと思う。そのあいだ、きみはやすむといい」

ララは顔をあげた。「今度は何をするの、マイルズ？」

マイルズはそっとため息をついた。「計画を立てたいんだ。ここにはいられない。しばらくはどこにも長居できないが、とにかく、もっと遠くへ行かないと。明日、食料と服を買おう。あたらしい車も買って、また裏道を走ろう。旅を続けて、あいつをまくんだ。そして、準備が整い次第、あいつを訴える」

ララはうなずいた。「いい考えね」

「電話をかけさせてくれ」マイルズが膝からララをおろした。「デイビーの様子を確認しないと」

マイルズは電話番号を入力した。「もしもし、ショーン。どうだった?」

マイルズが緊張しているのがわかった。暖炉のぬくもりを感じるが、シタデル王国の温度はさがっている。

ララは不安に胃を締めつけられながら待った。

「わかった」マイルズが電話を切った。無表情で暖炉の炎を見つめている。ララはできるだけ待ったが、数秒後にはいらいらし始めた。

「それで?」強い口調できいた。「デイビーの容体は? 大丈夫なの?」

マイルズが深々と息を吸いこんだ。「安定している。まだ昏睡状態だが。目覚めるまで断言はできないが、手術は成功したと思うって」

「そう」ララは口ごもりながら言った。「まあ、ひと安心ね。だったら、どうしてそんな顔をしているの?」

「グリーヴズだ。みんなやつに見つかった。身動きできない。子どもたちを脅してきたそうだ」

恐れていたことが現実になった。ララの美しい夢が弾けて、冷たい現実が襲いかかった。

ララは身震いし、自分を抱きしめるように腕をまわした。「どうして……?」

「おれの正体を突きとめられた」マイルズが言う。「たぶんアナベルが気づいたんだろう。家に置き忘れた拳銃か、ライフルや車のハンドルに残っていた指紋から割れたのかもしれない。ジーニーの背中にメモが貼りつけてあったそうだ。コナーの息子のケヴィーも脅された」

「なんてこと」ララはささやくように言った。

「おれに対するメッセージだ。おれが傲慢なばかだから。おれが今日、グリーヴズに送ったメッセージの返事だ」マイルズが両手に顔をうずめた。「やつはジーニーの喉を切り裂きはしなかった。いまのところは。だができるというだけでやるだろう。必ず」

ララはマイルズの肩に手を置いた。喉が焼けるように熱かった。事態は悪化する一方だ。ララの悪運がかかわる人すべてにうつってしまう。歩くブラックホールだ。これ以上巻きこむわけにはいかない。

「グリーヴズはわたしが手に入りさえすればいいのよ」ララは言った。

マイルズがさっと顔をあげ、燃えるような目でララを見た。ララは心を操られる感覚をほんのかすかに覚えて、ひるんだ。

「いい加減にしろ」マイルズが脅すような口調で言った。

ララは両腕を広げた。「ほかにどうすればいいの？　あなたの仲間や子どもたちが殺されるのを黙って見ていられない。そんなの絶対に許せない！」

「おれもだ」

「じゃあ、教えて！」ララは叫んだ。「わたしたちはどうすればいいの？」

「わたしたちじゃない」マイルズが言った。「おれだ、ララ。やるのはおれだけだ。きみといると、おれは自由に動けない。本意じゃないが、きみはひとりでおれの知らない場所へ逃げろ。やり遂げるにはそうするしかない」

「いやよ、マイルズ。そんなの――」

「きみが立ち去ったら、おれはあいつを追う。殺してやる」

24

マイルズは切実に休息を必要としていたにもかかわらず、やすめなかった。雑念が多すぎる。グリーヴズの手下のひとりが、赤いもじゃもじゃ頭のジーニーの背中にメモを貼りつけられるほど近くにいたと思うと、生々しい恐怖に襲われた。マイルズの小さな友達、ケヴィーからホテルの部屋番号をききだせるほど近くにいたと思うと。胃にぽっかり穴が開いたような気分で、歯を食いしばって集中してもその穴は埋められなかった。

ララがようやく眠ってくれたのがせめてもの救いだ。その前に、長々と感情的な議論をして、まだ決着はついていない。マイルズはララの存在を示す防御壁のなかの拡散する光を執拗《しつよう》に確認した。光を感じるたびに、深い安堵に包まれる。だから、四六時中確かめた。

いまのところララは安全だ。また英雄的な考えを起こさない限りは。そうなったらすべてが白紙に戻る。だがそれについて考えると腹が立つので、やめておいた。

木立で戦ったあとにいた冷やかな場所に戻らなければならない。そこにいれば、兵器のスーパーコンピュータが冷淡な決断を瞬時に下してくれ、困難なことも容易にできる。それがグリーヴズに立ち向かう唯一の方法で、その対決を生き延びる可能性はゼロに近いことも問題にならない。ララとの未来が損なわれることも。

望みはついえた。すべてを断ち切って、あきらめなければならない。

マイルズは頭のなかでスイッチを入れ、線路を敷いた。冷淡で厳しいはっきりした道を。

ここに横になって、暖炉の炎を見つめていてもどうにもならない。マイルズは起きあがり、火をかきおこして薪をくべた。持ち運ぶためにライフルを分解し、戸棚で見つけた黄ばんだ新聞紙でパーツを包んだ。洗濯し終えた服を乾燥機に入れた。ホームセンターのレシートの裏に書き置きをした。

家主さま
勝手に入ってしまって申し訳ありませんでした。トラブルに巻きこまれたのです（自分で引き起こしたわけではありません）。ひと晩泊まらせてもらい、シャワーや洗濯機、コンロ、暖炉を使いました。服を何枚かもらって、寝具と薪も使わせてもらいました。額や鏡や薪割台を壊してしまって申し訳ありません。避難させてもらって助かりました。足りないかもしれませんが、部屋代と損害賠償金としていくらか置いていきます。この事態を切り抜けたら、ご連絡して改めて謝罪します。それでは、また。

招かれざる客より

レシートで折り紙の鶴を折り、千五百ドルを羽の下に押しこんで、キッチンのテーブルの真ん中に置いた。もっと金を置いていきたいが、ララのために残しておかなければならない。

ララの青白い肩に毛布をかけたあと、パソコンとルーターを持って暖炉の前に裸で座ると、サディアス・グリーヴズについて調べ始めた。

ララの捜索を開始したときに入手した情報を覚えていた。感動的な話だ。軍隊の上等兵から慎《つつ》ましやかに出発し、国のために特殊部隊の危険な任務をこなした、などなど。ど偉い英雄だ。退役後は実業家に転身し、あっさりと莫大な財産を築いた。いまでは金がどんどん金を生み、グリーヴズは投資のための専任スタッフを大勢雇って、自分は慈善事業に専念している。たいした男だ。医学研究や芸術、教育改革、リテラシーの向上、科学研究、宇宙旅行を支援している。グリーンエネルギー事業に多額の投資をしている。気候変動研究革新の熱心な提唱者でもある。

直近の活動を調べ、三日前のプレスリリースを見つけた。グリーヴズは郷里であるオレゴン州ブレインのコミュニティ・センターに資金を提供していた。そこにもグリーヴズの家がある。以前にグリーヴズの住居リストを作成したが、富豪や有名人のライフスタイルを取りあげた記事に、最近の豪華マンションと比較するために、グリーヴズが大金持ちになる前に家族のために購入したブレインの湖岸にある比較的質素な家が掲載されていた。といっても、充分立派だ。

コミュニティ・センターはブレインへの、何千万ドルもする巨大な贈り物だった。高齢者介護施設や共働き家庭の子どものための託児所や保育園、青少年のためのスポーツセンターやアートセンター、現代美術館、劇場、コンサートホール、映画館まである。ショッピングモール、広場、噴水、公園など、グリーヴズが機能するコミュニティの中心と考えるものがそろっていて、そこで町の人々は散歩したり、交流したり、コンサートを企画したり、ピクニックをしたり、犬を遊ばせたりできる。町は感謝の意を表して、明後日にイベントを開催し、グリーヴズの彫像の除幕式が行われる予定になっていた。なんてこった。愛にあふれている。

ララの場所の光が輝きを増していることに、ふと気づいた。振り返ると、ララは肘をついて体を起こしていた。

「何か見つかった?」ララがきいた。

「グリーヴズは明後日、ブレインへ行く――札束をばらまいたことに感謝するテープカット・セレモニーが開催されるんだ」マイルズは言った。「やつの彫像の除幕式が行われ、やつが褒めそやされる」

そして、マイルズが今日、木立で手に入れたH&K G36の銃弾を頭に受けることになる。日中、狙うのはやめておこう。運が必要になる。人ごみで撃ちたくなかった。グリーヴズの自宅が最適だ。

「あなたも行くつもりなのね」ララが言った。

質問ではなかったので、マイルズは答えなかった。「やつは本物の慈善家だ。世界を救いたがっている」

ララが起きあがり、毛布がさがった。乳首がつんと尖り、全身に鳥肌が立っている。すごくきれいだ。

「そんなようなことを言っていたわ」ララが言う。「テレキネシスで万力のようにわたしを締めつけながら、世界を救いたい、世界をよりよい場所にしたいって」

「驚きだな。きみはなんて返したんだ?」

「笑い飛ばしてやった。怒らせちゃった」

「だろうな」マイルズは皮肉っぽく言った。「想像がつくよ。まったく、ララ、どうしてきみはそうなんだ? 自殺願望があるのか?」

ララが目を細め、頰を真っ赤にして怒りを示した。「生きがいがあるときなら死にたくないわ」

マイルズはその言葉の意味をじっくりと考えたあと、パソコンをバタンと閉じた。

「そんなふうに思ってるのか?」

「そうよ」

マイルズは立ちあがって、ララをじっと見つめた。「それはよかった。きみが人生にいくらかでも価値を見いだしてくれてうれしいよ。慰めになる」

ララがたじろいだ。「冷たくしないで」

「しかたないだろ」この仕事をやり遂げるためには、冷たくならなければならない。ララにも我慢してもらうしかない。

マイルズはララの体を覆う毛布を持ちあげた。ララが寒さに身震いし、当惑した様子で、目に入った髪の毛を払いのけた。「何？」

「確かめたいことがある」マイルズは言った。「おれが冷淡な皮肉屋でも受け入れられるか？　きみはおれのものだと言ったよな。本気で言ったのか？　それとも、おれをその気にさせるために言っただけか？」

ララが眉根を寄せて考えこんだ。それから、そっと横になり、脇によけてマイルズの場所を空けた。

「本気で言ったのよ」

マイルズはララのほっそりした脚を指さした。「なら、脚を開け」

ララの目が見開かれ、鼓動が速くなった。頬や胸に赤みが差したが、目に警戒の色が浮かんでいる。「もてあそぶのはやめて」

マイルズは肩をすくめた。「待たせるな」

ララがゆっくりと脚を開き、差し招くように両腕を広げた。「これで受け入れたことになる？」

「少しは」マイルズは開かれた脚のあいだに身を置くと、一物を恥丘にのせた。「触れ」

ララが彼のものをつかんだ。そっと握りしめ、さすりながら、彼の目を見た。

マイルズはララの手に自分の手を重ね、きつくしごきながら外すと、脚をさらに押し広げてひだを開かせた。引きしまったなめらかな深みに入っていくと、彼女のあえぎ声が聞こえた。

ララの手を頭の両脇で押さえつけ、腰を動かし始めた。リズミカルに、ゆっくりと腰をまわして、突く。

「おれを信じてるか？」深々と貫きながらきいた。

ララが締めつけてくる。「あなたがほしい」

「それはよかった」マイルズはさらに激しく突いた。「質問の答えとは違うが」

「この雰囲気で信じられると思う？　怒ってるでしょう」

「ああ。怒ってる。それでも信じるか？」

「どうしてそんな態度をとるの？」ララが強い口調できいた。

「そういう気分だからだ」マイルズは言った。「取り繕う気になれない」

ララがマイルズの手から逃れようともがいた。「わたしにどうしてほしいの？」

「正直に答えてほしい。おれを信じるか？　〝はい〟か〝いいえ〟で答えろ」

ララがあえぎ、腰を持ちあげた。この不可解な駆け引きで、自分がどこを目指しているのかマイルズはさっぱりわからなかったが、暗い気持ちにとらわれていた。ララを降伏させたかった。

震える喉に口づけて、骨や筋肉や腱の繊細な動きを感じながらなめたり、吸ったり、噛んだりした。腰を動かしながら、歯でそっと引っかく。ララの耳に流れ落ちた涙をキスでぬぐった。この涙もマイルズのものだ。

持てる技能を駆使して、奥深くのあの場所、彼のために赤く光っている場所に一物が当たるようにした。彼女がのぼりつめそうになったところで力を緩めた。

「おれを信じるか？」もう一度きいた。

ララの体は信じている。貫くたびにそれを感じた。だが、心はまだ迷っているのがわかった。

「目を開けろ」マイルズは鋭い口調で言った。「答えろ」

ララは彼に従って目を開けた。目の端から涙がこぼれた。

「はい」ララが震える声で言った。「あなたを信じるわ」

その言葉が引き金となったのか、あるいはマイルズの技能のせいか、わからないしどうでもいいが、ララは何度も達した。そのあいだ、マイルズはじっとして、締めつけられる感触を味わった。唇と唇を、胸と胸をぴったり重ねあわせて、酔いしれた。

やがて、ララがまばたきしながら目を開けると、マイルズはきっぱりと言った。

「二度と人身御供にはならないと約束してくれ。自分を犠牲にはしないと」

ララの目から涙があふれた。押さえつけられたままの手をぐいっと動かした。「顔を拭かせて」

「誓うんだ」マイルズは手の力を緩めたが、放さなかった。

「マイルズ――」

「誓え、ララ」マイルズは心を操る力を使わなかったが、それがいまにも繰りだされそうなのをふたりとも感じていた。

ララは唇を白くなるまで嚙みしめて、かぶりを振った。「できないわ」

ララはマイルズの怒りに満ちた顔を見て、怖気づいた。

「できない？」マイルズがきき返した。

ララは首を横に振った。声が喉につかえた。

「冗談だろ？」

ふたたび首を横に振る。「誓えないわ。この先、何が起こるか、どんな選択をしなければならないかもわからない。守れない約束はしたくないの。特にあなたには」

「きみはまた同じことをすると――」

「違うわ！」ララは反論した。「そうは言ってない！　ただ、無責任な約束はしたくないだけ。命令には従わないから、ボス面しないで。それから、わたしの手を押さえつけるのもやめて。支配しようとしないで。それに、痛いわ」

マイルズが両手を放した。ララは痛む指をほぐした。

「二度とセックスで操ろうとしないで」厳しい口調で言葉を継ぐ。「卑怯な手口よ」

「なぜだめなんだ？　どうせきみには効かないんだ。きみは絶頂に達したところで、何ひとつ損なわれない。だったら、ゆがんだパワープレーで盛りあがったっていいだろ？　きみにとったらままごとにすぎない」

「わたしを脅そうとするのはやめて。たちが悪いわ。最低よ」

ふたりはしっかりと抱きあったまま、見つめあった。

「前につきあってたシンディの話なんだが」マイルズが言う。「わがままで、嘘つきで、浮ついていて身持ちが悪かったかもしれないが、自分の利益になる行動しかとらないのはたしかだった。英雄ぶった自殺的行為に走る心配なんてしなくてよかった」

「あなたも人のことは言えないでしょ」ララはやり返した。「言ってることがめちゃくちゃよ。わたしはばかな真似をするつもりはないし――」

「もういい。聞きたくない。きみは約束しようとしない。話は終わりだ。きみが何を言おうと、おれは受け入れられない」

ララは手を伸ばして、無精ひげの生えた頬を撫でた。「ばかな真似はしない。それは約束する」優しい口調で言う。「あなたには本当のことしか言わないわ」

「そうか、それは大きな慰めになるな。きみが死んだときに」マイルズが怒鳴った。

ララは胸をふくらませ、マイルズの硬い体を押した。鋼の研磨機を押すようなものだ。「わたしからおりて。頭に来てるから」

もがくと、ふたりの体がまだつながっていることを意識させられた。彼のものは依然として硬く、脈打っていた。

ララの視線に気づいたマイルズが、股間を見おろして乾いた笑い声をあげた。

「ああ、まだ硬いままだ。どうしようもない。一緒にいければよかったんだが、きみを支配しようとして、困らせるので忙しかったから」

ララはマイルズの胸にてのひらを押し当てた。複雑な感情に駆られて声を失っていたが、彼女の表情を読み取ったマイルズは冷ややかな目つきになった。

「あれはやらない。疑ってるんだろ。きみを操ろうなんてしない」マイルズがすばやく体を引いて立ちあがった。ララは急にひんやりして、身震いした。「おれはそこまで支配欲の強い男じゃない。ちくしょう、ララ、信じるって言ったくせに」

「そうよ」ララは歯をガチガチ鳴らした。「信じてるわ。いまでも」

「おれがきみを信じられないなら意味がない」

そう捨て台詞《ぜりふ》を吐くと、マイルズはキッチンに姿を消し、それからバスルームへ行ってドアをバタンと閉めた。打ちひしがれたララを置き去りにして。

ララはソファに倒れこみ、むせび泣いた。彼のエネルギーに支えられていないと、ララはちっぽけな存在にすぎず、無力で怯えていた。マイルズがララを理解し、大黒柱となってくれていたのだ。彼がいなければ、ネズミの巣で瓦礫《がれき》と化したララに逆戻りしてしまう。

奇跡的に治ったのだと思っていたが、それは自分の力ではなかった。彼の強さに寄りかかっていただけだ。

そしていま、マイルズがその力を引っこめてしまった。ララを宇宙に投げ捨てて逃げ去り、ララに邪魔されずに英雄ぶった自殺的行為を自ら行おうとしている。打ちのめされたララをひとり置き去りにして。

そんなのずるいわ。ララは激しい怒りに駆られた。

立ちあがり、裸のまま足音荒くキッチンを通り過ぎて、バスルームのドアをいきなり開けた。

ちょうどシャワーを浴び終えたマイルズが出てきたところで、タオルを手に、湯気に包まれながら立っていた。引きしまったたくましい体の角張った輪郭を、水滴がなまめかしくしたたっている。股間のものはまだ半分立っていて、ララに挨拶していた。

「いやな人」ララは言った。「怒ってるんだから」

マイルズがタオルを放り投げ、濡れた髪をかきあげた。「きみの気持ちならわかってる」

「わかってない！」ララはかっとなった。「傲慢ね。何カ月も監禁されて、頭をいじくりまわされたことなんてないでしょ。あなたはなんにもわかってない！」

マイルズが眉をつりあげた。「自己憐憫か？」

「うるさい！」ララは叫んだ。「黙って！」

「そのつもりだった」マイルズが言う。「きみがここまで追いかけてきたのが悪いんだ、ララ。求めすぎだ」

「傲慢なあなたを懲らしめに来たのよ！　いったい何様のつもり？　自分こそ無謀な行為をしようとしているくせに、わたしに腹を立ててるなんて。偉そうにするなんて、図々しいわ」

「ああ」マイルズが言う。「おれは図太い神経の持ち主だ。むきだしの神経の」

突然、マイルズが冷たいタイルの壁にララを押しつけた。ララは気づいたら、彼の肘に脚をかけて、大きく開いていた。

「いやならいますぐそう言え」マイルズが迫る。「声に出して」

ララは彼の胸を叩いた。「最低よ、マイルズ！」

「いやじゃないんだな」マイルズがゆっくりとなかに入ってきた。そしてまたゆっくりと引いてから、一気に深々と貫いた。「ここに来たのが間違いだったな。もう逃げられないぞ」

マイルズにキスで唇をふさがれ、ララは何も言えなくなった。彼にしがみついて、キスに応えた。

激しく。たくましい肩に指を食いこませた。目から涙がこぼれたが、かまわない。彼のぬくもりを、光を求めていた。彼を絶対に放したくない。このままずっとこうしていたかった。

だが何事にも終わりがある。ララは激しい絶頂を迎えた。

痙攣する体をぴったりと重ねあわせたまま、何も言わずにじっとしていた。ふたたび現実が押し寄せた瞬間、はかない親密さが崩れ始めるのを感じた。

静寂を破ったのはマイルズだった。バスルームの小さな窓を見あげて言った。「空が明るくなってきた。もうすぐ夜が明ける。急ごう」

体を放して、ララをそっと床におろすと、シャワーの蛇口をひねった。

「マイルズ」ララはそうささやいたあと、脳内メールに切り替えた。

〝わたしたち、大丈夫よね？〟

マイルズが蛇口を閉めてから、壁に寄りかかった。ララのほうを見ようとしなかった。「おれがいったからそう思うのか？」マイルズが声に出して言った。「いや、大丈夫じゃない。だが、おれたちの問題はあとまわしにしなければならない。そんな時間はない。いまのは別れのセックスだ」

ララはたじろぎ、顔を覆った。「そんな」

マイルズがふたたび蛇口をひねり、水が熱くなるのを待ってから言った。「入れ。ふたりとも黙っていれば、ひどいことを言わずにすむ」

ララがシャワーの下に足を踏み入れると、マイルズがその後ろに立った。振り返ろうとしたララをマイルズは押しとどめ、両手に石鹸を泡立てると、ララの体を洗い始めた。彼の力強い手は魔法のようで、ひりひりする熱が伝わってくる。言葉にできない気持ちがその手つきに込められていた。ララは上を向いて、涙を洗い流した。

水が冷たくなり、恵みのひとときも終わりを告げた。ララは彼にしがみつき、胸に顔をうずめた。冷たい水滴がふたりの体を伝い落ちた。

「わかった」ララは声を詰まらせながら言った。「あなたの言うとおり、自分を犠牲にはしない。でも、命令されたからじゃないわよ。あなたを愛しているから。信じているから。信頼しているのよ。わかった？」

マイルズは驚きのあまり黙りこんだ。シャワーヘッドから垂れる水の音がうつろに響いた。「わかった」マイルズは静かに言うと、ララの額にキスをした。「ありがとう」

ララは彼のほうを見ずにシャワーから出ると、体を拭いてキッチンに入った。マイルズは乾燥機から乾いた服を出した。泥は取れたが、血痕は残っている。何も言わずに染みのついたシャツとジーンズを身につけた。

ララもすばやく服を着て、濡れた髪をバスルームで見つけた櫛でとかした。マイルズを手伝って寝具をたたみ、床を掃き、食器を洗った。無言で忙しく働いた。マイルズが寝室から大きすぎる男物のトレーナーを何枚か持ってきた。ララに渡されたのは、ルイス&クラーク・カレッジの名前入りの、色褪せたネイビーブルーのフード付きトレーナーだった。裾が太腿の真ん中まで届いたが、ファスナーを閉じてフードの紐をきつく締めれば、なんとか着られた。

マイルズが、使ったシーツを洗濯機に放りこんだ。

「メモを残していく？」ララはきいた。「この家の持ち主に――」

「もう書いた」

「お金も――」

「置いてきた。髪を結べ。バイクに乗るから。ショーンに電話する」マイルズが電話を取りだしてかけた。ララは立ちすくみ、電話がつながるのを待った。

「もしもし。どうだ？……わかった。ああ、そうする」

マイルズがララを見て言った。「変わりはない。あれから接触はないそうだ。デイビーはまだ意識を取り戻していない。移動しよう。きみの車を借りないと」

「わたしは借りられないわ」ララは言った。「免許証がないのよ、マイルズ。身分証明書も。あなたがくれたもの以外は何も持っていない」

マイルズがいらだった顔をした。「最悪だ。身分証明書とデビットカードを手配しなきゃならない。おれの知らない場所できみが受け取れるように」

その言葉の意味を理解したとき、ララはぞっとした。

マイルズはララを急かして家から出た。オアシスをあとにする時間だ。

夜明けのツーリングは、まるで熱に浮かされた夢のようだった。ララは分解したライフルの入ったキャンバス地のバッグを脚のあいだに挟み、パソコンの入ったバッグを背負いながら、どうにかマイルズの腰にしがみついていた。空気は冷たく、とてもさわやかだ。物の輪郭がくっきりしていて、色は深みがあり、光はまばゆいばかりで、陰は真っ黒だった。灰色の不穏な空がどこまでも広がっている。凍てつくような風が顔や耳を刺した。マイルズの長い髪があおられて肌を打ったが、それでもララは彼に体を寄せ、彼の匂いを嗅いだ。マイルズはじっと前を見て集中している。何をするときもそうだ。ララの命を救うときも、ララを抱くときも。

シタデル王国は冬だった。氷に閉ざされている。いつものように守ってくれるけれど、そこに慰めはない。ララは大人になろうとした。恐怖を心の底に抑えこもうとした。

ふたりはまるで、いまにも吹きこぼれそうな鍋だった。

25

ピートリーはふたたび玄関の呼び鈴を押したあと、悪態をつきながら髪をかきあげた。髪を立てるのは、電球のソケットに指を入れるのと同様に、彼の落ち着きのないときの癖だ。

電話を受けてここに来るはめになったことに、まったく相反する感情を抱いていた。この連中と出会って——ニュージャージーの暴力団の親分の家で肺に銃弾を食らったときのことだ——以来ずっと、彼らが巻きこまれるトラブルの壮大さに驚かされるばかりだった。彼らはトラブルを引き寄せる才能があるのだ。

ピートリーも似たようなものだ。類は友を呼ぶ。

しかし、今回は正常の枠をはるかに超えていて、ピートリーは説明も謝罪もせずに、車に飛び乗って走り去ろうかと本気で考えた。手を切ってしまおうと。すでに自分の問題を山ほど抱えている。これ以上抱える余裕はなかった。

彼らのことは好きだ。つきあって楽しい相手だ。聡明で興味深く、驚くべき力を持っている。物事が順調なときは一緒に酒を飲みたいし、雲行きが怪しくなったときは後ろ盾になってもらいたいと思う。

だが、ここまで怪しいのは勘弁願いたい。テレパス？　遠くから脳を圧迫し、血管を破裂させられる超能力者だと？　信じられない。

少し前なら尻尾を巻いて逃げだしていたところだが、これは雪の女王――よそよそしい空気の精のようで、なぜか彼に冷淡なスヴェティ――をひと目拝めったにないチャンスだ。そびえたつ塔に住む、マクラウド一族の無垢なお姫様。ピートリーを歯牙にもかけず、恐れ多くも相手にしてくれるのは、ばかにするときだけだ。ピートリーは真性のマゾヒストだ。

「どちらさまですか？」ドアが開き、ローザおばさん――ブルーノのイタリア人の大おばで変わっている――が、ぎらぎらした目つきで不審げにピートリーを見た。ふわふわしたヘルメットのような漆黒の髪が、あちこちはねている。「何しに来たの、サム？」

「ショーンから連絡があって」ピートリーは声を潜め、なだめるように言った。「子どもたちを安全な場所へ連れていく手伝いをするよう頼まれたんです。彼から聞いていませんか？」

「誰に何を話したのか、わたしは何も知らないわ」ローザがぶつぶつ言った。口調は鋭いものの、手が震えている。「さっぱり理解できない《ノン・シ・カピッシェ・ニエンテ》。子どもたちが脅されるなんて。子どもたちを傷つけるなんて、そんな頭のおかしな悪党がいるの？」

ピートリーは口をつぐんだ。職業柄、不幸にも、子どもたちを傷つける頭のおかしな悪党を大勢見てきた。それで興奮する輩《やから》もいる。そのことについては深く考えないようにしていた。寿命が縮まるだけだ。

ローザがようやく後ろにさがってピートリーを通した。家のなかは騒々しかった。ただならぬ雰囲気を感じ取った子どもたちが、耳をつんざくような金切り声で叫びながら走りまわっている。ピートリーは八秒以内に、リリーとブルーノの双子のトニオとレーナが、デイビーの息子のジェイミーと、コナーの娘のマディを追いかけまわしているのを見て取った。ショーンの息子のエイモンが、置いていかれたことに怒ってわめきながら、ずんぐりとした脚でよちよちとあとを追っている。

ピートリーは子どもたちが通り過ぎるのを待ってから、ローザにきいた。「それで、おれは何をすればいいんですか？　どこへ行くんですか？」

「しぃっ」ローザはそう言うと、黒い目で不安そうに周囲を見まわした。「その話はできないのよ。敵は心を読めるんだから！」

ピートリーはゆっくりと息を吐きだした。「ミセス・ラニエリ、行き先がわからないと、そこには行けません」辛抱強く返した。

「移動中に教えてもらうのよ」ローザが言う。「誰にもつけられていないと確信できてから。何も言わないで！」

リリーがマルコを抱いてやってきた。「あら、サム。来てくれてありがとう。あなたがジーニーとケヴィーを送ってくれるとブルーノが言っていたわ。ケヴとエディがエイモンとマディを、わたしがおばさんとマルコとレーナを、スヴェティとブルーノがジェイミーとトニオを連れていくことになっているの。いま、ケヴとエディが子どもたちを連れて到着するのを待っているところ。コーヒーをどうぞ。キッチンのポットに淹《い》れたてが入っているから。わたしはマルコを落ち着かせて、荷造りしなきゃならないの。どうぞくつろいでね」

リリーが急いで立ち去り、ピートリーはキッチンに入っていった。大きな子どもたちを割り当てられてほっとしていた。ジーニーとケヴィーは利口で話のわかる年若い人間だ。彼らとならうまくやれる。相手が乳幼児だと、たちまち脳が爆発してしまう。脳損傷を甘く見てはならない。デイビーの身に起きたことを考えれば。ピートリーは、赤ん坊と幼児の用品で散らかった、ブルーノとリリーのキッチンを見まわした。マグカップを見つけ、コーヒーを注いで飲みながら、デイビーの脳に何が起こったのだろうと考えた。単に誰にも起こりうる動脈瘤を発症しただけで、マクラウド一族の偏執的で不安定な誰か――真っ先に考えられるのはマイルズ――が、不幸な病気を大げさに言って別なものに変えてしまったのかもしれない。

ありえないものに。

家の反対側から子どもたちの甲高い叫び声が絶えず聞こえてきて、ピートリーは相手をせずにすむことに感謝した。隣の部屋、ブルーノの仕事部屋で、リリーがマルコに子守唄を歌っている。声がうわずって震えていて、テンポが速い。いつもと違うのをマルコも感じ取った様子で、むずかっていた。

マルコがようやく落ち着くと、リリーは束の間の自由時間に急いで用事をすませに行った。ピートリーはコーヒーを飲み終えると、カップを洗ってからブルーノの仕事部屋に入っていった。

おもちゃのデザインでいっぱいだった。カラフルでおもしろいものがそこかしこにある。デスクと棚の上は書類が山積みになっていた。ブルーノはおもちゃの会社を経営していて、ケヴ・マクラウドはメインデザイナーのひとりだ。マルコのかご型ベッドが部屋を占領している。マクラウドのDNA鎖を模しているように見えるカラービーズで作られたモビールが、マルコの頭上にぶらさがっていた。

ピートリーはそろそろと近づいていき、かごのなかをのぞきこんだ。マルコはようやく適正体重になり、えくぼや、ぽちゃぽちゃした手首のくぼみができている。もう早産児には見えなかった。丸い頰をリズミカルに震わせておしゃぶりをしゃぶりながら眠っている。

かわいい。ピートリーは子どもが嫌いというわけではなかった。たとえば、姉妹の子どもたちのことは大好きだ。だが、子どもといると、本能的に落ち着かない気分になる。子どもの無防備さにぞっとする。気まぐれな運命の女神に見放されれば、吐き気を催すような出来事が起こる世の中だと知っているからだ。危険に満ちている。子どもを狙う殺人鬼、校内での銃乱射事件、いじめ、小児性愛者、児童売買、ヘロイン、覚醒剤、飲酒運転、デートレイプ。なんてこった。

リスクが高すぎる。

ピートリーの甥や姪、マクラウド一族の子どもたちは、ほかの子たちよりも守られているが、それにしてもだ。いきなり脳を破壊するテレパスが現れて、めちゃくちゃにされるかもしれない。

ドアが開いて、スヴェティが勢いよく入ってきた。ピートリーがいるのに気づくと、急に立ちどまった。「この子になんの用?」声が震えている。

ピートリーは両手をあげた。「別に。串に刺して丸焼きにしたりしないよ。眠っている姿を見ていただけだ」

スヴェティは急いでベッドのそばへ行ってのぞきこみ、彼に何もされていないかどうか確かめた。「いつから赤ちゃんに興味を持つようになったの?」

「赤ん坊は嫌いじゃないよ」

マルコが無傷だったことに安心したスヴェティは、ピートリーから少し離れて、いつものごとく彼と戦う姿勢を取った。体にぴったりした黒のリブセーターが、小柄だが女らしい体つきを強調していて、最高にきれいだ。おろした長い巻き毛はつややかで触れたくなる。タイトなスキニージーンズもたまらない。後ろ姿も見たかったが、どうせ彼女はすぐに怒って出ていくから、そのときにたっぷり拝めるだろう。もうカウントダウンを始めてもいいくらいだ。

「なんでいらいらしてるんだ?」そんなことをきくのは自殺行為とはいえ、ピートリーはばかなのだからしょうがない。

案の定、スヴェティは腹を立てた様子だった。「かわいい子どもたちが脅されたのよ。それで充分でしょう」

ピートリーは肩をすくめた。「そうだな」

「悪いけど」スヴェティがつぶやくように言う。「移動してくれる？　マザーズバッグの荷造りをするようリリーに頼まれたの。そっちじゃなくてあっちへ」

スヴェティはピートリーを押しのけると、大きなキルトのバッグにベビー用品――携帯用のおむつ交換台、おむつかぶれ用クリーム、お尻拭き、当て布《バープクロス》を詰めこみ始めた。ピートリーを完全に無視している。

「じゃあ、本当に危険だと思っているんだな？」

スヴェティがさっと視線をこちらに向けた。「信じてないの？　どうして？」

面倒なことになりそうだが、ピートリーは正直に答えた。「正気の沙汰じゃない」

スヴェティはつややかな髪を前に垂らして目を隠し、カラフルなワンジー（つなぎのベビー服）と小さなウールのソックスを数え始めた。「わたしは正気の沙汰じゃないことを経験したわ。これと同じくらい――いいえ、もっと悪いかもしれない。タムやマクラウド兄弟がそうだと言ってるんだから、本当なのよ。わたしはみんなを信じるわ。マイルズのことも信じてる」

ピートリーはいらだった。「マイルズのことも？　本気か？　結婚式で会っただろ？　精神崩壊の一歩手前だった」

「いまもわたしの友達だし、信じてるわ」スヴェティはかたくなに言った。

スヴェティはマイルズに気があるのかもしれないとピートリーが思ったのは、これが初めてではなかった。もちろん、片思いだが。マイルズは一生、シンディから離れられない。シンディはマイルズが執着する価値のある女とは思えないものの、好みは人それぞれだ。「マイルズはいま忙しいんだ。カルカッタの土牢（一七五六年、閉じこめられた百四十六人中、百二十三人が暑さと酸素欠乏のために一晩で死んだ）から救いだしたあたらしい彼女に夢中だから。女の子をナンパするのにふさわしい場所だとは思えないが。見る目がないんじゃないか」

スヴェティがとがめるような目つきでピートリーを見た。「冗談を言う気にはなれないわ。ララがそんな目に遭ったのは、彼女のせいじゃないのよ。何カ月も監禁される暮らしがどういうものか、わたしは知っている。冗談にできることではないわ」

スヴェティは切り札を出した。両手いっぱいの小さな使い捨ておむつを数えたあと、それらをバッグに詰めこんだ。自分の辛辣な言葉がピートリーの胸に突き刺さったのを確信していて、彼を見ようとさえしない。しかし、マイルズにあたらしい彼女ができたことに動揺している様子はなく、まばたきひとつしなかった。

悲しい身の上話を語らせたら、スヴェティの右に出る者はそうそういない。警察官だった彼女の父親に対する復讐《ふくしゅう》として、十二歳のときにマフィアのボスに誘拐され、臓器摘出のために送りだされたあと、まさに心臓を取り除かれようというときにマクラウド兄弟に助けだされたのだ。この悲劇によって彼女の母親は精神的に不安定になり、数年後に自殺した。

そういう過去があるから、スヴェティはよそよそしくて物悲しい雰囲気を漂わせ、厳格なモラルを持っているのだろう。それは理解できる。

だが、ピートリーに敵意を持つ理由は、いまだに謎だった。スヴェティは必要以上に力を込めて彼を押しのけると、ベッドの下のカートを引きだして、なかから綿棒、解熱剤、鎮痛剤を取りだした。

「おれに文句があるのか、スヴェティ？」ピートリーは強い口調できいた。

少し間が空いたあと、スヴェティが返事をした。「文句って？　別にないわ」

「嘘だ。きみはおれをクズだと思っている。第一印象は悪かったかもしれないが――」

「最悪だったわ」スヴェティが言う。「死体の写真でおばさんを苦しめたのよ。許せないわ。隙につけこむなんて」

「ああ、最悪だな」ピートリーは認めた。「だがそれがおれの仕事だ。きれいごとではすまない。だから、もう許してくれ」

スヴェティがピートリーを見つめた。口がわずかに開いていて、怯えたような目つきをしている。追いこまれたような。どこかで嗅いだことのある花の香りがした。はちみつのように甘い、しっとりした香り。頬がピンクに染まっている。肌はきめが細かくて、傷ひとつなかった。ピートリーは無意識のうちに彼女に近づいていた。セーターの下の小さな乳首が突きだしている。まるでたったいま硬くなったみたいに。

ピートリーは硬くなっていた。彼女が部屋に入ってきたときからずっと。

ピートリーは咳払いをした。「おれを心底嫌ってるんだな」

スヴェティが鼻を鳴らした。「まさか。あなたに対してそこまでの情熱を持てないわ、ピートリー」

「おっと、ものすごく傷ついたぞ、スヴェティ」ピートリーがさらに一歩近づくと、スヴェティは壁まであとずさりした。ベッドとデスクのあいだの壁に。逃げ場はない。

「動かないで」優しく言った。「髪に何かついてる」

安直な、見え見えの手口だ。何年も前からずっと、彼女の髪に触りたかったのだ。だが、スヴェティは非難しなかった。触れられた瞬間、わずかに身をすくめただけだった。サテンのごとくなめらかな、赤みがかった茶色の髪。あたたかいクリームに指を入れているような感触に、股間がうずいた。

結婚式の日、マイルズにからかわれたことを思いだして、スヴェティの瞳孔をのぞきこんだ。開いている。どこまでも深い琥珀色の瞳。顔が真っ赤になっていた。〝すべての毛細血管がきみだけのために拡張したんだ〟

心拍数もあとで確かめてみよう。彼女の唇が何か言おうとするように動いたが、言葉が出てこない様子だった。「なんだ?」ピートリーはうながした。

スヴェティは首を横に振った。いまにも泣きだしそうに見える。「英語を忘れちゃった」ささやくように言った。

「大丈夫。自然と思いだすだろう。だが、確かめたいことがある。マイルズに言われたことだ。それが本当かどうか知りたい」

ピートリーはまた少し近づいて、彼女の香りを胸いっぱいに吸いこんだ。ピンクの耳たぶに小さな宝石がついている。

スヴェティがそわそわとまばたきした。「マイルズがなんて言ったの?」

ピートリーは彼女がまとっている香りの雲にじわじわと入りこんだ。スヴェティは驚きのあまり動けなくなっている。

そして、始まった。長年のあいだにひそかに育まれたものが、とうとう爆発したかのようなキスだった。しゃれた口説き文句も、慎重な準備期間も、巧みな誘惑もなく、ピートリーはただ彼女に襲いかかって、すでにものにした女にするように激しいキスをした。無意識のうちにセーターの下に手を突っこんで、胸のふくらみをつかみ、薄いブラジャー越しに硬くなった乳首をいじっていた。なんの計算もなく、やりすぎかどうか、どんな罰を受けることになるか、考えもせずに。意識が飛んでいた。

スヴェティが彼の肩をつかみ、体を押しつけてきた。夢中になっている。なんてこった。ただ、自分の気持ちを宣言するつもりで始めたのが、彼女を壁に押しつけて、脚のあいだに腰を割りこませていた。彼女の指の爪が彼の首に食いこみ、指が髪を握りしめる。舌と舌が絡みあった。彼女の唇はとても甘かった。彼女がたてる音も。彼女が頬を真っ赤にしながら、脚を締めつけた。

ピートリーは胸に顔を押し当てて、高鳴る鼓動を感じた。セーターをたくしあげると、薄いブラジャーに覆われた乳首に鼻をすり寄せ、口づけた。

スヴェティが背中をそらし、低いうめき声をもらした。達したのだ。

ピートリーは押しつけた股間越しに、それを感じた。

最高だ。

胸の谷間に顔をうずめたまま、彼女を抱きしめた。やわらかいふくらみに、つんと立った乳首に鼻をすり寄せながら、余韻が消えるのを待った。想像以上に刺激的だった。長年のあいだに、ものすごく刺激的な想像をしていたのに。

ピートリーは顔をあげた。スヴェティは目を閉じていた。下まつげの上で震えていた涙が、きらりとこぼれ落ちた。

スヴェティが震える唇をなめた。まばたきしながら目を開けると、視線をあちこちにさまよわせて、彼を見ようとしなかった。「放して」

ピートリーはさらに強く抱きしめた。やわらかい胸に頰をすり寄せる。彼女の頼みを聞き入れる気にはなれなかった。「どこかでこの続きをしよう」どこでもかまわない。バスルームでも、地下室でも、掃除用具入れでも。

「これで終わりよ」スヴェティが言う。「お願いだから放して、ピートリー」

ピートリーは理不尽な怒りに駆られた。無表情で彼女を見つめた。

「サムと呼んでくれ」

スヴェティはふたたび唇をなめた。濡れた唇を見て、ピートリーは股間が硬くなるのを感じた。「お願い、サム」

ピートリーは彼女を床におろした。スヴェティは急いで彼から離れると、セーターや髪を直した。「どうして……こんなことになったのかわからない」とぎれとぎれに言う。「わたしは――」

「今度説明してやる」ピートリーは言った。「夕食を食べながら」

スヴェティが首を横に振った。「だめよ。いまはこんな状況だし、わたしは――」

「じゃあ、そのあとで。奇妙な事件に片がついたら、ディナーにつきあってくれるかい？」

スヴェティが唇を震わせながら、あとずさりした。「だめよ」

「ほかにつきあっている人がいるのか？」

スヴェティはかぶりを振り、手の甲で涙を拭いた。

「なら、どうしてだめなんだ？」いらだちのあまり、声が鋭くなった。

「だめなの。あなたと一緒にはいられない」

ピートリーはさっとスヴェティをつかんだ。彼女をのけぞらせてバランスを崩し、彼にしがみつかざるをえないようにした。そして、やわらかい唇を奪った。唇をふさぐ必要があった。拒絶の言葉を吐かれるよりも、キスを返してもらうほうがずっといい。

突然、ドアが開いて、リリーが甲高い声をあげた。「あら、まあ、ごめんなさい」

あわててドアをバタンと閉めた。

だが、その瞬間は失われてしまった。スヴェティがピートリーから離れて、口をぬぐった。頬の赤みを拭き取ろうとするかのように、両手でさすっている。

「きみはおれを求めている」ピートリーはとげとげしい口調で言った。

スヴェティの顔がこわばった。「やめて、サム」

「なぜだ？」叫びそうになるのをこらえた。「はっきり言ってくれ！　何が問題なんだ？」

スヴェティがドアを開けて逃げだした。マルコが目を覚まし、大声で泣きだした。青ざめた顔をしたリリーが入ってきて、マルコを抱きあげると、横目でちらりとピートリーを見た。

ピートリーの携帯電話が鳴った。彼はキッチンに戻って電話に出た。スヴェティの姿は見当たらない。画面を見ると、バーロウの名前が表示されていた。また、マイルズ・ダヴェンポートが電話に応答しないと文句を言うためにかけてきたのだろう。

「ピートリーです」

「ダヴェンポートを連行しなければならない、サム」バーロウが言った。「森のなかの小屋に誰かを隔離していた。ララ・カークを拘束していたものと考えられる」

ピートリーは一瞬、言葉を失った。「ありえない」

「そうか？　どうしてそう言いきれるんだ、サム？　あの男について何か知っているのか？　おれに話していないことがあるのか？」

「おれはマイルズ・ダヴェンポートの知人だ。七カ月前、ララ・カークが姿を消したとき、マイルズは彼女の存在さえ知らなかった」

「それなら、どういうことかダヴェンポートに説明してもらおう。警察は午前六時に現場へ向かった。窓に板が張ってあって、床にマットレスが敷かれ、シーツから精液が、毛布から長い黒髪が発見された。足枷に血がついていた。食料の包みや携行食、プロテインバー、簡易トイレが置いてあった。ひどい現場だったぞ。それから、小屋の裏に墓があった。喉を切り裂かれ、ダクトテープで縛られた死体が三体発見された。犯罪学者が調査しているところだ。状況はおまえの友達に不利だ。おまえは何を知っているんだ？　おまえにとっても状況は望ましくないぞ。いやな思いをすることになるだろう」

「どうしてそこへ行ったんだ？」

「通報があったんだ。サディアス・グリーヴズは自費で捜索隊を派遣していた。彼らはララ・カークを追跡し、小屋を突きとめたと報告したが、そのあと連絡が途絶えた。それが昨日のことで、グリーヴズが警察に通報したんだ。墓に埋められていたのは、その捜索隊のメンバーだ。サム、おまえの友達は殺人犯だ。ほかにもいくつも罪を犯している」

「ありえない」ピートリーはふたたび言った。「はめられたんだ」

バーロウが黙りこんだ。しばらく経ってから、重々しい口調で言った。「かばうな。おまえも巻き添えを食らうぞ。キャリアが断たれてしまう」

「かばってるわけじゃない」ピートリーは歯嚙みした。キッチンの戸口に目をやると、リリーがスーツケースとリュックサックを手に立っていた。子どもたちは玄関に集まっている。ブルーノとケヴとエディの姿も見えた。

「いまどこにいるんだ？」ピートリーはきいた。

「ダヴェンポートが滞在していたモーテルの外にいる。クリアリーにあるパイン・マナーだ。チェックアウトしなかった」

「十五分でそっちへ行く」ピートリーはそう言うと、電話を切った。

それから、リビングルームへ入っていった。ブルーノとケヴが猜疑心《さいぎしん》と敵意をみなぎらせている。ピートリーと雪の女王がキスをしていたことを耳にして、猛烈に非難しているのだろう。

別にかまわない。自分の気持ちをそろそろみんなにも知っておいてほしかった。

「すまない、今日は手伝えなくなった」ピートリーは言った。

「どうして？」スヴェティの声が響き渡った。彼女は分厚い黒のダウンジャケットを着込み、帽子の下に髪をたくしこんでいた。「仕事で呼びだされたの？　何よりも仕事が大事だものね」

やりあうのにふさわしい時と場所ではなかったので、ピートリーは無視した。「マイルズの電話番号を教えてくれ。あたらしいのを」ケヴに言った。

「ええ？」ケヴの口調は喧嘩腰だった。「なんでだ？」

「マイルズが誘拐とレイプ、殺人の罪に問われていることを本人に知らせて、自分のキャリアを台なしにするためだ。これから捜査を担当している刑事に会いに行く。グリーヴズとのあいだにあったことを話さなきゃならない。全部。ここまで来て、もう失うものは何もないだろ」

ケヴとブルーノが視線を交わした。ケヴがうなずき、携帯電話を取りだして番号を読みあげた。ピートリーはその番号を登録した。

「わたしの車にケヴィーとジーニーを乗せるわ」スヴェティが言った。

ブルーノが不満げな顔をした。「一台の車に大人がふたり乗っているようにしたい。少なくともひとりは武器を携帯して」

「エディが運転して、わたしが銃を持てばいい」スヴェティが言った。

ピートリーは驚いてさっと視線を向けた。「きみが？　武器を？」

「ええ。タムから扱い方を教わったの」スヴェティがセーターの裾をまくって、ジーンズの内側の小さなホルスターにおさめられた拳銃を見せた。キスをしたときに銃はなかった。ピートリーは確信があった。体じゅうをまさぐったのだ。

やれやれ。首を横に振り、玄関へ向かった。

バーロウのもとへ急いで向かうあいだに、頭がおかしくなったと思われずに、この奇妙な話を伝える方法を考えた。難しい仕事になるだろう。信じられないような話をごまかしたくても、省略したらよけいにわけがわからなくなってしまう。

モーテルの駐車場にバーロウのセダンはなかった。ブロックの周囲をひとまわりしても見当たらない。電話をかけようとしたところで、ようやくモーテルの裏通りに止めてあるのを見つけた。雨が降っていたが、運転席にバーロウが座っているのが見えた。

ピートリーはクラクションを鳴らしながら、近くのダンキンドーナツか、どこかあたたかい濡れない場所で、コーヒーを飲みながら話そうと考えていた。

バーロウは反応しなかった。ピートリーはパーキングブレーキを引きあげて車から降りると、襟を立てて雨風を避けた。バーロウの車の窓が開いていて、雨が吹きこんでいる。

バーロウが微動だにしないのに気づいた。

冷たい手に心の奥をわしづかみにされたような気がした。足取りが重くなったものの、立ちどまることは許されない。心の準備をしながら歩き続けた。窓のなかをのぞきこんだときには、何を目にすることになるかわかっていた。

だからといって、平気なわけではない。

バーロウの目は驚きに見開かれていた。シャツに鮮やかな赤い染みがついている。

心臓を銃で撃たれていた。

26

ようやく中規模の町にたどりついた頃には、ララは寒さに凍りついていた。ふたりはまるで特定の場所を探しているかのように、繁華街を行ったり来たりした。マイルズが五〇年代のれんが工場の建物の前の駐車場にバイクを止めた。〝セント・ヴィンセンツ・リサイクルショップ〟と書かれた色褪せた看板がかかっている。

「服を買う」マイルズはララにきかれる前に答えた。「古着で我慢してくれ。ウォルマートやバイマートやターゲットには防犯カメラが山ほどあるから。やつらの力がどこまで及んでいるかわからないし、リスクを冒すつもりはない。この店なら防犯カメラはないだろう」

「古着でもかまわないわ」ララは言った。「リサイクルショップは好きよ」

「よかった。急いで何着か選んでくれ、おれは電話をかけて、身分証明書とクレジットカードを手配する。そのあと、食事をすませたら、きみを駅まで送る」

彼のきびきびした口調が、よそよそしく聞こえた。「あなたと一緒にいたい」ララは言った瞬間に後悔した。

マイルズが無慈悲なまなざしでララを見た。返事をするまでもないことだった。

隙間風の入る大きな店で、かすかにかびと古い靴の匂いがした。入り口の近くにある旧式のレジの横に、白髪まじりの男が腰かけている。居眠りをしているように見えた。

マイルズはララを守るようにすぐ後ろに立った。種々雑多のガラクタや陶磁器、古い電化製品、模造宝石、靴、皿、ガラス製品、家具が置かれた台の合間を縫って歩く。ララは服の棚を物色して、サイズの合いそうな色褪せたジーンズ二本と、灰色がかった青の綿のボタンダウンシャツ一枚、長袖のTシャツ数枚を選びだした。その上に、マイルズがオリーブドラブ色のウールの大きなアーミーコートを放った。ララには大きすぎるが、あたたかいだろう。それよりもさらに大きいサイズの同じコートがあり、マイルズはおそらく自分のために、それも手に取った。そのあいだずっと、電話で話していた。

「……ちくしょう、何度話したらわかってくれるんだ？　相手はテレパスなんだぞ、セス。ルールが違う……ああ、それでデイビーはどうなった！　デイビーとコナーの家族が脅されたんだぞ。ジェシーやクリスやマッティやレインが同じ目に遭ってもいいのか？……それは無理だ。せっかくだが。適当に町を選んで……ああ、チェーンホテルに送って――だめだ！　場所を言うな！　おれが知ってちゃいけないんだ！　くそっ、セス、覚えておけ！」

ララが話を聞いているのに気づいたマイルズは、眉根を寄せて、服の棚を指し示した。ララはハンガーにかかっているシャツに目を向け、深緑色のパイル地のトレーナーを選びだした。

「……デビットカードとクレジットカードも。パスポートを用意するのは絶対に無理なのか？　彼女が出国できれば……わかった、なら、そうしてくれ。なるべく早く……怒るなよ。もう充分つらい目に遭っているんだ」

ララは盗み聞きしながら棚を一周し、まったく関係のないヴィンテージのドレスをざっと見た。そして、見つけた。息をのみ、電話の会話も耳に入らなくなった。

あのドレス。シタデル王国でララが着ていたのとそっくりだ。マイルズが何度もはぎ取ったり、スカートをめくったりしたドレス。象牙色で襟ぐりが深く、サテンのペチコートとシフォンのギャザーのオーバースカート、シフォンのひだ入りのサッシュがついている。身頃のバラ飾りがひとつ取れかけていて、一本の糸からぶらさがっていた。白いシフォンの帯が腕に飾りつけられている。ララは興奮した。
サイズを確認すると、以前の生活で着ていたのよりもワンサイズ小さかった。だが
いまならちょうどいいか、少し大きいくらいだろう。花嫁付添人《ブライズメイド》のドレスだったのか
もしれない。身頃のサテンの裏地が少し黄ばんでいて、スカートにコーヒーの染みの
ようなものがついているものの、それ以外は良好な状態だった。
まるで幽霊を見たかのように、胸がどきどきした。このドレスに出会ったことを吉
兆と思いたいが、それもためらわれた。軽薄な感じがする。命の危険にさらされてい
て、大勢の人が死に、罪のない子どもたちが脅されているというのに、ドレスごとき
に夢中になるなんて。子どもじみている。
マイルズに見せるのは恥ずかしかったし、一セントも持っていないから、買ってく
れとねだるのもばつが悪かった。彼はいまぴりぴりしているから、辛辣なことを言う
だろう。
それでも、ドレスをあきらめられなかった。
ララはドレスをハンガーから取り外すと、値札を確認した。十六ドル。安い。彼を
だますことになるといっても、それほど害はないし、ほかで埋め合わせをすればいい。
そのチャンスがあればの話だけれど。

ララはドレスをできるだけ小さくたたんだ——ふくらんでいるから、それほど小さくはならなかったが。それを実用的な服と大きなコートのあいだに挟んで、マイルズのもとへ戻った。「そうか。ジーニーとケヴィーが殺されてもいいのか？　やつは本当にやるぞ、セス。デイビーもう一撃食らったら死んじまう。やつは病院の外を車で通過するあいだに殺せるだろう」腕いっぱいに服を抱えて棚のあいだの通路に突っ立っているララに気づくと、マイルズは壁に寄るよう身ぶりで合図した。「そっちへ移動しろ、白い壁の前へ。もう少し左だ。光が当たるように」それから、電話に向かって言った。「ちょっと待ってろ。写真を撮ってからかけ直す」

ララは服をいったん台に置いて、壁際に立った。マイルズがスマートフォンをララに向け、ファインダーをのぞいた。

「髪を撫でつけろ。乱れている」

ララは結んでいた髪をほどいた。風に吹かれてもつれた髪を、精一杯、手櫛で整えると、ふたたびポーズを取った。

マイルズはまだ不満そうだった。「頭をまっすぐにして」顔をしかめて言う。「そんなに怖い顔をするな」

「偉そうにしないで」ララは言い返した。

　マイルズがにやりとした。写真を撮ったあと、粗探しをするような目つきで眺めてから、タップした。

「見せて」ララは言った。

「心配するな。きれいに撮れてる」マイルズはふたたび電話をかけた。「もしもし、おれだ。送ったぞ。ああ、わかった。いま代わる」スマートフォンを差しだす。「出ろ。おれの友達のセスだ」

　ララは差しだされたスマートフォンを、まるで毒を持つヘビを見るような目つきでじっと見た。「ええと……誰？」

「おれたちを助けてくれる男だ」マイルズは辛抱強く説明した。「きみにある情報を教える。おれが知りたくない情報だから、おれが伝えることはできない。セスがきみに直接話さなきゃならない。わかったか？」

　ララがなおもためらったので、マイルズはララの手をつかんで、スマートフォンを叩きつけるように渡した。ララは彼のぬくもりが残る電話を耳に当てた。

「ええと、ララです」

「やあ。おれはセスだ」男性の怒ったような低い声が聞こえてきた。「ある場所をきみに教えるようマイルズに頼まれたから、注意して聞いてくれ。ユージーン、ポートランド経由のペンドルトン行きのバスの乗車券を買うんだ。一時間十分後に出発するバスがある。それを逃したら、四時間待つはめになるから、気をつけろ。ペンドルトンに到着したら、タクシーでハンプトン・インへ行け。フロントにメリッサ・ウィーラン宛の小包を預けておく。いいか？　きみの名前はメリッサ・ウィーランだ。きみは財布を忘れたから、ホテルに届けさせたんだ。一泊分の料金は支払ってある。朝になったら、車を借りて、一刻も早くそこを離れろ。そのあとは、誰もきみの居場所を知らない。ここまでわかったか？」

「ええ」

「デビットカードで二万五千ドル使える。それがなくなったら、クレジットカードを使うんだ。きみがちゃんと理解できたかどうか確かめたいところだが、マイルズはぴかぴかの脳をきみのデータで汚したくないそうだから、きみに復唱させるわけにはいかない」セスがぼやいた。「まったくおかしなやつだ」

「同感よ」ララは言った。

「もうひとつ。おれたちの連絡手段だが、ちょっとややこしいんだ。頭のおかしな悪党に監視されているそうだから、殿下の厳しいご指示に従って、ヤフーのあたらしいアカウントを作成した。ユーザーネームはＵＨａｖｅＧｏｔ２ＢＫｉｄｄｉｎｇ《冗談だろ》、語頭は大文字で、ＵとＢは一文字、〝ｔｏ〟は数字の２、スペースはなしだ。パスワードはＰｓｉＦｒｅａｋＢＧｏｎｅ《くたばれ超能力者の怪物》、これもスペースはなし、語頭は大文字で、Ｂは一文字、そのあとに感嘆符が二個つく。おれたちと連絡をとりたいときはこのアカウントにログインして、下書きフォルダーにメッセージを残すんだ。わかったか？」

ララは目をぎゅっと閉じて、疲れた頭に情報を叩きこんだ。文字を思い浮かべなければならなかった。「ええと……たぶん」口ごもりながら答えた。

「それじゃあだめだ」セスが怒鳴るように言った。「自信がないなら、ペンと紙を用意しろ！」

「わかった、わかったから」ララは安心させるように言った。

「なら、こうしよう。おれは一日に何回かアカウントをチェックする。金でも、書類でも、おれたちの助けでも、なんでも必要なものがあれば知らせてくれ。わかったか？」

その言葉の含みは明らかだ。セスたちの助けが必要になるのは、最悪の事態が起きたとき、マイルズが死んだときだ。彼らはマイルズのためにララを助けてくれるつもりなのだ。彼の思い出のために。

「ええ」ララはかすれた声で答えた。「ありがとう。本当に感謝――」

「礼ならマイルズに言ってくれ。あいつがしたことだ」

「そうね。もう何度か言ったわ」

ララは言われたとおりにした。「幸運を祈る。気をつけろよ。もう一度おかしなやつに代わってくれ」

ララは言われたとおりにした。喉が締めつけられて声が出ず、ふたたび服を腕に抱えた。マイルズは電話で話しながら、ララを引っ張って背後に移動させると、レジへと歩き始めた。途中で何度か立ちどまり、カラフルで大きなニットキャップや、使い古された風変わりなミラーサングラス——ジョン・レノンがつけていたような丸眼鏡——を服の山に加えた。それらにアーミーコートを合わせたら、さぞかし奇抜に見えるに違いない。普段は絶対にしないファッションだが、そこが肝心なのだろう。

最後にマイルズは、明るい青のキャンバス地のジムバッグを選んだ。それをカウンターに放り投げると、横を向いて会話を続けた。ララがバッグの上に服の山を置くと、老人がレジを打ち始めた。象牙色のドレスが広げられ、カウンターからこぼれ落ちたときも、マイルズは向こうを向いていた。

老人が合計五十二ドルと告げたと同時に、マイルズが財布を取りだしてララに渡した。小額紙幣はなく、百ドル札がぎっしり詰まっていたので、それで支払った。

老人が眼鏡越しに百ドル札を見つめた。「もっと細かいのはありませんか?」

「ないんです」ララは言った。「すみません」

老人はぶつぶつ言いながらもお釣りを渡した。ララは買ったものをバッグに詰めこんだ。コートを着ると、肩からずり落ちて、足首まで届きそうだった。マイルズはニットキャップをララの頭にかぶせ、サングラスを鼻にかけた。その格好を見て彼が笑ったので、お尻を叩いてやった。

それから、一ブロック先の、通りの向こうにある小さな食堂に入った。ウェイトレスに注文し終えると、ふたりとも黙りこんだ。マイルズがテーブルの上に両手を置き、ララの手を取ろうとしたとき、携帯電話が鳴った。

マイルズが電話を取りだした。じっと見つめたまま、出ようとしない。

「どうしたの？　誰から？」ララは不安になってきいた。

「わからない」マイルズが言う。「この番号を知ってるのはアーロとショーン、コナー、ケヴだけのはずだ。これはプリペイド式の電話だ。ほかの誰にも教えていない」

「出ちゃだめ」ララはあわてて言った。

マイルズが肩をすくめる。「この番号を知られているとしたら、たぶん居場所も突きとめられているだろう。無視するよりも、何かわかったほうがいい」電話に出た。

「もしもし」

マイルズは長いあいだ静かに聞いていた。ララの目を見なかった。「当たり前だ。驚いたな。ああ、もちろん。できるだけ早く行って説明するが、いまは無理だ……ああ、わかってる……なるべく早く……」

マイルズが片手で顔を覆った。電話の向こう側でわめいている声がララにも聞こえた。

「いいか」マイルズが声を潜めた。「警告してくれたことには感謝している。バーロウのことは本当に残念だ。ちくしょう、サム、きみを巻き添えにしないよう全力を尽くすと約束するが、いまは無理だ。もう切らないと」

マイルズは電話を切ると、すぐに電源をオフにした。

「誰だったの？」ララはきいた。マイルズが答えようとしないので、ララは怖くなった。指でテーブルをトントンと叩いた。「マイルズ」彼の支配者のような声音を真似た。「答えて。いますぐ」

マイルズがバッグから、長いストラップと留め具のついたナイロンのポーチを取りだした。あいかわらずララの視線を避けている。「サム・ピートリーからだった。刑事の友達だ」

「それで？」ララは先をうながした。「なんて警告されたの？　残念ってなんのこと？　何を説明するの？　何があったの？」

マイルズは顔をさすりながらほかの客を見まわしたあと、身を乗りだした。「グリーヴズが動いた」静かな声で言う。「おれをはめたんだ。カスケード山脈におれの土地と小屋があるんだが、そこでおれがきみを監禁していたように見える舞台を作りあげた。さらに、おれが殺した男たちをそこに埋めたらしい」

ララは目をしばたたいて、話をのみこもうとした。「ばかげてるわ」鋭い声で言う。「わたしが本当のことを話せばおしまいじゃない」

マイルズは肩をすくめた。「きみが隔離されて、洗脳されたと見なされれば、きみの証人としての信頼性が疑われるだろう」

ララはヒステリーを起こしそうになった。「わたしの頭がおかしいと思われるの？　あなたは逮捕されるの？　わたしの言うことは信じてもらえないの？」

「いまはほかに心配しなきゃならないことがある」マイルズが言う。「いったん忘れて――」

「だめよ！　忘れたふりなんてしない！　あなたの考えていることはわかってるわ、マイルズ。どうせ死ぬと思っているから、どうでもいいんでしょ？　だから、無視するつもりなのよ！」

マイルズがララの手を取って、ぎゅっと握りしめた。「ララ。頼む」

マイルズの目に苦悩の色が浮かんでいた。ララは口をつぐみ、紙ナプキンを目に押し当てた。

落ち着きを取り戻すと、紙ナプキンではなをかんだあと、彼女の手を包みこんでいる、マイルズの日に焼けたぼろぼろの手を見つめた。目と目が合うと、マイルズはもう一方の手に持っていたポーチを押しやった。「これを持っていけ。一万三千ドルくらいある。デビットカードであと二万五千ドル使える」

ララはたじろいだ。「受け取れないわ」

マイルズが訝しげなまなざしでララを見た。「受け取るんだ！　いまさらつまらないことで遠慮するな」

「三万八千ドルよ？　つまらなくないでしょう？　あなたもお金が必要になるわ。そんな大金受け取れない！」

マイルズがふたたびララの手を握りしめた。「ララ。金ならたくさんあるんだ。使いきれないほどの金をいろんな場所に隠してある。愛する人のために使えないんなら、なんの意味もない」

ララは首を横に振った。どうしても抵抗があった。

「これから起きることを切り抜けたとき、その金が底を突いていたら、おれがもっと稼ぐ」マイルズが言った。「よく聞け。金は問題ない。わかったか？」

ララは手の下に押しこまれたポーチを悲しい気分で見おろした。それが表すもの、それが示す前兆のことを考えた。

彼のお金なんてほしくない。彼がほしい。いつだって、永遠に。これはまったく割に合わない取引だ。「あなたにはすでに借りがたくさんあるわ」ララは言った。

マイルズが手を伸ばして、ララの顔に触れた。「本当はもっとあげたいんだ。おれのほうこそきみに借りがある。きみはおれを救ってくれた」

ララは鼻を鳴らした。「まさか」

「本当だ」マイルズはかたくなに言った。人差し指の側面でララの頬をゆっくりと撫でる。「だがもう、そういう次元の話じゃない」

ララはなめらかな声に、優しい愛撫になだめられた。マイルズは皮肉屋だけれど、優しい。猫のごとく顔を傾け、彼の指に押しつけた。

マイルズがララの頬を包みこみ、身を乗りだした。「おれが持ってるものは全部きみのものだ」その声に皮肉は含まれていなかった。「一生。わかったか？　まだ説明しなきゃなんないのか?」

ララは涙に濡れた目をぎゅっと閉じて、首を横に振った。

「金だけじゃない。全部だ。身も心も。未来への希望も。きみと見たい場所。おれたちの物語。ふたりの冒険。一緒に作る食事、散歩、ドライブ。ふたりで過ごすすべての夜、朝。コーヒーとトースト。会話やジョーク。すべての冬と春と夏と秋。おれたちが手に入れるものは、全部きみのものだ、ララ」

ララは手を唇に押し当てた。胸が熱かった。実現しない未来に、ねじれるような甘い痛みが走った。

マイルズがゆっくりと手を動かして、ララの涙をぬぐった。

「お願いだから、もうやめて」ララは唇を震わせながら、やっとのことで言った。「わたしを泣かせないで。苦しくなる」

マイルズがララの手を引き寄せ、指の節を唇に押し当てたあと、額に持っていった。

うつむいて顔を隠した。

ララは感情を必死に抑えこみ、息を整えた。紙ナプキンではなをかんだ。マイルズが袖で自分の目をぬぐったあと、ふたたびポーチを押しやった。「バッグにしまえ。出しっ放しにするな」

ララはためらいつつも受け取った。「車を借りるお金はあるの？」

「たくさんある」マイルズは安心させるように優しく言った。

ウェイトレスが料理を運んできたので、ふたりは落ち着きを取り戻した。ララはチリとコーンブレッドの半分以上を口にしたが、サンドイッチを頼んだマイルズは、あまり食が進まない様子だった。

「電話番号を教えてくれる？」ララはきいた。

マイルズが首を横に振った。「おれたちは電話を使わなくても連絡を取れる。その方法が使えないときは、電話も役に立たないだろう。さあ行こう、もうすぐバスが出る」

数ブロック先の線路の隣に、小さな駅があった。ララが乗車券を買ってジャケットにしまうまでのあいだ、マイルズは離れたところにいて行き先がわからないようにした。

それから、ドアの開いたバスの前に立ったララを、マイルズは震える腕で息もできないほどきつく抱きしめた。しびれを切らした運転士が身を乗りだし、眉をひそめた。

「ご乗車願います」大声で言った。

ララはバッグをつかんで、バスに乗りこんだ。彼から目をそらすことができなかった。目をそらしたら、何か大事なものをもぎ取られてしまう気がした。

こんな計画に同意しなければよかった。頭で彼の論理を理解し、従ったけれど、心では理解できなかった。

バスが走りだした。ララは首を曲げて、背が高くたくましいマイルズを見つめ続けた。コートが昔の外套《がいとう》のようにはためき、髪が風になびいている。目にララへの愛があふれていた。ララはその眺めにしがみついた。必死に息をするように。

水中に沈んでいくかのように。


涙の別れは、マイルズの脳内の兵器を狂わせた。

バスが角を曲がる頃には、マイルズは取り乱していた。幸い、バイクで走りまわり、レンタカー店を探すのに、冷淡なアルゴリズムも、レーザーのように鋭い感覚も必要なかった。三十歳の誕生日にマクラウド兄弟がくれた偽の身分証明書がある。高価な、明らかに違法のプレゼントだ。もらったときは笑い飛ばしたが、思いがけず役に立つときが来た。

バーロウの遺体が発見された車のすぐ近くのゴミ収集容器から、グロック23が見つかったと、ピートリーが言っていた。マイルズの銃だ。マイルズは自分の銃で警察官を殺害したあと、現場のゴミ箱に捨てるほど愚かではない。普通の人は、暴力犯罪を行ったあとにばかなことをするものだが。いまのマイルズは普通とはかけ離れていた。自分でも予想もしなかったほど。

とにかく、犯人として追跡されているのなら、予定を早めるだけだ。経験豊富で、自信にあふれ、すさまじい技術を持つマクラウド一族に頼りたかった。何年も前に出会って以来、ずっとそうしてきたように。だがもうそれはできない。マイルズは彼らを巻き添えにしてしまった。彼らのか弱い子どもたちを危険にさらしてしまった。自分であと始末をつけなければならない。

一度ですばやく、致命的な打撃を与えなければ。彼の攻撃を防ぐために利用されうる人たちからできるだけ離れた場所で。ララ、マクラウドとその子どもたち、マイルズの両親。ジーニーにまで手を出したのだから、シンディの身にも危険が及ぶ可能性がある。何年も一緒に暮らし、その前は何年も彼女を追いまわしていたのだから。エリンが彼女に警告してくれているといいのだが。

偽の運転免許証とクレジットカードを使って車を借りた。土砂降りの雨が降っている。ブレインまで何時間もかかる。ラジオをぼんやりできるようなロックのチャンネルに合わせてから出発した。

運転しているあいだ、気づくとララとともに歩む人生を空想していた。昼と夜、冬と夏。やれやれ、自分を甘やかすのはやめにしないと。この惨劇を無事に切り抜けることはできないのだから。命が助かれば御の字だ。いや、そのほうが不運かもしれない。重警備刑務所か、死刑囚監房に入れられる可能性がある。執行されていないとはいえ、オレゴンには死刑制度がある。

警察官や億万長者の慈善家を殺害するようなくそったれに対しては、特例として執行されるかもしれない

彼の発達した能力をもってすれば、捕まらずにすむ可能性も充分にあることにふと気がついた。

だが、うれしくはなかった。逃亡生活など最悪だ。

マイルズは荒々しく息を吐きだした。そろそろ兵器のエンジンを吹かして、困難なことをしなければならない。限界まで。自分を見失うことになったとしても。別人に生まれ変わって。

捕まる前に、あのろくでなしを始末しよう。

ララがポートランドのバスターミナルに到着したとき、辺りは暗く、激しい雨が

窓に叩きつける雨や、ぼんやりした色付きの光を見つめていたララは、はっとしてバッグを手に取った。もう一度バスを乗り換えなければならない。お金の入ったポーチは腰に巻きつけてある。一万三千ドルもの大金をぼろぼろのジムバッグに入れて持ち歩くのは不安だった。分厚いポーチが肌を引っかいた。

ターミナルに降りると、圧倒された。ネズミの巣から出て以来、混雑した公共の場に出るのは初めてだった。激しい騒音、早足で歩く人々の雑踏、お菓子の売店や雑誌の棚、自動販売機のどぎつい色。蛍光灯がまぶしすぎる。サングラスをかけていてよかった。

〝しっかりしないと。普通にふるまって、歩き続けるの。そうすれば普通に見える。無数の物語のなかの一編の小さな物語。クモの巣の一本の糸。普通に。普通に〟

ララは涙ぐんだ目で乗車券をじっと見た。視力が悪いのだ。近視で、以前はコンタクトレンズをつけていた。ネズミの巣に閉じこめられる前。psi‐maxを打たれる前。遠い昔の話だ。以前のララ・カークを、ほとんど思いだせない。夜に拉致されて以来、コンタクトレンズも眼鏡も使っていなかった。監禁されているあいだはそれでも問題なかったが、いまは困る。ぼんやりとしか見えないと、無防備な感じがした。必要なものが欠けているような。

表示板の真下まで歩いていくと、サングラスを取って目を凝らし、数字と行き先、ゲートを確認した。

〝よお、調子はどうだ？〟突然、脳内スクリーンに文字が表示された。ララは膝の力が抜けるのを感じた。ぬくもりととてつもない喜びに包まれた。もちろん、恐怖も入りまじっているけれど。

〝すべて順調よ。あなたは？〟

〝まだ運転中だ、先は長い。きみに会いたい〟

〝わたしも〟

〝何か食べたか？〟マイルズが予想どおりの質問をした。ララは声を出して笑った。隣で表示板を見ていた女性が不安そうにララを一瞥《いちべつ》したあと、少しずつ離れていった。

〝まだおなかが空かないの〟

〝まさか。あれからもう何時間も経ったぞ。いい、いますぐ何か食べろ〟

〝わかったから、心配しないで〟

〝早く〟

〝運転しながらメールしちゃだめ。危険よ〟

〝平気だよ〟間が空いた。ララは心の耳で、彼の笑い声を聞いた。〝じゃあそろそろ、愛してるよ〟

〝気をつけてね。わたしも愛してるわ〟

〝またあとで〟

ララはしばらくのあいだ、表示板をぼんやりと見あげながら、脳内メールを何度も読み返した。それが与えてくれる慰めを味わい尽くした。

そろそろ移動しなければならない。ポートランド行きのバスが豪雨で遅れたため、乗り換えの時間が短くなってしまったのだ。トイレに入ったあと、リンゴジュースとカシューナッツを買った。おなかが空いているわけではないけれど、マイルズとの約束を守ることで、彼を身近に感じられる。それから、急いでゲートへ向かった。

乗車時刻の数分前だったが、空いていた。待っているのは、ベンチで居眠りしている老夫婦と、抱きあっているティーンエイジャーのカップルだけだ。運転士はまだ到着していなかった。このバスも遅れるのかもしれない。隣の席もひとり占めできるだろう。知らない人と愛想よく会話をする気にはなれなかった。

「ララ？　驚いたな！　ララだろ？」はっとして振り返ると、そこにケーブル編みのロングセーターと、大きなマフラーを身につけたブロンドの大男がいた。ひげを生やし、ドレッドヘアで、にっこり笑っている。眉毛もまつげも目に見えないほど白く、顔は鮮やかなピンクだった。見たこともない男だ。

ララはあとずさりした。「あなたは誰？」

「おいおい、プーケットのビーチパーティーで会っただろ？　まあ、覚えていなくても驚かないよ。きみはあの夜、かなり酔っていたから。でもこれだけは言える……きみは最高に楽しんでいた」男が流し目で見ながら、体を寄せてきた。「きみははめの外し方を知っている」

ララはさらにあとずさりして、周囲を見まわした。心のなかで警報ベルが鳴り響いている。あいかわらずティーンエイジャーのカップルはキスに夢中で、老夫婦は居眠りしていた。「人違いです」大声で言った。「プーケットに行ったことはないし、わたしは――」

「またまた、昔のよしみでキスしてくれよ！」

男がララを引き寄せて、息が詰まるようなキスをした。男の湿った厚い唇が歯に激しくぶつかり、ララは悲鳴をあげることができなかった。スチールケーブルのような腕に締めつけられる。叫び声をあげようとしてどうにか口を開くと――。

男が舌を突っこんできた。ぬるぬるした分厚い舌が、奥まで入ってくる。弱々しく泣きながら身をくねらせるララを、男は抱きあげ、ふざけるように何度も振りまわしながら、人けのない場所へ連れていった。

「叫んだら殺す」男がささやき、湿った大きな手でララの手首をつかんでねじあげた。腕全体がずきずきと痛む。「これがわかるか？　コートのなかだ」男がララのシャツの下に冷たくて硬いものを押しこんだ。ララは悲鳴をあげようとして息を吸いこんだが、銃身で肋骨の下を突かれ、うめき声をもらした。「肝臓を狙った。思い知ったか、ビッチ？」

ララは銃身で突かれた痛みと、腕の激しいうずきにあえいだ。耳の奥がどくどく脈打っている。男の声が遠く聞こえた。「おれにキスしろ」男が耳元でうなるように言う。「撃たれたくなきゃ」

ララは、興奮でぎらぎら光っている男の丸い目をのぞきこんだ。息が臭い。男が硬くなった股間をすり寄せてきた。唇が濡れて光っている。

「なら、撃てばいいわ」ララは冷ややかな口調で言った。「卑怯者」

男はしわがれた声で笑うと、ふたたびララを抱きあげて何度も振りまわしたあと、地面におろした。突然、首に針を突き刺され、ララは硬直してあえいだ。

ｐｓｉ‐ｍａｘではない。あれなら知り尽くしているけれど、これは違う。鎮静剤か筋弛緩剤だろうが、針で打たれる感覚に喚起されて渦が発生し……。

〝ララは冬の森を歩いている。枯れ草が腰の高さまで伸びていて、木はまばらだ。長い草に埋もれかけた公園のベンチ。風にさらされ、錆びた鉄鉄。視線を落とすと、敷石の模様が見えた。放置され、錆びついて古びた公園の遊具。ジャングルジム。壊れたブランコ。

前方を少年が走っている。ララの小さな友達は今日はさらに若く、八歳くらいで、いまにも消えそうなろうそくの炎のように頭が青白かった。この寒いなか裸足で、いつものパジャマを着ている。振り返ってララがついてきているのを確かめると、必死に手招きした。

「何？」ララは声をかけた。「何がしたいの？」

少年は何も言わず、ふたたび懇願するように手招きした。早く。早く。でもどうして？　なんのために？〟

映像にモザイクがかかり、崩壊した。ララはその衝撃で現実に引き戻された。ブロンドのドレッドヘアの男に運ばれている。まるで恋人のように男の腕に抱かれていた。ターミナルを出て、歩道を歩いている。雨が額に打ちつけた。動こうとしたが、薬で体が麻痺していた。

車のドアがポンと開く音がして、大きなSUVに放りこまれた。あたらしい革の匂いがする。

「やったわね」女の気取った声が聞こえた。「うまくいったわ」

運転席のドアが閉められると、急発進して車の流れに加わった。乱暴な手がララの顎をつかんで、だらりとした頭を動かした。

アナベルだった。「悪い子ね」あやすような口調で言う。「パパがかんかんよ」

アナベルは恐ろしい顔をしていた。目が落ちくぼんでくまができ、筋肉が痙攣している。

「きみの言ったとおりだった」運転席に座ったドレッドヘアの男が言った。「操ろうとしたが無理だった。機転を利かせなきゃならなかった」少しためらってからきいた。

「これからどうする？」

「車を止めて降りれば？　タクシーを拾えばいいわ」アナベルがうんざりした口調で言う。「仕事はもうすんだんだから、消えたら。ララをテープで縛りつければ、わたしが運転できるわ。ここからはわたしにまかせて」

「なんだよ、その態度は？」ドレッドヘアの男が傷ついた口調で言う。「おれはきみのために、顔認識ソフトが彼女を確認してから二十四分で、誰にも気づかれずに連れてきたのに。信じられない！」

「かわいそうに」アナベルがあざけるように言う。「超能力が効かないときは、その小さな脳を使うしかないものね。さぞかしつらいでしょう、ロックウェル。さあ、降りて。あなたの体臭に耐えられないのよ」

「やってらんねえよ」ロックウェルがつぶやき、車を急停止させた。

車から降りると、ドアを開けっ放しにしたまま、雨のなかを歩み去った。

アナベルがララの両腕にダクトテープを念入りに巻きつけた。傷ついた手首に激しい痛みが走る。渋滞した後続車がクラクションをけたたましく鳴らし始めた。ララは体を起こすことができず、アナベルの膝にもたれかかっていた。

ララを縛りつけると、アナベルは身をかがめて唇にキスをした。「会いたかったわ、ハニー。ボスもよ。あなたは悪い子だから、お仕置きされるわね。見学させてもらえるといいな」

ララがコンピュータを思い描いてマイルズにメールを送ろうとしたとき、ふたたび針で刺された。

意識が途切れ、暗闇にのまれた。

27

〝おい！　どうした？　なんで返事をしないんだ？〟

マイルズは必死に落ち着きを保とうとした。パニックを起こしてもなんの助けにもならない。木立のなかでかがみこみ、グリーヴズの家に向けたH&KG36のスコープをのぞきこんだ。

〝落ち着け。集中しろ。いつチャンスが訪れるかわからないのだから〟

とはいえ、ララと最後に連絡を取ってから数時間が経過し、マイルズはぴりぴりしていた。

最後にきつい言葉を投げあったのなら、ララに無視されていると考えることもできた。だが、愛を誓いあって別れたのだ。

いったいどういうことだ？

眠っているのかもしれない。

バスのなかで見知らぬ人々に囲まれ、緊張して怯えているのに？

それでも、疲れきっていびきをかきながら熟睡しているのかもしれない。

少なくとも、頭のなかのララの光はついている。これまでと違ってぼんやりしているが。

そうだ。眠っているのだ。それが唯一の安心できる理由だから、そう思いこもうとした。

ブレインのグリーヴズの家の周囲は、罠が仕掛けられているのではないかと勘繰るほど、セキュリティが甘かった。もちろん門はあるが、警報装置は見当たらない。これはグリーヴズが二十五年前に家族のために買った家だ。明日の午後のセレモニーに出席するグリーヴズたちの宿泊場所にうってつけだ。コリタ・スプリングスとスプルース・リッジの施設やボルドーの城、イギリスのマナーハウス、南太平洋の島、十六世紀のトスカーナのヴィラ、香港やシンガポール、ドバイの贅沢なペントハウスのようにセキュリティが厳重ではないが。

マイルズはスコープをのぞきながら、びしょ濡れの木の合間を忍び足で歩いた。こんな時間からやつらは動きまわっている。もうすぐ午前五時になるが、空はまだ暗かった。窓の向こうにグリーヴズと、男女二名ずつの部下の姿が見える。最近、部下の人数が減ったようだ。

マイルズがかなりの数を殺した。

家ごと爆破したかった。アーロやマクラウド、タム、ヴァルが隠している武器を借りられたら、グリーヴズを一発で始末してやれるのだが。かなわないことを願ってもしかたがない。盗んだH&Kとフル装塡《そうてん》された弾倉があるだけでも御の字だ。

グリーヴズは朝食中のようだった。湖に面した屋根に覆われた裏口の脇に朝食室があり、グリーヴズの席はちょうど柱の陰に位置している。コーヒーを注ぐときや、バターを取るときに伸ばす手がときおり見えた。命令を受けた部下たちがちょこまかと走りまわっている。ボートに乗って湖を何メートルか漕《こ》がない限り、グリーヴズを撃つことはできない。

まるでマイルズがここにいるのをグリーヴズが知っていて、その席に座ったかのように思えた。これは妄想がすぎる。

〝頼むから返事をしてくれ、ララ〟

これで最後にしなければ。大量に送りつけた一方的なメッセージは、もう何ページにもわたるだろう。

脇のベランダにつながるガラス扉をのぞきこめる位置に移動した。その部屋は暗かったが、開いた戸口から光がもれている。マイルズは木立で戦ったときと同様に、拡張した感覚で家の見取り図を描いた。グリーヴズは朝食室で燃えるように輝き、力強い不快なエネルギーを放っている。そのとき、車が近づいてきて、マイルズは茂みにうずくまり、ヘッドライトを視線で追った。車はスピードを落とし、門の前で止まった。

マイルズはヘッドライトに目がくらまないよう気をつけながら、スコープをのぞいて十字線を玄関に合わせた。

ドライバーは大型SUVをRVの近くに駐車した。運転席から降りてきたやつれた女が、最初は誰だかわからなかった。アナベルはスプルース・リッジの事件の日よりも三十歳老けて見えた。肌につやがなく、髪もくたびれた感じで、頬がこけ、目はくまができて落ちくぼんでいた。

アナベルは後部座席のドアを開けて何かをつかむと、力を込めて引きずりだし、地面にどさりとおろした。

それはダクトテープで縛りつけられた人間だった。オリーブドラブ色のウールのアーミーコートと、カラフルなニットキャップを身につけている。ウェーブのかかった長い黒髪。ジーンズ。紫色のハイカットスニーカー。ちくしょう、ララだ。

マイルズはたちまち平静を失った。

ララは息が苦しくて、暗闇から浮上した。そのまま濃厚な暗闇にいたほうがましなのではないかと思いながら。戦うのをやめて、ふたたび眠りにつきたかった。永遠の眠りに。

頭のなかで輝くランタンがなければ、そうしていただろう。暗闇では言葉が存在しなかったが、浮上するにつれて、言葉や思考、映像がよみがえった。恐怖と痛みも。頭や腕がずきずきする。腰がねじれるような感覚があった。

マイルズ。彼がララのランタンで、かがり火だった。暗闇のなかの星。彼に呼びかけたいけれど、この状態ではイメージを思い描くことができない。制御室も、コンピュータのスクリーンも見えなかった。

体の感覚がなく、口も利けず、無力だった。

ララは無理やり目を開けた。大槌で殴られたかのように頭が痛む。腕を縛りつけられたままだった。もがきながら叫び声をあげようとしたが、声が出ない。ああ、痛い。

横向きになって顔をあげた。

そこは狭い部屋で、ぴかぴかの金属の壁に囲まれていた。ブーンという音が聞こえる。空気が流れている。送風機だ。白い布に覆われた、さまざまな形をした大きなものが置いてある。動かない幽霊のように見えた。

一番近くにあるのは、高さが約一メートルのでこぼこした細長い箱だ。ララは足を動かして布を引っ張り、怪我をしていないほうの手でその端をつかんだ。布が外れ、箱がぐらついて倒れた。

ララは驚いて口をぽかんと開けた。それはララの作品だった。パンドラの箱。拉致される前日に、かなりの金額で売れた。その夜、友人たちとバーでお祝いしたことをうっすらと覚えていた。パンドラは〝わたしはいったいなんてことをしてしまったの?〟というような恐怖の表情を浮かべている。自分も同じ顔をしているだろうか。

ララは胃がずっしりと重くなるのを感じた。ここがララ専用の地獄につながる控え室のような気がした。

だが、部屋の隅にある人の形をしたものは、ララの作品ではない。あの形とサイズのものを作ったことはなかった。

ララは頭や手首の鋭い痛みにあえぎながら、無理やり体を起こした。薬のせいで気分が悪かった。

よろめきながら歩いていき、その彫像を歯や、背後で縛られた手を使って揺すった。

巻きつけられているバンジーコードを引っ張る。フックが外れて、布が落ちた。

グリーヴズ。それは、写真を撮りながら笑っているグリーヴズのブロンズ像だった。

やはりここは地獄だ。

幻覚で見た彫像だ。鳥の糞《ふん》にまみれていたから顔は見えなかったが、そのポーズやカメラに見覚えがあった。

あらがう暇もなく、あっという間に渦に吸いこまれた。

〝ララはあの奇妙な人けのない町の広場に立って、汚れた彫像を見つめている。恐ろしい大きなカラスが、カメラを持つ手に止まっている。羽を震わせ、よそよそしい丸い目でララをちらりと見た。空は灰色で、風に吹かれた松葉が敷石の上を転がっている。草はさらに高く伸びていた。公園の木立のなかを、ヘラジカがゆったりと歩いている。涸れた噴水に地衣類がはびこっている。背後のベンチにいる男を、前にも見たことがある。そのときはまるで眠っているように、新聞紙に頭をのせて横たわっていた。

いま、その男は眠ってはいなかった。灰色の紙の塊の上に、風雨にさらされた頭蓋骨がのっている。骨やしなびた肉の上で、ぼろぼろになった服の切れ端がはためいていた。片脚がなくなっていて、断片が周囲に散らばっている。ララの足元に片方の靴があった。靴のなかから骨が突きでている。腐肉食動物に嚙み切られたのだ。

気分が悪くなって目をそらした。ほかにも、おそらく死体の残骸が散乱している。ララは目を向けないようにした。

身震いしながら周囲を見まわした。町の広場全体を見たのは初めてだった。これまでは夢の断片のように、部分的にしか見たことがなかった。だが今日は、三百六十度見渡せる。広場の片側に面した大きな大理石の建物が見える。これも風雨にさらされ、色褪せていた。ドアは開けっ放しで、斜めにかしいでいる。枯れ葉やゴミの吹きだまりができていた。開いたドアからネズミが出てきて、壁の亀裂に姿を消した。

ドアの上の石に、『グリーヴズ現代美術館』と刻みこまれている。

うなじがぞくぞくした。ララは鼓動が速まるのを感じながら、ぱっと振り返った。

そこに少年がいた。今度はさらに若く、五歳くらいの姿をしていて、三十センチのテディベアを抱いている。目がくぼみ、痩せこけていて、いつもと同じくたびれたパジャマを着ていた。

この死の地で、少年はとても孤独でさびしそうに見え、ララは胸が締めつけられた。

「こんなところでひとりきりで何をしているの？」

少年は首を横に振り、親指をくわえた。

「何か言いたいことがあるの？」

少年が目を見開いた。だらりとしたテディベアを持った手を振って、一番近くの、乾いた白い小枝とぼろぼろの生地のように見える塊を指し示した。これでもまだわからないのと言わんばかりに。

「でも、わたしにどうしろと言うの？」ララは嘆き叫んだ。

少年がさらに小さくなって、四歳くらいになった。悲しそうに目を見開き、テディベアを抱きしめながら親指を吸っている。自分は役割を果たしたし、今度は大人のララが事態を改善しなければならないと言っているようだった。ララは胸が張り裂け、頭がおかしくなりそうだった。少年を抱きしめて、叫びたかった。少年を救いたかった。

少年の向こうのエリアに、かつては高級ショッピングモールがあった。美しい錬鉄製のベンチや、しゃれたアールデコ調の街灯で彩られた、昔懐かしい商店街だ。その色褪せた木の看板のひとつに、『ブレイン雑貨店』と書かれていた。

ふいに大きな鳴き声が聞こえて、ララはほっと振り返った。カラスの鳴き声だ。カメラに止まっていたカラスが、黒いすりきれた羽を震わせたかと思うと、ララの顔をめがけて飛んできた。ララは悲鳴をあげ、頭を引っこめて――〟

背中から倒れた。肉体に引き戻され、激しい鼓動を感じながら息を吸いこむ。怪我をした手首が押しつぶされ、あまりの痛さに吐き気がした。痛みに泣き叫びながら横向きになり、ふたたび脳内コンピュータでメールを送ろうとした。今度はうまくいった。

〝マイルズ？〟

〝いったいどういうことだ？　どこにいた？　何があった？〟

〝ポートランドのバスターミナルで捕まったの。いまどこにいるかはわからない〟

〝きみはブレインの、グリーヴズの家にいる。おれもだ。きみがアナベルに運びこまれるのを、スコープ越しに見ていたんだ〟

〝計画を台なしにしてしまってごめんなさい〟ララは驚いて返事をした。

〝きみのせいじゃない。謝らなきゃならないのはおれのほうだ。どの部屋にいるんだ？〟

〝二十平方メートルくらいの、金属の壁に囲まれた部屋。銀行の金庫室みたいな。彫像のコレクションが保管されているの。マイルズ。わたしが見たのはブレインの幻覚だったのよ！〟

一瞬の間が空いた。〝なんだって？〟

〝彫像を見たと言ったでしょう。鳥の糞にまみれた彫像。あれはグリーヴズだったのよ！　明日除幕式が行われる彫像がここにあるの！　あの幻覚のように、何か恐ろしいことがここで起こるんだわ！〟

ふたたび一瞬の間が空いたあと、返事が返ってきた。〝恐ろしいことって？　げす野郎に恋人を拉致されて、金庫室に閉じこめられるよりも恐ろしいことなんてあるか？〟

〝ここなのよ、マイルズ！　グリーヴズはブレインで何か恐ろしいことをするつもりなの。いまここで！〟

〝ひとつずつ片づけよう。その一、ララを金庫室から出す。その二、世界の人々を救う。いいか？〟

〝あなたはわかってないのよ〟ララは必死で入力した。〝これは莫大な――〟

そのとき、巨大なドアのかんぬきが外された。〝誰か来た。またあとで。愛してる〟

〝おれもだ。常に耳を澄まして、待機してるからな。ずっと一緒だ〟

こんなときに涙があふれてきた。

ララははなをすすって涙をこらえた。ドアが静かに開いて、アナベルとひとりの男が入ってきた。身なりのよい長身のラテン系の男が、眉根を寄せてララをじっと見おろしたあと、首を横に振った。

「本当だ」男が不満げに言った。「まるでそこにいないみたいだ」

「なあに、シルヴァ、信じてなかったの？」アナベルがからかうように言った。「グリーヴズでさえ防御壁を破れなかったのに、自分ならできると思っていたの？　ばかね」

「黙れ」男が怒鳴った。「ボスは待たされるのを嫌う」

ふたりはララの脇の下をつかんで立ちあがらせた。腫れた手首に圧力が加わり、喉から悲鳴がもれたが、ふたりには聞こえない様子だった。ドアの外は長い廊下で、突き当たりに窓があり、薄暗い光が差しこんでいた。夜が明け始めている。

両開きのドアをいくつか通り抜けて、広いリビングルームに入っていった。豪華な装飾が施され、ちりひとつないが、人の住んでいない冷え冷えとした空気が漂っている。

その部屋も通り過ぎ、写真のギャラリーとして使われている廊下に出た。ララはその場に釘付けになり、前を歩いていたアナベルと、シルヴァと呼ばれていた男も立ちどまった。

この写真。

ブロンドの少年のいろいろな写真が飾られていた。美しいブロンドの女性に肩を抱かれ、ほほえんでいる十二歳の少年。最後の幻覚で見た、四歳のときの写真もある。だが写真のなかでは、清潔で丸々としていて、髪は整えられ、きちんとした服を着て笑っていた。美しい幸福な少年だ。八歳の少年は野球のユニフォームを着ている。スーツを着てバイオリンを持っているのもあった。

「さっさと歩いて」アナベルが怒った声で言った。

「この人たちは誰?」ララはきいた。

「あんたには関係ないでしょ、ビッチ。早くして!」アナベルに腕を引っ張られ、ふたたび吐き気を催すような痛みに襲われたが、ララはあきらめなかった。「誰なの?」強い口調できいた。「この子は誰?」

シルヴァがいらだった口調で答えた。「ここは昔、ボスが奥さんと子どもと一緒に暮らしていた家だ。息子の写真だ」

「別名〝ばか〟」アナベルがつぶやいた。

「ボスに聞かれたら、その場で殺されるぞ」シルヴァが注意しても、アナベルは平然とした様子で、鼻を鳴らした。

グリーヴズの息子? ララは驚きのあまりつまずき、もう少しで膝をつくところだった。ふたたび引っ張られながら歩き始めた。

マイルズのもとへ導いてくれたのは、グリーヴズの息子だった。道案内をし、アナベルから隠れるのを助けてくれた。どうして……？

ふたりに引きずられるようにして、湖に面したベランダにつながる大きな部屋に入っていった。空が明るくなってきた。グリーヴズは背中で腕を組んで立っていた。乱れた髪が輝いている。

アナベルとシルヴァはララをグリーヴズのところまで連れていくと、後ろにさがった。ララは室内をさっと見まわした。グリーヴズの背後に医療機器がいくつもあり、その中央に、毛布に覆われた痩せ細った人の姿が見えた。幻覚で見た、乾いた小枝とぼろぼろの服の塊のような死体を思いだしてぞっとした。その人物はそれくらいの厚みしかなかった。

グリーヴズがララの視線をたどって言った。「息子のジェフだ。十七年間昏睡状態のままだが、わたしは奇跡を期待している。座って朝食でもどうだ？　コーヒーは？」

ララは息を切らしながら、もつれた髪の陰からグリーヴズをにらんだ。手首の激しい痛みに歯を食いしばる。痩せた孤独な少年の姿が、まざまざと目に浮かんだ。

　グリーヴズが静かに笑った。「そうだ、いま思いだしたよ。きみはわたしのもてなしを突っぱねる主義だったな。アナベル、手首をほどいてやれ」

　黒い刃のナイフを持ったアナベルが前に出た。ララは痛みを覚悟した。テープはぎちぎちに巻かれていた。

　血圧が急激に変化し、めまいがした。手は腫れあがって赤くなり、ほてっている。指がほとんど動かなかった。

「手を怪我してるな」グリーヴズが心配そうに言った。「アナベル、無傷で連れてこいと言っただろ。どういうことだ？」

「ロックウェルのせいです。わたしは彼に――」

「きみには失敗を人になすりつける悪い癖があるな」グリーヴズはたしなめたあと、ララに言った。「部下が手荒な真似をして申し訳ない」

「よくも人のことを叱れるわね」ララは言った。「あなただって失敗の責任を取ろうとしないのに」

　グリーヴズの笑顔が一瞬凍りついたが、またすぐに表情を輝かせた。

「気骨があるな」感心した口調で言う。「もちろん前からそうだったが、マイルズ・ダヴェンポートと遊んだおかげで根性が増したようだ」

グリーヴズの口からマイルズという名前を聞いてぞっとしたが、ララは気持ちを引きしめた。

「ようやくきちんと説明できる。誰も傷つく必要はないんだ」グリーヴズが言う。

「わたしはずっと、そう伝えたかった。誰かを傷つけることだけはしたくない」

「デイビー・マクラウドの前でそう言える？」

「ああ、そうだな。あれは残念だった。だが生き延びただろ？　それに、彼の娘も無事だ。わたしは子どもを傷つけたりしない。ただのはったりだった」

「わたしのことは傷つけたと思っていないの？」ララはずきずきする手をもう一方の手で支えながら言った。

グリーヴズは腕組みをし、足をとんとんと踏み鳴らしながら思案した。「まったく思わない。きみと同じ経験をすればほとんどの人が打ちのめされるだろうが、きみは違った。わたしはきみを鍛えたんだ。ほら、その輝く目。毅然《きぜん》とした態度。きみは非常にすばらしいよ、ララ」

ララは嫌悪感で喉が締めつけられた。「やめてよ。あなたのおかげで痩せたけど、とても許せるようなことじゃないわ」

グリーヴズが目をしばたたいた。「怒りを抑えろ。わたしにそんな口を利ける立場ではないだろう」

そのとおりだ。ララは口をつぐんだ。そのとき、壁際の黒大理石の台に置かれた黒い陶磁器の大きな壺が目にとまり、またしてもショックを受けた。ララの作品だ。ずんぐりした丸い壺のカラフルな渦巻き模様を見ているようと目がまわるようで、トリップしそうになり、あわてて目をそらした。壺の上部、平均的な身長の人の目の高さのすぐ下が、自然な感じで三角に欠けていて、なかをのぞきこめるようになっている。

ペルセポネーの地下牢を。

あの彫刻を作ったのは、自分がとらわれの身になる直前だった。psi-maxを投与される前から、予言の才があったのかもしれない。彫刻の上に取りつけられた小さな黄色のライトの、日光のようなひと筋の光が小さな穴を通って、ペルセポネーの上を向いた顔に降り注いでいる。だがペルセポネーは上下から鍾乳石《しょうにゅうせき》と石筍《せきじゅん》に挟まれていて、まるでゴブリンの大きな歯のついた顎に嚙みつかれたかのように動けない。

「ああ、きみの作品だよ。気づいたか。金庫室にもいくつかある」グリーヴズが言った。

「見たわ」

「ブレインにあたらしくできたグリーヴズ現代美術館の新進芸術家のコーナーに展示

するつもりだ。数週間後には開館する予定だ。きみの作品はすばらしい。『ペルセポネーのプライド』も美術館に展示するつもりで買ったんだが、愛着がわいたんだ。外観は優美で穏やか。内部に苦悩と緊張をはらんでいる一方、希望も見える。光線やら、ぶらさがった植物の根やら——実に見事だ」

ララは無表情でグリーヴズを見つめた。「わたしを拉致して、殴って、ここまで引きずってきたのは、彫刻を褒めそやすためではないでしょう」

「ああ、違う」

ララは気を失いそうだった。心臓がドクンと鳴り響く。乱れた息を吸いこみ、マイルズのことを考えて気持ちを落ち着かせた。「じゃあ、なんのため？」

グリーヴズは両手の指先を合わせて、改まった態度をとった。「説明しよう。わたしが世界を救いたいと思っていることはもう話したな？」

「ええ」ララはそっけなく言った。「そんなようなことを言ってたわね」

「わたしは本気だ。大規模なプロジェクトを行っている。昔、ウイルスの研究をしている研究者たちが参加した任務に従事した。そのウイルスにさらされたときの作用のひとつが、攻撃的な行動の減少で、セロトニン濃度のバランスが保たれ、全体的に落ち着きと幸福感が増すことだった。当然、わたしはそのウイルスの可能性に興味を引かれ、個人的な研究に資金を注ぎこんだ」

骸骨が散乱した、風に吹きさらされた静かな世界の映像が頭に浮かび、ぞっとした。

「だめ」ささやくように言う。

グリーヴズが言葉を継いだ。「われわれは、初感染によって軽度のウイルス性上気道感染症の症状が引き起こされ、肺の死細胞から放出される毒素が脳に不思議な効果を及ぼすことを発見した。長期間にわたって徐々に、なだらかに蓄積する。その結果、何がもたらされるか。平和だよ。本物の平和だ。われわれは長年にわたって、さまざまな形で試験を行ってきて、驚くべき結果を得た。人類を生物学的に根本から変えることができるのだよ。われわれを完璧な種に変化させるのだ」

ララは無意識のうちに首を横に振っていた。会話になっていなかった。グリーヴズが明るい口調で話し続ける一方、ララはベンチの新聞紙の上の頭蓋骨や、美術館から走りでてきたネズミを見ていた。

脳内スクリーンにメッセージが表示された。〝どうなってる？　寿命が縮まりそうだ〟

〝もう少し待って〟ララは返事をした。

「今日、そのウイルスをばらまくつもりなのね？　セレモニーで」

グリーヴズが目をしばたたいた。「鋭いな。きみの超能力をもってすれば当然か。だが、厳密に言うと違う。セレモニーではまかない。これは試験の最終段階なんだよ。まだ大気中には放出しない。町の上水道に水媒介性のウイルスを放出するんだ。わたしは町の開発に何千万ドルもの資金を提供したが、本当の贈り物はこれだ」

グリーヴズが光沢のある金属製のブリーフケースを開けて、発泡プラスチックに埋めこまれていた、透明の液体が入った細長いガラス瓶を取りだした。「ブレインを選んだのは、わたしの出身地だからだ。わたしはこの地に恩義がある。ここで結果を観察してから、世界じゅうの人口の多い地域に、空気媒介性のウイルスを同時に放出する。一年後の予定だ。教えてくれ、ララ。わたしの計画が実行されたところを、幻覚で見たのか？」

「ええ」ララは静かに言った。

グリーヴズの顔が期待に輝いた。「それで、どうだった？」

ララは無理やり息を吐きだした。「失敗した。世界の終わりよ。みんな死んだわ」

グリーヴズがいらだった表情をした。「まさか。ありえない、ララ。数十年にわたって試験を行ってきたんだ。マイナス面はなかった」

「不測の事態が起きるんでしょう」

グリーヴズがため息をついた。「きみの能力の限界に直面したな。不正確で、漠然としている。きみは大局を見ることができない。統計上変則的なものに焦点を合わせている。戦争や犯罪、家庭内暴力、搾取、すべての生物に対するあらゆる残虐な行為に及ぼす影響を考えてみなさい。気候変動や、環境のことまで。すべてを。わたしと一緒に働けば、大局的な見方を学べるだろう」

「あなたと?」

「もちろんだ」それがララにとって大変な名誉だと言わんばかりの口調だった。「きみのような特別な能力を持った、聡明な部下が必要だ。予防接種をしてやる。わたしの部下はみんな予防接種を受けたんだ」

ララは笑いだしたが、泣きじゃくっているように聞こえた。「あなたと働くことなんてできない。あなたの力にはなれない。わたしは見たのよ、グリーヴズ! 広場にあなたの彫像があって、腐肉を食うカラスが止まっていて、糞まみれだったわ! 美術館のなかや外を野生動物がうろついていた。噴水のまわりに人間の骨が散らばっていたわ」

グリーヴズがいらいらと指で机を叩いた。「芸術家気質《かたぎ》だな」つぶやくように言う。「きみはきっと状況を正確に把握していないんだ、ララ。わたしのチームに加わらないのなら、なんの価値もないから、堆肥にしてしまう。きみたちふたりともだ」

ララの顔をじっとのぞきこんだあと、含み笑いをした。

「そうだ、ララ。彼が家の外で、ウィルコックスから奪ったアサルトライフルを構えているのをわたしは知っている。いまは彼を感じられるんだ。ポートランドできみを捕まえる前は、きみだと思っていた。きみの周波数をまだ特定できていないが、じきに突きとめる自信がある。彼はばれていないと思っているようだ。わたしは窓には近づかないよう用心していた。銃弾などテレキネシスで防御できるが、窓を割られるのはおもしろくないからな。すばらしい食事が台なしになってしまう」

〝マイルズ、あなたがそこにいることをグリーヴズは知っている。いまはあなたを感じられるって。気をつけて〟

〝ちくしょう。きみはどこにいるんだ？〟

〝湖に面した部屋。来ないで。お願いだから〟

マイルズは返事をしなかった。悪い兆しだ。頑固なヒーロータイプだから。ララは泣きだしそうになるのをこらえた。

「彼のことは放っておこう」グリーヴズが言葉を継ぐ。「あとで対処する。まずはきみと話がしたい」

「何も話すことはないわ」

「早まるな」グリーヴズが警告した。「そんなに早く不幸な瞬間を迎えたいのか。まあ、不愉快な話は置いておいて、もっとおもしろい話をしよう。きみの防御壁だ」

ララは不意をつかれ、うろたえた。「わたしの何？」

「とぼけるな。きみの超能力の防御壁のことだ。きみの防御壁を生みだすメカニズムに、わたしは個人的に興味を持っている。きみの特徴をすっかり覆い隠す隠れみののようだ。息子の防御壁と似ている」

ララは寝台の上の、ワイヤーやチューブに覆われた動かない人影を見た。グリーヴズがララをじっと見つめた。「十七年間、そこに隠れているんだ。わたしはずっと待っている。防御壁を開けて、わたしをなかに入れてくれ。研究して、理解したい」

「息子さんの防御壁をこじ開けるために？」

グリーヴズは何も言わずに、目をぎらぎら輝かせた。

ララは恐怖に襲われた。だが、返事をしないわけにはいかない。「それはできない。どうやって生みだしたかわからないの」

グリーヴズがララの顎をつかんで、無理やり視線を合わせた。「嘘をついてるな」

ララは顎を押さえつけられながらも、必死にかぶりを振った。「いいえ。メカニズムなんてわからないわ。全然」それは本当だ。

沈黙が流れた。グリーヴズは目をそらさなかった。心を読もうとしているようだが、マイルズの防御壁が破られることはない。「いや」グリーヴズがおもむろに言った。「まだ嘘をついている。心を読めなくても、表情は読める」

ララはふたたびかぶりを振ろうとした。グリーヴズが目を見開き、興奮した。「そうか。きみの防御壁ではないんだな」うれしそうに言う。「彼のだ！　彼が生みだしたんだ。ずっと彼のものだった。きみの特徴を覆い隠していたんだ！」

〝どうしよう、マイルズ。あなたの防御壁のことを知られちゃった〟

〝すぐ外にいる〟マイルズが返事をした。

〝だめ！　逃げて！　早く！〟

「いまも彼とコミュニケーションを取っているんだな？」グリーヴズはララの顎をぐいっと動かした。「卑劣な女だ。人の防御壁に隠れていたとは！　驚くべきことだ。そんなことができるとは思いもしなかった。彼を連れてこい。いますぐ」

「ええ？」ララはぼう然とした。

「連れてこい！」グリーヴズが鋭い口調で言った。「いますぐ呼びだせ！　防御壁について知りたいんだ！」

「いったいなんの話か——」

ピシャリ。顎を打たれた。ララはよろめき、めまいがしたが、目に見えない手につかまれ、まっすぐに立った。「わたしの時間を無駄にするな」グリーヴズが言う。「今日は忙しいんだ。彼を呼びだせ！」

ララは深呼吸をして気持ちを引きしめた。「いやよ」

グリーヴズは腕組みをし、ララをじっと眺めた。「アナベル」穏やかな口調で言う。「来なさい。ナイフを頸動脈に押し当てながら、ララを外に連れていけ」

「はい」

アナベルがララに腕をまわし、もう一方の手でナイフを喉に押し当てた。グリーヴズがテレキネシスで、ララの両腕を縛りつけた。

アナベルの荒く熱い息を首に感じながら、ララはドアに向かってよろよろと歩き始めた。必死でメッセージを送った。

〝グリーヴズがあなたを狙っている。早く逃げて、い、いますぐ〟

玄関のドアが開いた。アナベルがララをポーチに押しだした。

〝くそっ、ララ〟

〝逃げて！〟

〝いやだ〟

「ミスター・ダヴェンポート、ライフルを置いてなかに入ってくれ。そこでこそこそしていないで、きちんと話しあおうじゃないか」グリーヴズがよく通る声で言った。

〝お願いだから逃げて。わたしは大丈夫だから〟ララは懇願した。

「五数える」グリーヴズが言う。「五、四、三――」

「待て」マイルズの声はそれほど大きくなかったが、夜明けの静寂に響き渡った。

マイルズがRVの背後から姿を現し、玄関に向かって歩き始めた。湖を吹き抜ける風がコートをひるがえし、ふくらませる。髪も後ろになびいていた。その凛々しい姿を、ララは見るのがつらかった。

冷静で、まったく恐れていないように見える。マイルズは数メートル離れたところで立ちどまった。グリーヴズに視線を据えていて、ララを見ようとしなかった。

「ナイフをおろせ」マイルズが言った。

「いつおろすかはわたしが決める」グリーヴズが言う。「シルヴァ、彼がほかに武器を持っていないか確認しろ。素直に従わなければどうなるかはわかってるな、ミスター・ダヴェンポート」

「ああ」マイルズは両手をあげ、辛抱強く待った。シルヴァがボディーチェックをするあいだ、グリーヴズと互いに値踏みするような目つきで見あっていた。

マイルズが沈黙を破った。「それではなかに入って、きちんと話しあいましょうか？」まるで車の商談をしているかのように、丁寧な口調だった。

グリーヴズが静かな怒りを表すと、空気中のエネルギーがちくちく逆立つのがわかった。「提案するのも主導権を握るのも許さない。わたしの指示に従え。わかったか？」

マイルズが肩をすくめた。「別にかまわない」

グリーヴズはララをちらりと見たあと、アナベルに言った。「彼女を金庫室に戻せ。シルヴァも一緒に行け。きみたちが戻ってくるまで、わたしはミスター・ダヴェンポートとここで待っている」

ようやく、マイルズがララを見た。そのときララは、彼がこれまで目を合わせなかった理由を理解した。彼のまなざしにララが心を持っていかれるからだ。初めて会ったときからずっとそうだった。いいえ、シタデル王国にいたときから。ララの心のよりどころ。そこがララのいるべき場所で、そこで守られ、大事にされている。永遠に彼のもの。

〝ああ、あなた〟

マイルズがゆがんだ笑みを浮かべた。ララは不安に駆られたまま、家のなかに引きずり戻された。

〝またあとでな〟マイルズがメッセージを送った。〝愛こそ力だ〟

28

「アナベル」グリーヴズが脅すような口調で言った。「やりすぎだ」

アナベルはマイルズの手首にダクトテープをもうひと巻きし、椅子の背にきつく巻きつけてから切り取った。「この男のことならよく知っています」しわがれた声で言ったあと、ふらふらと立ちあがった。「油断のならない男です。卑劣なろくでなしですよ」

バシッ。マイルズの側頭部を手の甲で打った。

「やめろ!」グリーヴズが人の心を操る巨大な力を使った。

アナベルは悲鳴をあげ、ダクトテープとナイフを放りだして、こめかみに手を押し当てた。すすり泣いている。

「部屋の奥にさがっていろ」グリーヴズが命じた。

アナベルは足を引きずりながら歩き始めた。だが、まるで後ろから蹴られたかのようにくずおれて膝をつき、絨毯に顔から倒れこんだ。

「すまなかった」グリーヴズがマイルズに言う。「アナベルはストレスに苦しんでいるんだ。ある任務のせいで、夢と現実を区別する能力を失った」

「あんたの専門分野だな」マイルズは言った。

グリーヴズが冷やかな目つきでマイルズを見た。マイルズはさらに皮肉を言いたくなるのをこらえた。ダクトテープで椅子に縛りつけられた人間は、皮肉を言うべきではない。できるものなら。

部屋の向こう側の寝台に横たわっている男に目をやった。骸骨のように痩せ細り、機械につながれている。「あれは誰だ?」

「わたしの息子だ」グリーヴズが答えた。「何年もずっとあの状態だ」

「そうか」話題を変えたほうがいいだろう、とマイルズは思った。「さて、あんたはテレパシーと人の心を操る力が使える。ほかにもあるのか?」

マイルズの椅子が宙に浮かび、そっと回転した。まるでロープのブランコに乗っているかのようだった。どんどん高くあがっていく。地面から二メートル。二・五メートル。その部屋は昔ながらに天井が高く、五メートル近くあった。

「テレキネシスか」マイルズは言った。「クールだな」

グリーヴズが腕組みをし、期待に輝いた目でマイルズを見あげた。

「これに感動してひれ伏せばいいのか？」マイルズはきいた。「教えてくれ。しくじりたくないから」

ヒューッ。マイルズは石のごとく落ちて床に激突した。椅子の脚が爪楊枝《つまようじ》のようにポキンと折れ、マイルズは大の字に倒れてあえいだ。ばらばらになった椅子の残骸にまだ縛りつけられている。腕と脚を動かしてみた。折れてはいないようだ。

脚を振ってテープでくっついた木の塊を払い、立ちあがる。椅子の背に縛りつけられた腕を動かしてほどこうとしていると、見えない力に胸を突き飛ばされて倒れ、手が押しつぶされた。くそっ。最悪だ。

「はじめに礼儀作法を教えておこう」グリーヴズがゆっくりと近づいてきて、マイルズを見おろした。

「どうぞご勝手に」マイルズはあがくのをやめた。あがいても無駄だ。無理なものは無理だ。

「防御壁があれば安心だと思っていたのか？」グリーヴズがしたり顔で言う。「きみの頭のなかに入れなくても、肉体を操ることはできる」

「そいつはすごい。それで終わりか？　もっとつまらないものを見せてくれるのか？

見逃せないな」

「定義しにくいのだが、わたしには数々の能力がある。きみもそうだとわたしは確信している。今度はきみがつまらないものを見せる番だ、ミスター・ダヴェンポート。さあ、わたしを感心させてくれ。何ができる？」

「それほどたいしたことはできない。できるんなら、テープで縛りつけられて、あおむけに倒れて、あんたみたいな負け犬と一緒にはいないだろう」

グリーヴズがはねつけるような仕草をした。「嘘をつくな。昨日、わたしはきみのエネルギーで殴られた」

マイルズは首を横に振った。首しか動かせない。「防御壁を築いていたらできない。コントロールの仕方もわからない。ビギナーズラックだった」

「訓練を重ねればできるようになる」

「ああ、たいていのことはな。だが、おれは興味がない。人を苦しめることにスリルを感じないんだ。冷蔵庫をひとりで持ちあげる必要でもない限り、テレキネシスがなんの役に立つ？」

「きみは何もわかっていない」グリーヴズがあざ笑った。「可能性を理解していないんだ。わたしが力を貸そう」

「力を貸すって？」マイルズは当惑の表情を浮かべて、グリーヴズを見あげた。「いったいなんの力になるって言うんだ？　何が望みだ？」

「いくつかある。まず、わたしの大義に賛同してほしい、ミスター・ダヴェンポート。きみのような人を求めていたんだ。有能な人材を何十人も強化してきたが、ｐｓｉ・ｍａｘはある程度までしか能力を高められない。きみのように潜在能力が高い人間は百万人にひとりしかいない。わたしが群衆を支配し、導く方法を教えてやろう。きみはわたしの計画において極めて重要な役割を担えるだろう」

「あんたの計画」マイルズは言った。「ああ、聞いたよ。みんな死んじまう計画だろ？」

グリーヴズが手を振ってはねつけた。「まさか！　ララから聞いたんだな。彼女の話はでたらめだ。ウイルスにそんな効果はない。徹底的に試験したんだ！」

「ウイルス？　あんたはバイオテロリストなんだな？」

「違う、愚か者め」グリーヴズが鋭い口調で言った。「黙って聞け。きみはわたしと同類なんだ、マイルズ。わずかに残っているエネルギーの閉塞を除去すれば、きみの可能性を最大限に引きだせる。わたしがそれを取り除いて、きみを自由にしてやれる」

マイルズはエネルギーで胸を圧迫され、あえぎながらグリーヴズを見あげた。「何から自由になるんだ？　なんのために？」

「きみの力を完全に行使できるようになる」グリーヴズは辛抱強く言った。

「ああ、それは聞いた」マイルズは息を切らしながらふたたび尋ねた。「なんのためだ？」

グリーヴズがマイルズをじっと見つめた。「きみはわからないふりをしている」

「大当たりだ」

グリーヴズはため息をついた。「われわれは長年かけてウイルスを開発した。そのウイルスが生成する毒素は健康を増進し、攻撃性を低下させ、セロトニン濃度をあげる。刑務所で霧状にして散布したら、驚くべき変化が見られた。たった数カ月のあいだに暴力事件がほぼゼロまで減少したのだ。レイプや自殺、薬物の使用、喫煙率や過食も減少した。刑務所の職員の生活まで向上したのだよ。このウイルスで改善できないものなどない」

マイルズはうなるように言った。「まるで天国だな」

グリーヴズは眉をひそめた。「わたしはきみのような人材を求めていた、マイルズ。もちろん、きみにはワクチンを投与する。きみが選ぶ、きみが変わってほしくないと思うひと握りの人たちにも。だが実際は、この平和の贈り物を与えられないのは恩恵でもなんでもない。本質は変わらずに……ただよくなるだけなのだから」

マイルズは苦しみながら息を吸いこんだ。「おれはあんたのおかげでレイプと誘拐と殺人の容疑をかけられているそうだな」

グリーヴズが手を振った。「そんなのは取り消せる。いずれにせよ、世界はもうじき急激に変化する。ルールも変わる。わたしがあたらしいルールを作るからだ。ところで、もうひとつきみに協力してほしいことがある。こちらのほうが切実だ」思わせぶりにひと息ついてから続ける。「わたしの息子のことだ」

マイルズは困惑し、内心うろたえた。「彼のことか？」昏睡状態の男を顎で示した。

グリーヴズが唇をなめた。「きみの防御壁が手掛かりだ。息子の防御壁はきみのとそっくりなんだ。きみの防御壁のなかに入れたら、きみがそれを築いたときの記憶や内部の仕組みを読み取って、息子が自分の防御壁をどうやって築いたか理解できるだろう」

「あんたは入れない」

「ララは入れる」

「それは、おれが特別に彼女のために秘密の入り口を作ったからだ」マイルズは言った。「あんたの息子はあんたのためにそんなことはしなかっただろう」

「入れてくれ。できるかどうかはわたしが決める」

マイルズは迷路を走りまわるネズミのように、頭のなかを引っかきまわして言葉を探した。時間稼ぎをしなければならない。

「おれになんの得がある？」

グリーヴズがほほえんだ。胸の圧迫感が弱まり、マイルズはほっとしてせわしく呼吸をした。

「力や名声や、世界的に重要な地位や高潔で有意義な仕事のほかにということか？ミスター・ダヴェンポート、心を開け。きみの人生を取り戻してやろう。ララもきみにやる」

〝マイルズ？　どうなった？〟

〝よお〟マイルズが返事をした。

スクリーンに表示された文字を見た瞬間、ララは涙があふれた。〝無事なの？〟

〝いまのところは。やつはおれの力を借りてゾンビランドを支配し、息子を取り戻したいそうだ。最悪だ〟

〝協力するふりをすることはできる？〟

〝防御壁を開いたら無理だ。テレパスに嘘はつけない〟

ララは絶望にとらわれた。何もできることはないし、言うことが見つからない。ひとつだけ頭に浮かんだことを言った。〝愛してるわ〟

〝おれも愛してる〟

ララは暗い金庫室の床にうずくまって頭を抱えた。心を静めるヨガのポーズだが、効果はなかった。ネズミの巣でわかっていたことなのに、かたくなにやり続けた。もっと彼と話がしたい。ずっとつながっていたいけれど、彼の気を散らすわけにはいかなかった。

何もできない自分がいやだった。行動を起こしたくても、ララの超能力は受動的な能力だ。攻撃することも、刺すことも、投げることも、読み取ることも、押すことも、脅すこともできない。

けれども、ジェフのことを思いだしたとき、アイデアが浮かんできて、ララは恐怖と希望に身震いした。可能性はある。

ジェフはララを助けてくれた。味方のようなものだ。ジェフはララに何かを求めていた。それが何かわかれば、どうであれ状況を変えられる。

ララはあらゆる方法を試し、ペルセポネーの渦巻き模様の壺を思い描いたときによようやく渦が発生して……。

別の世界へ、幻の町の広場へ連れていかれた。もうほかに行く場所はなかった。すべての道がこの死の空間につながっている。ララは死体を見ないようにしながらさまよい歩いた。暴力や戦いの痕跡はない。車もきちんと駐車場に止められている。ある車の運転席に、ピンクのブラウスが胸郭に付着した死体が乗っていて……まさか、そんな。

目をそらせなかった。ララは見てしまった。死体の膝の上で丸くなっている小さな死体。あの女性は車を止めたあと、降りる気力がわかなかったのだ。そして、よちよち歩きの幼児が運転席の母親の膝に這いあがり、そこで死んだ。

ララは片手を口に押し当て、よろめいた。恐怖から逃れたくても、どこもかしこも死に侵されていた。

さっと動くものが目を引いた。青白いろうそくの炎のような頭が、鬼火のごとく揺れ動いている。「ジェフ!」ララはあわてて追いかけた。

角を曲がると、ジェフが待っていた。あいかわらずぼろぼろのパジャマを着ているが、きつそうだ。寒さのせいで鳥肌が立っている。今日は七、八歳に見えた。

「あなたが誰かわかったわ」ララは言った。「グリーヴズの息子なのね。十七年間、防御壁に隠れている」

ジェフが目を丸くし、ララに脅されたかのようにあとずさりした。

「わたしたちを助けて」ララは懇願した。「この悪夢をわたしに見せたのはあなたよ。一緒に止めなきゃ。それにはあなたの力が必要なの！」

ジェフは怯えた様子で、さらにあとずさりした。突然、若返って三歳くらいになり、パジャマがだらりと垂れさがった。黒ずんだテディベアを持って、親指をくわえている。恐怖で目を見開いている。

ララはかっとなった。「それやめてよ！　わたしを操ろうとしないで。こんなことをしている時間はないのよ！　ぐずぐずしてないで助けて」

ジェフの顔がくしゃくしゃになって、いまにも泣きだしそうだった。

「大人になりなさい！」ララは叫んだ。

その機会がなかったのだと、ジェフの怒りをあらわにした目が訴えていた。

そのとおりだが、同情している暇はない。「いったいそこで何してるの？」ララは怒鳴った。「夢のなかで。あなたの頭のなかで。十七年間も何やってるの？　すねてるだけ？　なんなのよ、ジェフ！」

　ジェフがぱっと飛びのき、突然十二歳になった。怒っている。堂々とした姿勢や顎やまなざしが、グリーヴズと似ていた。

「あなたの助けが必要なの！」ララは叫んだ。「わたしたちを助けて。行動を起こして、一発かましてやるのよ！　傷ついた顔をしてさまよってるだけじゃだめなの。戦うのよ！」

　ジェフの顔が怒りでゆがんだ。まるで見えないものをララに投げつけるかのように両腕を振りまわし――


　その衝撃で、ララは別の世界から叩きだされ、息詰まるような暗闇に突き戻された。

　明かりとともに、送風機のスイッチも切られているのに気づいた。空気が流れていない。ここは気密室だ。先ほど外に出た瞬間に、湿度の変化をはっきりと感じた。つまり、あと二十平方メートル分の酸素しか吸えない。

　ララは二酸化炭素をゆっくりと吐きだして、ふたたび丸くなった。よく考えてみると、金庫室で窒息死するのはそれほど悪い死に方ではない。

グリーヴズの言葉が耳のなかで鳴り響いた。

「あんたがおれにララをくれることはできない」マイルズは言った。「あんたのものではないからだ」

「きみが自分のものにしたんだな？」グリーヴズの声には挑発するような響きがあった。「彼女に選択肢を与えたのか？」

マイルズは怒りが込みあげるのを感じた。「あんたには関係ない」

「そうか」グリーヴズが小さく舌打ちした。「実は、言いにくいのだが——彼女のきみに対する情熱的な愛や献身は、薬物によって……わたしによって誘発されたものなのだよ、ミスター・ダヴェンポート。毒が抜ければ消えてしまうものだ。一般的に六週間から八週間くらいで」

マイルズは体をこわばらせた。「ララの話はしたくない」

「そうだろうな。きみの過去の失敗を考えれば。われわれはきみについて調査したんだ、ミスター・ダヴェンポート。きみは女性に関しては苦労してきたようだな。たとえば、魅惑的なシンディ」

「シンディは無関係だ」

「心配するな、彼女には興味を引かれない。ララのようには。問題は、きみがシンディの関心を引き続けるのに失敗したということだ。ひとつ教えてやろう。妬《ねた》まないでほしいが、わたしがララにいろいろ仕込んだんだ。彼女はとても魅力的だから、わたしを責められないだろう」

「いや、あんたを責める」マイルズは言った。「あんたは服従させるために、暗闇や飢えや暴力や薬を利用した。とんでもない口説き方だ」

グリーヴズはマイルズを無視して言葉を継いだ。「ララは極めて特殊な配合のpsi-maxを投与されていたんだ。それによって親密な絆を結びやすくなり、心理的な境界が薄らぎ、性的興奮が著しくかきたてられた。好奇心からきくが、ミスター・ダヴェンポート、わたしの施設を出てから六時間以内に性的関係を結んだか?」

「あんたには関係ない」マイルズは歯を食いしばって言った。

「思ったとおりだ。その頃には苦しいほど衝動が高まっていたに違いない。かわいそうに。薬のせいだ。きみは運がいいな」

マイルズは凍りついた。「話が見えない」

「薬の効果は続かないと言っているんだ」グリーヴズが説明する。「定期的に投与しない限り。あるいは、人の心を操る力を使って微調整を行うこともできる。わたしの訓練を少しばかり受ければ、きみならすぐに使いこなせるようになるだろう。彼女は永遠にきみのものになる。想像してみなさい。きみがいましていることとなんら変わりはない。きみは彼女を防御壁に閉じこめているんだろう？　それもある種のコントロールではないのか？　きみはその状態を気に入っているんだろう？」

グリーヴズの目が残酷でいやらしい光をたたえた。

マイルズはしばらく考えたあと、思いきって言った。失うものは何もない。「あんたは妻と息子と、その方法でうまくいったんだろうな。幸せな家族だ」当て推量だったが、的を射たようだ。部屋の温度がさがったのと、グリーヴズの顔に緊張が走ったのでわかった。

「きみはわたしの家族について何も知らない」グリーヴズが生気のない声で言った。

「あんたの夫婦カウンセリングを断るくらいには知ってるよ。名前はなんだっけな。キャロルか？　奥さんを殺したのか？　三十六歳のときに脳卒中で死んだってな。なんの前兆もなく。おかしな話だな。そのあとすぐ、あんたの息子は――」

「黙れ！」グリーヴズが叫んだ。「口を閉じろ！」近くに控えていた赤毛の女に向かって激しく手を振った。「レヴィン。彼の家族や友人のための計画を見せてやれ。大至急だ」

赤毛の女はタブレットをせわしくタップしながらあわてて近づいてくると、身をかがめて、床に横たわっているマイルズに画面を見せた。

ふたつの映像が分割表示されていた。ひとつはデイビーの病室が映っている。鼻にチューブを入れられ、青白い顔でぐったりしたデイビーがベッドに寝ていた。マーゴットがつきそっている。ベッドのそばの壁にアーロが寄りかかり、まるで空気に挑んでいるかのような目つきで周囲を見まわしていた。

もうひとつは、マイルズの生家を、通りの向かい側から車の窓越しに撮影した映像だ。早朝の強風に吹かれて、シャクナゲやアジサイの茂みが揺れている。

「エンディコット・フォールズにいる部下と話をした」グリーヴズが言う。「彼はテレパスで、テレキネシスも使える。きみの家族は朝食中のようだな。その家に近づいて、ポーチドエッグを食べているきみのお父さんのペースメーカーを止めることもできる。わたしが命令すれば」

マイルズは唾をのみこむことさえできなかった。

「わたしはきみの防御壁がほしい、ミスター・ダヴェンポート。理性的に礼儀正しく頼んだ。見返りを、多くのものを差しだした」グリーヴズがいらだたしげに言う。

「なのに、こんな結末になってしまった。シルヴァ、レヴィン、ララを金庫室から出せ。それから、道具小屋から斧を取ってこい。わたしは結果がほしい。いますぐ」

その後数分間、マイルズはほとんど動けず、息を切らしていた。グリーヴズは明らかにマイルズを無視することで罰していた。

ドアがぱっと開いた。マイルズの胸の圧迫感が消えた。マイルズは立ちあがって、椅子の破片を払い落とした。体を思いきりひねると、椅子の背がふたつに割れ、大きな破片にテープでくっついたままだが、手をばらばらに動かせるようになった。シルヴァに喉元にナイフを突きつけられ、引っ張られながら入ってきたララと視線を合わせる。赤毛の女が斧を持っていた。

「ララを彫刻のところまで連れていけ」グリーヴズが指示した。

ララたちが近づいてくると、グリーヴズはふたたびテレキネシスでマイルズを強く圧迫した。マイルズはほとんど息ができなかった。ララは、マイルズからそう離れていないところにある、黒大理石の台にのった、釉薬《ゆうやく》をかけた陶器の巨大な壺の前に連れていかれた。グリーヴズがその瞬間を味わうように、ゆっくりと近づいていく。

「ララの右手を壺に置け」グリーヴズが言った。

シルヴァがララのほっそりした青白い手をつかんで、壺の上にのせた。ララは毅然と頭をあげ、手を見ようとしなかった。

「きみがその手を使うのはこれが最後だ、ララ」グリーヴズが言う。「本当に残念だ。

きみはものすごく才能があるのに。シルヴァ、やれ」

シルヴァは青ざめ、唇を引き結んだが、赤毛の女が差しだした斧を受け取った。ララもマイルズと同様に、グリーヴズにテレキネシスで押さえつけられていて、目しか動かせなかった。ペルセポネーのようにまっすぐ立って、堂々としている。

ララがこんな目に遭ういわれはない。こんなの許せない。

シルヴァが斧を振りあげた。さっと振りおろし――。

突然、物理法則に反して、マイルズの防御壁がぱっくり開き、エネルギーがほとばしり出た。〇・〇一秒がゆっくりと過ぎた。斧がぴたりと止まった。ララの細い手首の数センチ上で。

シルヴァはぎょっとして、顔がおぞましくゆがんでいた。赤毛の女は口をぽかんと開け、わけのわからないことをつぶやいている。斧がシルヴァの手からもぎ取られ、壁に当たって床に落ち、醜い跡を残した。

マイルズは頭が爆発したかのような激しい痛みに襲われた。そして……なんてこった。

あいつがなかに入ってきた。

マイルズは巨大なタコのようなものに締めつけられた。触手に探られ、押しつぶされて……ああ、くそっ、痛い……。

気絶しそうになるのをこらえた。足を踏ん張り、必死で呼吸をする。どうにか目を凝らすと、ララが床に倒れているのが見えた。顔に手を当て、鼻からおびただしい血を流している。グリーヴズが防御壁に侵入したことによって、ララも傷ついたのだ。赤毛の女とシルヴァがびくびくしながら徐々に、気づかれないようにあとずさりしている。

グリーヴズはマイルズの目の前で、得意満面の笑みを浮かべていた。「実に強い！すばらしい！ただの防御壁ではなくて要塞なんだな！」

マイルズはこめかみを押さえ、体をこわばらせた。〝見せろ〟グリーヴズの人の心を操る力はとてつもなかった。

マイルズはただ従ったわけではない。むきだしにされ、見透かされ、分析され、骨抜きにされた。マイルズ自身が知っていると認識していなかったことを、明確に表現できないものを、言葉にできない単なる映像やその類似物をグリーヴズに見せた。マイルズがほとんど意識していなかった体内のエネルギーセンターから、入り組んだ網目状のエネルギーが送りだされた。

「そうだ」グリーヴズが目を見開き、ひたすら集中しながらつぶやいた。「すばらしい。実に見事だ」

マイルズはあいかわらずほとんど息ができなかったが、何かが起きて空間が広がった。暗い場所に光が満ちて、締めつけられていた場所が緩み始めた。大きくて力強い、あたらしい何かが、グリーヴズの強烈なエネルギーに対抗する力をマイルズに与え……。

〝押し戻せ〟

グリーヴズが驚きの叫び声をあげて飛びのき、片手を頭に当てた。「なんだ……どういうことだ？」あえぎながら言う。

マイルズは持てる力をすべて注ぎこんで、ふたたび突いた。

グリーヴズは自身のエネルギーに圧迫され、顔が黒ずんだ。「生意気なくそ野郎！」うなるように言う。「おまえがアルファベットブロックで遊んでいる赤ん坊だった頃、わたしは戦闘のために心を鍛えていたんだぞ！」

マイルズはやっとのことでしわがれた声を出した。「なら、殺れよ……爺《じい》さん」

グリーヴズが両腕をあげ、雷鳴のような咆哮《ほうこう》をあげながら振りおろした。部屋の窓が粉々に打ち砕かれ、電球がすべて破裂した。台の上の壺にひびが入り、上端と側面の一部が転がり落ちて砕け散った。ねじれた鍾乳石が床を滑っていく。残った石筍が壺の底から不ぞろいの歯のごとく突きでていた。

マイルズは力を込め続けた。押され気味だった。力は手に入れても、実践を積んでいない。ぎこちなく手探りでやるしかなかった。グリーヴズはとんでもなく熟練している。

そこで、マイルズは特別な才能を発揮することにした……グリーヴズを怒らせるのだ。

血を吐きだしてから言った。「それが精一杯か?」

グリーヴズが目を見開き、とどめを刺すために、エネルギーをかき集めて両腕を振りあげた。マイルズは気持ちを引きしめ――。

「ジェフが目を覚ました」ララが静かに言った。

29

グリーヴズは血走った目をさっとララに向け、彼女がジェフの寝台に身をかがめているのを見た。「息子から離れろ！」甲高い声で叫んだ。

大きな手に打たれた猫のごとく、ララの体が宙に浮かんだ。横向きになって四メートル移動したあと、どすんと着地する。地下牢から抜けだしたペルセポネーが近くに転がっていた。底から外れたものの、壊れてはいない。ララは彫像の足首をつかんだ。

ジェフのしなびた顔の目が大きく開いている。

ララはやっとのことで立ちあがった。グリーヴズは彼女のことをすっかり忘れていた。マイルズは依然として押さえつけられていて、不自然な姿勢でふらつきながらララを見つめている。ララの手のなかの彫像とグリーヴズに視線を走らせたあと、ふたたびララの顔を見た。声を出さずに唇の動きで伝える。〝いまだ〟

グリーヴズは口をぽかんと開け、両腕を広げながら息子に近づいていった。優しい

のままで《ママ》

まなざしをしている。「ジェフ？　おお、ジェフ」

ジェフは紫色のひび割れた唇を動かしたが、声は出てこなかった。目はどんよりしていて、目やにがついている。その目がグリーヴズを通り越して、ララに向けられた。必死に唇を動かしている。ララには少年のジェフが見えた。濃い暗闇に取り巻かれ、大きな青い目を見開いている。声を出さずに何かを伝えようとしているが、ララは目の前の光景と、頭のなかの映像が二重になって混乱して、読み取れなかった。

「なんだ、ジェフ？」グリーヴズがさらに近づいた。「心を開きなさい。話せないなら、わたしが直接読み取ればいい。なんでもしてやる」

そのとき、ララはジェフの言いたいことを理解した。

〝いまだ〟

ララはさっと飛びだし、彫像を振りかざして、グリーヴズの側頭部を思いきり打った。グリーヴズがうめき、よろめいた。

テレキネシスから解放されるや、マイルズはグリーヴズにつかみかかり、人間離れした力で高々と放り投げた。

グリーヴズはララの壊れた彫刻の上に落ちた。そして、串刺しになった。喉と腹部から石筍が突きでている。目は見開かれ、部屋が激しい怒りで震えて……。

やがてその感覚が弱まり、消えた。グリーヴズの目がうつろになった。

マイルズは息を切らしながらくずおれ、四つん這いになった。ララは手に握った物体を見つめた。もはや彫像には見えなかった。まさに凶器だ。肌の色とピンクで淡く塗られたペルセポネーの顔が、血に濡れて輝いている。

それがこわばった手から滑り落ちて、砕け散った。

ふいに、ララの視界のなかで何かが動いた。ジェフが寝台から転がり落ち、背中を打った。

ララは駆け寄り、血を見てはっと息をのんだ。喉とくぼんだ腹部にひどい傷があり、そこからあふれでてくる。側頭部も流血していて、青白い肌の上で鮮やかに赤く見えた。

そのとき、ジェフは出血していないのに気づいて、ララはぞっとし、混乱した。血を流しているのは幻覚の、子どものジェフだった。ララはふたりを同時に見ていた。衰弱した大人のジェフの肌は無傷だ。それなのに、致命傷を負ったのだとなぜかわかった。

唇を動かしているジェフを、ララは見つめた。それから、肩の下に腕を入れて、そっと抱いた。少年を。痩せこけた男性を。同一人物で、どちらも死にかけている。

「ああ、ジェフ」ララはささやいた。「ジェフ、ごめんなさい」

マイルズが隣に来てひざまずいた。暗く怖い目つきをしている。

「ジェフはグリーヴズと融合していたの」ララは言った。「そう感じた。融《と》けあってひとつになっていたのよ。ジェフが防御壁を開けて、グリーヴズは……ジェフをのみこんだ。ジェフの傷は……グリーヴズの傷で、夢の世界で負ったの。わたしには見える。出血多量で死んでしまう。あなたには見えなくても」

マイルズがララの肩をぎゅっとつかんだ。「ああ、ララ」彼の声は疲れきっていて、かすれて震えていた。

「わたしのために目を覚ましてくれたの」ララは身をかがめ、耳をジェフの唇に押し当てた。全神経を集中させて、彼の言葉に耳を澄ました。

〝自由〟震えるため息のようなかすかな声で、どちらのジェフが発したのかわからない。けれども、たしかに聞こえた。

ララは顔をあげ、目にしたものに驚いた。ジェフの目が笑っている。

やがて、笑みが消えて、ララは衰弱しきった抜け殻を抱いていた。ララの頭のなかの少年の姿が薄れていく。

ララはジェフをそっと横たえると、目を閉じさせた。言葉を失い、動けず、息をすることもできなかった。ただ、美しいブロンドの少年を見ていた。ララの物言わぬ友。小さな案内人。ようやく自由になったのだ。

「安らかに眠れ」マイルズがしわがれた声で言った。

ララはうなずいた。マイルズの手を借りて立ちあがると、涙に曇った目で彼を見つめ、彼の胸にてのひらを押し当てた。硬くてあたたかい、本物の感触を味わうために。深い静寂に満ちていた。それが信じられなかった。

ララは袖で目をぬぐった。「ええと、これからどうするの？」

マイルズがララの両手を握った。「警察に電話する。そのウイルスとやらが入っているガラス瓶を疾病管理予防センターに渡す。好きなように調べてもらおう。どこに……」体をこわばらせた。「くそっ、ない」

ララははっとして、マイルズの視線をたどった。「何が？」

「ガラス瓶だ。なくなっている」マイルズはブリーフケースを見に行ったあと、せわしく周囲を見まわした。「アナベルだ。あのいかれ女がウイルスを持って逃げたんだ。行くぞ！」

マイルズがララの手をつかんだ。ララは震える脚で走りだした。

玄関から飛びだすと、猛スピードで私道を走り去る車のテールランプが見えた。曲がり角で速度を緩めたものの、すでに二百メートル先にいる。マイルズが悪態をつき、叫びながら追いかけた。

「ばかね」ララの背後からしわがれた声が聞こえてきた。「あれはわたしじゃない。医療スタッフよ。ばかの面倒を見ていた人たち。沈みゆく船から逃げだしたのね」

ララは喉に手を当て、ぱっと振り返った。戸口にアナベルが立っていた。栓を抜いたガラス瓶を掲げている。

もう一方の手で銃を構え、ララの頭に狙いを定めていた。

手が震えているが、この距離で外すことはないだろう。

「アナベル。やめて」ララは落ち着いた声で話そうとしたものの、必死の思いがにじみでた。「そのウイルスは、グリーヴズが言っていたような効果をもたらさないのよ。地球が――」

「うるさい」アナベルが銃をララの顔に突きつけながら反対側にまわり、ララを家の壁際に追いつめた。「知ってる。わたしもそこにいたもの。あんたの幻覚を見た。糞にまみれた彫像。さまよい歩く無気力な人間。最高だわ。それこそまさにわたしが求めているものよ。当然の報いだわ」

「アナベル、お願いだから聞いて――」

「あんたこそよく聞きな！」アナベルがさっと頭をめぐらし、充血した落ちくぼんだ目で、近づいてくるマイルズをにらむと、銃身でララの顎の下を突いた。「それ以上近づくな、変態」

マイルズは両手をあげて立ちどまった。「やめろ。言うとおりにするから」

「あんたの手口は知ってるわ」アナベルが言う。「グリーヴズのようにテレキネシスを使えるのよね。でも、わたしは支配される前に気づくから、あんたがその力を使おうとした瞬間に引き金を引くわ。わかった、変態？　あんたに会いたかったわ。あんたみたいなクズに対する気持ちをずっと伝えたかったの。くそ食らえよ」

「わかった」マイルズが優しく言う。「わかったから落ち着け。おれは何もしない」

「あんたはクズよ」アナベルが声を震わせる。激しく痙攣する手で、冷たい銃をララの顎の下に食いこませた。「世の中クズだらけ。あんたたちはテレパスじゃないからわからないでしょうけど、みんな心のなかは汚れてるの。あんたもよ、あばずれ。でもこれが」まるで乾杯するように、ガラス瓶を掲げる。「これが変えてくれる。消毒剤の津波みたいなものよ。究極の消毒剤」

「でも、みんな死んでしまうのよ！」ララは反論した。

「別にいいじゃない！　赤ん坊も汚い大人になる前に、ベビーベッドで飢え死にすればいいわ！　あんたもわたしも！　特にあいつ！」ガラス瓶でマイルズを指し示し、あやうく中身がこぼれそうになった。「病んだ変質者よ！　あんたは何カ月も彼女を暗闇に閉じこめていた。それを気に入っていた。この変態！」

「誰かと間違えてるみたいだな」マイルズが言った。

「黙れ！」アナベルが金切り声で叫ぶ。「嘘つき。嘘つきのクズ！」

ララの鳴り響く鼓動の合間の静寂がどんどん広がっていき、まるでプールのようなそこに、ララが知りたくなかったアナベルに関するすべてが詰まっていた。ララは屈し、そのプールに落ちた。

そして、口を開いた。「違うわ、ジリー」優しく言った。

ジリー？　どうなってるんだ？

アナベルの言うとおり、マイルズはテレキネシスの力をすばやく使いこなすことができない。支配する前に引き金を引かれてしまうだろう。栓を抜いたガラス瓶からいまにも中身がこぼれそうだが、アナベルは注意を払っていなかった。素の怯えた表情でララをじっと見つめている。

「なんて言ったの？」アナベルの声が高く、穏やかになった気がした。

「マイルズじゃないわ、ジリー」頭のおかしな女に銃を突きつけられているにもかかわらず、ララの声は落ち着いていた。「ミスター・ウェルチャーよ。あなたにあんなことをしたのは、マイルズじゃない」

アナベルが身震いした。銃が揺れ動き、ガラス瓶の液体が跳ね返る。アナベルが激しくかぶりを振った。「嘘よ」

「彼はここにはいないわ、ジリー」ララが言う。「銃をおろして」

「やめて」アナベルが怒鳴った。「だまされないわ」

「本当よ。悪いのはマイルズじゃなくて、ミスター・ウェルチャー。それに、あなたは汚れていない。汚くない。クズはその男。あなたじゃない」

アナベルは混乱し、とまどっていた。だがふたたび表情を硬くし、醜い笑い声をたてた。「前はそうだったかもしれないけど、もう汚れてしまった。手遅れよ。これを飲んでみようかな。きれいになれるかもしれない」ガラス瓶を振り動かした。「もっといい考えがあるわ。あなたにかけてあげる」アナベルがガラス瓶をララに向けた。

「やめろ！」マイルズは飛びだした。

アナベルが野良猫のごとくうなった。ガラス瓶が舞いあがり……。

銃が発射された。バン。ガラス瓶が空中で静止した。アナベルの腕が反動であがっている。二度と撃てないよう、マイルズはテレキネシスでアナベルも動けなくした。

だが、ララは傷口を押さえながらずるずると壁を滑り落ちていく。白い厚板に真っ赤な血の筋がついた。

アナベルは怒りで目をぎらぎら光らせながらあらがった。がくんと倒れ、銃身に顎をのせて――。

バン。アナベルの脳が背後の白い板に放射状に飛び散った。

マイルズはそれには目もくれず、ガラス瓶をまっすぐにして地面におろすと、ララに駆け寄った。撃たれたのは胸ではなく、肩だった。助かった。だが顔が真っ白だ。

マイルズはコートを脱いでフランネルの裏地を引き裂き、ララの傷口に押し当てながら、裏地の内側に隠してあったスマートフォンを手探りで探した。ようやく見つけると、録音機能をオフにしてから、血まみれでほとんど数字が読み取れないタッチパネルを操作して911にかけた。

電話に出た相手に、できる限りわかりやすく詳細を伝えた。住所を言って、銃で撃たれて大量に出血していると話し、救急車と警察を呼んだ。そのあとは電話を放り投げて、ララの手当てに集中した。唇が真っ青だ。それなのに笑みを浮かべている。

「大丈夫だ」マイルズは励ました。

ララがかすかにうなずいた。〝愛してる〟声を出さずにそう言った。

「おれもだ」裏地の包帯が血でずぶ濡れになっている。マイルズはさらに圧力を加え、ララのあえぎを聞いてひるんだ。

「きみはグリーヴズを殺した」突然、畏敬の念に打たれたような男の声が聞こえた。

「いったいどうやったんだ？　どうやったらあの男を殺せるんだ？」

　マイルズは周囲を見まわした。長身のラテン系の男、シルヴァが玄関に立っていた。

赤毛の女も外に出てきた。マイルズは栓をしていないガラス瓶に意識を集中させたが、ふたりは興味を示さなかった。

「すごいわ」赤毛の女が称賛する口調で言った。

「医療訓練を受けたことはあるか？」マイルズはふたりに尋ねた。

　彼らは顔を見あわせたあと、首を横に振った。

「なら、黙って地面に伏せてろ。両手をおれから見える位置に置いておけ」

「あなたはグリーヴズに負けないくらいの力を持っている」赤毛の女が言う。「ああ、あなたたちはそっくりよ。テレキネシスに、人の心を操る力……どうやって殺したの？」

「全然似ていない」マイルズは怒鳴った。「お嬢さん、黙れと言っただろ！」

女が大きなハシバミ色の目をしばたたいた。「わたしたちはあなたの下で働くわ」期待を込めて言う。「psi-maxさえあれば、あなたが望むことをなんでもしてあげられる。グリーヴズには使用を制限されていたけど、あなたが量を増やして――」

「断る」マイルズはぴしゃりとさえぎった。「そんな気はないし、おまえたちとはかかわりたくない。おまえたちはおれの恋人の手を叩き切ろうとした悪魔だ。刑務所で苦しむといい。早く伏せろ」

ふたりが動かないので、グリーヴズがアナベルにしたように、マイルズはテレキネシスを使って灸《きゅう》を据えた。膝の後ろに強烈なジャブを食らわせ、背中を強打すると、彼らはうつぶせに倒れこんだ。

マイルズは彼らを動けなくした。怖いくらい簡単だった。使うたびに力が強まっていく。意識の片隅でふたりを押さえつけておくことができた。だがこの強大な力も、ララを助ける役には立たない。ララは唇を噛みしめていた。すでに大量の血液を失っている。「ララ。しっかりしろ」

ララが驚いてぱっと目を開けた。そのとき始めて、マイルズは無意識のうちに人の心を操る力を使っていたことに気づいた。

褒められたことではないが、効き目があるのならやむをえない。マイルズは必死だった。人の心を操る力で出血を止めることはできないとわかっていても。

「おれを見ていろ」マイルズは言った。「もうすぐ助けが来る」

ララがうなずいた。突然、マイルズは意識をそっとくすぐられる感覚に襲われた。マイルズの脳や血流に性ホルモンと幸せホルモンを直接噴出させるあのすばらしい感覚だ。ララが魅惑的なダンスを踊りながらシタデル王国に入ってくるときの感覚。

マイルズはそれを無意識のうちにブロックした。エネルギーの流れを変え、壁を築いて穴をふさいだ。だめだ。ララを入れられない。自分がどんな人間になったのか、ララに――ふたりにどんな危険を及ぼしうるか理解するまでは。

〝あなたはグリーヴズに負けないくらいの力を持っている。あなたたちはそっくりよ〟

そうかもしれない。マイルズの冷淡で功利主義の兵器は、一瞬のうちに、テレキネシスで死のガラス瓶を静止させるほうを選んだ。恋人に向けられた銃の引き金ではなく。

状況を考えれば、論理的な選択だと言える。だがここで大事なのは論理ではない。絶対に。

ララをシタデル王国に戻すことはできない。ララがそこにいると、マイルズは彼女を常に感じたり、見たり、支配したり、操ったりできる。限りなく監禁に近い。終わりの始まりだ。

自分はそんなことをする人間ではない。そんな人間になりたくなかった。

〝きみは彼女を防御壁に閉じこめているんだろう？　それもある種のコントロールではないのか？　きみはその状態を気に入っているんだろう？〟

ああ、かなり気に入っている。グリーヴズの言葉を思いだして、マイルズは気分が悪くなった。いまもなお、ララを閉じこめたい誘惑に駆られている。彼女は銃で撃たれて、マイルズが命綱であるかのようにしがみついている。いまこそくさびを打ちこむ絶好のチャンスだ。絆を強めて、一生離れられなくすればいい。彼女をのみこんで、永遠に自分だけのものにするのだ。

だめだ。マイルズは歯を食いしばり、腹に力を入れた。痛いほど。絶対にだめだ。

シタデル王国に入れない。

ララは何度も挑戦した。疲れきっているけれど、そこで得られる慰めや親近感、安心を求めていた。それに、そこでなら肺や筋肉を使わずにマイルズと話ができる。

だが、入り口を見つけられなかった。怪我をして、ストレスを感じているから、集中できないのかもしれない。マイルズの唇を引き結んだ険しい顔をじっと見つめた。遠くからかすかにサイレンの音が聞こえてくる。「マイルズ」

「しゃべるな。休んでろ」

ララはマイルズの腕に触れた。「どうなってるの?」

「もうすぐ救急車が来る」マイルズが答えた。「警察も。おれたちは知っていることを全部話して、それについて警告するんだ」朝の薄灰色の光を受けてきらめくガラス瓶を、顎で示した。「引き取ってもらう」

ララは納得する一方で、恐怖が込みあげてきた。「わたしたちはどうなるの? 一緒にいられる?」

マイルズが近づいてくる救急車に目を向けた。赤と青のライトが彼の顔に繰り返し反射した。「きみはもちろん病院へ行く。治療しないと」

「あなたも一緒に来てくれる?」

「それは無理だ、ララ」マイルズが言った。「おれは逮捕されるだろう」

ララは肘をついてぱっと体を起こしたが、痛みに悲鳴をあげてふたたび横たわった。

「どうして?」

「おれは指名手配されてるんだ。それに、ここも死体が転がっていて、おれにとって不利な状況だ。解決するまでしばらくかかるだろう。そのあいだ、おれは勾留されるはずだ。おれが警察ならそうする」

「でも、あなたは何も悪いことをしていないのに！」ララは泣き叫んだ。

「しぃっ」マイルズがなだめるように言う。「そのとおりだが、グリーヴズにとんでもない罪を着せられた。だけど、潔白を証明するよ。必ず。心配するな。大丈夫だから」

「大丈夫って、逮捕されるのに？　どうしてそんなことが言えるの？」

ララはふたたびシタデル王国に入ろうとしたが、突然、ぴしゃりと叩かれたような衝撃を感じた。入り口が――ララがいつも通り抜けていたスペースが閉ざされた。なんてこと。マイルズが故意に閉じたのだ。

ララは激しい苦悩に襲われた。「わたしを締めだしたのね」ささやくように言う。

マイルズは目を合わせようとしなかった。「ごめん」

「どうして」完全なる裏切り行為に、ララは打ちのめされそうだった。「パスワードを変えたの？　よりによってこんなときに」

「そのほうがいい。問題が解決するまでは」

赤と青のライトが近くで点滅している。車のドアが開いて、人々が叫びながら駆け寄ってきた。ララはマイルズの真剣なまなざしから目をそらすことができなかった。

「ひどいわ」

「おれだってつらいんだ。だけど、つらいことをやらなきゃならないときもある」

ララは頭がぼんやりしてきた。これ以上込み入った話は続けられない。ひと言だけ思いついた言葉をつぶやいた。

「最低」

そして、彼を見つめたまま、底なし沼に転がり落ちた。

30

十週間後
シアトル

「ホットサイダーを飲まない？　ここは凍えそうに寒いわ」

雪に覆われたワシントン湖を見つめていたララは、優しい声を聞いて振り返った。デイビーとマーゴットの湖上の家は、裏口のポーチから絶景が見晴らせる。広い湖を見ていると心が癒された。ひりひりする充血した目が落ち着いた。

心配そうな顔をしたニーナが立っていた。ララは安心させるように無理やりほほえむと、ニーナの気分を楽にさせるためにカップを受け取った。「大丈夫よ。ありがとう」

「外に出ちゃだめよ」ニーナがやきもきする。「あなたは弱っているんだから」

「もう平気よ。どこも悪いところはないし、このコートはすごくあたたかいの」

実を言うと、ウールのアーミーコートを着ていても、ララは寒くて震えていた。何週間も前にマイルズがリサイクルショップで買ってくれたコートは、血まみれになってしまった。あれよりはサイズが小さいけれど、そっくりなこのコートを古着屋で見つけ、郷愁に駆られて買ったのだ。幸い、ニーナにも彼女の友人たちにも、この哀れな動機は知られていない。

「お願いだからなかに入って」ニーナが説得する。「アーロも心配してるの。それに、もうすぐ夕飯の準備ができるわ」

ララは、大きな窓越しにこちらをのぞきこんでいる、ようやく立てるようになった乳児から十一歳までの子どもたちに手を振った。子どもたちは手を振り返し、さまざまなすきっ歯の笑顔を見せた。彼らの背後で、大人たちがおしゃべりしながらララを盗み見ている。隠れ家で会った人たちとその配偶者、大勢の子どもたち、そのほかにも何人かいた。

みんないい人たちだ。知的で優しく、頼りがいがあり、ララを歓迎し、気遣ってくれる。そんな人たちでも、ララはまだ大勢のなかにいるより、ひとりでいたかった。どんなにつらくても。

ソファに腰かけているデイビー・マクラウドは、数週間前に退院し、ずいぶんよくなったものの、あいかわらず頭痛に悩まされていた。かなり筋肉が落ちて、長身痩軀のコナーに前よりも似ている。コナーはデイビーを守るように、そばに座っていた。タムとヴァルもいて、小さなイリーナが父親の腕のなかで、父親の長い髪をいじっている。上の娘のレイチェルは、ほかの子どもたちを先導して何か騒がしいゲームをしていた。セス――リサイクルショップで電話で話した男性――は、シルバーブロンドの美しい妻レインと子どもたち――長男のジェシーと、よちよち歩きの双子、クリスとマッティ――を連れてきている。ケヴとエディもいて、エディのおなかは目に見えて大きくなっていた。そして今日、ショーンの妻のリヴが、ふたり目を妊娠していて三カ月だと発表した。ブルーノとリリーも、元気いっぱいの子どもたちを連れている。すてきな大家族を持つ親切な人たち。幸せにあふれている。

ララは耐えられなかった。ひどく落ちこんでいて、嫉妬する自分をいましめる気持ちにもなれない。

どうでもいい。そんな気力はなかった。そもそもこの集まりに参加したくなかったのだ。サンディにあるアーロの森に残りたかった。アーロとニーナのゲスト用の家に隠れて、ひとりで森を散歩したかった。

けれども、ニーナとアーロが反対した。危険は去ったとはいえ、不安定なララをひとりで置いていく気になれなかったのだ。

ララが集中治療室で薬で朦朧としていたとき、面会謝絶で、医師や看護師たちは防護服を着ていた。具合が悪すぎて気にならなかったが。

ようやく頭がはっきりすると、ララはマイルズのことを尋ねるようになった。ニーナがつきそってくれていて、隠れ家で会ったエディとときどき交代した。タムも何度か来て、とまどっている様子だったけれど、氷を換えたり、ララをトイレへ連れていったりしてくれた。

ララは彼女たちに感謝していたが、マイルズに会いたかった。

状況を説明してくれたのはニーナだった。マイルズが言っていたとおり、警察は彼を勾留した。何週間も。

グリーヴズに着せられた罪が問題になったわけではない。マイルズはコートの裏地のなかにスマートフォンを隠していて、グリーヴズの家に入った瞬間からの会話をすべて録音していたのだ。グリーヴズの部下のシルヴァとレヴィンは、マイルズの小屋にあった証拠が捏造《ねつぞう》されたものであり、バーロウを殺害したのはアナベルだと認め、小屋の裏に埋められていた三人の男を殺したのは正当防衛だというマイルズの主張を裏づけた。手続きに時間はかかるが、マイルズが釈放されるのは確実だった。

問題になったのは録音された会話の内容だ。州警察も連邦法執行機関も、マイルズは国家の安全に対する脅威となりうるという当座の判断を下した。それから、誰も彼に連絡を取ることはできなくなった。ララが脳内メールを送ることもできなかった。マイルズは依然として壁の入り口をふさいでいた。無言できっぱりと拒絶され、ララはひどく傷ついた。

しかし、マイルズがようやく釈放されたときに、さらなる苦しみが待っていた。マイルズはララに会いに来なかった。それから三週間が経っても、なんの音沙汰もない。ララは厳しい現実と向きあい、受け入れようとしていた。マイルズは釈放されたとたんに姿を消した。彼の友人たちも困惑し、失望している。

最初は彼らもマイルズを弁護し、必ず戻ってくると言ってララを励ました。だが、励ましの言葉はやがて減っていき、気まずい沈黙が訪れた。マイルズはどこからともなく現れ、ララの命を救い、激しい恋に落ちさせたあとで、なんの説明もなく逃げだした。一度も連絡してこなかった。捨てられたのだとしても、別れを告げられていないので、ララはあれこれ推量するしかなかった。

結局、ララの証言は必要なかった。もちろん警察は事情聴取をしたが、つらい目に遭ったララの精神に障害があると思っているらしく、形式的なものだった。それでもララは、マイルズを一生懸命弁護した。マイルズはそのお礼も言っていない。何も言ってこない。

別にかまわない。ララはマイルズのおかげで生き延びて自由になれたのだから。そのことに感謝している。一応。感謝しようとしている。

現実的な問題をまだ考えられなかった。どうやって生計を立てるかとか。心配しなくていいとみんなは言う。ニーナたちが、グリーヴズの莫大な遺産からララが損害賠償を得られるよう、訴訟を起こしてくれたのだ。最終的に、ララに大金が与えられる可能性は高いが、だからといって、心が殺されるような暗闇に何カ月も閉じこめられたことや、予言者に仕立てられたことや、両親を殺されたことの埋め合わせにはならない。興味を持てなかった。

どうでもいいけれど、まあとにかく、心配事はひとつ減る。

いつまでもぶらぶらして、マイルズから連絡が来るのを期待して待っているわけにはいかなかった。自分の人生を生きなければならない。ここから逃げだして、世界じゅうを旅してまわるのもいいかもしれない。プラハを歩きまわり、ネパールでトレッキングをし、バリのビーチで寝そべる。ふさがれた壁を一瞬でも忘れさせてくれることならなんでもいい。ララは愚かにもパブロフの犬のように、慰めを求めて条件反射的にマイルズの心に入ろうとする。傷ついてぼろぼろになっても、壁に体当たりするのをやめられなかった。神経回路を作り直さなければならない。一刻も早く。

ドアが開いて、赤いカシミアのショールを羽織った、華やかなリヴが出てきた。

「ねえ」優しく声をかける。「そこは寒いでしょう」

ララはいらだちを抑えこんだ。「本当に大丈夫だから」

だが、リヴとニーナはララを両脇から挟んで、音楽と子どもたちの声があふれるあたたかい室内に連れ戻した。食欲をそそる料理の匂いが鼻をつく。健全すぎて耐えられない。ララはおなかに力を込め、鼻で息をしながら無理やりほほえんだ。

ニーナとリヴはララをキッチンへ連れていった。女性たちのほとんどがそこに集まって、チョコレートケーキのデコレーションをしているベッカ――ララが今日初めて会った、彼らの仲間のひとり――を見守っている。ベッカがララにほほえみかけた。

「味見してみる?」チョコレートシロップにスプーンを突っこみながら勧める。

ララが首を横に振ったとき、ドアのほうが騒がしくなった。ポーチにいる誰かがノックしている。マーゴットがのぞき窓から外をのぞいた。

「大変。リヴ、急いでエリンを呼んできて。妹が来たって伝えて」

リヴがあわてて出ていき、一同はしんと静まり返った。

マーゴットがドアを開けると、若い女性が一陣の冷たい風とともにさっそうと入ってきた。細身だが女らしい体つきで、ピンクのファーをあしらったジャケットとタイトジーンズを身につけている。フードを引きさげると、完璧にセットされた、ウェーブのかかったつややかな髪を振った。ものすごい美人で、コナーの妻のエリンに似ているが、彼女よりもメイクが濃くて派手だ。

「シン、会えてうれしいわ」マーゴットが言った。

「本当にそう?」シンディがわざとらしいくらいにこやかに笑う。「おかしいわね。じゃあどうしてわたしは、ケヴィーから聞くまで、今日パーティーがあることを知らなかったのかしら。いつもは誘ってくれていたのに、マイルズさえいればよかったみたいね。わたしはおまけだったんでしょ。よくわかったわ」

「違うわ、シン」エリンが穏やかに言う。「みんな喜んであなたを迎えていた。今日あなたを呼ばなかったのは、気まずいかもしれないと思ったからよ」

「そう。それって……」シンディがさっと部屋を見まわしたあと、ララに視線を注いだ。「彼女のことね」声にとげがあった。

ふたりは見つめあった。ララは本能的に背筋を伸ばした。

シンディが髪をかきあげた。「ふん、やっぱりね。わたしに似てるわ。痩せすぎで、あか抜けないけど」

ララはセットしていない髪や充血した目、野暮ったいトレーナーや大きな冴えないコートのことが急に気になり始めた。何か気の利いた言葉で切り返したかったが、硬直していた。

「くだらないこと言わないで」ニーナが鋭い口調で言う。「ちっとも似ていないじゃない。肌の色が同じくらいで」

「シンディ」エリンが忠告した。「やめなさい」

シンディは聞き流した。「無口なのね。ベッドのなかでも都合がいいでしょうね。そのほうがマイルズも相手がわたしだと思いこみやすいでしょ」

一同が息をのんだ。「いい加減にして」ニーナが怒鳴った。「この子はもう充分つらい目に遭っているのに、これ以上――」

「やめて、ニーナ」ララは前に出た。

「あら！　びっくり！」シンディが目を見開いて驚いたふりをした。「しゃべれるのね。奇跡よ！」

「ええ、しゃべれるわ」ララは言った。「でも、この世の地獄を生き延びたのは、あなたみたいな頭がからっぽのいやな女の相手をするためじゃない。引っこんでて」

タムが声援を送った。「いいぞ！　女のいがみあい！　叩いちゃえ！」

「黙って、タム！」マーゴットが怒鳴った。

シンディはほかの人は無視して、ララを食い入るように見つめている。「マイルズは必ずわたしのところに戻ってくるわ。いつもそうなの。わたしたちは一心同体なの」

「彼はしたいようにすればいい」ララは言い返した。「でも、あなたのもとへ戻るとは思えないわ。あなたの出番は終わったの。あなたは彼の価値を理解していなかった。逃した魚は大きかったわね」

シンディが気色ばんだ。「理解してるわ。いい体をしていて、あそこも大きくて、セックスが最高、口でするのも上手。思い当たる節がある？」

「いい加減にして！」エリンがうんざりした声を出した。「変なこと言わないで、シン！　恥ずかしいわ」すまなそうな目つきでララを見た。「ごめんなさいね」

「いいのよ」ララは言った。「かわいそうなのは彼女のほうだわ。それしか評価していなかったなんて。それしか気づかなかったなんて」

シンディが鼻を鳴らした。「どうでもいいわ。ここに来たのはあなたと話をするためじゃないの。マイルズはどこ？」

気まずい沈黙が流れた。

「ここにはいないわ」ララは穏やかに言った。

シンディが鋭いまなざしで一同を見まわしたあと、勝ち誇った笑みを浮かべた。「そういうこと！　あなたたちは山の愛の巣に一緒にいるんじゃないかと思っていたんだけど、もう飽きられちゃったのね。当然だわ。ちょうどよかった。彼とよりを戻すつもりだから」

ララは肩をすくめた。「それはどうかしら」

「そう思っていればいいわ。そのほうが楽なら」シンディはにらみつけている姉と目が合うと、急いで視線をそらした。「じゃあまたね、お姉ちゃん。すてきなパーティーだったわ。子どもたちによろしく」

バタン。キッチンのドアが荒々しく閉められ、窓ガラスがガタガタ鳴った。しばらくのあいだ誰も口を開こうとしなかった。

「びっくりした」ベッカが沈黙を破った。「ちょっと……どうかしているわね」

エリンが片手をララの肩に置いた。「大丈夫？」

「大丈夫よ」必要以上に大きな声が出た。ララは窓越しに、ショッキングピンクの服に身を包み、スパイクヒールのブーツを履いた美女を見つめた。お尻をなまめかしく動かしながら、気取った足取りで歩いている。マイルズを取り戻しに行くのだ。山の愛の巣へ。

わたしのマイルズを。

ララはエネルギーがわいてくるのを感じた。両のこぶしを握りしめる。あの安っぽい、つまらない女とマイルズ？　ありえない。

「ララ」精神病患者をなだめるようなニーナの口調が癪に障った。「あなたを動揺させるつもりはないんだけど――」

「大丈夫だってば！　腫れ物に触るように扱うのはもうやめて！　たしかに落ちこんでいたけど。それは認めるわ。ごめんなさい。でももうやめるから。もう落ちこむのはやめたわ！」

ニーナが口をぽかんと開けた。「ええと……」

「怒鳴ったりして悪かったわ。でも、頭に来たの。あの野良猫は浮気をしたくせに、図々しくも彼とよりを戻そうとしているのに、わたしときたら何もせずに自分を哀れんでいるだけなんて」

「その……治ってきたの？」

「治ったわ」ララはきっぱりと言った。「おめでたいことに。誰か車を貸してくれない？」

張りつめた沈黙が流れた。「どこへ行くの？」ニーナがきいた。

「その山の家へ行くのよ。あなたたちはマイルズの居場所を知っているのに、不安定でかわいそうなララを動揺させたくないから黙っていたのよね。わたしの男に少しでも近づいたら、あの意地悪女の小さなお尻を蹴飛ばしてやるわ」

驚きのあまり静まり返った部屋に、タムの笑い声が響き渡った。タムが放り投げた車のキーを、ララは片手でつかみ取った。「わたしの車を使って。意地悪女を懲らしめに行くんなら応援しなきゃ。チャイルドシートを取り外しておくわ」

「ララ」ニーナは心配そうな表情をしていた。「お願いだからばかな真似はしないでね。落ち着いて。慎重にね」

「いやよ」ララは言った。「いまは行動を起こすべきときなの。マイルズに拒絶されてもかまわない。絶望したりしないと約束するから。もっと悪いことを乗り越えてきたのよ。はるかに悪いことを。わたしなら大丈夫」一同を見まわして、力強い声で繰り返した。「本当に大丈夫だから」

「もちろん、あなたなら大丈夫よ」ニーナが涙声で返した。

励ましの言葉が次々とララにかけられた。

ララはニーナに言った。「車のトランクに入っている荷物を取りださせて。着替えたいから」それから、マーゴットに頼んだ。「針と糸を貸してもらえる？　あと、化粧品とドライヤーとロールブラシも」

「裁縫セットを取ってくるわ」マーゴットはみんなとうれしそうにこっそり視線を交わした。「主寝室のバスルームを使って。わたしのものは全部そこにあるから。ご自由にどうぞ」

マーゴットが必要なものを取りだしたあと、ララはバスルームに閉じこもって、鏡に映った自分の姿をじっと見つめた。青白くて、弱々しく見える。こんな自分にはもううんざりだ。

傷ついた顔をしてさまようのは終わりにしよう。地獄のような経験を少しでも生かしたければ、それくらいは学ばないと。

ララはコートを脱いで作業に取りかかった。

待つことはこのうえない苦しみだった。岩の山に埋もれているような気分で、息をするのもつらい。

山頂から吹きおろす風に、耳が凍りついてひりひりする。マイルズはコートの襟に顎をうずめ、敷地を行ったり来たりして、景色を眺めるための大きな窓をつけるのに最適な位置を決める作業に没頭しようとしていた。

ここに来る前、ピックアップトラックの荷台にある居室《キャビン》に積み忘れた荷物がたくさんある。あたたかい冬用帽子もそのひとつだ。くそっ、山の上は死ぬほど寒い。体の外側も内側も。毎日待ち続けて、身も心も冷えきっている。ララは自分が捨てられたと思っているだろうと考えると、胸をえぐられるような思いだったが、彼女のもとへ行ってひざまずき、許しを請いたい衝動に屈しそうになるたびに、無慈悲でかたくな存在がマイルズを引きとめた。〝待て〟とささやいた。

ここで屈するわけにはいかない。ここで屈してしまえば、グリーヴズの言ったことが本当なのか、ただのはったりだったのか永遠にわからない。

マクラウド一族は、マイルズの居場所を突きとめると、代わる代わるやってきては彼を厳しく非難した。おそらく、不動産を購入したことからばれたのだろう。マイルズは居場所を両親にさえ教えていなかった。特別捜査班らしき連中から解放されるや、何人もの不動産業者に連絡し、希望の物件と価格を伝え、現金で支払うと言った。業者は急いで物件を紹介した。

理想的な場所が見つかるまでそれほど時間はかからなかった。しかし、トラックキャンパー（ピックアップトラックの荷台に居室を取りつけたキャンピングカー）でここに来てから三日後には、仲間たちが訪ねてくるようになった。そして、マイルズは最低な男だとか、ララがすっかりやつれてしまってかわいそうだとか延々と説教していく。マイルズはいらだつと同時に、心が痛んだ。一番きつかったのはタムだ。マイルズがようやくシンディを見捨てて、尽くしがいのある女を見つけたのに、むざむざ台なしにしたのが許せないそうだ。

その理由を説明するのは不可能だ。マイルズは苦しんでいる。ララも。だが、ララは自由だ。自由に行動を起こせる。自分で選択できる。なんであれ、本当の感情を抱ける。極限状態で、薬やストレスを与えられていたときと違って。マイルズの心に閉じこめられた結果としてでなく。脳内メールも、防御壁も、人の心を操る力も、超能力の早業も関係なく。卑劣な手段だけでなく、単純な罪悪感や感謝の気持ち、義務感すら忘れてほしかった。どれも必要ない。

ララにありのままの気持ちにたどりついてほしかった。

先週から掘削作業を開始した、霜に覆われた用地を見まわした。この時季に家を建て始めるのは間違っている。基礎にコンクリートを流しこむのは、春まで待たなければならない。それでも、ほかに行きたい場所はなかった。ここはマイルズの希望と未来の象徴だった。

横殴りの雪が凍えた耳に吹きつける。マイルズが耳をこすってあたためていると、ヘッドライトのかすかな光が目にとまった。

マイルズは木立の向こうに目を凝らした。緑のフォルクスワーゲン・ビートル。なんてこった。もっとも会いたくない相手が現れた。シンディだ。

シンディは曲がりくねった長い私道を走り抜けると、マイルズのトラックの隣の、でこぼこして凍った地面に車を止めた。くすんだ緑と白と茶色と灰色の世界に、派手なピンクの服を着たシンディが降り立ち、険しい小道を足の踏み場を選びながらゆっくりと歩いてくる。あの道は大々的に整備する必要があるだろう。テレキネシスを使えば、巨大な御影石《みかげいし》の階段も楽に敷けるかもしれない。誰も見ていない隙に。超能力を使わないと心に決めてはいるものの、たまにその決意をひるがえしてしまうときがある。たとえば、警察に対して。ぎりぎりまで我慢したのだが、取り調べが七週目に入ったときから、マイルズは少しずつ操作して、自分は無害なだけでなく、死ぬほど退屈だと思わせるように仕向けたのだ。

いまも本当は使いたかった。シンディを持ちあげて車に戻したあと、車を宙に浮かせ、反対方向を向かせて帰らせることができる。

だが、そんなことをしたらグリーヴズと同類になってしまう。「やあ、シン」マイルズはあきらめて声をかけた。

シンディは口紅を塗り直したばかりで、つややかな赤い唇がきらきらした危険な笑みを浮かべていた。「久しぶり、マッチョさん」

媚《こ》びた挨拶が寒々しかった。足がふらついている。山にスパイクヒールのブーツを履いてくるなど、いかにもシンディらしい。「どうしてここがわかった？」マイルズはきいた。

「コナーがあなたの居場所を知っていたの」シンディはようやく坂をのぼりきった。

「コナーが教えたのか？」コナーらしくない、とマイルズは思った。

シンディが目をぐるりとまわした。「まさか。あの人はわたしの命がかかっていたとしても、時間すら教えてくれないわよ。ケヴィーとマディのベビーシッターを頼まれたときに、彼の仕事部屋をのぞいたの。そこであなたに関する分厚いファイルを見つけたのよ」

「おっと。感動するな」

「あの連中に隠しごとはできないわよ。おっかないわね。そんなことより、ここがあなたのあたらしい住まいなのね」シンディが興味のあるふりをしているだけなのは明らかだ。「ずいぶん……遠いのね」

ふたりはしばらくのあいだ景色を見つめた。「シアトルから二時間と四十分だ」マイルズは言った。「それほど遠くない」

「そう……すてきね。別荘として」

「いや。ここが本拠地だ。町に家は持たない」

シンディは自分を抱きしめるように腕をまわし、身震いしながら舞い落ちる雪を見あげた。「あなたは都会に家を買うんだと思っていたわ。キャピトル・ヒルとかクイーン・アンとか。よくそんな話をしていたじゃない」

「そうだな。きみはおれの願望と自分の願望をごっちゃにする癖があった」

シンディが深い感情を込めた表情をした。「わがままでごめんなさい。でもわたしは変わったの、マイルズ。本当よ」

雪がひどくなってきた。車のキャビンに招き入れてあたたかい飲み物でもふるまうのが礼儀だが、礼儀などくそ食らえだ。あんな狭い部屋にシンディと閉じこめられるなんて、いまは耐えられない。「謝ってくれてありがとう。だけど、おれも変わったんだ。きみはここにいるべきじゃない」

シンディが、かつてのマイルズをめろめろにしたまばゆいばかりの表情を浮かべた。「マイルズ、わたしたちはお似合いよ。ずっと親友だったじゃない」

「ああ。だが、きみがぶち壊したんだ、シン」マイルズは穏やかに言った。「おれは先へ進んだ。雪がひどくなってきた。あと数時間で日が暮れる。早く帰らないと。ここにきみが泊まる場所はない」

シンディがはなをすすった。「あの子でしょ？　彼女のせいなのね？」

マイルズは答える気にならなかったので、黙っていた。

「冷たいのね」シンディが哀れっぽくささやく。「いつからそんなに冷たくなったの？」

〝とんでもない超能力を授かって、否応なしに変人になってからだ〟マイルズは思わず笑いそうになった。シンディのような人間には話せない。彼女は超能力を格好いいと思うだろう。だが、グリーヴズにきいてみればいい。超能力は格好いいかもしれないが、それも気が触れるまで、愛する人を殺し始めるまでのことだ。

「自業自得だ」

「わかってるわ。わたしがぶち壊した。許してくれない？」

「もちろん許すさ」マイルズは優しく言った。「だから、もう帰ってくれ」

シンディがふたたびはなをすすった。「わかった」シンディが歩きだしたとたんに、ブーツのヒールがくぼみにはまってつまずいた。

マイルズはすかさずシンディの肘をつかみ、でこぼこ道を通り抜けるまで手を貸してやった。車が止めてある一本道にたどりつくと、後ろにさがった。ここからはひとりで歩いてもらう。マイルズは義務を果たした。

シンディが車のドアを開けたとき、マイルズは衝動的に呼びかけた。「シン！」

シンディが振り返り、マスカラのまじった涙をぬぐった。「何？」涙まじりの声で、強い調子できいた。

「誰かの助けを借りたほうがいい」マイルズは言った。

シンディはマイルズをじっと見つめた。「わたしに説教するなんて、何様のつもり？」

「説教じゃない。きみに幸せになってもらいたいだけだ」

「幸せ？」シンディが皮肉っぽい笑い声をあげた。「放っておいて、マイルズ。あなたっていつも上から目線で、恩着せがましいのよ」

マイルズはララのことを思いだした。堂々とした揺るぎない威厳のある態度を。胸に鋭い痛みが走った。「なら、誰からも見下されないようにふるまえばいい」

「そうね」シンディはこわばった笑みを浮かべた。「まずはあなたに対してそうしてみるわ。さよなら、もう消えて」

「さよなら」

マイルズは車が木立のなかに姿を消すまで見送った。胸のつかえがおりた気がした。シンディのことがそれほど気にかかっていたとは思わなかった。

マイルズはシンディの幸せを心から願っていた。願うふりをしているわけではない。幸福で充実した人生を送ってほしかった。彼女が心の平和と威厳を手に入れることを願っていた。昔からの友達なのだから、それくらい当然だ。

安全な距離から願っている。

精神的に疲れたので、かじかんだ手や指をあたためるため、キャビンに入った。百九十五センチの体には狭すぎて、歩きまわるときはカジモド（『ノートルダムの鐘』の背骨が曲がった主人公）のように身をかがめなければならない。暖房機のスイッチを入れ、湯をわかして、ティーバッグを取りだした。食欲はないが、何か食べようかと考えた。紅茶をゆっくり飲みながら、限られた選択肢を検討することにした。

だが雪がくるくる舞うなか、時間だけが過ぎていった。マイルズは雪に魅了され、紅茶を飲むのも忘れて、曇った小さな窓越しに見とれた。紅茶がすっかり冷えきり、苦すぎて飲めなくなった頃、車の音がかすかに聞こえてきた。マイルズは心が沈んだ。こうもひっきりなしに誰かが非難しに来るなら、人里離れた山に家を建てても意味がない。

マイルズは窓の外をのぞきこんだ。タムのベンツだ。くそっ。この前責められたときの傷もまだ癒えていないのに。逃げ隠れする時間はなかった。タムがスノータイヤをつけていることを願うばかりだ。気がすんだらすぐに帰ってもらえるように。吹雪のなか、キャビンでタムと足止めを食うと思うと――心が震えるような恐怖に襲われると言っても過言ではない。

〝しっかりしろ〟マイルズはやっとのことでコートを着ると、身をかがめてドアから出た。重いブーツで霜で覆われたわだちや松葉の上をザクザク歩き、招かれざる客を――。

口をぽかんと開けて立ちどまった。

ララだ。十九世紀風の、ほとんど足首まである緑のウールのロングコートを着ている。折り返しのある袖から白い手がのぞいていた。手袋も帽子も身につけていない。なんてこった。記憶以上に美しかった。

マイルズはぼう然と見つめた。縮れた髪は、つややかなふわふわした巻き髪にセットされていた。薄く化粧もしている。そのせいだ。写真以外で化粧を施した顔を見たのは初めてだった。

世界がひっくり返ったような衝撃を受けた。マイルズはララの名前を呼ぼうとした。

喉が詰まって声が出ない。咳払いをしてから言った。「ララ。きれいだ」

彼女の謎めいた笑みを見て、いろいろなものが込みあげてきた。

「ありがとう」ララが遠慮がちに答えた。「着飾ってみたの」

「いつもきれいだったけど、今日は……驚いたよ」

ララは実用的な登山靴で小道を軽やかに駆けあがると、マイルズから少し離れたところで立ちどまった。彼女の香りが漂ってくる。生命そのものの香りだ。春や雨、海の泡、大地――土壌、はちみつ、満開の花――セックス。

「シンディがいると思っていたんだけど」ララが言った。

ララの口からシンディの名前を聞くのは妙な感じがした。ふたりはまったく異なる世界に属している。「ああ、さっき来たけど」マイルズは正直に答えた。「もう帰った。どうして？」

ララの美しい顔が輝いた。「そうなの？　残念だわ。せっかく重いブーツを履いてきたのに」

マイルズはわけがわからなかった。「ブーツって？　なんのために？」

「お尻を蹴るためよ」ララが説明する。「シンディがあなたとよりを戻すなんて言うから。反対したの。みんなの前で口喧嘩したのよ。見られなくて残念だったわね。これまでに女の子たちに取り合いされたことはある？」

「いや……」マイルズはとまどった。「ないと思う」

「見ものだったわよ。タムが喜んでいたわ」

「へえ」マイルズはにやにやした。「つまり、髪を引っ張ったり、引っかいたり、金切り声をあげたりしたのか？」

「そうよ。女のプロレスよ」

「すごいな」マイルズは目をしばたたいた。「シンディが話題にしなかったのが不思議だ」

沈黙が流れた。マイルズは決まり悪くてそわそわした。ララは謎めいた落ち着きを保っている。

「それで」ララがマイルズを哀れんで、沈黙を破った。「超能力とはうまくつきあってる？」

マイルズは肩をすくめた。「別に。たとえば、病気を治す力を持っていたとしたら、人類のために役立てなければならないと思うかもしれないが、人の心を操る力とテレキネシスだぞ。使い道がない。人を痛めつける趣味はないし、物を持ちあげたり投げたりするのに特別な力を使う必要はないから、封印してるんだ。ほかにやりたいことがある」

〝この先一生きみを崇めて暮らすとか〟むさぼるようにララを見つめた。

「無実を証明するときに人の心を操る力を使ったんじゃない？」ララがきいた。

マイルズは少しためらってから答えた。「無実を証明するのに使う必要はなかった。録音した会話と、レヴィンとシルヴァの証言で事足りた」

「レヴィンとシルヴァのことは操らなかったの？」

マイルズはため息をついた。「その……警察が来る前に、本当のことを話さなかったら目玉を破裂させると言っておいたんだ。昔ながらの脅迫だ。心を操ったわけじゃない」

「なるほど」ララが腕組みをした。「そのあとは？」

「そのあとは」マイルズは重い口調で言葉を継いだ。「まあ、ちょっとは使った。少しだけだ。あの録音を聞いてみんなびびっちまっただろ。単なるグリーヴズの妄想だと思わせる方向へ持っていかなきゃならなかった。だけど、本格的に力を使ったわけじゃない。ちょっとつついただけだ。おれが完全に人畜無害で退屈なやつだと納得させるために」

「そう」ララがつぶやいた。「あなたが人畜無害ね」マイルズに一歩近づいた。白い肌が真珠のごとく輝いている。木の精が現れたのだ。マイルズを魅了し、骨抜きにするために。

マイルズはどうにか頭を働かせた。「おれに喧嘩を売ってるのか」

「あら、マイルズ」ララは優しく言った。「こんなの序の口よ」

輝く瞳に頭がぼうっとし、マイルズは必死に言葉を探した。「怖がったほうがいいかな？」

ララはしばらく思案してから答えた。「それは、わたしの質問にあなたがなんて答えるかにかかってるわ」

「やれやれ」マイルズは手の付け根で目をこすった。手を離したあとも、ララはそこにいた。幻ではない。「わかった。きいてくれ」

ララは腕組みをし、顎をつんとあげた。「どうしてわたしを捨てたの？」

マイルズは胸を殴られたような衝撃を感じた。息を整えたあと、最初に思いついたことを何も考えずに口にした。「勾留されていたから？」

ララはその答えをはねつけた。「いらいらさせないで。そのあとのことを言っているんだとわかってるでしょ。あなたはわたしから逃げだした。シタデル王国も閉ざしたままで。どうして？」挑むようなはっきりした口調だった。雪片がつややかな巻き毛に降り積もる。長いまつげの先にもついていた。ララはそれを振り払い、答えを待った。

しまった。自分がした決断についてあれほどみんなに弁解させられてきたというのに、まだうまく説明できない。

だが、これが最後のチャンスだ。

「確かめたかったんだ……」マイルズは言葉を探しながら話した。「きみの本当の気持ちを。おれの頭のなかに閉じこめられた結果じゃなくて」

「閉じこめられた？」ララがあきれて目を丸くし、頬がさらに赤くなった。「そんなんじゃないわ。わたしは好きであそこにいたの！　わたしの楽園だったの！　そんなのわかってるでしょ、マイルズ！」

「それでも、やはり閉じこめられていたんだ」マイルズは険しい顔で言葉を継いだ。「どう頑張っても外に出られない状態を、閉じこめられていると言うだろ？　きみは包囲されていた。最初はきみの意思で来たにしても、ほかに選択肢はなかった。グリーヴズに言われたんだ――」

「わたしたちの今後を、グリーヴズに言われたことで決めたの？」

「最後まで聞いてくれ！　おれはきみを閉じこめていると、グリーヴズに言われた。

それは本当だ。つらい目に遭ったばかりのきみと、分別もなくセックスした。きみを防御壁に閉じこめた。心のなかできみを見られる場所に。安全な小箱にきみをしまいこんで、自分だけのものにした。おれはそれを気に入っていたんだ、ララ。最高に」

「わたしもよ！」ララが叫んだ。

「当たり前だ！」マイルズは叫び返した。「きみは安心感を求めていたんだ！　心に傷を負って、混乱していた！」

「そう。でももう混乱していないし、傷を負ってもいないわ。わたしは大丈夫よ！　わかった？」ララの目は燃えるように輝いていた。

「それはよかった。だけど、ちゃんと向きあってくれ、ララ。おれたちが防御壁を使ってしたこととコントロールしたがる恋人とはまったく次元の違う話だ。グリーヴズの次元だ。やつは妻を支配して墓場に送りこんだ。息子も……目の前で見ただろ。息子をあんな形でのみこんで殺した。食い物にしたんだ」

「そうね。たしかにそうだけど、あなたはそんなことはしない。あなたはグリーヴズとは違うもの。勇敢で優しい。善人だわ」

マイルズは深々と息を吸いこんだ。「グリーヴズが言っていた。きみは……くそっ、怒らないで聞いてくれるか？」

「そんな約束はできないわ」ララはきっぱりと言った。「先を続けて」

マイルズは覚悟を決めた。「グリーヴズは薬を使って、きみの心理的な境界を崩したと言ったんだ。きみがグリーヴズとセックスするとき、すぐに親密な絆を結べるように」

「グリーヴズと?」ララが不快そうに口を引き結んだ。「ああ、マイルズ、気持ち悪いわ」

「だから、きみは誰とでも仲よくなりやすかったんだと言われた」マイルズはかたくなに言い張った。「おれは運がよかったって。きみの心を操って、永遠におれの性奴隷にする方法を教えてやるって」

「あら」ララが横目でマイルズを見た。「心が動いた?」

マイルズはララを見返した。「おれを苦しめるな」かすれた声で言った。

「苦しめるなですって?」ララの目に涙が浮かんだ。「別にいいでしょ、マイルズ? この数週間ずっと、あなたに苦しめられていたんだから」

マイルズは首を横に振った。「おれはただ、グリーヴズが言ったことを話しているだけだ」

「それを信じたの?」ララの声が震え、とげを含んだ。

マイルズはふたたび首を横に振った。信じなかったと言っても、嘘くさく聞こえるだろう。それでも、マイルズは待たなければならなかった。はっきり確かめるために。「きみから離れない限り、真実を確かめる方法はなかった。防御壁に関しても、ジェフの身に起きたことを考えれば、心を融合させるのは危険だとわかった。それに、自分がどうなるかわからなかったんだ。死刑囚監房に入れられる可能性だってあった。それから、おれが最悪の状態のときに、きみと心がつながっているわけにはいかなかった。それから、みじめな気分だったんだ。きみを守ると誓ったのに、失敗したから」

「どうしてそんなことを言うの？」ララが怒った声を出す。「失敗なんてしてない！」

「そうか？」マイルズは肩をすくめた。「おれはきみをひとりでバスに乗せた。撃たれるのを止められなかった」

「あなたのせいじゃないわ！」ララが怒鳴った。「それに、そういった不安な気持ちを、全部話してくれればよかったのに。どうしてわたしに連絡をくれなかったの？　別に防御壁を使わなくても、電話でも、葉書だってかまわなかった。なんでもよかったのに！」

マイルズは歯を食いしばった。「きみにプレッシャーをかけるかもしれないと思った。おれがラブラドール・レトリバーの子犬みたいにきみにまつわりついたら、きみは逃げ場がなくなって、息苦しくなるんじゃないかって。おれはそういう男なんだ、ララ」

ララが涙ぐみ、片手を唇に押し当てた。「ああ、マイルズ」声を絞りだす。「本当にばかね」

「ああ」マイルズは同意した。「きみが思ってるような立派な人間なんかじゃない。おれも自分のなかの悪魔と戦っているんだ。それに、おれはコントロールするのが好きだ。本当だ」震える息を吐きだした。「だがそれ以上に、きみのことが好きだ」

マイルズはララの顔を見る勇気がなかった。降りしきる雪のなか、おぼろげに見える山々や広い空を眺めた。

「じゃあ、わたしのあなたに対する気持ちが、グリーヴズに人工的に作りだされたものだと思っていたのね？」ララが小声で言った。「わたしがプラスチックの人形か何かだと思っていたの？　ボタンを押せば恋に落ちるような？　わたしの愛はそんなものだった？」

「違う」マイルズは疲れた声で反論した。「おれはただ、きみに本当の気持ちを見いだしてほしかっただけだ。劇的な事件や、奇妙な出来事と関係なく」少しためらったあと、思いきって尋ねた。「それで、どんな気持ちだ？」

「わたしを信じてないのね」

マイルズは止めていた息をゆっくり吐きだしたあと、ララの手を取った。「見せたいものがある」

ララはおとなしくついてきた。ほっそりした手は冷えきっていた。指を絡みあわせると、マイルズの心臓が跳ねあがった。

「どこへ行くの？」ララがきいた。

「着いてからのお楽しみだ。それほど遠くない」

ララは髪を前に垂らして顔を隠していたが、ときおりはにかんだ目や、笑みを浮かべた唇が見えた。つないだ手から、マイルズの全身に圧倒的な喜びが広がっていく。そびえたつ木々の合間を歩いた。薄暗かったが、空の光を頼りに、丘のカーブを曲がった。

先に音が聞こえてきた。ララが信じられないというようにほほえんだ。「ああ、マイルズ、まさか」

マイルズは何も言わず、ひねくれた笑みを浮かべた。カーブを曲がりきると、音の正体が見えた。そのために、マイルズはこの土地を購入したのだ。

山の斜面を川が流れている。ふたつの黒い石のあいだの苔《こけ》むしたくぼみを通り、約二メートルの高さの滝を形成していた。下方の岩に打ちつける水が飛び散ってピラミッド状に細かく分かれている。冷たい澄んだ水が流れ落ちる先に、小さな深い池ができていた。夏に涼むのに最高の場所だ。いまは、しぶきが周囲の枝や葉に凍りついて、冬景色を見せている。

「もう少ししたら、滝も凍って、氷の彫刻になる。春になったらまた息を吹き返す。辛抱強く待てば」マイルズはララを見ずに、滝に視線を向けたまま話した。感極まって顔がほてっていた。「これでわかってもらえると思うが、おれはきみの愛が本物だとかなり期待していた」

ララがマイルズの腕をそっとつかんで、彼女のほうを向かせた。「じゃあ、わたしのためにここを選んだの？　滝を愛するララのため？　薬で操られた、誰とでも仲よくなる機械じゃなくて？　わたしがどういう人間かわかってる？　理解している？」

「ああ」マイルズはかすれた声で答えた。「理解している。全部きみのためだ。きみだけの」

ララがマイルズの手を引き寄せ、信じられないほどやわらかくてあたたかい頰に押し当てた。それから、コートの一番上のボタンを外した。「わたしもあなたを理解している。この気持ちは特別。あなただけのものよ」

「ああ」

「わたしを信じてる？」ララがふたつ目のボタンを外した。

マイルズは目元をぬぐいながら笑った。「ああ、信じてるよ。心から。いったい何してるんだ？　ボタンをとめろ！　凍えちまうぞ！」

「わたしもあなたに見せたいものがあるのよ」ララは重いコートのボタンを下まで外すと、肩から落として肘まで脱いだ。

マイルズは目がくらんでのけぞった。夢で会ったララがそこにいた。夢のなかと同じドレスを着ている。マイルズは、それが鼻に触れたときの感触や匂いまで知り尽くしていた。ひだ飾りがついていて、少女っぽいのにセクシーだ。深い襟ぐりから豊かな胸がのぞいている。うっとりするようなララの甘い香りが立ちのぼり、めまいがした。彼女といるだけでふくらんでいた股間が、カチカチに硬くなった。

「驚いたな」マイルズは力の抜けた声で言った。「どこで見つけたんだ？」

「あのリサイクルショップよ。バスに乗せられる前に、あそこで見つけたの。あなたが自分で買ったんだけど、セスと話すのに夢中で気づかなかったのよ」

「それは……びっくりだ」マイルズは手を伸ばしてララに触れた。

ララは寒さのせいで鳥肌が立っていた。薄いシフォンに覆われた白い肩の、真っ赤な縫合跡がくっきりと見える。マイルズは傷跡に指でそっと触れながら、これを消し去る力があればいいのにとまたしても思った。自分の手の、愛の魔法で、すべての傷を癒したかった。

「バスターミナルでドレスをなくしたと思っていたの。ほら、そこで捕まったでしょ。遺失物係に問いあわせてみたらってニーナに言われて、それで、なんと見つかったの。バッグの中身は何ひとつなくなっていなかった」

マイルズは言葉を失い、ただ首を横に振った。目と指で、すべてを記憶しようとした。とてもやわらかくて、あたたかい。白い胸がきつい身頃を押しあげている。見事な谷間だ。

ララがスカートをかき集めて少し持ちあげた。色っぽい目つきで見あげられ、マイルズはぞくぞくした。「この下はガーターストッキングしか身につけていないの。昔の人みたいに」

「裸にガーターとブーツか」マイルズは間の抜けた笑みを浮かべた。「やれやれ、脳卒中を起こしそうだ。見せて」

ララが寒さに体を震わせ、息を切らしながら笑った。「ここで？　雪が降っているのに？」

「ちょっとだけでいいから」マイルズは懇願した。「さあ、おれを苦しめてくれ」

ララがスカートを引きあげると、マイルズは頭がくらくらした。何層にも重なった薄い生地がようやく丸められると、絶景が見えた。ほっそりした白い太腿の真ん中まである茶色のリブストッキングが、ガーターベルトでとめてある。ふわふわした黒い茂みがマイルズに誘いかけた。

マイルズは震える手を脚のあいだに置いた。それから、上へ滑らせ、やわらかくて熱い、湿った割れ目に触れた。これが現実だとは信じられなかった。ララが腕のなかにいて、彼を求めている。

ララがマイルズの肩をつかんで体を支えると、太腿が彼の手を閉じこめるように締めつけた。マイルズはそれでもかまわなかった。

だが、ララはひどく震えている。「寒そうだ」

ララはかぶりを振った。「熱いわ。とても」

「あたたかい場所へ行こう」マイルズはそう言いながらも、指を奥へ挿し入れた。

「ここで平気」

マイルズは指を抜いて吸った。天国の香油のごとくおいしかった。「ここじゃだめだ」きっぱりと言った。「寒すぎる。きみが凍えてしまうし、このドレスを汚したくない」

ララがふたたび激しく震えながら笑った。「そう？」

「ああ。濡れないようにして、丁寧にビニールで包んでかけておこう。おれたちの結婚式で着てもらいたい」

ララのからかうような笑みが、驚きの表情に変化した。

突然、激しいキスが始まった。限りない情熱と、限りない優しさを込めたキス。いつものごとくその先へ進んでしまう前に、マイルズは体を引いた。欲望のあまり頭がぼうっとしている。

「ここじゃだめだ」マイルズは自分に言い聞かせるように繰り返した。

「じゃあ、どこならいいの？」ララがきく。「キャビン？」

「いや、キャビンのベッドは、きみを寝かせられるほどやわらかくもあたたかくもきれいでもない。それに、きみにろくな食事も出せない」

「わたしは気難しい女じゃないわ。それに、おなかも空いていない。ほしいのはあなただけ」

「湖畔にロッジがある」マイルズは言った。「ここを買う手続きがすむまで、そこに泊まっていた。大きな四柱式のベッドが置いてあって、きみが一緒にいたらと空想したんだ。真っ白なシーツに、パッチワークキルトのベッドカバー。古風なかぎ爪足のバスタブは、一緒に入れるくらい大きい。腹が減ったら、一階にいいレストランがある」

ララはマイルズの胸に顔をうずめた。「そこにあなたさえいれば」

「もちろんだ。ダイナマイトでだって追い払えないぞ」

マイルズはきつく抱きしめてから言った。「そのー、まだ正式なプロポーズの返事をもらってない」

ララの笑い声が響き渡った。「ちょっと待って。あなたは結婚式でわたしが着る服を決めただけじゃない。あれは正式なプロポーズとは呼べないわ」

マイルズはララのコートをかきあわせ、ボタンをとめ始めた。「もう気持ちは充分伝わっただろ。きみがバスに乗る前に、食堂でも言ったよな？ ほら、朝も夜も、食事も会話も、冬も夏もって」

「覚えてるわ」ララがささやくように言った。「全部失ってしまったんだと思っていた」

マイルズはかがみこんでボタンをとめ終えた。そしてそのまま、膝をついた。初めて見た瞬間から、彼女にひざまずいていた。「失っていない。もう一度、正式に差しだすよ。おれの明日を全部。全部きみのものだ」

ララはポケットからティッシュを取りだして、目と鼻を拭いた。「ねえ、立って。膝が濡れてしまうわ。もちろん、わたしはあなたのものよ。もちろん、あなたと結婚する。泣いちゃうからもうやめて」

マイルズは立ちあがり、ララの肩を撫でおろすと、そのままほっそりした体に手を滑らせた。華奢で、折れそうなくらいか弱く見えるのに、ララは強い。マイルズは彼女のそういうところが好きだった。とてもセクシーで自立している。

「正式にプロポーズしただけだ」マイルズは言った。「明日、出かけよう。車に乗って、どこかあたたかいところへ行こう。沿岸を下ってグランド・キャニオンを見てもいいし、メキシコにだって行ける。パスポートはあるか？」

「サンフランシスコの自宅にいったん戻ったの。証明書は全部あるわ」

「よかった。じゃあ、どこでもきみの行きたいところへ行こう」

ララはふたたびティッシュを使った。「最高ね。まだこれが現実だなんて信じられないわ。夢みたい」

「まさか」マイルズはララの手を引き寄せて、無精ひげの生えた顎を触らせた。「これが夢だったら、おれはシャワーを浴びてひげを剃って、清潔なシャツを着ているだろう。これは紛れもない現実だ」

「いい加減にして」ララがぴしゃりと言った。「あなたはすてきよ。自分でもわかってるんでしょ」

「早くあたたかいところへ連れていかないと」マイルズはララを抱きあげようとした。ララがマイルズを押しとどめた。「ひとつ忘れていない?」

マイルズはララの目を見て、彼女の望みを読み取った。「本気か? あんな目に遭ったのに、危険を冒してまで脳内メールをしたいのか?」

「もちろん。危険じゃないわ。相手があなたなら。あれは最高だし、あなたを信じてるもの。それに、わたしは強いのよ。わたしをのみこもうとしたって、そうはさせないわ。あなたのほうが窒息してしまうわよ」

「どうかな」マイルズはつぶやいた。「きみはものすごくおいしいから、ララ」

「本当に」ララがマイルズのコートの襟をつかんだ。「お願い、マイルズ」

マイルズはララの探るような目をのぞきこんだあと、長々と息を吐きだして緊張を解いた。それから、ララと額を合わせて、目を閉じた。

封印した防御壁は、もはや自動的には開かなかった。エネルギーを網目状に放出する必要がある。第一段階の集中レベルどころか、第二段階でも無理だ。もっと深く集中しなければならない。壁が少し動き始めたとき、ララに話しかけられた。

「ねえ、あなたはあの人殺しの怪物よりのろまね」

「勘弁してくれ」マイルズはぼやいた。「なかに入ってプログラムを作り直さなきゃならないんだ。あたらしいコードを書かないと。プレッシャーをかけられながら」

「早くなんとかして」

「だったら、おれの気を散らさないでくれ」マイルズは笑いをこらえきれなかった。

「集中力を必要とするんだ」

その笑いが引き金になった。その幸福感が力となった。

防御壁が、ララだけのために大きく開かれた。全幅の信頼を寄せて、ララを招き入れた。

ララが感嘆の声をもらして……なかに入ってきた。

〝ああ、あなたに会いたかった。ここに来たかった〟

〝おれもだ。これからはずっときみのものだよ〟

ふたりは舞い落ちる雪のなか、固く抱きあった。深い影が黒いマントのごとく覆いかぶさったが、心はあたたかかった。聖なる真実が光り輝いていた。

もう道に迷うことはないと知っていた。

訳者あとがき

マクラウド兄弟シリーズ、第十作をお届けします。ヒーローは前作で超能力者のラッドからサイキック攻撃を受け、脳に損傷を負ったマイルズ。後遺症に苦しめられながらも、行方不明のララの救出に乗りだします。

昏睡状態から目を覚ましたマイルズはフラッシュバックに悩まされ、もとはテレパスから身を守るために築いた心の防御壁を利用して遮断しています。一方、それは感情を殺すことにもなり、薄情になったマイルズは、家族や友人たちとの関係に溝ができてしまいました。さらに、五感が敏感になり、おびただしい感覚情報が絶えず脳になだれこんできて、感覚過敏の問題まで抱えています。煙草や香水の匂い、車の排気ガスや騒音、街の光、パソコンや携帯電話の電磁スモッグにも耐えられなくなり、とうとう逃げだして、山にひとりこもって生活していました。

ところが、人里離れた場所で少しは人心地がついた頃、今度はララが夢に現れ、マイルズを悩ませるようになったのです。マイルズは退院して動けるようになるや、ララの捜索を再開したのですが、手掛かりはどれも行きづまり、ララは死んだものとあきらめていました。しかし、ララがマイルズの脳内のスクリーンにメールを送ってくるようになり、事態は急展開します。

ラッドのボス、グリーヴズは権力や資金力だけでなく、数々の強大な超能力を持ち、恐ろしい大望を抱く強敵です。一方、マイルズもラッドの心的エネルギーにさらされたことによって不思議な力が備わっていて、激しい超能力対決が繰り広げられます。マイルズもララも超能力者集団の犠牲となり、深い傷を負って、心を閉ざしていました。けれども、激しくぶつかりながらも癒しあい、互いになくてはならない存在になっていきます。もちろん、ホットなラブシーンも満載です。文字どおり身も心もつながるのです。

さて、次作の主人公たちは、ピートリーと雪の女王、スヴェティです。本書で一歩前進したふたりは、舞台をイタリアに移し、どんな物語を見せてくれるのでしょうか。

今後もシリーズから目が離せません。

最後に、本書を翻訳する機会を与えてくださり、訳出に当たって数々の貴重なアドバイスをくださったみなさま方に、この場を借りて心よりお礼申し上げます。

二〇一八年一月

ザ・ミステリ・コレクション

夢《ゆめ》の中《なか》で愛《あい》して

著者　シャノン・マッケナ
訳者　幡《はた》　美紀子《みきこ》

発行所　株式会社 二見書房
東京都千代田区神田三崎町2-18-11
電話　03(3515)2311［営業］
　　　03(3515)2313［編集］
振替　00170-4-2639

印刷　株式会社 堀内印刷所
製本　株式会社 村上製本所

落丁・乱丁本はお取り替えいたします。
定価は、カバーに表示してあります。

ISBN978-4-576-18020-5
http://www.futami.co.jp/

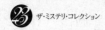

二見文庫 ロマンス・コレクション

運命に導かれて
シャノン・マッケナ
中西和美［訳］
〔マクラウド兄弟シリーズ〕

殺人の濡れ衣をきせられ過去を捨てたマーゴットは、そんな彼女に惚れ、力になろうとする私立探偵のデイビーと激しい愛に溺れる。しかしそれをじっと見つめる狂気の眼が…

真夜中を過ぎても
シャノン・マッケナ
松井里弥［訳］
〔マクラウド兄弟シリーズ〕

十五年ぶりに帰郷したリヴの書店が何者かに放火され、そのうえ車に時限爆弾が。執拗に命を狙う犯人の目的は？ 彼女を守るため、ショーンは謎の男との戦いを誓う…！

過ちの夜の果てに
シャノン・マッケナ
松井里弥［訳］
〔マクラウド兄弟シリーズ〕

傷心のベッカが恋したのは孤独な元FBI捜査官ニック。狂おしいほど求めあうふたりに卑劣な罠が……この愛は本物か、偽物か——息をつく間もないラブ&サスペンス

危険な涙がかわく朝
シャノン・マッケナ
松井里弥［訳］
〔マクラウド兄弟シリーズ〕

あらゆる手段で闇の世界を生き抜いてきたタマラ。幼女を引き取ることになったのを機に生き方を変えた彼女の前に謎の男が現われる。追っ手だと悟るも互いに心奪われ…

このキスを忘れない
シャノン・マッケナ
幡 美紀子［訳］
〔マクラウド兄弟シリーズ〕

エディは有名財団の令嬢ながら、特殊な能力のせいで家族にすら疎まれてきた。暗い過去の出来事で記憶をなくしたケヴと出会い…。大好評の官能サスペンス第7弾！

朝まではこのままで
シャノン・マッケナ
幡 美紀子［訳］
〔マクラウド兄弟シリーズ〕

父の不審死の鍵を握るブルーノに近づいたリリー。情報を引き出すため、彼と熱い夜を過ごすが、翌朝何者かに襲われ…。愛と危険と官能の大人気サスペンス第8弾！

その愛に守られたい
シャノン・マッケナ
幡 美紀子［訳］
〔マクラウド兄弟シリーズ〕

見知らぬ老婆に突然注射を打たれたニーナ。元FBIのアーロと事情を探り、陰謀に巻き込まれたことを知る。そして三日以内に解毒剤を打たないと命が尽きると知り…